Erik ORSENNA

de l'Académie française

L'Amitié des mots

La grammaire est une chanson douce

Les Chevaliers du Subjonctif

La Révolte des accents

Et si on dansait ?

La Fabrique des mots

Plaisirs secrets de la grammaire

Préface inédite de l'auteur

LE LIVRE DE POCHE

ISBN : 978-2-253-18955-8

Préface

Il était une fois…

Dès mon plus jeune âge, ma mère m'a raconté des histoires. Comme elle espérait ardemment le retour de la monarchie, elle m'ensevelissait un peu sous les rois et les reines. Mais qu'importe ! J'adorais leurs combats et leurs malheurs avant que tout ne s'arrange à la fin.

Mon père n'était pas en reste. Lui aussi m'abreuvait (ou me nourrissait) de récits plus ou moins inventés. Ses personnages préférés étaient un remorqueur (vaillant) et un sous-marin (sournois).

Ils m'avaient transmis le joyeux virus : à huit ans, je créai un journal où je rendais compte chaque mois des événements familiaux. À dix ans, j'achevai mon premier roman, suivi chaque année par le suivant, tous connaissant le même sort : la poubelle. À la relecture, ils ne méritaient pas mieux.

Les années passèrent, je réussis, enfin, à faire accepter mes manuscrits par des éditeurs.

Et un beau jour, je devins père.

Un peu plus tard, j'ouvris les manuels censés apprendre le français à mes enfants.

Stupéfaction !

Je ne comprenais rien aux questions posées. Quel était ce langage abscons, indigeste et prétentieux ? Pire, la majorité des exercices proposés s'apparentaient plus à la médecine légale qu'à la découverte d'un royaume enchanté. Au lieu de s'émerveiller de notre langue, on la traitait comme un cadavre, on la découpait, la disséquait, la desséchait.

Soyons clair : je respecte, infiniment, la linguistique et les linguistes. Et rien de plus utile et nécessaire que la science de l'éducation qui nous éclaire, ô combien, sur les apprentissages des savoirs.

Doit-on vraiment accabler de cuistreries les pauvres petits élèves ? Bien sûr il faut accepter les termes techniques ! Comment, sans eux, nommer les avancées de la connaissance ? Mais je dirai non, mille fois non et toujours non au jargon qui se contente d'user de termes obscurs alors que des synonymes plus clairs existent, et pour la seule raison, méprisable, de maintenir un pouvoir. Longtemps conseiller d'État, j'ai connu cette perversion du langage juridique.

Aujourd'hui, un jeune Français sur cinq ne maîtrise pas, en classe de sixième, la langue de son pays. De ce fait, la plupart des portes de l'épanouissement personnel et professionnel ont toutes les chances de rester fermées à ces… déshérités (au sens propre). D'autres raisons que la manière d'enseigner peuvent sans doute expliquer ce scandaleux gâchis. Mais pourquoi notre Éducation nationale ne se remet-elle jamais en cause ? La France se croit différente. Trop pleine de morgue et sûre d'elle-même, elle refuse l'évaluation. D'autres pays ont eu le courage d'affronter la vérité et d'en tirer les conséquences, avec des améliorations immédiates. Pourquoi pas nous ?

Que faire de ma colère ?

Je décidai d'employer les armes que m'avaient données ma maman et mon papa.

Il était une fois…

Il était une fois Jeanne, il était une fois Tom, il était une fois Monsieur Henri.

Ainsi, avec l'appui de mon si cher et fraternel éditeur, Jean-Marc Roberts, naquit le premier de mes contes. Les « commerciaux » de la maison protestèrent. Ils ne pensaient pas une seconde à l'avenir de ce projet. Et surtout, surtout, ils ne voulaient pas du mot « grammaire » dans le titre ! « Enfin, Erik, tu sais bien que tout le monde déteste la grammaire ! Nous n'en vendrons pas un… »

Jean-Marc et moi avons tenu bon.

La grammaire est devenue chanson douce.

Quatre autres promenades suivirent.

Bienvenue dans ce royaume de l'amitié.

Oui, les mots sont nos amis ! Des amis aussi indociles que les chats, tout autant capables de ronronner que de griffer, et fidèles de la bonne manière : parce qu'ils en ont ainsi décidé, librement.

Erik ORSENNA

LA GRAMMAIRE
EST UNE CHANSON DOUCE

Pour Jeanne et Jean Cayrol.

Merci à Danielle Leeman,
Professeur de grammaire
à l'université de Paris-X-Nanterre.
Son savoir amical et malicieux
m'a tenu compagnie
tout au long de ce voyage.

I

Méfiez-vous de moi !

Je parais douce, timide, rêveuse et petite pour mes dix ans. N'en profitez pas pour m'attaquer. Je sais me défendre. Mes parents (qu'ils soient remerciés dans les siècles des siècles !) m'ont fait cadeau du plus utile car du plus guerrier des prénoms : Jeanne. Jeanne comme Jeanne d'Arc, la bergère devenue général, la terreur des Anglais. Ou cette autre Jeanne, baptisée Hachette, car elle n'aimait rien tant que découper en tranches ses ennemis.

Pour ne citer que les plus connues des Jeanne.

Mon grand frère Thomas (quatorze ans) se le tient pour dit. Il a beau appartenir à une race globalement malfaisante (les garçons), il a bien été forcé d'apprendre à me respecter.

Cela dit, je suis au fond ce que je parais en surface : douce, timide et rêveuse. Même quand la vie se fait cruelle. Vous allez pouvoir en juger.

Ce matin-là de mars, veille des vacances de Pâques, un agneau se désaltérait tranquillement dans le courant d'une onde pure. La semaine précédente, j'avais appris que tout renard flatteur vit aux dépens du corbeau qui l'écoute. Et la semaine encore antérieure, une tortue avait battu un lièvre à la course…

Vous avez deviné : chaque mardi et chaque jeudi, entre neuf et onze heures, les animaux les plus divers envahissaient notre classe, invités par notre professeur. La toute jeune Mademoiselle Laurencin aimait d'amour La Fontaine. Elle nous promenait de fable en fable, comme dans le plus clair et le plus mystérieux des jardins.

— Écoutez ça, les enfants :

Une grenouille vit un bœuf
Qui lui sembla de belle taille.
Elle qui n'était pas grosse en tout comme un œuf,
Envieuse s'étend, et s'enfle, et se travaille…

Ou ceci :

Va-t'en, chétif insecte, excrément de la terre !
C'est en ces mots que le lion
Parlait un jour au moucheron.
L'autre lui déclara la guerre.

Laurencin, en récitant, rougissait, pâlissait : c'était une véritable amoureuse.

— Vous vous rendez compte ? En si peu de lignes, dessiner si bien l'histoire… Vous la voyez, la grenouille envieuse, non ? Et le moucheron chétif, vous ne l'entendez pas vrombir ?

— Pardon madame, que veut dire « excrément » ?

— Mais c'est de la merde, ma Jeanne.

Car Laurencin, toute blonde et jeune qu'elle était, n'avait pas peur des mots et serait plutôt morte que de ne pas appeler un chat un chat.

— Bénissez la chance, mes enfants, d'avoir vu le jour dans l'une des plus belles langues de la Terre. Le français est votre pays. Apprenez-le, inventez-le. Ce sera, toute votre vie, votre ami le plus intime.

Le personnage qui, ce matin-là de mars, entra dans notre classe aux côtés de Monsieur Besançon, le principal, n'avait que la peau sur les os. Homme ou femme ? Impossible à savoir, tant la sécheresse l'emportait sur tout autre caractère.

— Bonjour, dit le principal. Madame Jargonos se trouve aujourd'hui dans nos murs pour effectuer la vérification pédagogique réglementaire.

— Ne perdons pas de temps !

D'un premier geste, la visiteuse renvoya Monsieur Besan-

çon (lui d'ordinaire si sévère, je ne l'avais jamais vu ainsi : tout miel et courbettes). D'un second, elle fit signe à notre chère Laurencin.

— Reprenez. Où vous en étiez. Et surtout : faites comme si je n'étais pas là !

Pauvre mademoiselle ! Comment parler normalement devant un tel squelette ? Laurencin se tordit les mains, inspira fort et, vaillante, se lança :

— *Un agneau se désaltérait*
Dans le courant d'une onde pure ;
Un loup survient à jeun, qui cherchait aventure.

Un agneau… L'agneau est associé, vous le savez, à la douceur, à l'innocence. Ne dit-on pas *doux comme un agneau*, *innocent comme l'agneau qui vient de naître* ? D'emblée, on imagine un paysage calme, tranquille… Et l'imparfait confirme cette stabilité. Vous vous souvenez ? Je vous l'ai expliqué en grammaire : l'imparfait est le temps de la durée qui s'étire, l'imparfait, c'est du temps qui prend son temps… Vous et moi, nous aurions écrit : *Un agneau buvait*. La Fontaine a préféré *Un agneau se désaltérait…* Cinq syllabes, toujours l'effet de longueur, on a tout son temps, la nature est paisible… Voilà un bel exemple de la « magie des mots ». Oui. Les mots sont de vrais magiciens. Ils ont le pouvoir de faire surgir à nos yeux des choses que nous ne voyons pas. Nous sommes en classe, et par cette magie merveilleuse, nous nous retrouvons à la campagne, contemplant un petit agneau blanc qui…

Jargonos s'énervait. Ses ongles vernissés de violet griffaient la table de plus en plus fort.

— Je vous en prie, mademoiselle, nous n'avons que faire de vos enthousiasmes !

Laurencin jeta un bref regard par la fenêtre, comme pour appeler à l'aide, et reprit :

— La Fontaine joue comme personne avec les verbes. Un loup « survient » : c'est un présent. On aurait plutôt attendu le passé simple : un loup « survint ». Qu'apporte ce présent ? Un sentiment accru de menace. C'est maintenant, c'est tout de suite. Le calme de la première phrase est rompu net. Le danger s'est installé. Il survient. On a peur.

— Je vois, je vois... De l'imprécis, de l'à-peu-près... De la paraphrase alors qu'on vous demande de sensibiliser les élèves à la construction narrative : qu'est-ce qui assure la continuité textuelle ? À quel type de progression thématique a-t-on ici affaire ? Quelles sont les composantes de la situation d'énonciation ? A-t-on affaire à du récit ou à du discours ? Voilà ce qu'il est fondamental d'enseigner !

Le squelette Jargonos se leva.

— ... Pas la peine d'en entendre plus. Mademoiselle, vous ne savez pas enseigner. Vous ne respectez aucune des consignes du ministère. Aucune rigueur, aucune scientificité, aucune distinction entre le narratif, le descriptif et l'argumentatif.

Inutile de dire que, pour nous, cette Jargonos parlait chinois. Telle semblait d'ailleurs l'opinion de Laurencin.

— Mais, madame, ces notions ne sont-elles pas trop compliquées ? Mes élèves n'ont pas douze ans et ils sont en sixième !

— Et alors ? Les petits Français n'ont pas droit à de la science exacte ?

La sonnerie interrompit leur dispute.

La femme-squelette s'était assise au bureau et remplissait un papier qu'elle tendit à notre chère mademoiselle en larmes.

— Ma chère, vous avez besoin au plus vite d'une bonne remise à jour. Vous tombez bien : un stage commence après-demain. Vous trouverez, sur ce formulaire, l'adresse de l'institut qui va s'occuper de vous. Allez, ne pleurnichez pas, une petite semaine de soins pédagogiques et vous saurez comment procéder dorénavant.

Elle grimaça un « au revoir ».

Nous ne lui avons pas répondu.

Accompagnée de Besançon, qui l'attendait dans le couloir, toujours aussi miel et courbettes, Madame Jargonos s'en est allée torturer ailleurs.

*

Normalement, vu que les vacances venaient de commencer, nous aurions dû crier, hurler, danser. Surtout moi, qui allais traverser en bateau l'Atlantique. Mais rien, le silence. Nous nous regardions, bouche ouverte, comme poissons rouges en bocal. La détresse de notre chère Laurencin nous bouleversait. Et quels étaient ces « soins pédagogiques » qu'allait lui infliger le terrible institut ? Je ne savais pas, jusqu'à ce jour, que les profs, eux aussi, avaient des profs. Et que ces profs de profs avaient des sévérités redoutables.

*

La nuit, je rêvai qu'avec des pinces quelqu'un se préparait à m'ouvrir la tête pour y installer un tas de mots qu'il avait près de lui, des mots aussi desséchés que des squelettes. Heureusement, un lion, un moucheron et une tortue prenaient ma défense, mettaient en fuite le méchant et ses pinces.

C'est le lendemain, dans l'après-midi, qu'avec mon frère je pris la mer.

II

La tempête a commencé comme toutes les tempêtes. Soudain, l'horizon bouge, les tables oscillent et les verres, heurtés les uns contre les autres, tintent.

Le commandant, pour fêter l'arrivée prochaine en Amérique, avait organisé, dans le plus grand salon du paquebot, un « championnat international de Scrabble ». Vous savez, le Scrabble est ce jeu étrange, plutôt crispant. Avec des lettres en plastique, on forme des mots rares. Et plus les mots sont rares et plus ils comportent de lettres impossibles (le Z, le W), plus on marque des points.

Les champions, les championnes de mots rares se sont regardés. Ils pâlissaient. L'un après l'autre, ils se sont levés, ont plaqué leur main gauche contre leur bouche et, au pas de course, ont quitté le grand salon. Je me souviens d'une petite dame proprette qui n'avait pas fait assez vite : une matière verdâtre lui coulait entre les doigts. La honte lui dévorait les yeux.

Sur les tables demeuraient les lettres blanches et les dictionnaires grands ouverts.

Thomas me regardait, enchanté. Un vieux reste de politesse l'empêchait d'éclater de rire.

Il faut vous avouer, chère lectrice, cher lecteur, que nous n'aimons rien tant, mon frère et moi, que la très grosse mer : chavirant les estomacs des passagers, elle vide la salle à manger où, admirés par l'équipage stupéfait de notre appétit, nous pouvons tranquillement, lui et moi, en amoureux, festoyer.

Le commandant s'approcha :

— Jeanne et Thomas, vous m'épatez. On dirait de vieux capitaines. Où avez-vous appris l'océan ?

Des larmes me vinrent (parmi mes nombreuses qualités, je sais pleurer à la demande).

— Hélas, monsieur ! Si vous connaissiez notre triste histoire...

Une fois de plus, je racontai la séparation de nos parents. Leur incapacité à vivre ensemble, leur sage décision de vivre chacun d'un côté de l'Atlantique plutôt que de s'injurier du matin au soir.

— Je comprends, je comprends, balbutia le commandant, compatissant. Mais... Vous ne prenez jamais l'avion ?

— Pour nous écraser au décollage, comme notre grand-mère ? Jamais.

Thomas, les dents plantées dans son poignet, parvenait difficilement à garder son sérieux.

Merci Papa, merci Maman de vous aimer si mal ! Dans une famille normale, jamais nous n'aurions tant voyagé.

III

Cette fois, notre chère tempête ne riait pas. Au lieu d'agiter l'océan, comme d'habitude, comme une maman touille l'eau du bain, pour amuser son bébé, une vraie colère l'avait prise, qui montait d'heure en heure. Elle frappait notre malheureux bateau, de plus en plus méchamment, elle jetait contre lui des montagnes liquides, elle le précipitait dans des gouffres. La coque du paquebot craquait et tremblait, comme si la peur, une peur panique, malgré tout son courage, peu à peu, s'emparait de lui. Jamais de ma vie je n'avais été si secouée. Je tombais, me relevais, retombais, glissais sur le parquet soudain pentu comme un toboggan, partout me cognais. Un coin de table m'avait entaillé la joue. Je le sentais bien : les cahots me chamboulaient l'intérieur du corps. D'un instant à l'autre, mon cœur allait se décrocher, de même mon estomac ; sous les os de mon crâne, les morceaux de mon cerveau se mélangeaient…

*

Rien n'est plus contagieux que la peur. Depuis longtemps, le si joyeux steward n'avait pas souri, ni mon futur fiancé, le lieutenant blondinet, encore moins le cuisinier noir que notre appétit d'ogre d'habitude réjouissait tant. Ils sursautaient à la moindre embardée du bateau, ils fermaient les yeux, comme si les coups que la mer lui portait étaient reçus par eux, ils se cramponnaient les uns aux autres, ils grimaçaient ou peut-être priaient-ils, je voyais trembler leurs lèvres.

Une étrange faiblesse s'emparait de moi : j'étais même prête à pardonner à Thomas tout le mal qu'il m'avait fait. Quand vient votre dernière heure, vous abandonnez toute fierté.

Mais tant qu'à mourir, je voulais du bon air.

Par la main, je saisis mon frère et, profitant d'un beau coup de tangage, nous atteignîmes la porte qui donnait sur le pont.

— Interdit ! hurla le lieutenant. Vous allez vous faire emporter !

Ils tentèrent bien de nous retenir, mais trop tard, le paquebot de nouveau piquait du nez vers le ciel. Pauvre équipage, c'est la dernière vision que je garde de lui, un trio qui crie et gigote, plaqué contre une paroi blanche…

Dehors, impossible de respirer, le vent soufflait trop fort, j'étouffais. Comme un coup de poing, il écrasait mes narines. Je croyais avoir trouvé la méthode dans les rafales : tourner la tête. Mais le vent avait compris ma misérable manœuvre, il s'engouffrait en moi par les tympans ; je sentais sous mes cheveux comme un grand nettoyage, tout ce que je savais,

le vent me l'arrachait, ça ressortait par l'autre oreille, mes leçons d'histoire, les dates que j'avais eu tant de mal à apprendre, les verbes irréguliers anglais… Bientôt je serais tout à fait creuse. Et vide.

Thomas, comme moi, tentait de se protéger, les yeux affolés et les deux mains plaquées sur ses oreilles.

Un long coup de sirène retentit : l'ordre de gagner au plus vite un canot de sauvetage.

« Bon, ma petite Jeanne, il faut voir les choses en face, cette fois c'est la fin. Trop tard pour aller chercher une bouée. Si nous coulons, à qui vas-tu bien pouvoir t'accrocher ? »

J'ai cherché, cherché de l'aide dans mon cerveau désert. Un petit mot m'est apparu, le dernier qui me restait, blotti dans un coin, deux syllabes minuscules, tout aussi terrorisées que moi. « Douceur. » Douceur comme le sourire timide de Papa quand il se décidait enfin à me parler comme à une grande, douceur comme la caresse de Maman sur mon front pour m'aider à m'endormir, douceur comme la voix de Thomas quand il me racontait dans le noir qu'il aimait une fille de seconde, douceur, doux et sœur, les deux petits sons qui toujours m'avaient redonné confiance et envie de vivre mille ans, ou plus.

J'ai hurlé à Thomas de faire comme moi :

— Choisis un mot, celui que tu préfères ! Dans le vacarme, il n'a sûrement pas entendu. La maudite tempête s'acharnait trop pour nous laisser la moindre chance. À peine ai-je eu le temps de lui crier que je le détestais et aussi que je l'aimais.

Avait-il, comme moi, voulu choisir un mot et lequel ? Ferrari, football ? Je ne le lui ai jamais demandé. Nos mots préférés sont des affaires intimes, comme la couleur de notre sang. Et je suis sûre qu'il se serait moqué du mien, douceur, un vrai mot de fille.

Lentement, ô comme la lenteur est angoissante, lentement

l'arrière de notre bateau s'est dressé vers le ciel sans soleil. Je me suis sentie tomber, douceur, je répétais, douceur, il me semblait qu'à force de le dire le mot gonflait, comme le cou de certains oiseaux amoureux, je l'avais entouré de mes bras, douceur, ma bouée.

Et puis les lumières noires se sont éteintes et un à un tous les bruits. Plus rien.

IV

D'abord, quelque chose de pointu me picora la peau du crâne, comme si j'avais eu des poux, ce qui n'était plus le cas depuis janvier dernier.

Ensuite, un bruit très tendre et régulier me caressa le tympan, comme l'aller-retour d'un balai fatigué sur le sol d'une maison, comme le voyage obstiné d'une râpe sur la tranche d'un fromage.

Enfin, un fumet frais me parcourut les narines, une odeur de sel et de terre mouillée.

Dans ma tête embrumée, je posai l'addition :

  une peau vivante
+ une oreille vivante
+ un nez vivant
= une Jeanne vivante.

Cette excellente nouvelle (j'avais survécu au naufrage) fut suivie par une terreur noire (qu'est-il arrivé à Thomas). J'ouvris lentement, lentement les yeux. Il était là, ce monstre de frère, assis tranquillement sur la plage, occupé à se gratter, sans aucune élégance, le pantalon. Absolument désintéressé par le sort de sa sœur. La tempête ne l'avait pas changé : toujours aussi nul ! Il bougea les lèvres, sans doute pour m'injurier, comme d'habitude. Mais rien ne sortit, aucun son. Bien sûr, je crus qu'il se moquait. Et je lui préparai une réplique à ma façon. Mais comme lui, rien, le vide dans la bouche. On se regarda, aussi perdus l'un que l'autre. Aussi désespérés maintenant que joyeux l'instant d'avant d'avoir par miracle survécu.

Muets. La tempête nous avait arraché tous nos mots.

Alors, qu'il soit pardonné pour toutes ses méchancetés passées et futures, Thomas me posa une main sur l'épaule. Et de l'autre il me montra notre nouvelle demeure : un paradis. Une baie bordée d'arbres immenses à toucher le ciel bleu ; une eau vert pâle, plus transparente que l'air ; une dentelle de corail, au loin, sur laquelle se brisaient en grondant les assauts de la mer. Plus la moindre trace de bateau. Et d'innombrables poissons, les uns petits et blancs, les autres plus larges et noirs. Poussés par le courant, ils venaient à notre rencontre. Un oiseau surgit, puis dix, puis mille. Ils criaient de joie, plongeaient, remontaient vers le ciel, recriaient, replongeaient. Il me semblait qu'ils ne gardaient pas longtemps leur prise dans le bec. À peine l'avaient-ils saisie qu'ils la recrachaient. Elle retombait, en virevoltant, comme une feuille minuscule et scintillante. Et les oiseaux disparurent, comme ils étaient venus, toujours criant mais cette fois de colère, du moins le devinais-je, ne connaissant pas grand-chose à leur langage.

La déception des oiseaux, nous ne la comprîmes qu'un peu plus tard, lorsque les petits poissons blancs vinrent s'échouer devant nous. Trois carrés de plastique, chacun marqué d'une lettre, Z, N, E. Impossible de se tromper : c'était avec elles que jouaient toute la journée les passagers, les champions de Scrabble. Forcément furieux, les oiseaux ! Ils n'en ont rien à faire du Scrabble et détestent le plastique.

Un peu plus tard, un mot s'approcha du rivage, accompagné de sa définition :

ENCOMBRE (SANS) [sãzãkɔ̃bR] Loc. adv. – av. 1526. De *sans* et *encombre* (fin XIIe) de *encombrer*. Sans rencontrer d'obstacle, sans ennui, sans incident. *Voyage sans encombre.* « *Il venait de subir sans encombre son dernier examen.* » (Flaubert)

Un mot qui flottait sur l'eau verte, un mot plat comme une méduse ou une limande. Inutile d'être bien maligne pour deviner ce qui s'était passé. La tempête avait tant secoué, comme nous, les dictionnaires que les mots s'en étaient détachés. Et maintenant les dictionnaires, vidés de leur contenu, devaient reposer sur le fond de la mer, à côté de leurs amis, les champions de Scrabble.

La mer nous rendait ce que le vent nous avait volé. Des milliers de mots, un banc immense clapotait tranquillement devant nous. Il suffisait de tendre les bras pour les pêcher. Je me souviens des premiers que j'ai pris dans ma main.

JUGEOTE [ʒyʒɔt] n. f. Milieu XIXe, de *juger*. Familier. Jugement, bon sens. « *Il n'a pas pour deux sous de jugeote ! Cette faculté intuitive qu'en bon français on nomme la jugeote.* » (Georges Duhamel)

et

TAISEUX, EUSE [...] adj. Du latin *tacere* et de l'ancien français *taisi*. Personne qui ne parle guère. *Guillaume le Taiseux.*

Ils se déposaient sur ma peau comme des tatouages, ces décalcomanies fragiles qu'un bain peut effacer.

Si j'avais osé, je m'en serais recouvert le corps. Ils m'auraient caressée, j'en suis sûre, à leur manière de mots, discrète et troublante.

Mais Thomas, du coin de l'œil, me surveillait, j'ai abandonné mes idées folles et je l'ai imité. J'ai recueilli les mots

au creux de la paume, écartant le plus doucement possible mes doigts pour que l'eau s'égoutte. Et je les ai étalés délicatement sur le sable pour qu'ils sèchent au soleil. Un soleil de plus en plus dur, d'ailleurs : n'allait-il pas brûler nos petits rescapés ? Thomas m'a souri (bravo ma sœur, tu n'es pas toujours imbécile). Pour les protéger, nous sommes allés chercher des feuilles, de longues feuilles de bananier.

Quelqu'un, derrière nous, chantonnait. Tout à notre travail, nous ne l'avions pas entendu approcher.

Ma jolie petite fleur,
Mon oiseau des îles

Une voix de berceuse, douce, un peu triste, comme les ondées du soir en été. Une voix fragile comme les rêves. Je me retournai lentement, lentement, pour ne pas l'effrayer. Ce genre de voix devait pouvoir s'enfuir à jamais aussi vite que les oiseaux.

Une apparition nous souriait : un petit monsieur basané, droit comme un « i » dans son costume de lin blanc et coiffé d'un canotier. De quelle planète nous était-il arrivé ? Un film musical, un carnaval oublié ? Je ne suis pas très spécialiste de l'âge chez les Noirs. Mais, aux rides qui lui griffaient le coin des yeux, aux taches plus claires de sa peau, je devinais qu'il n'était plus jeune. Il s'avança. Fascinée, je regardais ses chaussures, des mocassins bicolores, rouge et crème. Pas la moindre trace de chaussettes. Plutôt que marcher sur le sable, comme nous, il semblait danser. Je relevai la tête juste à temps pour serrer la main qu'il me tendait :

— Bienvenue, mademoiselle. Tout le monde m'appelle Monsieur Henri. Ne craignez rien, nous avons l'habitude des naufrages et des naufragés. Voici mon neveu. Nous allons prendre soin de vous…

Un ado géant, habillé de couleurs criardes celui-là, chemise à fleurs, pantalon jaune pattes d'eph', et guitare en bandoulière, l'accompagnait. Il se taisait, sans doute trop occupé à faire admirer ses grands yeux verts. Pas de doute, un neveu sublime.

— … Vous ne pouvez plus parler, n'est-ce pas ? ne vous inquiétez pas, c'est normal, après les folles secousses que la tempête vous a infligées. Nous vous avons regardés du rivage. Qu'avez-vous fait à la mer pour qu'elle se montre si violente ? Et le vent, mon Dieu, ces rafales ! C'est un miracle s'il vous reste encore une tête sur les épaules.

Nous nous étions levés en titubant.

— Bienvenue parmi nous. Un bon petit somme et demain

vous irez déjà mieux. Venez, nous allons vous montrer votre logis.

Tant bien que mal, nous les suivîmes. Nous parvînmes à un village de paillotes. Monsieur Henri ouvrit la porte de la première où nous attendaient deux lits bas.

— Si la faim vous réveille, vous trouverez des fruits, de l'eau fraîche et du poisson séché dans ce panier. Bon. N'ayez pas peur, nous allons vous redonner les paroles que l'ouragan vous a dérobées. Et quelques autres qui devraient vous réjouir. Notre île a des pouvoirs, comment dire, plutôt magiques. Vous allez étonner vos parents. À propos, le prochain bateau arrive dans un mois. Nous avons tout le temps...

Le neveu sublime jouait l'indifférent, le genre qui sifflote et d'impatience tapote du pied par terre en regardant ailleurs. Mais je les voyais bien, ses yeux verts, ils brillaient dans la pénombre et n'arrêtaient pas de me frôler.

Nos nouveaux amis refermèrent la porte. Faufilés à travers les persiennes, les rayons du soleil caressaient le plancher. La chanson timide d'une guitare nous berçait. Qui jouait pour nous ? Qui avait compris notre besoin de musique après les fracas désordonnés de la tempête ? Monsieur Henri, le vieil élégant, ou son neveu, le sublime aux yeux verts ?

V

Le soleil trônait déjà au milieu du ciel. Sur la petite place, un chien bâillait, trois chèvres rongeaient un pneu, un papillon passait et repassait sous le nez d'un chat noir obèse.

Après tant de tumultes, ce calme donnait le vertige.

Monsieur Henri, assis sur un tronc d'arbre, caressait sa guitare. De temps en temps, ses doigts se promenaient sur les cordes, et revenait le même air que la veille, celui qui nous avait endormis. Peut-être nous avait-il accompagnés toute la nuit, pour chasser les cauchemars, les cauchemars horribles qui assaillent forcément les survivants d'un drame ? Quels étaient ces gens qui savaient prendre si bien soin des naufragés ? Et quels étaient leurs pouvoirs magiques ? Je mourais d'envie d'en savoir plus. Quand l'impatience me prend, je ne peux m'empêcher de bouger. J'esquissai trois pas de danse.

Monsieur Henri sourit.

— Nous allons mieux, on dirait. Il est déjà tard. Je vous emmène au marché. Vous comprendrez ce qui se passe dans notre île.

*

Des guirlandes de piments, des tronçons d'espadon, de thon et de barracuda, des chèvres déchiquetées, d'autres bêtes en morceaux, des yeux, des langues, des foies et de grosses billes brunes (des couilles de taureau), des montagnes beiges de patates douces, des bouteilles blanches (rhum agricole), des saladiers, des casse-noisettes, des ventouses roses à déboucher les toilettes, des pattes de lapin (porte-bonheur), des chauves-souris desséchées (porte-malheur), des bâtons à mordiller nommés bois bandé (pour guérir la mollesse des maris)... et une foule bigarrée qui caquetait, pourparlait, cancanait, s'insultait, s'esclaffait... Sans compter, au ras du sol, la double armée, celle des enfants qui pleuraient beaucoup, criaient « maman », et celle des chiens, la gueule ouverte et baveuse, de vraies poubelles vivantes, ils gobaient tout ce qui tombait et s'en allaient au soleil mastiquer pensivement.

Au bout de l'allée, changement d'atmosphère : quatre boutiques étroites entouraient un rond-point. On aurait dit la place d'un village miniature... Les clients n'approchaient qu'en murmurant. Ils jetaient de droite à gauche des regards inquiets, comme des gens qui ont des secrets à cacher.

— Je vous présente notre marché aux mots, dit Monsieur Henri. C'est ici que je fais mes courses. Vous y trouverez ou retrouverez tout ce dont vous avez besoin.

Et il s'approcha du premier magasin, qu'un calicot pendouillant indiquait comme :

L'AMI DES POÈTES ET DE LA CHANSON

Drôle d'ami que ce commerçant, un géant maigre, l'air endormi et qui ne proposait rien. Rien qu'un vieux livre écorné. Pour le reste, son étalage était vide. Après les compliments et embrassades d'usage, Monsieur Henri passa ses commandes :

— Mon dernier refrain me turlupine, tu n'aurais pas une rime à « douce » et une autre à « maman » ?

Tandis qu'ils faisaient affaire, je me glissai vers la boutique de gauche.

AU VOCABULAIRE DE L'AMOUR
TARIF RÉDUIT POUR LES RUPTURES

Justement, une femme en larmes suppliait :

— Mon mari m'a sauvagement quittée. Je voudrais un mot pour qu'il comprenne ma douleur, un mot terrible, qui lui fasse honte.

Le vendeur, un jeunot, sans doute un débutant, commença par rougir, « tout de suite, tout de suite », plongea dans un vieux volume et se mit à feuilleter comme un forcené « j'ai ce qu'il vous faut, une petite seconde. Voilà, vous avez le choix : affliction… »

— Ça sonne mal.

— Neurasthénie…

— On dirait un médicament.

— Désespérade.

— Je préfère, celui-là, il me plaît. Désespérade, je suis en pleine désespérade !

Elle glissa une pièce dans la main du vendeur et s'en alla

ragaillardie. Elle emportait dans ses bras son mot nouveau, désespérade, désespérade… Elle n'était plus seule, elle avait retrouvé quelqu'un à qui parler.

Le client suivant était un vieux, d'au moins quarante ans ; à cet âge, je ne croyais pas qu'on s'occupait toujours d'amour.

— Voilà. Ma femme ne supporte plus mes je t'aime. « Depuis vingt ans, tu pourrais varier ; invente autre chose, me dit-elle, ou je m'en vais. »

— Facile, vous pourriez lui dire : « J'ai la puce à l'oreille. »

— Pour qu'elle me croie malpropre ?

— « Je suis coiffé de toi. »

— Ce qui veut dire ?

— L'obsession que j'ai de toi s'est enfoncée sur ma tête comme un chapeau trop grand. Je suis coiffé de toi. Je ne vois plus que toi…

— Je vais essayer. Si ça ne marche pas, je vous le rapporte.

Nous aurions pu rester jusqu'à la nuit. La file des clients s'allongeait. Thomas, comme moi, tendait l'oreille, « je vais lui faire une langue fourrée », on jouera à « la bête à deux dos ». Ses yeux brillaient, il avait l'air de comprendre des choses. Il faisait provision. Il saurait leur parler, aux filles, dès son retour, elles n'en reviendraient pas. Depuis le temps qu'il cherchait une recette pour draguer les grandes, les bien trop grandes pour lui.

Devant les autres boutiques aussi, une foule se pressait. J'aurais volontiers passé du temps avec

DIEUDONNÉ

APPELEUR DIPLÔMÉ

DES PLANTES ET DES POISSONS

ou chez la mystérieuse

MARIE-LOUISE
ÉTYMOLOGISTE EN QUATRE LANGUES

En réponse à mon air égaré, Monsieur Henri expliqua :

— L'étymologie raconte l'origine des mots. « Enfer », par exemple, vient du latin *infernus* (inférieur), quelque chose qui se trouve en dessous. Mais venez, j'ai bien d'autres endroits de l'île à vous montrer. Maintenant, vous connaissez l'adresse. Revenez quand vous voulez.

Il nous entraînait déjà. J'ai juste eu le temps d'entendre une belle liste d'injures proposées à quelqu'un qui ne supportait plus son patron. « Guette au trou », « bec à merde », « nain d'la couille »... Je me suis dit que toutes allaient à mon frère comme un gant, et plus efficaces que mes petites insultes habituelles, « imbécile », « crétin », « nullard ».

J'allais pour de bon l'agonir, celui-là. Je venais de l'apprendre, ce mot-là, « agonir » c'est-à-dire insulter, de « honnir » c'est-à-dire détester. L'agonir pour qu'il agonise, mon frère adoré et détesté, l'agonir pour qu'il se torde à mes pieds dès que j'ouvrirai la bouche, en demandant grâce.

De ce moment-là, ma vie d'avant m'a fait honte, la vie d'avant le naufrage, une vie de pauvre, une existence de quasi-muette. Combien de mots employais-je avant la tempête ? Deux cents, trois cents, toujours les mêmes... Ici, faites-moi confiance, j'allais m'enrichir, je reviendrais avec un trésor.

APPELE
DES PLANT

DONNÉ
DIPLÔMÉ
T DES POISSONS

VI

L'après-midi, nous partîmes en pirogue.

Heureusement que la mer était calme et qu'à travers ses longs cils de fille, les yeux verts du neveu sublime ne me quittaient pas. Sans eux, je serais morte de terreur. Le souvenir des vagues énormes ne demandait qu'à m'envahir. Comment oublier la vision de notre malheureux bateau englouti tête la première ?

Mais l'eau restait lisse et transparente comme une vitre. Il suffisait de se pencher pour suivre la danse tranquille des poissons, des violets, des jaunes à bandes rouges, des plats comme la main, des ronds comme un ballon, un festival de couleurs joyeuses. Malgré la beauté du spectacle, une tristesse ne me quittait pas. Je ne pouvais m'empêcher de penser à nos anciens compagnons de voyage, les champions de mots riches en Z et W. Comment faire pour remonter les noyés à l'air libre ?

Une autre famille d'idées sombres rôdaient autour de moi à la manière de guêpes qui attendent l'instant propice pour piquer. Au moment où nous embarquions dans la pirogue, j'avais surpris une conversation, une conversation chuchotée entre mon sublime et son oncle Henri.

— Il y a longtemps qu'on ne les a pas vus.

— Oui, ça m'étonne. D'habitude, on les a sur le dos dès le lendemain d'un naufrage.

— Espérons qu'ils vont laisser tranquilles nos amis.

— Pauvre charmante demoiselle ! Je l'imagine très mal enfermée…

De qui parlaient-ils ? Et qui voulait m'emprisonner ?

Comme nos accompagnateurs, je guettais l'horizon. D'où arriveraient mes ennemis ?

Heureusement, notre traversée ne dura pas un quart d'heure et personne ne vint la déranger.

*

Brûlé, cet îlot, comme une galette des rois trop longtemps laissée dans le four. Et vide, absolument, de plantes, d'êtres vivants, de constructions, l'endroit champion du monde catégorie désert, imbattable au *Livre Guinness des records* (chapitre « Rien »). Un plateau rocheux marron foncé, détergé, délavé, récuré… Tel était l'endroit de charme où nous avions débarqué.

Drôle de choix pour une excursion ! Monsieur Henri ne tarda pas à nous donner la raison de notre venue.

— Vous savez pourquoi les déserts avancent, un peu partout sur notre Terre ?… Il suffirait de fermer les paupières pour la voir avancer vers nous, cette terrible armée de sable. On nous parle de réchauffement de la planète, de forêts dévastées… C'est sans doute vrai. Mais l'on oublie l'essentiel. Ici, il y a cent ans, vivaient deux villages, avec tout ce qu'il faut pour être heureux, des plantes, des paillotes, de l'eau douce, des femmes, des hommes, des enfants, des animaux…

Je ne pouvais y croire.

Ici, de la vie ! Sur ce carré de la désolation ? Allons donc ! Je forçais mon cerveau à imaginer mais il refusait, il renâclait, il me prenait pour une folle.

— … Un jour, une tempête aussi forte que la vôtre a soufflé sur cette île. Des arbres ont été arrachés, bien sûr, et des maisons se sont envolées. Mais tout le reste demeurait. Il suffisait de rebâtir et l'existence aurait repris, comme avant, jusqu'à la prochaine tempête.

Depuis quelque temps, je voyais sur la mer se multiplier des triangles noirs. Ils tournaient et retournaient autour de nous comme une ronde. Je ne compris pas tout de suite que c'étaient les requins. Peut-être que ces bêtes-là ne se nourrissent pas seulement de chair fraîche mais aussi d'histoires sinistres ? Et celle que contait Monsieur Henri n'avait rien de gai.

— Les habitants s'étaient fait, comme vous, nettoyer de tous leurs mots. Au lieu de venir chez nous les réapprendre, ils ont cru qu'ils pourraient vivre dans le silence. Ils n'ont plus rien nommé. Mettez-vous à la place des choses, de l'herbe, des ananas, des chèvres... À force de n'être jamais appelées, elles sont devenues tristes, de plus en plus maigres, et puis elles sont mortes. Mortes, faute de preuves d'attention ; mortes, une à une, de désamour. Et les hommes et les femmes, qui avaient fait le choix du silence, sont morts à leur tour. Le soleil les a desséchés. Il n'est bientôt plus resté de chacun d'entre eux qu'une peau, mince et brune comme une feuille de papier d'emballage, que le vent, facilement, a emportée.

Monsieur Henri s'est tu. Des larmes lui étaient montées. Sans doute avait-il des grands-mères, des grands-pères parmi les desséchés ? Il nous a reconduits à la pirogue. Les requins, après la fin de l'histoire, avaient disparu.

— Vous savez combien de langues meurent chaque année ?

Comment, privés des mots et encore plus des chiffres, aurions-nous pu lui répondre ? Je vous rappelle qu'après les cahots de la tempête et les agressions du vent, nos pauvres têtes ne pouvaient plus fabriquer la moindre phrase ! Nous parvenions tout juste à comprendre ce qu'on nous disait.

— Vingt-cinq ! Vingt-cinq langues meurent chaque année ! Elles meurent, faute d'avoir été parlées. Et les choses que désignent ces langues s'éteignent avec elles. Voilà pourquoi les déserts peu à peu nous envahissent. À bon entendeur, salut ! Les mots sont les petits moteurs de la vie. Nous devons en prendre soin.

Il nous regardait fixement, l'un puis l'autre, Thomas et moi. Sa gaieté, sa gentillesse s'étaient évanouies, avalées par une gravité terrible. Il marmonnait pour lui-même, d'une main il tenait le hors-bord, de l'autre il comptait sur ses doigts vingt-cinq de moins chaque année, comme il reste cinq mille langues vivantes sur la Terre, en 2100, il n'en restera plus que la moitié, et après ? La nuit, en tombant, lui retira sa colère.

Comme si l'obscurité était, avec la musique, la seule vraie maison de Monsieur Henri, l'endroit où il pouvait vivre à sa guise sans plus craindre aucun danger.

Une fois touchée la plage, il nous laissa ranger la pirogue et partit rejoindre un orchestre, un peu plus haut, à la lisière des arbres.

Le temps de m'allonger sur le sable, de saluer poliment les étoiles et je dormais.

VII

D'habitude, je hais les vieilles dames. Rien de plus hypocrite que ces animaux-là. Tout miel avec nous, les enfants, caresses et areu, areu quand les parents les regardent. Mais dès qu'ils ont le dos tourné, elles se vengent de notre jeunesse, elles nous pincent de leurs doigts décharnés de sorcière, nous piquent de leurs aiguilles à tricoter ou, pire supplice, nous embrassent à tout bout de champ pour nous punir de sentir si bon et d'avoir la peau si douce.

Mais celle qui me fut présentée ce jour-là, je l'ai aimée, dès le premier instant.

*

Une maisonnette comme on en voit des centaines au bord de toutes les plages : banale, blanche, un étage, deux fenêtres et un balcon pour se saouler d'horizon. Un panneau sur la porte :

ENTREZ SANS FRAPPER.
MAIS, S'IL VOUS PLAÎT,
ATTENDEZ LA FIN DU MOT.
MERCI.

Et un chuchotement, des sons qui bruissaient plutôt que ne parlaient, comme un gazouillis de moineau malade ou comme les prières à l'église. D'ailleurs, je l'ai compris plus tard, il s'agissait bien d'une prière.

Monsieur Henri ouvrit. Personne. Nous traversâmes le salon encombré d'animaux empaillés mités et de livres déchiquetés. Peut-être les gens aimaient-ils tellement les romans, dans cette île, qu'ils les dévoraient ? À part eux, rien. Seul le murmure nous guidait. Autre porte. Le jardin. Un carré minuscule planté de trois palmiers, une table ronde recouverte de dentelle où reposait un gros dictionnaire ouvert.

Et, bien assise sur une chaise à très haut dossier, semblable à celles qu'on voit dans les châteaux, vêtue d'une robe blanche de fête, la personne la plus vieille que j'aie jamais rencontrée. Comprenez-moi : pas seulement ridée, mais crevassée, ravinée, creusée, de vrais canyons, les yeux perdus sous d'invraisemblables plis et la bouche disparue au fond d'un trou. L'ensemble surmonté d'une crinière immaculée, la chevelure d'une lionne des neiges. Je n'osais imaginer le nombre d'années nécessaires pour sculpter ces sillons sur la peau et laver, relaver ces cheveux.

Un ventilateur veillait sur cette antiquité. On aurait dit un chien, ce ventilateur. Son gros œil unique fixé sur sa maîtresse grondait sur commande.

— « Échauboulure ».

L'antiquité modulait les syllabes avec une douceur que je n'avais entendue nulle part, une tendresse timide, elle articulait

comme une amoureuse. C'est peut-être pour cela qu'elle avait choisi une robe de mariée. Pourquoi personne n'avait jamais prononcé ainsi mon prénom ?

Comme le réclamait l'écriteau, nous attendîmes « la fin du mot ».

— « Échauboulure ».

Évidemment, je n'avais pas la moindre idée du sens de ces cinq syllabes. Je n'eus pas à attendre longtemps.

Une main toute rose parut, dans le jardin minuscule, et se posa sur la dentelle de la table. Sur la main, une cloque rouge poussa.

— C'est bien ça, chuchota Monsieur Henri. Il s'était penché vers le dictionnaire et lisait la définition : *Échauboulure : petite cloque rouge qui survient sur la peau pendant les chaleurs de l'été.*

Sept minutes s'écoulèrent dans le plus parfait silence. On n'entendait au loin que le chant de quelques oiseaux et les raclements de la mer sur le sable. Puis la main et la cloque s'évanouirent. Mais le mot demeura, ses cinq syllabes brillantes voletant dans l'air tel un papillon. Il disparut bientôt en agitant les ailes, pour dire merci, merci de m'avoir prononcé. La plus vieille dame du monde se retourna vers nous. Impossible de savoir si elle nous voyait. Je vous l'ai dit : à la place habituelle des yeux n'étaient que des plis.

Le ventilateur n'appréciait pas notre présence. En bon chien de garde, il grondait et soufflait. On le sentait prêt, pour défendre sa maîtresse, à sauter sur le visiteur et à le découper en rondelles.

Heureusement, le vent qu'il produisait tourna la page du gros dictionnaire. Et, de sa même voix douce, attendrie, d'amoureuse, la nommeuse, sans plus s'occuper de nous, lut lentement les quatre syllabes d'un autre mot :

— « Échinidés ».

Une famille d'oursins à l'instant surgit sur la pelouse du jardin.

— Vous avez compris son travail ? nous chuchota Monsieur Henri. Elle redonne vie aux mots rares. Sans elle, ils disparaîtraient à jamais dans l'oubli.

Nous sommes restés longtemps dans le petit jardin, fascinés par le spectacle de ces résurrections. Qu'est-ce qu'un « éclateur » ? Un appareil composé de deux pièces métalliques entre lesquelles jaillirent des étincelles. Qu'est-ce qu'un « écrivain » ? Une sorte d'insecte coléoptère. Il se posa sur une longue feuille d'acanthe et, pris d'une faim soudaine, y découpa des trous en forme de lettres…

Oh, la joie de ces mots sortis de l'oubli. Ils s'étiraient, ils s'ébrouaient, certains n'avaient pas dû voir le grand air depuis des siècles.

Qu'est-ce qu'un « livre éléphantin » ? Un livre aux pages d'ivoire. Que sont des « embrassoires » ? Des tenailles utilisées par le verrier pour saisir les pots où l'on fond le verre.

La nuit tombait. Sur la pointe des pieds, nous avons quitté notre vieille amie.

Chère nommeuse ! (Monsieur Henri avait les yeux attendris d'un enfant parlant de sa maman.) Puisse-t-elle vivre mille ans ! Nous avons tant besoin d'elle ! Nous devons la protéger de Nécrole.

Voyant mon air angoissé (qui pouvait bien être ce Nécrole ?), il me prit par l'épaule et me parla politique, comme à une grande.

— Nécrole est le gouverneur de l'archipel, bien décidé à y mettre de l'ordre. Il ne supporte pas notre passion pour les mots. Un jour, je l'ai rencontré. Voici ce qu'il m'a dit : « Tous les mots sont des outils. Ni plus ni moins. Des outils de communication. Comme les voitures. Des outils techniques, des outils utiles. Quelle idée de les adorer comme des dieux ! Est-ce qu'on adore un marteau ou des tenailles ? D'ailleurs, les mots sont trop nombreux. De gré ou de force, je les réduirai à cinq cents, six cents, le strict nécessaire. On perd le sens du travail quand on a trop de mots. Tu as bien vu les îliens : ils ne pensent qu'à parler ou à chanter. Fais-moi confiance, ça va changer… » De temps en temps, il nous envoie des hélicoptères équipés de lance-flammes, et fait brûler une bibliothèque…

Je frissonnais. Voilà donc les fameux ennemis qui nous menaçaient ! De colère, les doigts de Monsieur Henri me serraient le cou, de plus en plus fort. Je me retenais de crier. J'avais presque mal.

— Ne te trompe pas, Nécrole n'est pas seul. Beaucoup pensent comme lui, surtout les hommes d'affaires, les banquiers, les économistes. La diversité des langues les gêne pour leurs trafics : ils détestent devoir payer des traducteurs. Et c'est vrai que si la vie se résume aux affaires, à l'argent, acheter et vendre, les mots rares ne sont pas très nécessaires. Mais ne t'inquiète pas, depuis le temps, on sait se protéger.

Ainsi finit notre troisième journée sur l'île. Ainsi commença pour moi l'habitude d'une petite cérémonie qui ne m'a jamais apporté que du bonheur : chaque dimanche soir, avant de m'endormir, je flâne quelques minutes au fond d'un dictionnaire, je choisis un mot inconnu de moi (j'ai le choix : quand je pense à tous ceux que j'ignore, j'ai honte) et je le prononce à haute voix, avec amitié. Alors, je vous jure, ma lampe quitte la table où d'ordinaire elle repose et s'en va éclairer quelque région du monde ignorée.

VIII

Au milieu de la nuit, un sanglot m'a réveillée. Je le connais bien, ce sanglot. C'est une sorte de boule, elle s'installe dans ma gorge, juste en dessous de la place où se trouvaient mes amygdales, avant qu'un chirurgien-boucher ne me les enlève.

La boule me vient quand je suis trop seule, pour me tenir compagnie. De vous à moi, je préférerais quelqu'un d'autre comme compagnie. Mais on ne choisit pas toujours ses amis et tout vaut mieux que la solitude.

Je me suis assise dans mon lit. Si je reste allongée, ce sanglot-là m'empêche de respirer.

« Et si j'essayais ? »

L'image de la nommeuse ne me quittait pas. Avais-je moi aussi ce pouvoir de faire apparaître ? Je n'osais pas. Le cœur me battait. Mes mains tremblaient. J'ai prononcé « Maman » doucement, pour ne pas déranger Thomas qui avait fini par s'endormir.

Une seconde après, elle était là, debout près de moi, ma vraie maman, ses cheveux blonds, son parfum de savon, son sourire de petite fille, les yeux plissés et la main ouverte, toujours prête à caresser ma joue.

On se regardait, regardait, à se faire mal, sans rien dire. C'était à moi de parler mais je ne pouvais pas. Je n'avais pas encore retrouvé mes mots. Je n'étais pas encore guérie de la tempête.

Maman est restée si peu de temps, à la lumière de la lune. J'avais un œil sur ma montre fluorescente et l'autre sur ma mère. Ça dure si peu, sept minutes.

Et elle s'en est allée, avec un geste du bout des doigts, au revoir. Emportant avec elle le sanglot. Maman est comme ça, elle m'enlève mes sanglots. J'espère qu'elle ne les garde pas pour elle. Plus tard, j'inventerai des poubelles à sanglots. On les jetterait aux égouts, où des rats les mangeraient. Les rats, dit-on, se nourrissent de n'importe quoi. Nous nous sentirions plus légers. Je me suis rendormie.

IX

— Laissez-la tranquille !

Depuis quelque temps déjà, du creux de mon sommeil, j'entendais ces chuchotements de plus en plus furibonds, « allez-vous-en », « vous voyez bien qu'elle dort », accompagnés de battements d'ailes minuscules, de vrombissements légers, comme ceux des moustiques avant de piquer.

J'ouvris lentement les yeux. Un vol d'une trentaine de mots m'assaillait. « Épitrope », « Escargasse », « Girasol », « Mastaba » et bien d'autres, que j'ai oubliés aujourd'hui.

Le neveu sublime tentait d'éloigner cet essaim à grands coups d'éventail.

— Imbéciles ! Si vous croyez qu'en la réveillant vous allez la séduire !

Gentils mots, je comprenais bien leur demande. Mais que pouvais-je y faire ? Je n'avais pas la vocation ni la patience de notre vieille amie, pour nommer toute la journée. Mon métier, à mon âge, vingt-quatre heures sur vingt-quatre, c'était de jouer, de nager, de vivre, pas de chuchoter des syllabes. Je me levai d'un bond, au grand effroi de mes assaillants. Comprenant qu'avec moi ils perdaient leur temps, les mots allèrent chercher secours ailleurs.

Du pas de la porte, Monsieur Henri avait assisté à la scène avec un sourire encore plus large que d'habitude. Thomas avait subi les mêmes affectueux assauts que moi. Seulement, comme il est violent, il avait vite chassé ses visiteurs à larges moulinets de polochon.

— Eh bien dites-moi, tous les deux, on dirait que nos amis vous ont adoptés ! Vous ne souffrez pas trop de l'invasion ?

Pour être franche, moi qui déteste ranger ma chambre, j'aurais volontiers mis un peu d'ordre dans ma tête. Les mots

s'étaient entassés partout, sous mes cheveux, derrière mon front, derrière mes yeux. Je les sentais amoncelés au petit bonheur la chance dans les moindres recoins de mon crâne. Je sentais revenir à grands pas la migraine…

D'autant que Monsieur Henri s'était mis à tirer de sa guitare des horreurs, des sons au hasard, un chaos vraiment cruel, une cacophonie qui entrait dans l'oreille et me vrillait le tympan. Qu'est-ce qui lui prenait de nous torturer ainsi ?

— Vous voyez, les mots, c'est comme les notes. Il ne suffit pas de les accumuler. Sans règles, pas d'harmonie. Pas de musique. Rien que des bruits. La musique a besoin de solfège, comme la parole a besoin de grammaire. Il vous reste quelques souvenirs de grammaire ?…

Misère !

Je me rappelais l'horreur des conjugaisons, la torture des exercices, les accords infernaux des participes passés…

Thomas grimaçait plus encore que moi.

— On fait un pari ? reprit Monsieur Henri. Si dans une semaine, vous n'aimez pas la grammaire, je casse ma guitare.

Nous lui avons souri gentiment, pour lui faire plaisir. Il semblait si convaincu. Mais nous faire aimer la grammaire, jamais. Malheureuse guitare ! Une fois gagné notre pari, nous demanderions sa grâce.

Le sublime nous attendait dehors avec quatre chevaux.

— La ville des noms est à neuf kilomètres. Le premier arrivé gagne une chanson de moi.

Nous avons galopé à perdre souffle. Je crois que les deux garçons laissèrent Thomas gagner.

X

Nous avions atteint le sommet d'une colline où nous attendait le plus étrange et le plus joyeux des spectacles.

— À partir de maintenant, aucun bruit, chuchota Monsieur Henri, il ne faut pas les déranger.

Je me demandai pour quelle sorte de personnages considérables nous devions prendre de telles précautions. Une princesse en train d'embrasser son chéri secret, des acteurs de cinéma en plein tournage ? La réponse, bien plus simple et parfaitement imprévisible, n'allait pas tarder à m'arriver. À pas de loup, je m'approchai d'une balustrade en vieux bois branlant. En dessous de nous s'étendait une ville, une vraie ville, avec des rues, des maisons, des magasins, un hôtel, une mairie, une église à clocher pointu, un palais genre arabe flanqué d'une tour (une mosquée ?), un hôpital, une caserne de pompiers… Une ville en tout point semblable aux nôtres. À trois différences près.

1. La taille : tous les bâtiments avaient été réduits de moitié par rapport aux dimensions normales. On aurait dit une maquette, un décor…

2. Le silence : d'habitude, les villes font grand bruit : voitures, mobylettes, moteurs divers, chasses d'eau, engueulades, piétinements des semelles sur les trottoirs… Là, rien. Rien que des froissements très légers, d'imperceptibles froufrous.

3. Les habitants : pas d'hommes ni de femmes ; aucun enfant. Les rues n'étaient parcourues que de mots. Des mots innombrables, radieux sous le soleil. Ils se promenaient comme chez eux, ils étiraient dans l'air tranquillement leurs syllabes, ils avançaient, les uns sévères, clairement conscients de leur importance, amoureux de l'ordre, de la ligne droite (le mot « Constitution », les mots « analyse d'urine » bras dessus, bras dessous, le mot « carburateur »). Rien n'était

plus réjouissant que de les voir s'arrêter aux feux rouges alors qu'aucune automobile ne les menaçait. Les autres mots, beaucoup plus fantaisistes, incontrôlables, voletaient, caracolaient, cabriolaient comme de minuscules chevaux fous, comme des papillons ivres : « Plaisir », « Soutien-gorge », « Huile d'olive »... Je suivais, fascinée, leur manège. Je n'avais jamais prêté assez attention aux mots. Pas une seconde, je n'aurais imaginé qu'ils avaient chacun, comme nous, leur caractère.

Monsieur Henri nous prit par l'épaule, Thomas et moi, et nous glissa dans l'oreille l'histoire de cette cité.

— Un beau jour, dans notre île, les mots se sont révoltés. C'était il y a bien longtemps, au début du siècle. Je venais de naître. Un matin, les mots ont refusé de continuer leur vie d'esclaves. Un matin, ils n'ont plus accepté d'être convoqués, à n'importe quelle heure, sans le moindre respect et puis rejetés dans le silence. Un matin, ils n'ont plus supporté la bouche des humains. J'en suis sûr, vous n'avez jamais pensé au martyre des mots. Où mijotent les mots avant d'être prononcés ? Réfléchissez une seconde. Dans la bouche. Au milieu des caries et des vieux restes de veau coincés entre les dents ; empuantis par la mauvaise haleine ambiante, écorchés par des langues pâteuses, noyés dans la salive acide. Vous accepteriez, vous, de vivre dans une bouche ? Alors un matin, les mots se sont enfuis. Ils ont cherché un abri, un pays où vivre entre eux, loin des bouches détestées. Ils sont arrivés ici, une ancienne ville minière, abandonnée depuis qu'on n'y trouvait plus d'or. Ils s'y sont installés. Voilà, vous savez tout. Je vais vous laisser jusqu'à ce soir, j'ai ma chanson à finir. Vous pouvez les regarder tant que vous voudrez, les mots ne vous feront pas de mal. Mais ne vous avisez pas d'entrer chez eux. Ils savent se défendre. Ils peuvent piquer pire que des guêpes et mordre mieux que des serpents.

*

Vous êtes comme moi, j'imagine, avant mon arrivée dans l'île. Vous n'avez connu que des mots emprisonnés, des mots tristes, même s'ils faisaient semblant de rire. Alors il faut que je vous dise : quand ils sont libres d'occuper leur temps comme ils le veulent, au lieu de nous servir, les mots mènent une vie joyeuse. Ils passent leurs journées à se déguiser, à se maquiller et à se marier.

Du haut de ma colline, je n'ai d'abord rien compris. Les mots étaient si nombreux. Je ne voyais qu'un grand désordre. J'étais perdue dans cette foule. J'ai mis du temps, je n'ai appris que peu à peu à reconnaître les principales tribus qui composent le peuple des mots. Car les mots s'organisent en tribus, comme les humains. Et chaque tribu a son métier.

Le premier métier, c'est de désigner les choses. Vous avez déjà visité un jardin botanique ? Devant toutes les plantes rares, on a piqué un petit carton, une étiquette. Tel est le premier métier des mots : poser sur toutes les choses du monde une étiquette, pour s'y reconnaître. C'est le métier le plus difficile. Il y a tant de choses et des choses compliquées et des choses qui changent sans arrêt ! Et pourtant, pour chacune il faut trouver une étiquette. Les mots chargés de ce métier terrible s'appellent les *noms*. La tribu des noms est la tribu principale, la plus nombreuse. Il y a des noms-hommes, ce sont les masculins, et des noms-femmes, les féminins. Il y a des noms qui étiquettent les humains : ce sont les prénoms. Par exemple, les Jeanne ne sont pas des Thomas (heureusement). Il y a des noms qui étiquettent les choses que l'on voit et ceux qui étiquettent des choses qui existent mais qui demeurent invisibles, les sentiments par exemple : la colère, l'amour, la tristesse… Vous comprenez pourquoi dans la ville, au pied de notre colline, les noms pullulaient. Les autres tribus de mots devaient lutter pour se faire une place.

Par exemple, la toute petite tribu des *articles*. Son rôle est simple et assez inutile, avouons-le. Les articles marchent devant les noms, en agitant une clochette : attention, le nom qui me suit est un masculin, attention, c'est un féminin ! Le tigre, la vache.

Les noms et les articles se promènent ensemble, du matin jusqu'au soir. Et du matin jusqu'au soir, leur occupation favorite est de trouver des habits ou des déguisements. À croire qu'ils se sentent tout nus, à marcher comme ça dans les rues. Peut-être qu'ils ont froid, même sous le soleil. Alors ils passent leur temps dans les magasins.

Les magasins sont tenus par la tribu des *adjectifs*.

Observons la scène, sans faire de bruit (autrement, les mots vont prendre peur et voleter en tout sens, on ne les reverra plus avant longtemps).

Le nom féminin « maison » pousse la porte, précédé de « la », son article à clochette.

— Bonjour, je me trouve un peu simple, j'aimerais m'étoffer.

— Nous avons tout ce qu'il vous faut dans nos rayons, dit le directeur en se frottant déjà les mains à l'idée de la bonne affaire.

Le nom « maison » commence ses essayages. Que de perplexité ! Comme la décision est difficile ! Cet adjectif-là plutôt que celui-ci ? La maison se tâte. Le choix est si vaste. Maison « bleue », maison « haute », maison « fortifiée », maison « alsacienne », maison « familiale », maison « fleurie » ? Les adjectifs tournent autour de la maison cliente avec des mines de séducteur, pour se faire adopter.

Après deux heures de cette drôle de danse, la maison ressortit avec le qualificatif qui lui plaisait le mieux : « hanté ». Ravie de son achat, elle répétait à son valet article :

— « Hanté », tu imagines, moi qui aime tant les fantômes, je ne serai plus jamais seule. « Maison », c'est banal. « Maison » et « hanté », tu te rends compte ? Je suis désormais le bâtiment le plus intéressant de la ville, je vais faire peur aux enfants, oh comme je suis heureuse !

— Attends, l'interrompit l'adjectif, tu vas trop vite en besogne. Nous ne sommes pas encore accordés.

— Accordés ? Que veux-tu dire ?

— Allons à la mairie. Tu verras bien.

— À la mairie ! Tu ne veux pas te marier avec moi, quand même ?

— Il faut bien, puisque tu m'as choisi.

— Je me demande si j'ai eu raison. Tu ne serais pas un adjectif un peu collant ?

— Tous les adjectifs sont collants. Ça fait partie de leur nature.

*

Thomas, à mes côtés, suivait ces échanges avec autant de passion que moi. L'heure avançait, sans que nous songions à déjeuner. L'intérêt du spectacle avait fait taire les appels de nos estomacs. D'autant que, devant la mairie, on s'agitait. L'heure des mariages allait sonner, que nous ne voulions manquer sous aucun prétexte.

XI

À vrai dire, c'étaient de drôles de mariages.

Plutôt des amitiés. Comme dans les écoles d'autrefois, quand elles n'étaient pas mixtes. Au royaume des mots, les garçons restent avec les garçons et les filles avec les filles.

L'article entrait par une porte, l'adjectif par une autre. Le nom arrivait le dernier. Ils disparaissaient tous les trois. Le toit de la mairie me les cachait. J'aurais tout donné pour assister à la cérémonie. J'imagine que le maire devait leur rappeler leurs droits et leurs devoirs, qu'ils étaient désormais unis pour le meilleur et pour le pire.

Ils ressortaient ensemble se tenant par la main, accordés, tout masculin ou tout féminin : le château enchanté, la maison hantée... Peut-être qu'à l'intérieur le maire avait installé un distributeur automatique, les adjectifs s'y ravitaillaient en « e » final pour se marier avec un nom féminin. Rien de plus docile et souple que le sexe d'un adjectif. Il change à volonté, il s'adapte au client.

Certains, bien sûr, dans cette tribu des adjectifs, étaient moins disciplinés. Pas question de se modifier. Dès leur naissance, ils avaient tout prévu en se terminant par « e ». Ceux-là se rendaient à la cérémonie les mains dans les poches. « Magique », par exemple. Ce petit mot malin avait préparé son coup. Je l'ai vu entrer deux fois à la mairie, la première avec « ardoise », la seconde avec « musicien ». Une ardoise magique (tout féminin). Un musicien magique (tout masculin). « Magique » est ressorti fièrement. Accordé dans les règles mais sans rien changer. Il s'est tourné vers le sommet de ma colline. J'ai l'impression qu'il m'a fait un clin d'œil : tu vois, Jeanne, je n'ai pas cédé, on peut être adjectif et conserver son identité.

Charmants adjectifs, indispensables adjoints ! Comme ils seraient mornes, les noms, sans les cadeaux que leur font les adjectifs, le piment qu'ils apportent, la couleur, les détails...

Et pourtant, comme ils sont maltraités !

Je vais vous dire un secret : les adjectifs ont l'âme sentimentale. Ils croient que leur mariage durera toujours... C'est mal connaître l'infidélité congénitale des noms, de vrais garçons, ceux-là, ils changent de qualificatifs comme de chaussettes. À peine accordés, ils jettent l'adjectif, retournent au magasin pour en chercher un autre et, sans la moindre gêne, reviennent à la mairie pour un nouveau mariage.

La maison, par exemple, ne supportait sans doute plus ses fantômes. En deux temps, trois mouvements, elle préféra soudain « historique ». « Historique », « maison historique », vous vous rendez compte, pourquoi pas « royale » ou « impériale » ? Et le malheureux adjectif « hantée » se retrouva seul à errer dans les rues, l'âme en peine, suppliant qu'on veuille bien le reprendre : « Personne ne veut de moi ? J'ajoute du mystère à qui me choisit : une forêt, quoi de plus banal qu'une forêt sans adjectif ? Avec "hantée", la moindre petite forêt sort de l'ordinaire… »

Hélas pour « hantée », les noms passaient sans lui jeter un regard.

C'était à serrer le cœur, tous ces adjectifs abandonnés.

*

Thomas souriait aux anges. Depuis le temps que je le connais, il n'a pas besoin de parler. Je lis dans son cerveau comme dans un livre ouvert. Je savais quelles étaient ses pensées, des pensées vulgaires, des pensées typiques de garçon : « Quel paradis, cette ville ! Voilà comme j'entends le mariage, on prend une fille au magasin, on fait la fête en mairie. Et le lendemain, hop, nouvelle fille, et encore la mairie. »

J'en aurais pleuré de rage et de dégoût.

Je me suis consolée avec un autre spectacle, celui du petit groupe réuni devant le « Bureau des exceptions ». Un jour, je vous raconterai l'histoire de ce bureau. Il me faudrait un livre entier. Autant vous l'avouer, j'aime les exceptions. Elles ressemblent aux chats. Elles ne respectent aucune règle, elles n'en font qu'à leur tête. Ce matin-là, ils étaient trois, un pou, un hibou et un genou. Ils se moquaient d'une marchande qui leur proposait des « s » :

— Mes « s » sont adhésifs. Vous n'aurez qu'à vous les coller sur le cul pour devenir des pluriels. Un pluriel a quand même plus de classe qu'un singulier.

Les trois amis ricanèrent.

— Des « s », comme tout le monde ? Pas question. Nous préférons le « x ». Oui, « x », comme les films érotiques interdits aux moins de dix-huit ans.

La marchande s'enfuit en rougissant.

XII

— Eh bien, dites-moi, vous qui disiez haïr la grammaire !

Tout à notre spectacle, nous n'avions pas entendu revenir Monsieur Henri. Nous commencions à mieux le connaître. Sous son air perpétuellement joyeux (rire était sa forme à lui de politesse), il y avait, ce soir-là, du vrai bonheur. Il devait avoir trouvé la rime qu'il cherchait pour sa chanson.

— Passionnant, n'est-ce pas ? Je viens souvent ici les regarder vivre. J'aime la compagnie des mots. Tiens, je suis sûr que vous n'avez pas encore repéré la tribu des prétentieux. Oui, les prétentieux ! Parlons plus bas. Les mots ont des oreilles très sensibles. Et ce sont des petits animaux très susceptibles. Tu vois le groupe, là-bas, assis sur les bancs près du réverbère : « je », « tu », « ce », « celle-ci », « leur ». Tu les vois ? C'est facile de les reconnaître. Ils ne se mêlent pas aux autres. Ils restent toujours ensemble. C'est la tribu des *pronoms*.

Monsieur Henri avait raison. Les pronoms toisaient tous les autres mots avec un de ces mépris…

— On leur a donné un rôle très important : tenir, dans certains cas, la place des noms. Par exemple, au lieu de dire « Jeanne et Thomas ont fait naufrage, Jeanne et Thomas ont abordé dans une île ou Jeanne et Thomas réapprennent à parler »… au lieu de répéter sans fin Jeanne et Thomas, mieux vaut utiliser le pronom « ils ».

Pendant qu'il parlait, un pronom, « ceux-ci », se dressa de son banc et sauta sur un nom pluriel qui passait tranquillement précédé par son article, « les footballeurs ». En un instant, « les footballeurs » avaient disparu, comme avalés par « ceux-ci ». Plus de trace des footballeurs, « ceux-ci » les avait remplacés. Je n'en croyais pas mes yeux.

— Vous voyez, les pronoms ne sont pas seulement prétentieux. Ils peuvent se montrer violents. À force d'attendre un remplacement, ils perdent patience.

Monsieur Henri s'amusait beaucoup de notre étonnement.

— Qu'est-ce que vous croyez ? Ne vous fiez pas à leurs apparences de douceur, de gentillesse, de poésie. Les mots se battent entre eux, souvent, et ils peuvent assassiner, comme les humains.

Il continuait son inspection :

— Tiens, on dirait que les célibataires cherchent une fiancée pour la soirée !

Cette tribu non plus nous ne l'avions pas distinguée des autres, alors qu'elle était la seule à se désintéresser de la mairie. Clairement, les mariages ne la concernaient pas. Ces gens-là ne voulaient que des aventures éphémères. Monsieur Henri nous confirma notre impression.

— Ah, ces *adverbes* ! De vrais invariables, ceux-là ! Pas moyen de les accorder. Les femmes auront beau faire avec eux, elles n'arriveront à rien.

Je me sentais sourire. Le grand désordre que la tempête avait jeté dans ma tête peu à peu se dissipait. Noms, articles, adjectifs, pronoms, adverbes... Des formes que j'avais autrefois connues sortaient lentement du brouillard. Je savais maintenant, et pour toujours, que les mots étaient des êtres vivants rassemblés en tribus, qu'ils méritaient notre respect, qu'ils menaient, si on les laissait libres, une existence aussi riche que la nôtre, avec autant de besoin d'amour, autant de violence cachée et plus de fantaisie joyeuse.

Thomas avait eu sa dose de grammaire. Il fixait, hypnotisé, les doigts du neveu sublime qui se promenaient sur les cordes de sa guitare avec une légèreté de chat.

— On dirait que la musique te passionne plus que les paroles. Un jour, je t'emmènerai dans une autre ville où les notes, comme les mots ici, vivent entre elles. Tu en entendras de belles !

Comme les yeux de mon frère brillaient (on aurait dit deux braises prêtes à jaillir hors des orbites), le neveu lui glissa la guitare dans les bras.

— Attention, si tu commences avec la musique, c'est pour la vie, tu ne pourras plus t'en passer.

Mon frère hocha la tête, grave comme je ne l'avais jamais vu. La femme n'est pas encore née à qui il offrira un « oui » pareil.

— Parfait. Alors montre-moi ta main gauche.

J'entendis à mon oreille la voix de Monsieur Henri.

— Je crois qu'il vaut mieux laisser ensemble les virtuoses. Ne t'en fais pas, Jeanne, tu ne vas rien perdre au change. Suis-moi, en silence. Les mots sont comme nous. La nuit, ils tremblent de peur. Ils s'enfuient au moindre bruit suspect.

XIII

Les mots dormaient.

Ils s'étaient posés sur les branches des arbres et ne bougeaient plus. Nous marchions doucement sur le sable pour ne pas les réveiller. Bêtement, je tendais l'oreille : j'aurais tant voulu surprendre leurs rêves. J'aimerais tellement savoir ce qui se passe dans la tête des mots. Bien sûr, je n'entendais rien. Rien que le grondement sourd du ressac, là-bas, derrière la colline. Et un vent léger. Peut-être seulement le souffle de la planète Terre avançant dans la nuit.

Nous approchions d'un bâtiment qu'éclairait mal une croix rouge tremblotante.

— Voici l'hôpital, murmura Monsieur Henri.

Je frissonnai.

L'hôpital ? Un hôpital pour les mots ? Je n'arrivais pas à y croire. La honte m'envahit. Quelque chose me disait que, leurs souffrances nous en étions, nous les humains, responsables. Vous savez, comme ces Indiens d'Amérique morts de maladies apportées par les conquérants européens.

Il n'y a pas d'accueil ni d'infirmiers dans un hôpital de mots. Les couloirs étaient vides. Seules nous guidaient les lueurs bleues des veilleuses. Malgré nos précautions, nos semelles couinaient sur le sol.

Comme en réponse, un bruit très faible se fit entendre. Par deux fois. Un gémissement très doux. Il passait sous l'une des portes, telle une lettre qu'on glisse discrètement, pour ne pas déranger.

Monsieur Henri me jeta un bref regard et décida d'entrer.

Elle était là, immobile sur son lit, la petite phrase bien connue, trop connue :

Je
t'
aime

Trois mots maigres et pâles, si pâles. Les sept lettres ressortaient à peine sur la blancheur des draps. Trois mots reliés chacun par un tuyau de plastique à un bocal plein de liquide.

Il me sembla qu'elle nous souriait, la petite phrase.

Il me sembla qu'elle nous parlait :

— Je suis un peu fatiguée. Il paraît que j'ai trop travaillé. Il faut que je me repose.

— Allons, allons, Je t'aime, lui répondit Monsieur Henri, je te connais. Depuis le temps que tu existes. Tu es solide. Quelques jours de repos et tu seras sur pied.

Il la berça longtemps de tous ces mensonges qu'on raconte aux malades. Sur le front de Je t'aime, il posa un gant de toilette humecté d'eau fraîche.

— C'est un peu dur la nuit. Le jour, les autres mots viennent me tenir compagnie.

« Un peu fatiguée », « un peu dur », Je t'aime ne se plaignait qu'à moitié, elle ajoutait des « un peu » à toutes ses phrases.

— Ne parle plus. Repose-toi, tu nous as tant donné, reprends des forces, nous avons trop besoin de toi.

Et il chantonna à son oreille le plus câlin de ses refrains.

La petite biche est aux abois
Dans le bois se cache le loup
Ouh, ouh, ouh, ouh
Mais le brave chevalier passa
Il prit la biche dans ses bras
La, la, la, la

— Viens Jeanne, maintenant. Elle dort. Nous reviendrons demain.

*

— Pauvre Je t'aime. Parviendront-ils à la sauver ?

Monsieur Henri était aussi bouleversé que moi.

Des larmes me venaient dans la gorge. Elles n'arrivaient pas à monter jusqu'à mes yeux. Nous portons en nous des larmes trop lourdes. Celles-là, nous ne pourrons jamais les pleurer.

— … Je t'aime. Tout le monde dit et répète « je t'aime ». Tu te souviens du marché ? Il faut faire attention aux mots. Ne pas les répéter à tout bout de champ. Ni les employer à tort et à travers, les uns pour les autres, en racontant des mensonges. Autrement, les mots s'usent. Et parfois, il est trop tard pour les sauver. Tu veux rendre visite à d'autres malades ?

Il me regarda.

— Tu ne vas pas t'évanouir, quand même ?

Il me prit le bras et nous quittâmes l'hôpital.

XIV

C'est le lendemain que je fus enlevée.

Accompagné par le neveu sublime, Thomas ne quittait plus sa guitare. Il avait trouvé son alliée, son amie. Je n'existais plus.

Envahie de jalousie (je vous l'ai déjà dit : on peut aimer son frère aussi fort qu'on le déteste), je décidai d'aller marcher sur la plage.

Quelques lettres de plastique continuaient de s'échouer sur le sable. Les oiseaux ne s'y laissaient plus prendre. Ils passaient haut dans le ciel en ricanant.

C'est alors que les hélicoptères noirs sont apparus.

Le temps d'appeler à l'aide, je fus embarquée.

*

— Où est ton frère ?

Depuis mon arrivée dans l'île principale, je me taisais. D'ailleurs, comment aurais-je pu parler ? Les suites de la tempête me chamboulaient toujours la tête.

Derrière le grand bureau, un homme chauve me fixait avec un sourire menaçant.

Un policier à ses côtés prit le relais.

— Quand le gouverneur Nécrole te pose une question, tu ferais mieux de répondre…

Pour l'instant, Nécrole jouait la douceur.

— C'est pour ton bien…

Alerte. Quand un adulte commence comme ça, « c'est pour ton bien », alerte, tous aux abris. Le « pour mon bien » entraîne généralement des catastrophes, des siestes à faire (« c'est pour ton bien, tu as l'air si fatigué »), des devoirs à refaire (« c'est pour ton bien, tu ne veux pas redoubler, quand même ? »), la télé à éteindre (« c'est pour ton bien, la télé fait grossir »).

— C'est pour ton bien, ma petite (je hais qu'on m'appelle comme ça. D'accord, je ne mesure qu'un mètre cinquante-quatre, mais j'ai encore au moins six ans pour grandir). Ne me regarde pas ainsi. Je ne te veux aucun mal. Nous avons suivi ton affreuse aventure. Ne t'inquiète pas. Nous allons prendre soin de toi. Nous connaissons les naufrages. Nous savons les troubles grammaticophoniques (pardon ?) qu'ils entraînent. Nous allons te réparer au plus vite. Et tu pourras rentrer chez toi, avec ton frère. Car nous le retrouverons, n'aie aucune inquiétude. Tu as de la chance. Nous avons parmi nous, en tournée d'inspection, la spécialiste mondiale de la phrase française. Bon séjour et pas la peine de me remercier, je ne fais que mon devoir. À bientôt, je viendrai vérifier tes progrès.

Il se pencha vers moi. Sans doute voulait-il m'embrasser, comme font avec toutes les petites filles tous les personnages importants, pour paraître humains. Bien sûr, je me jetai en arrière et m'enfuis. Bien sûr, les gendarmes me rattrapèrent. Et une nouvelle vie commença.

XV

Dans le couloir, une voix.

Une voix d'avant le naufrage.

Une voix que je reconnaissais entre toutes.

« L'analyse du dialogue entre le loup et l'agneau montre un non-respect du modèle prototypique : aucune séquence phatique d'ouverture et de fermeture. »

Je me bouchai les oreilles mais la voix se glissait entre mes doigts, comme un serpent glacé.

« Les prémisses-présupposés ne jouent aucun rôle dans l'argumentation éristique choisie par le loup. »

Impossible de m'enfuir, le gendarme me tenait par l'épaule.

— Voilà, me dit-il. Nous sommes arrivés. C'est la porte de ta classe. À ce soir.

*

Des vieux. Alignés comme à l'école sur des chaises et derrière des tables, mais rien que des vieux. Et aussi des vieilles. Je m'entends : pas tout à fait vieux, pas tout à fait vieilles, autour de trente ou quarante ans, pour moi, c'est le grand âge !

Et Madame Jargonos me souriait :

— Bienvenue, ma petite. Bienvenue dans notre stage. Tu te rends compte de ta chance ? Rien que des professeurs. Autant dire que tu vas réapprendre vite à parler !

J'avais compris : une classe entière de professeurs. Ils suivaient l'une de ces fameuses cures de soins pédagogiques.

Pauvres professeurs !

Ils me regardaient d'un air désolé. Un grand brun me montra une chaise libre près de lui.

Et Madame Jargonos reprit sa leçon. Sa chanson incompréhensible :

— Par le « on me l'a dit » du vers 26, l'édifice dialectique achève de s'effondrer pour que l'emporte la seule sophistique du loup. Passons maintenant à la fin de la fable :

Là-dessus au fond des forêts (27)
Le loup l'emporte et puis le mange, (28)
Sans autre forme de procès. (29)

Les vers 27 à 29 sont constitués par deux propositions narratives qui ont pour agent S2 (le loup) et pour patient S1 (l'agneau), les prédicats emporter/manger étant complétés par une localisation spatiale (forêts). Dans cette phrase narrative finale, le manque (faim de S2), introduit dès le début comme déclencheur-complication, se trouve elliptiquement résolu. Vous avez des questions ?

*

Je suis restée deux semaines dans la Sècherie.

Comment appeler autrement notre institut pédagogique ?

Le matin, on nous apprenait à découper la langue française en morceaux. Et l'après-midi, on nous apprenait à dessécher ces morceaux découpés le matin, à leur retirer tout le sang, tout le suc, les muscles et la chair.

Le soir, il ne restait plus d'elle que des lambeaux racornis, de vieux filets de poisson calcinés dont même les oiseaux ne voulaient pas tant ils étaient plats, durs et noirâtres.

Alors, Madame Jargonos était satisfaite. Elle trinquait avec ses adjoints.

— Je suis fière de vous. Notre travail avance comme il faut. Demain, nous disséquerons Racine et après-demain Molière…

Pauvre langue française ! Comment la faire évader de ce traquenard ?

*

Et pauvres profs !

La date du contrôle approchait. L'épreuve qu'ils redoutaient le plus était le « glossaire », une liste de mots imposée par le ministère, avec des définitions terribles. Pour l'apprendre, ils travaillaient tout le jour et même la nuit, après l'extinction des feux. Dans le noir, de ma petite chambre dont la fenêtre donnait sur leur dortoir, j'entendais des voix basses, des chuchotements qui récitaient.

« Apposition : cette fonction exprime la relation entre le mot (ou groupe de mots) apposé et le mot auquel il est mis en apposition, relation identique, pour le sens, à celle qui lie l'attribut et le terme auquel il renvoie, mais différente du point de vue syntaxique, car elle n'est pas établie par le verbe[1]. »

« Valeur des temps : les formes verbales présentent le procès de façons différentes, suivant l'aspect et suivant la relation qui existe ou non, dans l'énoncé, avec la situation d'énonciation. Ce sont ces présentations que l'on appelle valeurs[2]. » Certains, qui ne parvenaient pas à se mettre tout en mémoire, allumaient une lampe de poche. Ils juraient, ils pestaient. Ils pleuraient presque en lisant le charabia : « Une approche cohérente des genres veille donc à faire comparer leurs manifestations dans le quotidien et leurs réalisations littéraires, dans une perspective de poétique générale[3]… »

Malheureux profs perdus dans la nuit !

J'aurais bien voulu leur venir en aide. Après tout, ce « glossaire » avait été fabriqué pour moi, élève de sixième. Mais était-ce ma faute si je n'y comprenais rien ?

XVI

— Viens…

Un insecte avait dû, pendant la nuit, s'introduire dans mon oreille et maintenant, l'effronté, il me grattouillait le tympan. Il me fallait sévir. Je sortis à regret de mon rêve : au moment où mon bateau allait sombrer, un hélicoptère blanc et silencieux survenait. Sa porte s'entrebâillait et descendait pour moi du ciel une échelle de soie. J'ouvris les yeux.

— Quel sommeil tu as ! Bon. Habille-toi vite…

---

1. *Programmes et accompagnement* (Français, classe de 6e), p. 55, ministère de l'Éducation nationale, de la Recherche et de la Technologie, Paris, 1999.

2. *Ibid.*

3. *Ibid.*

De confiance, je suivis la voix car je ne voyais rien. Monsieur Henri ne m'apparut que dehors et encore faiblement, comme une ombre. Pour me sauver, il s'était camouflé en garçon de café (costume noir) et avait négocié avec la Lune pour qu'elle aille éclairer ailleurs.

À la porte de la Sècherie, assis sur sa chaise habituelle, le concierge-gardien dormait, un sourire à l'un des coins de ses lèvres, un cigare pendouillant à l'autre. En passant, Monsieur Henri lui tapota son chapeau.

— Je lui ai fredonné *Une île au soleil.* Personne ne résiste à ma berceuse. Demain matin, Nécrole piquera sa colère.

*

Dans la pirogue du retour, une fois éloignés les dangers, nous avons trinqué (du rhum, encore du rhum) à ce sinistre Nécrole. Et puis dansé, dansé, au risque mille fois de nous renverser. Et puis chanté et rechanté la berceuse de ma liberté.

Ce n'est qu'une île au grand soleil
Un îlot parmi tant d'autres pareils
Où mes parents ont vu le jour
Où mes enfants naîtront à leur tour…

Vous comprenez maintenant pourquoi, lorsque le sommeil refuse de me prendre, il me suffit de fredonner :

Au grand matin coiffée de rosée
Elle a l'air d'une jeune épousée
Je la regarde et mon fardeau
Semble aussitôt léger sur mon dos.

J'ai juste le temps de me rappeler la confidence de Monsieur Henri, ses difficultés pour trouver une rime à « rosée », sa joie quand lui vint l'image d'une épousée.

— La vie râpe, Jeanne, tu verras. Il faut tout faire pour l'adoucir. Et rien de tel que les rimes. Oh, elles se cachent souvent, elles ne sont pas faciles à dénicher. Mais une fois installées à la fin de chaque phrase, elles se répondent. On dirait qu'elles agitent leurs petites mains amicales. Elles te font signe et elles te bercent. Je crois que je ne pourrais plus vivre sans mes rimes.

*

Thomas m'attendait sur la plage, à côté du neveu décidément de plus en plus sublime. Je croyais qu'en bon frère, il se jetterait à l'eau dès que j'apparaîtrais pour me serrer contre lui. Et dans ses yeux, je devinerais ce qu'il voudrait me dire : « Oh, ma sœur, j'ai eu si peur, tu m'as tant manqué. Ils ne t'ont pas maltraitée au moins, autrement je les tuerai, je te le jure… »

Hélas, mon frère demeura mon frère.

Un bref coup d'œil agacé : (« C'est à cette heure-là que tu arrives ? »)

Et, sans plus s'occuper de sa sœur rescapée, il gratta sa guitare.

*

Souvent, je repense à Madame Jargonos, à ces jours de malheur passés en sa compagnie. Aucun désir de revanche ne me prend, aucune vague de colère. Plutôt de la tristesse. J'aimerais avoir un courage, une générosité que je n'aurai pas : braver les hélicos noirs et revenir la sauver de sa maladie, une maladie qui la ronge plus cruellement que le cancer et l'empêche de vivre. Les médecins n'ont pas leur pareil pour baptiser de manière incompréhensible les maladies qu'ils découvrent. Moi, je n'ai pas ce talent ni leur sens du mystère. La maladie que j'ai découverte en elle, je l'appellerai simplement : la peur, la peur panique du plaisir des mots.

XVII

Le lendemain, pour me reposer de mes aventures, je croyais pouvoir dormir longtemps. C'était mal connaître Monsieur Henri. Sous ses dehors nonchalants et rieurs se cachait une obstination terrible : celle qui lui faisait, jour et nuit s'il le fallait, traquer la rime.

Juste après l'aube, il poussa ma porte. Comme vous l'avez deviné, Thomas m'avait abandonnée. Pour mieux se consacrer à sa nouvelle amie guitare, il avait emménagé dans la case d'à côté, où vivait son professeur.

— Debout là-dedans, les leçons continuent. Tu ne te croyais pas en vacances, quand même ? Nous avons assez traîné. Tu dois reparler au plus vite. Autrement ton cerveau droit, celui où naissent les phrases, va se changer en désert, ta langue va devenir plate et noirâtre, comme les poissons qu'on fait sécher au soleil et tu baveras ta salive puisqu'elle n'aura plus rien à faire dans ta bouche !

Ces menaces, on s'en doute, me jetèrent au bas du lit. L'instant d'après, je marchais aux côtés de mon sauveur.

— Madame Jargonos avait sa méthode. J'ai la mienne. Tu as déjà visité beaucoup d'usines ? Non ? Ça ne fait rien. Celle où je t'emmène est très particulière. Et pourtant essentielle. C'est peut-être l'usine la plus nécessaire de toutes les usines. Maintenant, mets ce masque d'apiculteur et cette cape blanche. Nécrole ne va pas te lâcher comme ça. Tu auras un peu chaud. Mais dehors, tu devras porter ce déguisement tout le temps, tant qu'il ne t'aura pas oubliée. Et ça risque de durer longtemps ! Nécrole a de la mémoire.

*

— Je vous attendais plus tôt…

Le directeur de l'usine la plus nécessaire de toutes les usines me toisait sans gentillesse. C'était un long personnage. On aurait dit une girafe désincarnée, une sorte de squelette géant sur lequel on aurait collé un peu de peau pour ne pas effrayer complètement les gens. Je faillis pleurer. N'avais-je donc fui Madame Jargonos que pour tomber sur plus sévère encore ? Étais-je condamnée, jusqu'à la fin de ma vie, à subir les tortures des grammairiens ? D'ailleurs, ces grammairiens, ces grammairiennes, pourquoi étaient-ils si maigres ?

D'un chuchotement, pendant que nous commencions la visite, Monsieur Henri me donna sa réponse.

— Le directeur a l'air terrible. Mais c'est le plus gentil des hommes. Seulement, il aime tellement les mots, il s'occupe tellement d'eux, nuit et jour, qu'il en oublie de manger. Alors forcément, il manque de graisse. Une fois par mois, on est obligé de l'enfermer. On lui ouvre la bouche et on le gave. Autrement, il mourrait.

J'ai une autre explication, je ne sais pas ce qu'elle vaut, je vous laisse juges : les grammairiens se passionnent pour la structure de la langue, son ossature. Alors forcément, chez eux, le squelette est plus visible. Je sais, je sais, il y a des grammairiens gros. Mais la grammaire n'est-elle pas le royaume des exceptions ?

*

Le premier bâtiment de l'usine la plus nécessaire du monde était une volière immense, grouillant de papillons.

— Ceux-là, je crois que tu les connais, me dit la girafe.

Je hochai la tête (j'avais enfin retiré mon masque d'apiculteur). Tous les noms, mes amis de la ville des mots, étaient là. Ils m'avaient reconnue, ils se pressaient contre le grillage, ils me faisaient fête.

— On dirait que tu es populaire !

Le directeur-girafe semblait sidéré par cet accueil. Il me sourit (c'est-à-dire qu'il grimaça : comment peut-on sourire quand on n'a pas de peau ?) J'étais heureuse. L'usine m'avait adoptée.

Nous nous avançâmes de quelques pas, vers une grande vitre derrière laquelle, sur plusieurs étages, s'activaient d'autres mots. Par leur manière de s'agiter perpétuellement et en tout sens, on aurait dit des fourmis.

— Et ceux-là, tu t'en souviens ?

Mon air désolé lui donna la réponse.

— Ce sont les *verbes*. Regardez-les, des maniaques du labeur. Ils n'arrêtent pas de travailler.

Il disait vrai. Ces fourmis, ces *verbes*, comme il les avait appelés, serraient, sculptaient, rongeaient, réparaient ; ils couvraient, polissaient, limaient, vissaient, sciaient ; ils buvaient, cousaient, trayaient, peignaient, croissaient. Dans une cacophonie épouvantable. On aurait dit un atelier de fous, chacun besognait frénétiquement sans s'occuper des autres.

— Un verbe ne peut pas se tenir tranquille, m'expliqua la girafe, c'est sa nature. Vingt-quatre heures sur vingt-quatre, il travaille. Tu as remarqué les deux, là-bas, qui courent partout ?

Je mis du temps à les repérer, dans le formidable désordre. Soudain, je les aperçus, « être » et « avoir ». Oh, comme ils étaient touchants ! Ils cavalaient d'un verbe à l'autre et proposaient leurs services : « Vous n'avez pas besoin d'aide ? Vous ne voulez pas un coup de main ? »

— Tu as vu comme ils sont gentils ? C'est pour ça qu'on les appelle des *auxiliaires*, du latin *auxilium*, secours. Et maintenant, à toi de jouer. Tu vas construire ta première phrase.

Et il me tendit un filet à papillons.

— Commence par le plus simple. Va là-bas, dans la volière, choisis deux noms. Après, pour le verbe, tu viendras choisir dans la fourmilière. Allez, n'aie pas peur, ils te connaissent, ils t'aiment bien, ils ne vont pas te mordre.

Il en avait de belles, le directeur-girafe, j'aurais voulu l'y voir. À peine la porte poussée, je fus assaillie, étouffée, aveuglée, les noms se battaient, ils m'entraient dans les yeux, les narines, les oreilles, j'éternuai, je toussai, je faillis mourir, ils voulaient tous que je les retienne, ils devaient tellement s'ennuyer dans leur prison. Au moment de m'évanouir, j'en saisis deux par les ailes, au hasard, « fleur » et « diplodocus », et je refermai la porte, pâle, tremblante, à demi morte.

La girafe ne me laissa pas le temps de souffler.

— Allez, maintenant, tu pêches un verbe.

Avertie par mon expérience précédente, je ne passai que la main. Laquelle, en une seconde, fut recouverte, léchée, mordue, griffée, mais aussi caressée, pommadée, récurée, maquillée. Les fourmis-verbes s'en donnaient à cœur joie. Émue par tant d'attention, je les laissai travailler quelques secondes et puis je me retirai avec l'un d'entre eux, pris au hasard, « grignoter ».

— Bon, passe au distributeur d'articles et reviens me voir.

Plus sages, ceux-là. Une colonne « masculin », une autre « féminin », il suffisait d'appuyer sur le bouton et tombèrent dans le creux de ma main les avant-gardes qui m'étaient nécessaires, un « le » et un « la ».

— Parfait, maintenant tu t'assieds là, à ce bureau, tu déposes tes mots sur la feuille de papier et tu formes ta phrase.

Mes mots, si péniblement attrapés, je les retenais toujours par les ailes, je ne voulais pas les laisser, je craignais qu'ils ne s'échappent. Après tout, une phrase, pour un mot, c'est une prison. Ils préféreraient sûrement se promener seuls, comme dans la ville que nous avions tant aimée, avec Monsieur Henri.

C'est lui qui vint à mon secours.

— Fais confiance au papier, Jeanne. Les mots aiment le

papier, comme nous le sable de la plage ou les draps du lit. Sitôt qu'ils touchent une page, ils s'apaisent, ils ronronnent, ils deviennent doux comme des agneaux, essaie, tu vas voir, il n'y a pas de plus beau spectacle qu'une suite de mots sur une feuille.

J'obéis. Je lâchai « fleur », puis « grignoter », enfin « diplodocus ». Monsieur Henri ne m'avait pas menti : le papier était la vraie maison des mots. Sitôt couchés sur lui, ils cessaient de s'agiter, ils fermaient les yeux, ils s'abandonnaient, comme un enfant à qui on raconte une histoire.

— Tu es contente de toi ?

La voix de la girafe me tira de ma contemplation attendrie. Je regardai la phrase que j'avais formée, ma première depuis le naufrage, et j'éclatai de rire :

« La fleur grignoter le diplodocus. »

— Où as-tu vu ça ? Une plante fragile dévorer un monstre ! Généralement, le premier mot d'une phrase, c'est le *sujet*, celui ou celle qui fait l'action. Le dernier, c'est le *complément*, parce qu'il complète l'idée commencée par le verbe…

Pendant qu'il parlait, j'avais vite modifié l'ordre. « Le diplodocus grignoter la fleur. »

— Je préfère ça. Entre nous, je ne sais pas très bien si ces grosses bêtes-là adoraient les fleurs. Bien. Dernière étape, nous allons *dater* le verbe. « Grignoter », c'est trop vague. Et ça ne dit pas quand ça s'est passé ! Il faut donner un temps au verbe. Encore un effort, Jeanne, reste concentrée. Tu vois les grandes horloges, là-bas ? Vas-y. Et choisis.

*

Une famille de hautes horloges à grands balanciers de cuivre se dressait sur une sorte d'estrade en bois. On aurait dit que, de leurs cadrans, elles surveillaient l'usine la plus nécessaire du monde.

Je montai les marches, le cœur battant, ma feuille à la main avec sa phrase minuscule.

Je m'approchai de la première horloge. Son balancier me rassura. Il battait comme d'habitude, vers la gauche, vers la droite, régulièrement. Une ouverture avait été percée dans l'horloge, semblable à une boîte aux lettres. Tout naturellement, je lui confiai ma feuille. J'entendis des grincements d'engrenage, trois notes de carillon. Et la feuille me revint, avec ma phrase complétée : « Le diplodocus *grignote* la fleur. » Alors seulement je découvris la pancarte : HORLOGE DU PRÉSENT.

Encouragée par Monsieur Henri, je continuai ma promenade dans le temps. Les deux horloges voisines se présentaient elles-mêmes comme celles du passé. Leurs balanciers jouaient un drôle de jeu : montés vers la gauche, ils ne redescendaient pas. On les aurait dit cassés. Et pourquoi deux horloges ? Rien ne semblait plus simple que le passé. Le passé : le royaume de ce qui est fini et ne reviendra plus.

— Essaie l'une après l'autre. Tu comprendras.

Ma feuille deux fois envoyée et deux fois revenue, je comparai. Monsieur Henri lisait derrière mon dos et commentait :

— « Le diplodocus *grignotait.* » Tu es dans l'imparfait. C'est du passé bien sûr, mais un passé qui a duré longtemps, un passé qui se répétait : qu'est-ce qu'ils faisaient toute la journée, les diplodocus, du premier janvier au trente et un décembre ? Ils grignotaient. Alors que là, « *grignota* », tu es dans le passé simple. C'est-à-dire un passé qui n'a duré qu'un instant. Un jour que, par exception, peut-être après une indigestion, le diplodocus n'avait plus faim, il grignota une fleur. Le reste du temps, il dévorait. Tu comprends ?

Simple, rien de plus simple que ce passé-là. Je passai à l'horloge voisine, celle du futur. Son balancier était aussi bloqué, mais de l'autre côté, en haut à droite. Je glissai ma feuille et « *grignoter* » me revint « *grignotera* ». Le diplodocus était entré dans le futur : demain, il fera un repas léger de fleurs !

Dans la dernière horloge de haute taille, le balancier était fou. Il s'agitait en tout sens, plus girouette que balancier, au gré d'on ne savait quelle fantaisie.

— Ça, c'est le *conditionnel*, expliqua Monsieur Henri. Rien n'est sûr, tout peut arriver, mais tout dépend des conditions. Si le temps était beau, si les glaces se retiraient, si…, si…, alors le diplodocus *grignoterait*, tu me suis ? Il se pourrait qu'il grignote mais je ne peux pas te le garantir.

Le présent, les deux passés, le futur, le conditionnel… J'avais fermé les yeux et je rangeais soigneusement dans ma tête toutes ces espèces de temps.

— Bon, Jeanne, il va falloir que j'y aille. L'usine est à toi. Tu vois, je ne t'avais pas menti. Tu en connais de plus utiles, des usines ? Que peut-on fabriquer au monde de plus nécessaire pour les êtres humains que des phrases ? Tu as compris le principe. Tu trouveras le magasin des adjectifs derrière la volière des noms. Et aussi un distributeur de prépositions pour les compléments indirects : aller *à* Paris, revenir *de* New York. Dernière recommandation : prends bien soin du papier. Tu as vu, c'est lui et lui seul qui sait apprivoiser les mots. Dans l'air, ils sont bien trop volages. Allez, je te laisse. Bonnes phrases ! Tu me les montreras ce soir. Une chanson m'attend.

Il m'a touché l'épaule et s'en est allé.

C'était sa manière de parler et aussi de vivre. À tout instant, il répétait : « Une chanson m'attend. » Comme si c'était sa femme, une femme fragile et très aimée et qui aurait pu disparaître, s'évanouir dans l'air s'il n'arrivait pas à temps.

Vous avez deviné, j'étais jalouse. Depuis cette époque, je rêve souvent que je suis une chanson. Quelques lignes, une musique. Une nuit, la bouche bien collée contre l'oreille de mon mari, je lui demanderai de me fredonner, pas quelque chose, pas un refrain, de me fredonner moi. Ce sera sa plus belle manière de m'aimer.

XVIII

J'ai joué toute la journée. J'avais l'impression de retrouver les cubes de mon enfance. Je combinais, j'accumulais, je développais. J'avais découvert, en fouinant dans l'usine, d'autres distributeurs. Celui des *interjections* (Ah ! Bon ! Hélas !), celui des *conjonctions* (mais, ou, et, donc, or, ni, car…), petits mots bien utiles pour relier les morceaux de phrase.

Au fil des heures, mon diplodocus s'étendait, s'allongeait, il gagnait en taille, il serpentait comme un fleuve, il débordait de la page…

Le directeur-girafe n'en crut pas ses yeux quand il regarda mon travail : « Au fond de la forêt impénétrable, le gigantesque et verdâtre diplodocus confiait à ses amis en pleurant qu'il avait grignoté par erreur la fleur délicate, jaune, rare, ni européenne ni américaine mais asiatique, qu'un colporteur terrorisé lui avait vendue trois fois rien et que sa fiancée, une blonde acariâtre, colérique, rubiconde et néanmoins tendrement aimée, attendait impatiemment depuis des années. »

— Une phrase, c'est comme un arbre de Noël. Tu commences par le sapin nu et puis tu l'ornes, tu le décores à ta guise… jusqu'à ce qu'il s'effondre. Attention à ta phrase : si tu la charges trop de guirlandes et de boules, je veux dire d'adjectifs, d'adverbes et de relatives, elle peut s'écrouler aussi.

Je me jurai de construire plus léger à l'avenir.

— Ne t'inquiète pas. Les débutants surchargent toujours. L'usine est à toi. Comme à tous les habitants de l'île qui veulent s'amuser avec les phrases. Regarde.

Je me tournai. Toute à mon travail, je n'avais prêté aucune attention à ceux qui m'entouraient. Pourtant, ils étaient des dizaines, hommes et femmes de tous âges, à jouer comme moi. Courant de la volière aux distributeurs, assiégeant les horloges et gloussant de bonheur quand, sur le papier, le résultat correspondait à leur attente ou, mieux, les surprenait.

— Les vrais amis des phrases sont comme les fabricants de colliers. Ils enfilent des perles et de l'or. Mais les mots ne sont pas seulement beaux. Ils disent la vérité.

— Et qu'y a-t-il derrière cette porte ?

La girafe me jeta un coup d'œil joyeux.

— Tu t'es entendue ? Il me semble que tu es guérie, non ? Et voilà, Mademoiselle Jeanne reparle. Oublié le cauchemar de la tempête !

Mademoiselle Jeanne rougit. Mademoiselle Jeanne faillit pleurer. Mais Mademoiselle Jeanne est fière, elle ravala ses larmes. Mademoiselle Jeanne est polie. Elle murmura merci. Mademoiselle Jeanne est aussi obstinée. Elle reposa sa question.

— Qu'y a-t-il derrière cette porte ?

— C'est le seul endroit interdit de mon usine. Allez, maintenant, va rejoindre Monsieur Henri, va faire admirer ta belle voix toute neuve. Tu n'entends pas la musique ? Une fête se prépare.

XIX

Toute la population s'était rassemblée sur la plage, la plage de notre arrivée.

Drôle de spectacle !

Les uns riaient, chantaient, s'embrassaient. Les autres grimaçaient de colère ou de tristesse.

Que se passait-il ?

Comme d'habitude, Monsieur Henri avait compris ma question et s'apprêtait à y répondre alors que je n'avais pas encore ouvert la bouche. À croire que son oreille entendait mes pensées. Était-ce ce genre d'oreilles qu'on appelle « absolues » ? D'autres interrogations me trottaient dans la tête. Ce pouvoir de deviner était-il réservé aux musiciens ? Ou nos amis, nos amis les plus proches, avaient-ils aussi cette capacité ? Mais alors, l'amitié n'était-elle pas une forme de la musique ?

— Tu m'écoutes, Jeanne ?

— Pardon, je réfléchissais à des choses…

— Oh, quelqu'un qui « réfléchit à des choses », surtout par une telle chaleur, mérite mon respect. Même si ce quelqu'un qui réfléchit à des choses oublie de remercier.

— Remercier ? Remercier qui ? Et pourquoi ?

— Mais tu parles, il me semble. Tu n'es pas heureuse d'avoir retrouvé la parole ?

— Oh pardon !

De honte, je faillis mourir. Des larmes me vinrent aux yeux (les filles, souvent, plutôt que mourir préfèrent pleurer). Et je me jetai dans les bras de Monsieur Henri (j'avais déjà appris que peu d'hommes résistent aux sanglots d'une fille).

— Calme-toi, calme-toi, tu as toutes les excuses, tu réfléchissais à des choses…

— S'il vous plaît, ne vous moquez pas de moi ! Que se passe-t-il ?

— Nous fêtons l'anniversaire de notre vieille nommeuse. Personne ne connaît la date de sa naissance. Mais quelle importance ?

À ce moment retentit un hurlement en forme de prénom. À mi-chemin entre l'injure et le cri de joie. « Jeanne ! » C'était mon frère.

— Où étais-tu ? Je t'ai cherchée partout (menteur). Tu veux entendre ce que j'ai appris aujourd'hui ?

— Mais Thomas, toi aussi, tu parles !

— C'est grâce à la musique. Elle a remis de l'ordre dans mon cerveau.

— Solfège et grammaire, même combat ?

— Exactement.

Monsieur Henri et son neveu avaient disparu. Sans doute avalés par la foule en liesse. Nous restions tous les deux, mon frère et moi, en famille. Tout près, une tortue géante pondait ses œufs dans le sable, tranquillement, sans s'occuper de nous ni du vacarme. Je l'enviais. Moi aussi j'aimerais pondre des œufs. Plus tard, quand l'heure sera venue d'avoir des enfants. Pondre fait forcément moins mal qu'accoucher. Mon frère jouait. Une lumière que je ne connaissais pas éclairait ses yeux. Il jouait *Michelle* des Beatles, plutôt bien, je dois le reconnaître, sans trop de fausses notes. Peut-être que les mots n'étaient pas son vrai langage à lui. Je comprenais mieux pourquoi il m'avait si souvent parlé si mal. Il s'est arrêté. Ce devait être la fin. J'ai applaudi. Pour lui faire plaisir. Faire plaisir à son frère, à toute heure du jour et de la nuit, vous connaissez d'autres moyens pour rendre potable la vie de famille ?

— À propos…

Pour me dire les choses importantes, Thomas a une technique, il regarde ailleurs. Je plains sa femme future.

— À propos, Papa et Maman arrivent demain. Ils viennent nous chercher, en hydravion.

— Ensemble ?

— Toujours tes grands mots !

— J'espère que l'île leur fera du bien.

— Depuis combien de temps ils ne se sont pas parlé ? Tu crois qu'ils se parlent dans l'hydravion ?

— Impossible. Ça fait trop de bruit, ces engins-là.

XX

Une porte.

« Tu peux aller partout dans l'usine, m'avait dit la girafe. Mais jamais, tu m'entends ? jamais, tu ne pousseras cette porte. »

J'avais juste le temps avant la nuit.

*

De l'autre côté, ils étaient trois, trois seulement, trois à travailler devant leur feuille de papier.

Je me suis approchée du premier.

— Qui es-tu ?

— Un écrivain-pilote.

— Où est ton avion ?

— Au fond de la mer.

— Il ne te manque pas trop ?

— J'ai les mots. Quand on est leur ami, ils remplacent tout, même les avions cassés.

— Comment tu t'appelles ?

— Antoine. Mais je suis plus connu par mon diminutif. Saint-Ex.

— Comme celui du Petit Prince ?

— C'est moi. L'île m'a recueilli, comme toi. C'est le seul endroit où aller pour un écrivain mort.

— Mais tu n'es pas mort puisque tu me parles !

— Je ne suis pas mort parce que j'écris. Si tu ne me laisses pas travailler, je vais mourir de nouveau. Alors je te quitte. Bonne chance, Jeanne.

— Bonne chance.

Avant de partir, je n'ai pas pu m'empêcher de jeter un coup d'œil sur son papier, par-dessus son épaule. Ses phrases étaient courtes.

Il n'y eut qu'un éclair jaune près de sa cheville. Il demeura un instant immobile. Il ne cria pas. Il tomba doucement comme tombe un arbre. Ça ne fit même pas de bruit, à cause du sable.

*

Le deuxième travailleur était très pâle, avec une moustache si mince qu'on aurait dit un trait, un trait noir au-dessus de la bouche. Il s'était confectionné une cabane avec des morceaux de liège, ceux qui retiennent les filets et que la mer rejette sur les rivages. Et c'est là, au milieu de tout ce liège, qu'il écrivait. Il me regardait avec un sourire doux, triste, un sourire d'une profondeur qui donnait le vertige.

— Comment t'appelles-tu ?

— Jeanne. Et toi ?

— Marcel.

— C'est un prénom très vieux.

— Je suis très vieux.

Il avait une voix d'essoufflé. Et pourtant, il n'était pas du genre sportif. Il semblait mal en point, pour un survivant. Je me promis de lui rendre visite souvent et de le protéger.

— Ça t'intéresse, les phrases ?

Je hochai la tête.

— J'ai peur que les miennes te paraissent beaucoup trop longues.

Je me penchai sur sa feuille.

Mais quand il fut rentré chez lui, l'idée lui vint brusquement que peut-être Odette attendait quelqu'un ce soir, qu'elle avait seulement simulé la fatigue… qu'aussitôt qu'il avait été parti, elle avait rallumé et fait rentrer celui qui devait passer la nuit auprès d'elle.

— Ça te plaît ?

— Je n'y comprends rien. Mais quelque chose me dit, là, dans le cœur, que tes phrases m'intéresseront plus tard, quand je serai grande.

Je savais maintenant pourquoi il étouffait. Ses phrases si longues devaient s'enrouler autour de sa gorge et l'empêchaient de respirer.

— Pourquoi tu fais des phrases si longues ?

— Il y a des pêcheurs qui prennent des poissons de surface avec une ligne très courte et un seul hameçon. Mais pour d'autres poissons, les poissons des profondeurs, il faut des filets très très longs.

— Comme tes phrases.

— Tu as tout compris. Maintenant, laisse-moi. L'air me manque encore plus quand j'abandonne mes phrases.

— Tu es fragile. Je prendrai soin de toi, toujours.

— Je te remercie.

*

De loin, on aurait dit une basse-cour, mélangée avec un zoo. Ou l'embarquement pour l'arche de Noé. Je voyais des loups, des ânes, des chiens, des perroquets, deux taureaux, un renard, un lièvre, des souris, un aigle, douze lions et une lionne, un corbeau, une couleuvre...

Seulement après, je distinguai l'homme qu'entourait cette ménagerie. Il portait un large chapeau de paysan. Malgré ces apparences, il devait écrire lui aussi, comme mes deux amis précédents, puisqu'il tenait un carnet ouvert à la main et portait à l'oreille une plume d'oie très effilée. M'approchant davantage, je m'aperçus qu'il discutait avec un singe et un léopard. Ou plutôt, il écoutait, passionné, leur discussion. Le félin tacheté se trouvait beau et le singe malin. Que valait-il mieux sur cette terre, l'apparence physique ou l'intelligence ?

J'attendis poliment la fin de ce vieux débat.

— Pardon monsieur, je m'appelle Jeanne. Un écrivain a-t-il toujours besoin d'animaux autour de lui ?

— Un écrivain a pour métier la vérité. Laquelle a pour

meilleure amie la liberté. L'animal par nature étant plus libre que l'humain, nul ne prête plus attention à ses propos que l'écrivain.

Je n'étais pas sûre d'avoir tout compris. J'entendais juste que, comme Monsieur Henri, cet homme-là avait la passion des rimes. Je n'en menais pas large. Si le singe me souriait, le léopard grondait. Avant de fuir, je devais pourtant achever mon enquête. Je pris mon courage à deux mains.

— Pardon, monsieur, vous pourriez me montrer une de vos phrases ? J'en fais collection. (Je savais que, pour apprivoiser un auteur, rien ne vaut la flatterie.)

— Ah, chère Jeanne, si les jeunes d'aujourd'hui avaient ton intelligence… À propos, je m'appelle Jean.

Et, ronronnant, il m'ouvrit son carnet.

— Celle-ci, avouons-le, j'en suis satisfait. Elle devrait me valoir un peu de gloire : « *Cette leçon vaut bien un fromage sans doute*. »

Je m'apprêtais à l'applaudir (vive votre brièveté, vive votre précision, vous avez le génie du résumé, vous !), quand des doigts crochus agrippèrent mon épaule.

— Qu'est-ce que tu fais là ?

La girafe, folle de colère, me secouait méchamment.

— Je t'avais interdit cette partie de l'usine.

Antoine, Marcel et Jean, mes trois nouveaux amis, vinrent à mon secours.

— Cette Jeanne est notre invitée permanente.

La girafe se radoucit :

— Tu as vu l'heure ? Va vite dormir. Tes parents arrivent demain, je te le rappelle. Tu dois être en forme pour les accueillir.

Avant de rejoindre mon lit, je lui posai à voix basse la question qui me démangeait depuis que j'avais poussé la fameuse porte :

— Les trois, je ne comprends pas, ils sont morts ou vivants ?

— Quand la mort s'approche d'un grand écrivain ses amis les mots, au dernier moment, l'enlèvent et le déposent ici. Pour qu'il continue son travail.

— Qu'est-ce qu'un grand écrivain ?

— Quelqu'un qui construit des phrases, sans se soucier des modes, seulement pour aller explorer la vérité.

— Et la mort ne part pas à sa recherche ?

— La Terre est trop vaste, elle contient d'innombrables cachettes. Et heureusement, la mort n'est pas bonne en géographie.

— Merci.

Et je pris mes jambes à mon cou.

XXI

Bien sûr, je n'ai pas dormi.

Bien sûr, je les ai appelés plusieurs fois.

Sans succès. Peut-être que dans les airs, mon pouvoir ne pouvait les atteindre.

À côté de moi, dans la nuit, ses doigts éclairés par une petite lampe, Thomas s'entraînait sur sa guitare, encore et encore. Il voulait leur faire la surprise.

Moi aussi je leur réservais des cadeaux. Je leur ferais visiter toute l'île. Je leur réapprendrais les phrases.

Le lendemain, je me suis levée avec le soleil.

*

Les habitants, y compris le directeur-girafe et les trois écrivains avec leurs crayons sur l'oreille et leurs carnets de notes, la vieille nommeuse et son garde du corps-ventilateur, et les chèvres, et les chevaux, et les cochons s'étaient rassemblés sur la plage et, comme nous, guettaient le ciel.

— Je le vois, cria Thomas, montrant l'ouest.

— Je le vois aussi !

— Tu mens : tu regardes de l'autre côté !

— Jeanne a raison. Vos parents arrivent chacun d'un bout du monde.

Nous baissâmes la tête. On a beau s'entraîner, on a toujours du mal à croire ses parents séparés.

Alors, on entendit un grand bruit d'ailes : les mots décollaient, tous les mots de l'île, les mots du marché, les mots de l'usine, les mots de la ville des mots, même ceux de l'hôpital, même la petite phrase malade, les mots rares des vieux dictionnaires, ils s'étaient mis en vacances, ils s'envolaient pour aller à la rencontre des deux hydravions.

— Que se passe-t-il ? demanda Thomas.

On aurait dit une éclipse. Tous ces mots, ces milliers de mots nous cachaient le soleil.

— Regardez, dit Monsieur Henri.

Il avait pris sa guitare, s'était mis à chanter.

La petite biche est aux abois
Dans le bois se cache le loup,
Ouh, ouh, ouh, ouh
Mais le brave chevalier passa
Il prit la biche dans ses bras,
La, la, la, la.

Les mots, un à un, quittaient sa chanson douce et, comme les autres, gagnaient le ciel.

— Vous voyez, il ne me reste que ma musique.

— Que se passe-t-il ? répéta Thomas.

Monsieur Henri souriait.

— Les mots sont de petites bêtes sentimentales. Ils détestent que deux êtres humains cessent de s'aimer.

— Pourquoi ? Ce n'est pas leur affaire, quand même !

— Ils pensent que si ! Pour eux, le désamour, c'est du silence qui s'installe sur Terre. Et les mots haïssent le silence.

— Vu comme ça…

Thomas ne voulait toujours pas comprendre.

— Les mots de sentiments, je veux bien, passion, beauté, éternité… Mais là-bas, friteuse, brosse à dents, clef anglaise, les mots de la vie quotidienne, pourquoi s'intéressent-ils à mes parents, qu'ont-ils à voir avec l'amour ?

— Ils ont beau désigner des choses ordinaires, des activités de tous les jours, ils ont aussi leurs grands rêves, comme nous, Thomas, tout comme nous.

Je restais muette.

Accompagnés par leur cortège de paroles volantes, les deux hydravions amerrissaient côte à côte.

D'une petite voix blanche, je réussis à poser la question qui me brûlait la langue.

— Et les mots... ils peuvent faire recommencer l'amour ?

Monsieur Henri hocha la tête. Ce jour-là, il portait drôlement sa guitare, comme un outil, une pioche ou une hache, le manche sur l'épaule.

— Tu me permets d'être franc, Jeanne ? Tu es grande maintenant, presque une adulte. Alors je vais te dire la vérité. Pas toujours, Jeanne. Les mots ne peuvent pas toujours faire recommencer l'amour. Ni les mots, ni la musique. Hélas.

Un orchestre s'était approché, deux trompettes, au moins dix tambours, ils jouaient joyeusement pour nous, de plus en plus fort. Monsieur Henri dut me crier la suite.

— Mais ça n'empêche pas d'essayer. On essaie, Jeanne, depuis dix mille ans, on essaie tous...

Les deux hydravions s'étaient arrêtés, portes encore fermées, au milieu de la lagune. Les oiseaux, jaloux de tous ces événements, boudaient très haut dans le ciel.

LES CHEVALIERS DU SUBJONCTIF

Pour Gabriel
Pour Dina
Pour Armand
Pour Tom
Pour Alphonse
La belle équipe du Cinquantenaire

Que serions-nous,
sans le secours de ce qui n'existe pas ?

Paul VALÉRY

Amoureuse.

Rien, aucune créature au monde n'est plus ridicule, et déplaisante, qu'une fille amoureuse : du matin jusqu'au soir, elle sourit vaguement, prunelles clignotantes et bouche entrouverte. De temps à autre, l'amoureuse rougit (sans doute pense-t-elle, la pauvre chérie, à des caresses jugées par elle scandaleuses). Ou alors elle grimace : ce doit être la jalousie qui vient lui mordiller le cœur…

Hélas, ces accès de fragilité ne durent pas. Le visage de l'amoureuse reprend au plus vite cet insupportable air de reine : surtout, ne me dérangez pas, n'osez même pas me parler, je suis d'une autre race, supérieure à toutes les autres puisque j'aime et suis aimée.

Amoureuse.

Telle, du jour au lendemain, était devenue mon ennemie, Mme Jargonos, vous vous souvenez ?, la redoutable inspectrice qui terrorisait les jeunes enseignantes.

Comment cette vieille aiguille de pin, sèche, et pointue, et cassante, s'était-elle soudain métamorphosée en loukoum, cette confiserie écœurante qui s'amollit jusqu'à fondre au soleil ?

Mystère, chimie secrète de l'amour, n'attendez pas que je vous explique. Je ne suis que Jeanne. Je n'ai que douze ans. Je ne peux que raconter. Raconter le plus honnêtement, le plus précisément qu'il est possible, cette incroyable histoire qui m'a conduite, après quels détours et quels périls !, au cœur de l'île ô combien mystérieuse du Subjonctif.

I

En France, les bars sont interdits aux gens de mon âge. Ici, dans l'archipel, ils n'ont pas de portes, ni d'ailleurs de murs. Et ils pullulent, tout au long de la plage principale. Personne ne prête attention aux jeunes curieuses de ma sorte. Elles n'ont qu'à s'asseoir sur le sable pour écouter les guitares et les trompettes, les tambours et les pianos. Et aussi découvrir de quelles folies les adultes sont capables après deux ou trois verres de rhum.

*

Ce soir-là, après le travail, comme chaque soir d'ailleurs, j'avais couru vers mon bar préféré, le *Cargo sentimental*, et

venais de m'installer à ma place favorite, le dos bien calé contre un tas de vieux filets. Leur lointaine odeur d'algue me berce. Il me suffit d'approcher d'eux mon oreille pour entendre, chuchotés, des récits de pêche au requin tigre. Et je grignotais le meilleur des dîners, ces entrées lilliputiennes, inventions bénies des Espagnols, qu'ils ont appelées *tapas*. À chaque bouchée, ça change. De goût, de couleur, de parfum. Tantôt ça croque, tantôt ça fond. Jamais le temps de s'ennuyer. On enchaîne les surprises. Petite omelette. Micro-sandwich. Anchois farci, cube de jambon rouge foncé, presque noir… Ah, du bout des dents, mordre dans un pâté miniature truffé de pistaches ! Ah, entre ses joues, sentir la tiédeur amicale d'une crevette en beignet !

Soudain, sur le chemin, cartable à la main, parut Mme Jargonos. Démarche mécanique, robe grise informe, immense chapeau de paille (pour se protéger de quel soleil ? Le nôtre était déjà couché). Aucun doute possible, il s'agissait bien de mon ennemie. La terrible inspectrice. Celle qui avait si cruellement torturé ma chère Mlle Laurencin, pourtant la meilleure de toutes les maîtresses d'école. Je frissonnai. Et si le cauchemar recommençait ? Si, de nouveau, elle m'attrapait et m'enfermait dans son institut maudit, son

usine à désenchanter les histoires et dessécher la langue ? Je me fis minuscule. J'ai ce don-là : disparaître. Stratégie de curieuse : moins on vous voit, mieux vous pouvez voir.

Elle s'était arrêtée net.

Et maintenant, perchée sur sa jambe gauche, tel un héron cendré, dont elle avait la teinte et l'allure, elle avait saisi sa chaussure droite et la secouait violemment. Sans doute afin d'en chasser l'intrus, un gravier assez impudent pour oser agresser la chair d'une fonctionnaire française. À cet instant même – coïncidence (ou stratégie du dieu Amour) –, Dario, le batteur de l'orchestre, s'installait derrière ses grosses caisses et toute sa quincaillerie. La longue silhouette, là-bas, sur un pied, luttant furieusement contre son caillou introuvable, dut l'inspirer. À son tour, il brandit sa chaussure, une tong aux lanières jaune fluo, tandis que son autre main agitait une maraca, cette sorte de petite massue creuse, pleine de graines dont les tchiqui tchiqui tchiqui saccadés rythment la plupart des mélodies tropicales. Ses camarades, croyant que le signal était donné, que la fête commençait, se précipitèrent sur leurs instruments et la musique envahit la nuit comme une vague.

Plus tard, pour les besoins de ma grande enquête (« Qu'est-ce que l'amour ? »), lorsque je demandai à Dario quelle force lui avait dicté d'agir ainsi, il plongea ses yeux dans les miens :

— Jeanne, tu verras, il y a des gens qu'on ne *peut pas* laisser seuls.

Le héron cendré Jargonos ne savait plus que faire. Toujours sur un pied, toujours brandissant à bout de bras sa chaussure et plus raide que jamais, elle ne bougeait plus. Sa colère avait disparu, je le voyais dans ses yeux, remplacée par un immense désarroi : mon Dieu, que m'arrive-t-il ? Je ne maîtrise plus rien. Que vais-je devenir ?

Alors Dario lui sourit. Un sourire comme je ne croyais pas qu'il en existât : un sourire débarrassé de toute moquerie. Un sourire qui veut simplement dire « bonjour ». Un sourire de bienvenue. Bienvenue dans la nuit, bienvenue dans la musique. Un sourire de compréhension, de complicité : la vie serait plus simple, n'est-ce pas madame ?, sans ces maudits cailloux.

Bien sûr, ce miracle ne dura pas. L'orchestre avait fini par remarquer ce drôle de dialogue muet entre le batteur et l'inspectrice. Les musiciens ricanèrent, s'esclaffèrent, toujours le même, notre Dario, tout lui est bon pour draguer, un vrai don Juan ne porte pas de tongs, Dario, on peut la voir ta nouvelle, oh là là, tu deviens fou, un squelette pareil, tu vas t'écorcher, Dario… À leur tour, ils se déchaussèrent et agitèrent qui sa Nike qui sa santiag, mais c'était pour dire adieu, laissez-nous, madame, allez chercher ailleurs, ne faites pas de mal à notre Dario.

Trop tard, le bien était fait.

Mme Jargonos s'était fait un bouclier du fameux sourire. Aucune méchanceté ne pouvait plus l'atteindre. Armée de ce sourire, elle ne craignait rien. Le sourire de Dario était devenu sa force intérieure, sa liberté et aussi son bouclier. Non seulement elle ne se laissa pas blesser par les moqueries, les grossièretés de l'orchestre, mais elle leur répondit de la manière la plus inattendue. En accueillant dans son corps leur musique. Oui, l'inspectrice, mon ennemie, la raideur même, s'était mise à danser. Oh, pas de grands déhanchements ni de gesticulations. Rien. Presque rien. Un imperceptible mouvement de ses jambes. Un frémissement cadencé de ses bras. Elle avait gardé son air sévère. J'imagine que, pour elle, frémir ainsi, se laisser aller à frémir était l'impudeur même, comme se dénuder devant une foule.

II

Que vais-je faire de ma vie ?

Tenter de répondre à cette question est mon jeu favori.

Je pense à toutes sortes de métiers, toutes sortes de maris, toutes sortes de lieux d'habitation. Je combine. Et j'essaie d'imaginer l'existence qui correspond…

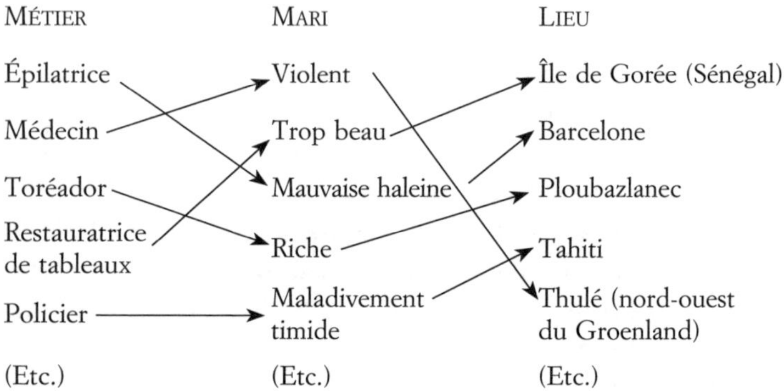

Je passe ainsi des heures à envisager l'avenir. Avez-vous jamais remarqué la beauté de ce verbe : « envisager » ? J'envisage. Je regarde le visage de l'avenir.

Devant tous ces schémas et tous mes enthousiasmes pour les mots, mon frère Thomas ricane :

— Pourquoi fais-tu semblant ? Les filles, on les connaît. Le métier, elles s'en moquent. Seul l'amour les intéresse.

Forcément, je proteste. M'énerve. L'insulte.

Contre-attaque :

— Et toi, on peut savoir tes projets, à part tes bricolages ?

Depuis quelques mois, il délaissait sa guitare adorée, il ne sortait plus, il s'était changé en savant fou, il passait ses jours et ses nuits dans un hangar au milieu d'une jungle de fils électriques.

— Je ne te dirai rien. Il est dans la nature des filles de répéter les secrets.

— S'il te plaît, oh s'il te plaît ! Mets-moi au moins sur la voie…

— Bientôt, je serai tout.

— Tout ! Rien que ça ? Il n'y a que les enfants qui veulent « être tout ».

— Alors je serai un enfant éternel. Ne t'inquiète pas pour moi. Je ne suis pas loin de trouver la clef d'un nouveau monde où l'on n'aura plus besoin de choisir.

Comment, sœur méprisante, pouvais-je prévoir qu'il allait réussir ?

Pour l'heure, je ne m'intéressais qu'à une seule chose, ma grande enquête : qu'est-ce que l'amour ?

Et, comme en classe de SVT on dissèque des grenouilles pour comprendre le fonctionnement des muscles, l'observation méticuleuse et quotidienne de Mme Jargonos m'apportait des informations sans prix.

III

Amoureux.

Le petit rondouillard, la longue et sèche. Assis l'un contre l'autre, face à la mer, toujours au même endroit.

Ils avaient leurs habitudes.

Mme Jargonos arrivait la première, dès dix-sept heures, chaque fois une robe nouvelle, chaque jour plus colorée. Elle disait bonjour et prenait place au milieu de quatre vieilles planches que seul le patron du *Cargo* avait le culot de baptiser « fauteuil ». Elle n'attendait jamais longtemps. De loin, Dario ressemblait à un gros ballon, un gros ballon blanc et bleu qui roule. Ses courtes jambes n'apparaissaient que plus tard, quand il longeait l'ancien chantier naval. On s'apercevait alors qu'il courait presque.

— Bonsoir.

— Bonsoir.

Dario présentait ses excuses pour son retard. Et, soufflant, se laissait tomber dans l'autre « fauteuil ». Par on ne sait quel miracle, tout le monde avait dû se donner le mot, depuis que les deux s'aimaient, ces sièges demeuraient vides. Même les mouettes ne s'y posaient jamais.

Et puis plus rien.

Pourtant, nous tous, les spectateurs, nous nous blessions les tympans à force d'écouter car il semblait bien qu'ils se parlaient, même qu'ils n'arrêtaient pas de se parler. Dès leur premier regard avait commencé entre eux une conversation qui, depuis, ne cessait pas. Mais c'était une conversation particulière. Une conversation sans paroles.

Mme Jargonos est amoureuse !

La nouvelle de ce miracle avait vite fait le tour de l'île et ces rencontres quotidiennes attiraient la foule. Une foule émue et respectueuse. Personne ne voulait troubler le miracle. Nous nous tenions à bonne distance. Certains, même, avaient emporté des jumelles pour mieux suivre les rares, très rares, événements de cet amour muet et le plus souvent immobile. De temps en temps, on voyait la main droite de Dario s'avancer doucement vers le dos nu de sa fiancée. Sans doute voulait-il lui prendre l'épaule, comme fait l'homme avec sa femme, pour qu'elle se sente protégée ? Mais son bras était trop court. La grosse main velue demeurait immobile quelque part entre les deux bretelles de la robe et rebroussait chemin.

Et de nouveau, rien. Aucun mot, aucun mouvement. Nous, les spectateurs, nous ennuyions ferme :

— C'est ça, l'amour ?

— Aucun intérêt.

Mon frère Thomas était le plus impatient.

— Décidément, les sentiments sont ridicules. Je préfère l'électronique.

— Ne dis pas de bêtises. Tout cela cache un mystère. Je vais continuer mon investigation.

*

Qui parmi les habitants de l'île avait connu le grand amour ? D'innombrables vantards se proposèrent pour me renseigner : « Moi, je sais tout de la passion », « Moi, j'ai vécu trois folies », « Mon mari et moi, nous nous adorons depuis cinquante ans… ». Je ne leur prêtais pas attention, j'avais mon idée. M. Henri, le vieux musicien. Dans sa longue vie, il avait forcément tout vécu. Je devinais que sa gaieté perpétuelle lui servait de paravent. Derrière son gros rire il devait cacher tout son bric-à-brac de souvenirs, les joies et les peines. Et ses amours.

M. Henri ne quittait plus guère sa maison. Ses doigts se promenaient pour lui. Leurs voyages permanents sur les cordes de la guitare valaient tous les chemins. Longtemps, cachée derrière la porte, je l'écoutai improviser. Et la nuit finit par tomber. Maintenant qu'avait disparu ce gros œil brûlant et menaçant, le soleil, je sentais mon courage revenir. Je frappai.

— Tiens, notre Jeanne ! Sois la bienvenue.

J'avais pris mon élan. Sans attendre, je me lançai.

— Monsieur Henri, dites-moi, s'il vous plaît : qu'est-ce que l'amour ?

— Oh là là, comme tu y vas ! Une question si grave par une soirée si douce… Quelle cruauté, Jeanne ! Tu veux tout gâcher ?

Sa voix ne riait plus, sa musique se faisait de plus en plus lente.

— Attends que je me souvienne, il y a tant et tant d'années…

Il avait fermé les yeux. Ses doigts ne pinçaient plus les cordes, ils ne les effleuraient plus qu'à peine, du bout de la pulpe. Elles protestaient, les cordes, elles grinçaient, elles regrettaient la musique.

— Jeanne, approche-toi.

Je bondis, m'assis par terre, tout contre lui, et posai mes mains sur les siennes.

— À toi je ne peux pas mentir. J'ai un secret.

Mon cœur se mit à accélérer. À ces moments-là, il me semble qu'il m'échappe, que jamais je ne pourrai le rattraper.

— Jeanne, je croyais que j'étais mort. Quoi de plus normal à mon âge ? Et puis voilà…

Il se redressa.

— Jeanne, je vais me remarier. Elle s'appelle…

Du doigt, il me fit signe d'avancer mon oreille. Dans laquelle il déposa un prénom.

— … un vrai trésor, un cadeau, tu n'as pas idée.

Une lumière s'était allumée quelque part derrière ses yeux. Une lumière venue de l'intérieur. Une lumière qui ne lui éclairait pas seulement les yeux mais l'ensemble du visage. Il se tut. J'attendis. Patiemment. Comment aurais-je osé interrompre ce rêve éveillé ? Mais j'avais mon enquête à poursuivre. Je voulais comprendre. Je finis par reposer ma question. À voix très basse. Pour qu'elle se glisse en lui sans le blesser.

— Alors, monsieur Henri, personne mieux que vous… forcément… l'amour… qu'est-ce que c'est ?

De nouveau, il se tut. Longtemps. Et puis soudain, sans se tourner vers moi :

— L'amour est une conversation…

Il s'interrompit. Reprit son souffle.

— L'amour c'est lorsqu'on ne parle qu'à l'autre. Et lorsque l'autre ne parle qu'à toi. Tu verras.

Était-ce l'œuvre d'un termite, ces bruits infimes ? Quelque part, de l'autre côté de la cloison, quelqu'un creusait. Quelqu'un de minuscule creusait, sans doute pour s'échapper. Mais pour s'échapper d'où ? Et aller où ?

— Monsieur Henri, je peux encore vous poser une question ?

Du pouce, M. Henri se dessina une croix sur la bouche. Et reprit sa guitare.

IV

— Un, deux, trois ; un, deux, trois… Allez, madame, lâche tes hanches, tu ressembles à un bâton, allez, rigole un peu, un, deux, trois, souris des lèvres, souris du corps, ce que tu es raide !

À la lumière d'un lampadaire, deux fillettes, la mine sévère, donnaient des leçons de salsa à Mme Jargonos. Laquelle grimaçait, serrait les poings, faisait tous les efforts du monde sans beaucoup de résultats gracieux. Emilio, le patron du *Cargo*, et moi faisions mine de regarder ailleurs pour ne pas accroître sa honte.

C'est alors que surgirent des robes noires. D'abord deux, puis trois autres, des papiers à la main et d'étranges livres rouges, petits de taille mais très épais. Les robes noires n'hésitèrent pas une seconde, filèrent droit vers l'apprentie danseuse.

— Malédiction, murmura Emilio.

— Que se passe-t-il ?

— Tu le vois bien, elles sont revenues.

Les robes noires encerclaient l'inspectrice.

— Madame Jargonos Amandine, n'est-ce pas ?

— Qui vous a dit mon nom ?

— Vous n'avez plus rien à craindre.

— Nous sommes là.

— Pour vous aider dans votre terrible épreuve.

Les deux professeurs de danse commençaient à s'impatienter.

— On continue, madame ?

— La souplesse ne te viendra pas toute seule.

— Qui c'est ceux-là, d'abord ?

Les robes noires firent la révérence.

— Cabinet Vilvorde, pour vous servir.

— Moi, je suis maître Remords, affaires matrimoniales.

— Et moi, maître Couture, cessions et successions.

Les unes après les autres, les robes noires déclinaient leur identité et spécialités. Mais je ne comprenais toujours pas quelle était cette meute et ce qu'elle voulait vraiment. À voix basse, le patron du *Cargo* éclaira ma lanterne.

— Ce sont des avocats, Jeanne. Autrefois, ils exerçaient le métier le plus utile du monde : les avocats défendent les plus faibles, les attaqués. Maintenant, comme Nécrole a fermé les tribunaux, ils n'ont plus rien à faire et donc plus rien à manger. Alors ils inventent des menaces, pour garder de la clientèle. Écoute-les.

— Notre cabinet et moi-même vous présentons nos félicitations pour votre courage !

— Quel courage ?

— L'amour est l'entreprise la plus périlleuse, de nos jours. Et, d'après nos informations, vous vous y êtes lancée avec une audace admirable. D'ailleurs, vous avez bien raison, ah, ah, on n'a qu'une vie, n'est-ce pas ? Il faut bien que le corps exulte ! Continuez d'aimer sans souci, madame, nous prendrons soin de vous. Hélas…

— Pardon ?

— Ne vous y trompez pas, chère madame…

— Je ne suis pas votre chère madame.

— Nous vous souhaitons tout le bonheur possible. Hélas, les statistiques sont cruelles : la moitié des mariages s'achèvent par un divorce.

— Hors de ma vue, allez, plus vite que ça !

— Quant aux amours de plage… ces amours-là ne durent jamais.

— Fichez le camp ! Ou il va vous en cuire !

— Je comprends votre réaction, madame. Qui admet de gaieté de cœur la fin d'un amour ? Sachez seulement que, le moment de la rupture venu, nous serons prêts pour le procès.

— Et si votre Dario…

— Puisque Dario il y a. Vous voyez, nous sommes bien informés…

— Et si votre Dario, à Dieu ne plaise mais il faut tout prévoir…

— S'il se met à vous tromper…

— S'il… quelle horreur, mais tout arrive, s'il vous frappe !

Les robes noires tournoyaient autour de Mme Jargonos et piquaient, l'une après l'autre, comme des guêpes.

— S'il se permet… un musicien est un saltimbanque, il peut envier votre salaire régulier…

— S'il va jusqu'à…

— Oui, vous voler ?

— Alors ce Dario-là devra payer, croyez-nous, payer cher.

— Faites-nous confiance. Nous connaissons notre métier. Nous avons déjà des photos, des témoignages.

— Voilà ! Vous n'avez qu'à signer au bas de ce contrat. Aucun versement d'avance.

C'en était trop. « Amour de plage », sa première passion, unique et éternelle ? Un bandit, ce batteur si doux ? Mme Jargonos gifla la robe noire la plus proche. Le vent emporta les trois feuillets du maudit contrat.

Et, tandis que la meute disparaissait, furieuse, dans la nuit (on ne va pas en rester là… on va vous assigner… coups et blessures), Mme Jargonos reprit son entraînement. Pied droit, pied gauche, pied droit, repos. Pied droit, pied gauche, pied droit… En secret de Dario, elle apprenait la salsa. Elle voulait lui faire la surprise. S'avancer un beau soir sur la piste et le séduire par son sens du rythme et sa grâce. Touchante Jargonos, on ne la changerait jamais ! En toutes choses, y compris dans l'amour, elle mettrait du travail. Et encore du travail.

*

Plus tard, quand parut son amoureux, Mme Jargonos frémissait encore de colère.

— Vous vous rendez compte, cher ? Les avocats ont osé. Me démarcher, moi, une inspectrice, fonctionnaire titulaire !

Elle serrait les poings, comme si elle allait devoir frapper encore. Ses paupières battaient, ses lèvres tremblaient. De grosses marques rouges tachetaient ses bras nus.

— Ils se sont fait recevoir, vous pouvez me croire. Ils ne reviendront pas de sitôt. Quelle époque ! Quelle engeance ! Pires que des sauterelles !

Dario trottinait à ses côtés. « Voyons, Amandine, calmez-vous, voyons Amandine. » Impossible d'engager la conversation, la fameuse conversation de l'amour, avec quelqu'un si plein de rage.

— Décidément, je hais le conditionnel !

— Absolument d'accord, Amandine, je vous suis les yeux fermés. Mais... vous pourriez m'expliquer ? Pourquoi cette détestation du conditionnel ?

— Le conditionnel ne fait jamais, jamais confiance. Le conditionnel n'arrête pas d'imaginer le contraire de ce qui se passe. Dario ne m'aimer*ait* plus. Dario s'intéresser*ait* à mon argent. Les poules aur*aient* des dents...

— Quelle horreur ! Comme vous avez raison, Amandine ! Supprimons le conditionnel ! On peut lancer une pétition ?

— Je vous aime et vous m'aimez, n'est-ce pas, Dario ?

— Bien sûr, Amandine.

— Alors, pour nous, plus rien n'existe que le présent, l'indicatif présent.

— Vous avez parfois un drôle de langage, Amandine, ça doit venir de votre métier. Mais je suis d'accord avec vous. Vive l'indicatif présent !

— Dario, je me disais...

— Oui ?

— L'heure n'est-elle pas venue pour nous de cesser le voussoiement ?

V

C'est cette nuit-là, en rentrant tard chez moi, que, pour la première fois, je vis, peinte sur un mur, cette bande dessinée minuscule qui allait déclencher tant de violences.

Que venaient faire sur notre île ces images égyptiennes ?

VI

Une fois de plus, je m'étais rendue au *Cargo* pour mon enquête. Une fois de plus, après m'être bien essuyé les doigts (rien de meilleur que les tapas, mais rien de plus graisseux), j'avais sorti mon carnet bleu, mon cher allié, mon confident. Je m'exhortais en moi-même, pour résister au sommeil : « Qu'est-ce que l'amour ? Ma petite Jeanne, c'est peut-être

la nuit ou jamais. Ne les perds pas des yeux. Tu vas enfin découvrir le grand secret. »

*

— Pardonnez-moi, mademoiselle, mais vous n'arriverez à rien.

Qui me parlait ? Qui me parlait de *si bas* ? À qui appartenait cette voix d'adulte qui me venait par *en dessous* ?

— J'ai essayé, moi aussi, des dizaines de fois. Et je suis petit : d'habitude, je me faufile partout. Mais avec les amoureux, rien à faire : leur monde est im-pé-né-tra-ble.

Qui me tenait donc ce discours, tellement voisin de celui de M. Henri ? Cette fois, je baissai franchement les yeux et finis par l'apercevoir. Un gamin. Un vieux gamin ridé. Sûrement pas plus d'un mètre cinquante et sûrement plus de quarante ans. Une barbichette lui donnait l'air du diable. Un diable miniature. Vêtu d'un tricot rayé et d'un bermuda rouge.

— Mais qui êtes-vous ?

— Le cartographe de l'archipel.

— Vous pouvez répéter ?

— Je dessine la terre vue de haut.

— Vous vous moquez de moi ?

Je l'avoue, jamais je n'aurais dû me montrer si vive, à la limite de l'impolitesse. Mais comment imaginer qu'un quasinain puisse surplomber quoi que ce soit ?

— Si mon métier vous intéresse, je passe vous chercher demain.

— Pourquoi tant de gentillesse ?

— Parce que, d'après ce que je vois, nous souffrons, vous et moi, de la même maladie grave : la curiosité. Vous savez que le mot « curieux » vient du latin *cura :* le soin ? Soyons fiers de notre défaut : être curieux, c'est prendre soin. Soin du monde et de ses habitants. Je serai demain matin chez vous.

Le temps d'ouvrir la bouche pour le remercier, il avait disparu.

VII

Rien de tel qu'une bonne soirée pour enchaîner sur une bonne nuit. La veille, mon frère m'avait, rareté des raretés, invitée à dîner (brochette de mérou, bouchées au coco). Ensuite, nous étions allés déranger Ella, la ronde postière. Merci à elle : en cas d'urgence, elle ouvrait son bureau, quelle que soit l'heure. Et personne mieux qu'elle ne savait séduire les téléphones de l'île. Des pièces de musée, pourtant, de grosses boîtes à manivelle.

« Jeanne et Thomas, vous avez votre mère, cabine une. Crachez vos chewing-gums et articulez. La ligne est mauvaise. » « Maintenant, vous avez l'Amérique, je veux dire votre père. Cabine deux. Demandez-lui de nous envoyer du jazz. »

Comment ne pas bien et longtemps dormir, après avoir parlé avec ses parents ? On les sent si proches, même si des kilomètres et des kilomètres de mer nous en séparent.

*

— Enfin ! Bonjour, Jeanne, je commençais à m'inquiéter. Tu aimes le sommeil, on dirait. Tu viens ? Il ne faut jamais faire attendre la météo.

Étant donné la manière dont il frappait à la porte, un effleurement, une caresse, j'aurais tout aussi bien pu ne jamais l'entendre et rester jusqu'à midi dans mes songes.

Il se tenait là, mon nouvel ami, le petit cartographe, vêtu comme la veille. Même tricot rayé, même bermuda rouge. Il portait accroché dans le dos un grand carton à dessin, deux fois large comme lui.

— Allez, je t'emmène au terrain d'aviation. Habille-toi chaudement, il peut faire froid là-haut. As-tu ton PA ?

— Mon quoi ?

Je le fis deux fois répéter, avant de répondre, au hasard, que ma santé était parfaite : j'avais consulté un médecin l'avant-veille.

— Ton PA, Jeanne, ton permis d'altitude. Sans lui, pas de vol.

— Il faut un permis, maintenant, pour prendre l'avion ? Mais voyons, je ne veux pas piloter !

— Ce permis n'est pas seulement obligatoire pour l'avion. Il l'est aussi pour monter au sommet de nos collines.

— Vous plaisantez ?

— Ordre de notre président à vie Nécrole.

— Déjà, le mois dernier, il ordonnait de brûler tous les bateaux. Maintenant, il impose un permis d'altitude ! Cette fois, ça y est. Il a perdu la tête !

— Pas du tout, Jeanne. Notre dictateur est de plus en plus logique. Qu'est-ce qu'un bateau ? Un être libre. Un bateau peut aller partout : il n'y a pas de route sur la mer.

— Je comprends.

— Un bateau est forcément un ennemi des dictateurs qui détestent les libertés, toutes les libertés.

— Pour les bateaux, vous avez raison, Nécrole est logique. Mais l'altitude, interdire l'altitude… ?

— D'après toi, quel cadeau peut nous offrir l'altitude, l'altitude d'un avion ou celle d'une montagne ?

— Je ne sais pas moi, la vue, une meilleure vue, une vue plus large, plus générale…

— Bravo ! Eh bien ce genre de vision, les dictateurs ne le supportent pas. Le point de vue peut entraîner la critique. Et, pour eux, aucune critique n'est acceptable.

— Je comprends maintenant pourquoi les soldats interdisent la route des collines, vous savez, celle qui mène au Doigt et aux Deux-Mamelles !

— Tout juste ! Les amoureux y venaient pour rêver. Et certains, entre deux baisers, ne pouvaient s'empêcher de voir ce qu'on ne voit jamais : les taudis, les terrains d'entraînement des policiers, les trop nombreuses prisons. Quelques-uns de ces certains-là se montrèrent assez impolis pour s'indigner. On ne les a plus revus.

— Alors c'est fichu. Je suis cataloguée comme rebelle. Jamais je n'aurai mon PA.

— Ne t'inquiète pas. Je connais quelqu'un à la direction des Autorisations. Un géographe amateur, comme moi. Entre passionnés, on s'aide. Je vais arranger l'affaire.

Il avait dit vrai. Une heure plus tard, j'avais dans ma poche le précieux document.

*

Il avait du mal à marcher. À cause de son trop grand carton. Le vent de face l'empêchait d'avancer. Dans les rafales, il se mettait de profil. Sans se départir de son sourire.

— Ça souffle, hein ? Tu veux bien m'aider, Jeanne ?

Je sentis ses doigts prendre les miens. Sa petite main se perdait dans la mienne. J'étais tout émue. J'empêchais un adulte de s'envoler.

— Vous avez toujours été cartographe ?

— J'ai commencé jockey, comme tous les petits hommes. Rien d'original. C'est toujours ce qu'on nous propose.

— Le métier ne vous a pas plu ?

— Je n'avais pas le don. Ou pas de chance avec mes montures. En tout cas, j'étais toujours derrière. À force, on se lasse de n'avoir pour horizon que le cul d'un peloton. Sans parler du parfum. On n'a pas idée comme ça pète, dix chevaux dans l'effort.

— Alors comment l'idée des cartes vous est-elle venue ?

— Un jour, par hasard, à la maison. J'étais monté tout en haut d'une échelle pour changer une ampoule. J'ai regardé en bas. Il m'a semblé voir pour la première fois mon meilleur ami, ce cher et vieux et crasseux et si râpé tapis rouge. Sur lui, depuis l'enfance, j'avais tant bavé, rampé, couru, dormi, joué aux billes ou aux soldats. Je le savais par cœur, millimètre carré par millimètre carré, la moindre tache, la plus infime boule de chewing-gum collée là vers le coin nord, depuis des siècles, entre deux brins de laine, l'un rouge et l'autre bleu. Mais soudain il s'offrait à moi dans son ensemble. Je l'entendais me dire : « Eh bien, tu en as mis du temps pour me connaître ! Alors, que penses-tu de mon dessin ? » Je dégringolai, me précipitai dans ma chambre, revins avec du papier, un crayon. Et passai le reste du jour arc-bouté sur mon échelle branlante, le dos coincé contre le plafond, et pourtant de plus en plus heureux, à tenter de reproduire ce que je voyais.

— Parce que ça donne vraiment du bonheur, dessiner une carte… ?

— Tu n'auras qu'à essayer toi-même. Moi, dans ces moments-là, il me semble que j'apprivoise le monde. Il se fait plus doux, plus calme, il rentre ses crocs, ses épines, il ronronne, tout content de s'installer sur ma feuille.

— Vous avez raison, j'essaierai.

— Et après, tu verras, tu dormiras mieux que jamais. Rien ne berce comme les lignes.

VIII

Le terrain d'aviation n'était qu'un morceau de plage planté d'une paillote et d'une pompe à essence rouge. Une avionnette attendait, son hélice déjà frémissante. Mais le cartographe se dirigea vers un long cercueil blanc pourvu de deux ailes blanches démesurées. Un planeur.

Le type même d'engin de mort qu'adorent les garçons. Je m'étais juré de ne jamais leur confier ce que j'avais de plus cher au monde, avec mes parents : moi-même. Je frissonnais.

— Pas question de monter là-dedans. J'aime trop la vie.

— Libre à toi. Je te raconterai.

Quelle curieuse digne de ce nom peut accepter de manquer un spectacle ?

Un autre petit, tout petit homme sortit de la paillote. Il se frottait les paupières. Sans doute l'avions-nous réveillé. D'une drôle de démarche sautillante, il approcha. Il marchait pieds nus mais portait une blouse en soie, grise avec une croix rose.

— Qui est-ce ?

— Jean-Luc, notre pilote. Il a été jockey, comme moi. Mais lui, il n'arrive pas à oublier son ancien métier. Il porte la casaque de son dernier propriétaire.

— Il n'y a donc que des jockeys, dans les planeurs !

— Quand on n'a pas de moteur, il faut être très léger. Surtout quand on monte à trois. Alors, tu te décides ?

Je n'hésitai pas longtemps. Je dois vous avouer que le fond de ma nature, c'est la couardise. Je tremble pour un rien. Mais comme ma curiosité l'emporte toujours sur ma peur, je me trouve embarquée dans les aventures les plus folles. Je m'avançai.

— Bravo, Jeanne ! Je n'ai jamais douté de toi. Bon. J'espère que tu n'as pas trop petit-déjeuné.

— Rien qu'une mangue. Je ne voulais pas vous faire attendre.

— On va vérifier. Allez, monte sur la balance.

Celle-là, je ne l'avais pas remarquée : une planche carrée, surmontée d'un cadran rond, comme une horloge. Sauf qu'elle indiquait le poids au lieu de l'heure. Nous nous tenions tous les trois, moi entre les deux anciens jockeys. Je les dépassais d'une bonne tête.

— Ne respire plus.

L'aiguille, très vite, dépassa 100, elle hésita, s'arrêta juste avant 120.

— Tu n'as rien dans tes poches ?

À contrecœur, je jetai les bouteilles de sable dont je fais collection et ne me sépare jamais.

— Cent dix-huit.

— Qu'en penses-tu, Jean-Luc ?

— Avec la météo d'aujourd'hui, ça devrait aller.

— Alors en route.

— Nous n'emportons pas de parachute ?

— Inutile, Jeanne, nous volerons très bas. Et la plupart du temps au-dessus de la mer. Mais je dois t'apprendre quelque chose. Un code. Pour t'y retrouver.

— Je vous écoute. Je déteste me perdre.

— Pour les aviateurs, le ciel est découpé comme un cadran de montre. Devant nous, c'est midi ; derrière, six heures.

— Compris.

— On va vérifier. Comment appelles-tu ta droite ?

— Attendez une seconde... Voilà : trois heures.

— Bravo !

— C'est drôle : pour savoir « où », on répond « quand ».

— Tu as raison. Peut-être que, dans l'air, le temps et l'espace se marient.

*

Bientôt, remorqué par l'avionnette, notre planeur quitta le sol. Et l'instant d'après, libérés de notre laisse, nous glissions dans l'air.

Je ne vais pas vous mentir : je ne suis jamais parvenue à me tranquilliser pendant ce premier vol. Ça tanguait, ça vibrait, ça sautait trop. Et j'avais beau coller mon front contre la bulle de Plexiglas, je n'apercevais rien qu'une bataille de couleurs bleues, l'indigo du ciel contre le mauve de la mer. Sans garantie. C'était peut-être l'inverse. Où se trouvait le haut et où le bas, comment savoir ?

De son énorme besace, le cartographe avait sorti un bloc et commençait à tailler son crayon.

*

— Mon Dieu, que se passe-t-il encore ?

Je tremblais.

Le planeur s'était mis à monter, monter, comme soulevé par un ascenseur de gratte-ciel, vertigineusement rapide.

Les deux jockeys se moquèrent.

— Ah, ah, on dirait que notre Jeanne n'est pas très rassurée.

— Ne craignez rien, mademoiselle, ce n'est qu'une ascendante, un courant d'air chaud.

— Et d'ailleurs, tu peux le remercier, le courant d'air, regarde le spectacle qu'il nous offre.

Notre oiseau blanc s'était stabilisé. Lentement, prudemment, je me penchai. De si haut, je voyais des îles. Je comptai sur mes doigts, pour plus de sûreté. Cinq îles, sauf erreur.

— Jeanne, je te présente l'archipel de la Conjugaison.

— La conjugaison, quelle horreur ! C'est tout ce que je déteste !

— Ne dis pas de bêtises, Jeanne. Les verbes sont une peuplade tout à fait attachante. C'est justement mon travail de ce mois-ci : dessiner le plan de la conjugaison.

— De toute la conjugaison ?

— La conjugaison tout entière. Il faut avouer que plus personne n'y comprend rien ! Accepterais-tu de devenir mon assistante ? Mes yeux ne sont plus assez perçants.

— Et mon enquête, que va-t-elle devenir ?

— Ta grande enquête sur l'amour ? Quelques petits voyages ne pourront que la nourrir. L'amour est une promenade, Jeanne.

*

Aujourd'hui, tout le monde me félicite. J'ai mon prénom dans les manuels, « Jeanne qui a codessiné la conjugaison », « Jeanne la grammairienne-aviatrice », etc., etc. La vérité, c'est que je n'ai jamais répondu à la proposition du cartographe. Le planeur vibrait tellement, j'avais l'impression qu'il allait décrocher mon cœur. Comment prononcer un seul mot, même l'un des plus brefs, les trois lettres de « oui », quand votre cœur se décroche ?

Le cartographe dut prendre mes grimaces pour un acquiescement.

Et voilà comment, bien malgré moi, je suis devenue célèbre dans l'Éducation nationale.

Une fois de plus, je manquai m'évanouir : le planeur plongeait vers la première des îles.

— Allez, Jean-Luc, au boulot !

— Au boulot, patron !

IX

— Tiens, Jeanne. Prends les jumelles. Et raconte-moi ce que tu vois. Raconte, s'il te plaît, de droite à gauche. Assez lentement pour que je puisse tout dessiner. Et n'oublie surtout pas les détails. Dieu est dans les détails.

Je posai mon front contre le hublot.

On aurait dit un chenil immense, vous savez, ces sortes de villes où la Société Protectrice des Animaux accueille les chiens abandonnés et les propose pour adoption aux visiteurs. Sauf que les chiens, ici, étaient des moteurs, des centaines de moteurs rassemblés dans trois vastes enclos et un plus petit, des moteurs de toutes tailles et sortes, des moteurs en marche, aussi bruyants, gémissants et hurlants que des molosses enfermés.

— Où m'avez-vous emmenée ? Je suis une fille normale, moi. Je déteste la mécanique. Qu'est-ce que c'est que ce dépotoir ? Un trafic de pièces détachées ? Partons tout de suite. Je sens déjà monter la puanteur de l'huile et des graisses…

— Tout doux, Jeanne, et regarde mieux. Ces moteurs sont des verbes, tous les verbes possibles et imaginables. On ne t'a jamais appris que ce sont les verbes qui font avancer la phrase, qui lui donnent vie et mouvement ? « Jeanne un garçon blond. » Rien ne se passe. « Jeanne *drague* un garçon blond. » Tout commence.

— On dirait… dans cet enclos, là, juste en dessous, je rêve ou tous les verbes se terminent en *er* ? *Chanter*, *arriver*, *pleurer*…

— Bravo, Jeanne !

— Sur la gauche, ils finissent en *ir*, *rougir*, *partir*, et à droite, vers la colline, vous pouvez vérifier, rien que des *re*, *vendre*, *attendre*…

— Excellent ! Tu as compris le mode de classement.

— On leur a demandé leur avis, aux verbes ? Ils sont heureux d'être rangés comme ça ?

— Que veux-tu dire ?

— Rangés par vos terminaisons, par la taille ou la couleur de votre queue… Ça vous plairait, vous ?

— Jeanne !

Pauvres vieux jockeys ! Ils n'avaient pas l'air de savoir que les filles d'aujourd'hui sont de drôles d'animaux. Elles s'informent des secrets. Elles se relèvent la nuit pour regarder les films chauds à la télévision. Je les laissai reprendre souffle avant de poser ma nouvelle question.

— Et le quatrième enclos ? C'est un peu le bric-à-brac, non ? Qu'est-ce qui unit *payer* et *acquérir* ? Pourquoi *mouvoir* est-il à côté de *conclure* ?

— Ce sont les verbes à problèmes, Jeanne. Ils ont chacun leur bizarrerie. *Je meus*, *il meut*, *nous mouvons*, *tu mus*, *vous mûtes*…

— En effet, ça craint !

— Et *j'acquiers, vous acquîtes, ils acquerront.*

— Bonjour la prise de tête !

— On a préféré les mettre ensemble pour qu'ils ne contaminent pas les autres. Tu imagines si chacun des verbes imposait sa fantaisie ? C'est déjà assez compliqué comme ça, tu ne trouves pas ?

— Mais alors, quelle est cette île ?

— Tu n'as pas deviné ?

Plongé dans son dessin, le cartographe ne m'écoutait plus. À chaque trait, il tirait la langue, comme un enfant qui s'applique. Jean-Luc en profita pour me souffler la réponse.

— L'Infinitif, Jeanne, nous survolons l'Infinitif.

— Et pourquoi l'Infinitif s'appelle-t-il l'Infinitif ?

— Et pourquoi Jeanne s'appelle-t-elle Jeanne ? On aura beau chercher, chercher, les presser de questions, certains mots garderont leur mystère. Et c'est bien ainsi.

Je ne suis pas du genre à renoncer. Je me mis à réfléchir tout haut. C'est une méthode que je recommande. Je l'utilise souvent. Les pensées qui restent emprisonnées dans le cerveau manquent d'air. Celles qu'on fait passer dans la bouche et jette dans l'air respirent mieux, forcément, et gagnent en clarté.

— Infinitif vient forcément d'infini. Infini veut dire tout. Donc quand un verbe est à l'infinitif, il peut tout faire.

— Bravo, Jeanne ! Parfaitement raisonné.

Le cartographe avait glissé son crayon entre les dents et applaudissait du bout des doigts.

— Avant, avant l'interdiction de Nécrole, tu aurais vu partout des bateaux, Jeanne, des dizaines de bateaux. Ils venaient faire leur marché, acheter le moteur dont ils avaient besoin, le moteur nu. Après, ils l'habillaient en fonction de leur utilisation.

— Habiller ? On habille les moteurs, maintenant, je veux dire les verbes ?

— Pour jouer au tennis ou pour te promener au pôle Nord, tu ne choisis pas les mêmes vêtements, n'est-ce pas ? Les verbes, c'est pareil. Si on doit les utiliser pour voyager dans le futur, on prend un verbe nu…

— Attendez que je traduise. Le verbe nu, ça signifie… le verbe à l'infinitif.

— … Correct. On le met au présent, troisième personne du singulier : *chante*. Et on lui ajoute les vêtements du futur : *rai*, *ras*, *ra*. Je *chanterai*, tu *chanteras*, il *chantera*. De même, si le verbe doit remonter dans le passé, il faut le vêtir en conséquence. *Chanter* devient *chantais*, on lui a mis des moufles sur les doigts. Ou *chantai*, on lui a enfilé des gants…

— Mais alors, depuis la dernière folie de Nécrole, les verbes ne servent plus à rien ? Plus personne ne vient les chercher ?

— C'est pour ça qu'ils grondent, Jeanne. Ils s'exaspèrent, même. On frôle la révolte.

Depuis quelques minutes, notre pilote s'agitait sur son siège. Il attendait impatiemment la fin de la démonstration.

— Patron, vous en avez encore pour longtemps avec l'Infinitif ?

— Pourquoi ? Déjà la bougeotte, Jean-Luc ? Ah, ces jockeys d'obstacles, ils ne tiennent jamais en place.

— Pense ce que tu veux des gens d'obstacles, patron. Ils ont l'habitude des moqueries. Je te préviens seulement que je manque de portance. Ou je tente d'attraper l'ascendante, devant nous à gauche, là, vers dix heures. Ou tu m'indiques un terrain libre pour nous poser.

La terreur me reprit. Où atterrir ? Pas un centimètre carré de libre. Les moteurs occupaient tout. En outre, excités comme ils étaient, je ne donnais pas cher de nous. À peine arrivés chez eux, nous serions assaillis, dévorés.

Merci le courant d'air ! Au dernier moment, il nous reprit dans sa paume et nous arracha à la voracité des verbes.

— Tout va bien, patron ? Tu as pu lever ta carte ?

— La récolte est satisfaisante. Mais il faudra revenir. Dis-moi, Jeanne, avec tes meilleurs yeux, as-tu vu les *infinitifs paresseux* ?

— Pardon ?

— Je traduis : les paresseux, les verbes à l'infinitif qui ont décidé que, être verbe, c'était trop fatigant. Ils ont changé de métier. Ils ont préféré devenir des noms. Un nom a beaucoup moins de travail qu'un verbe.

— Vous pouvez me donner un exemple d'*infinitif paresseux* ?

— Le *savoir*, le *sourire*.

— Patron, où va-t-on, maintenant ?

Une chose devenait de plus en plus claire : Jean-Luc détestait mes conversations avec son vieil ami le cartographe. Pas de doute : il souffrait de jalousie. J'étais en train d'apprendre que la taille d'un corps n'a rien à voir avec la force des sentiments. Peut-être était-ce même le contraire ? Plus un corps est menu, plus les sentiments, dont la jalousie, y sont comprimés et donc violents. J'allais devoir me montrer diplomate. Sous peine d'affrontement grave avec le pilote. La dernière personne avec laquelle il convient de se fâcher lorsqu'on est passager.

X

— Et maintenant, cap au 190, sur l'île des fous !

— Quel genre de folie ?

— Pour ça, nous te réservons la surprise. Et tu ne seras pas déçue, foi de cartographe. Alors, Jean-Luc, que nous dit la météo ?

— Des turbulences, comme toujours là-bas.

Quelle était donc cette folie des habitants assez grave et puissante pour désordonner l'air ? Décidément, cette nouvelle destination me mettait la puce à l'oreille. D'autant plus que le paysage s'annonçait somptueux : une chaîne de petites montagnes très aiguës qui plongeaient à pic dans la mer.

Mes deux compagnons avaient repris leur éternel débat d'anciens jockeys : qu'y a-t-il de plus noble, de plus glorieux, l'obstacle ou le trot, le courage de sauter des haies et des rivières ou l'intelligence nécessaire pour garder dans l'allure une tonne de muscles ? Ils m'avaient oubliée. Je m'endormis. Mieux vaut prévenir mon futur mari (encore à rencontrer) :

quand on m'oublie, je m'endors. À l'instant même et n'importe où : à table, en classe, sur la plage… Quand je n'existe plus pour les autres, je préfère le sommeil. Au moins lui me prend dans ses bras et m'offre, rien que pour moi, le cinéma des rêves. S'il ne veut pas vivre avec une marmotte, ce futur mari, qu'il n'oublie jamais de faire attention à moi. À bon entendeur, salut !

*

Un hurlement me réveilla, bientôt suivi par des dizaines d'autres :

— *Faites demi-tour !*

— *Atterrissez tout de suite !*

— *Annoncez vos noms !*

— *Prends garde à toi, pilote !*

Je rouvris les yeux. Le cartographe me souriait :

— Tu voulais connaître la folie de ces gens ? La voilà. Ils n'arrêtent pas de donner des ordres. Du matin jusqu'au soir. Et à n'importe quel sujet. Leur maladie, c'est l'impératif. Ils se prennent tous pour des empereurs. On a cherché à les soigner. En les arrosant d'eau glacée grâce à des avions-citernes ; en versant dans leur rhum de puissants calmants. Peine perdue. Personne n'est jamais parvenu à modérer leur frénésie de commandement. Quant à moi, pardon, mais je ne supporte pas.

Avant de prendre son carnet à dessin, il s'enfonça dans les oreilles, sans doute jusqu'au milieu du cerveau tant il poussait fort, deux billes de cire.

— *Descends, si tu l'oses !*

Maintenant que le planeur s'était approché, je pouvais distinguer la source de tout ce vacarme : une sorte de bal costumé. Du bas en haut de chacune des mini-montagnes, des dizaines d'hommes et de femmes, des vieillards comme des enfants, s'étaient déguisés en personnages d'autorité. Juges emperruqués. Médecins bardés d'armes (seringues, bistouris, stéthoscopes). Policiers caressant, l'air farouche, leurs matraques. Curés, mollahs et rabbins brandissant leurs livres saints. Soldats en tenue de combat. Instituteurs à l'ancienne, blouse grise et longue règle à la main…

Et chacun le doigt tendu nous criait des ordres, s'aidant de tous les moyens possibles : porte-voix, entonnoirs, tuyaux, manches à air. Et les rares qui gardaient la bouche fermée n'étaient pas moins autoritaires. Ils écrivaient fébrilement dans la poussière ou agitaient des panneaux.

— *Fous le camp, cartographe !*

— *Viens déjeuner, le vieux, et surtout, amène la fille !*

D'autres, au moyen de torches, lançaient des signaux lumineux. Tantôts brefs, comme des points, tantôt plus longs, comme des traits : - .. -- ..

— Voilà qu'ils cherchent à nous aveugler, maintenant !

— Mais non, voyons ! Ils nous parlent ; pour être plus précise, ils me parlent. En morse.

— Parce que tu sais le morse, Jeanne ? Là, tu nous en bouches un coin !

— Taisez-vous, que je me concentre. Point, trait, point, point. Point, trait. « La… »

On pourrait s'étonner de ma science. « À table, les enfants ne parlent qu'à leur tour et leur tour n'arrive jamais. » Telle était la règle familiale. Alors pour continuer nos conversations interminables, Tom et moi, nous tapotions doucement, fourchette contre verre, rond de serviette contre salière. Pauvres parents ! Ils avaient bien fait de ne pas apprendre ce langage. À nous entendre, ils seraient morts mille fois : de honte, de colère, d'effroi, de désespoir… Tous les sentiments qui accablent un père ou une mère quand ils constatent que leur éducation ne sert à rien de rien.

— Alors, Jeanne, que te disent-ils, ces charmants cocos ?

— Vous allez me faire rougir !

— N'oublie pas que tu es en mission scientifique, Jeanne. Tu dois raconter le monde, tout le monde, tel qu'il est.

— « La fille, montre-nous tes seins. »

— J'en étais sûr, tous des obsédés.

— Et aussi : « Enlève ta culotte. »

— Ah, les sauvages !

— Et encore...

— Non, Jeanne, ça suffit !

*

En grand pilote, malgré turbulences et trous d'air, Jean-Luc tournait et tournait encore autour de la montagne.

— Alors, mademoiselle Jeanne, ils vous plaisent, nos Impératifs ?

Je suivais, fascinée, cette agitation, les mines sévères des Impératifs, leurs fronts plissés, leurs colères subites qui dégénéraient vite en bagarres féroces car les ordres se contredisaient, bien sûr. Comment un Napoléon peut-il accepter d'être commandé par un autre Napoléon ?

Le policier et le juge en étaient venus aux mains et, agrippés l'un à l'autre, roulaient maintenant dans la pente. S'ils ne se relevaient pas à temps, ils tomberaient dans la mer. Vu les regards noirs qu'ils se lançaient, le mollah et la doctoresse n'allaient pas tarder à faire de même. Le cartographe hurla :

— Tu en as assez vu ?

Je hochai la tête. Il me sourit.

— J'étais sûr que ça ne te plairait pas. Mais enfin, il fallait en passer par là. À survoler cette île, on apprend bien des choses sur la réalité du monde. Allez, Jean-Luc, on abandonne ces gens à leurs batailles et on rentre chez nous.

— Patron, patron, nous avons oublié quelque chose !

— Et quoi donc, s'il te plaît ?

— Je partage votre détestation de l'impératif, mais tout de même…

— Où avais-je la tête ? Merci, Jean-Luc ! Au temps pour moi ! Un cartographe ne doit pas avoir de parti pris. Allons saluer les seuls êtres civilisés de ce caillou maudit.

Le planeur vira sur l'aile, abandonna ces montagnes inhospitalières. Avant de revenir au-dessus d'une crique où tout ne semblait que paix. Une mer transparente. Du sable blanc. Et ces palmiers en forme d'éventail qu'on appelle « arbres du voyageur » car l'assoiffé peut toujours trouver de l'eau potable entre leurs feuilles. Comme par miracle, les turbulences avaient cessé. Il faut dire qu'en dessous de nous, le ton avait changé.

Plus personne n'ordonnait. Un groupe travaillait à la construction d'une pirogue. Et chacun, sans énervement, y allait de son conseil, de sa suggestion technique : *Ne creuse pas trop vers l'avant, c'est là que frappent les vagues. Aiguise mieux ta scie, ce sera plus facile.*

À genoux sur le sol, deux hommes priaient : *Mon Dieu, sois remercié pour tant de beauté ! Mon Dieu, prends-nous dans Ton amour !*

Plus loin, une très jeune fille suppliait un joueur de football (chaussures Adidas, maillot du Real) : *Ne me quitte pas, laisse-moi une chance !*

— Alors, Jeanne, tu les entends ?

— C'est aussi de l'impératif.

— De l'impératif doux. Tout existe, Jeanne.

Au milieu de la place du village, une toute petite femme vêtue d'une robe noire chantait. La voix montait vers le ciel, droite et fière comme un feu les jours sans vent.

Allez venez, Milord,
Vous asseoir à ma table,
Il fait si froid dehors…

Qu'est-ce qu'un milord ? Et quel était ce froid dont parlait la dame, alors qu'il faisait si chaud ?

Laissez-vous faire, Milord,
Et prenez bien vos aises,
Vos peines sur mon cœur,
Et vos pieds sur une chaise...

Drôle d'histoire ! Mais aucun doute, c'était aussi de l'impératif amical, celui-là, un impératif bienveillant.

J'aurais bien voulu connaître la fin : qu'arrivait-il au milord ? Mais le cartographe piaffait.

— Cette fois, on rentre, Jean-Luc. Au bercail !

— On va essayer, patron.

— Comment, essayer ? Nous ne sommes pas sûrs de pouvoir regagner notre île ?

La peur qui m'avait laissée tranquille depuis quelques heures était revenue : le même animal invisible avait de nouveau posé ses pattes sur le haut de mon ventre, là, entre les côtes. Et recommençait à y enfoncer ses griffes.

— Un planeur n'a pas de moteur, Jeanne. Il dépend du bon vouloir des courants d'air.

— Ne t'inquiète pas, Jeanne. Notre Jean-Luc connaît les nuages comme sa poche.

— À propos, le nom de notre île à nous, *Indicatif*, d'où peut bien venir ce mot ? *Indicatif*, comme *indicateur de police*, le voyou qui trahit ses complices ? Comme *indicateur de chemin de fer*, la brochure qui donne les horaires des trains ? Qui donc a ainsi baptisé les morceaux de notre langue ?

— Je ne sais pas, Jeanne, mais calme-toi !

— *Indicatif !* On ne pourrait pas choisir des mots plus clairs, de temps en temps ?

— Ne critique pas toujours tout, Jeanne ! L'*indicatif*, c'est aussi une musique, celle qui annonce, à la radio, ton émission préférée. Et savais-tu qu'en Afrique l'*indicateur* est

un oiseau qui attire l'attention de sa famille sur la présence d'un nid d'abeilles ? Grâce à lui, tout le monde va pouvoir profiter du miel.

*

Nous tournions et tournions encore au-dessus de notre île de l'Indicatif. Sans doute pour trouver le bon air, celui qui nous prendrait dans sa main et nous déposerait doucement sur le sable du terrain d'aviation. Nous survolions la région du *Passé* et sa douce brume habituelle. Nous survolions la région du *Futur* et son brouillard beaucoup plus dense, impénétrable. Cercle après cercle, nous nous rapprochions de notre destination, l'endroit où nous vivions, la région du *Présent*. Déjà, je pouvais distinguer la plage et ses cinq bars,

dont le cher *Cargo* ; et la mairie, maison des mariages ; et l'énorme croix rouge peinte sur le toit de l'hôpital des mots.

Mais quelles étaient ces taches vertes et noires, un peu partout, semblables aux moisissures qui envahissent le fond des assiettes oubliées ? Quelle malédiction, quelle maladie de peau avait frappé notre île ? À bien y regarder, le vert, c'étaient des jeeps, des camions et même deux chars, canons pointés sur l'avenue Toussaint-Louverture. Et le noir des soldats. Ils avaient l'air de fouiller une à une toutes les maisons. Dans quel drame allions-nous atterrir ?

XI

Les rues de sable étaient vides, seulement traversées par des chiens. Et clos les volets, cloués même, comme à l'approche d'un cyclone.

Pourquoi cette peinture fraîche sur certains murs ? Elle dégoulinait encore. Qu'avait-on voulu cacher ? En tout cas, le travail n'avait pas été bien fait. Là un oiseau dépassait . Et là, un homme assis .

Un instant je m'arrêtai, levai le nez. Inspirai fort. La ville sentait. Sentait la sueur, une sueur sale, mal séchée. L'odeur de la peur. Deux fois, au bout de l'avenue Césaire et de l'autre côté du rond-point Senghor, j'entraperçus des uniformes et des matraques : un groupe de soldats traînait un homme. Dos courbé, bondissant de cachette en cachette (une charrette à l'arrêt, une rangée de poubelles), je réussis à atteindre notre maison. La porte béait. À voix basse, j'appelai : Thomas, Thomas ! Aucune réponse. Sauf celle du silence. Comme l'eau se change en glace, parfois le silence devient dur. Dur et blessant comme une arme.

Le cœur battant à se rompre, j'entrai dans ma chambre. Pauvre chambre : on l'avait martyrisée. Moi qui aime tant ranger. Mes yeux ne voulaient pas y croire : armoire défoncée, tiroirs renversés, toutes mes affaires en un gros tas surmonté par les plus intimes, mes photos secrètes, ma culotte de cérémonie (achetée en prévision de ma nuit de noces). Ah, ils avaient dû bien rire de moi, les envahisseurs ! Je passai dans la pièce voisine, l'antre de mon frère. Même dans cet immonde fatras, ils avaient réussi à mettre du désordre, c'est vous dire…

Je pleurai, je l'avoue.

*

— Jeanne ! Ne t'inquiète pas…

Quelqu'un me parlait. Un Pierrot. Une silhouette toute vêtue de soie blanche. Je mis du temps à le reconnaître. Comme si son visage venait de très loin, d'un autre monde. Emilio, le patron du *Cargo*. Je savais qu'il habitait la maison voisine de la nôtre. Mais que faisait-il dans cette tenue ? Avait-il besoin de se déguiser ainsi pour trouver le sommeil ? Les gens de la nuit ont souvent du mal à s'endormir quand ils rentrent chez eux.

— Pour ton frère, tout va bien.

Je sautai au cou de l'ami Pierrot.

— Merci, oh merci !

— Ton frère a réussi à s'échapper… Ma femme n'a pas eu cette chance.

— Mais pourquoi ces arrestations ? Je ne comprends plus rien. Quel vent de folie souffle sur notre île ?

— Le subjonctif, Jeanne. Tous ces malheurs ont pour cause ce maudit subjonctif.

— Je hais le subjonctif. Mais que vient-il faire là-dedans ?

— Je ne peux t'en dire plus, Jeanne. Je pars pour la prison.

Je ne le vis pas s'en aller. Je ne m'y connais guère en règlements administratifs. Les prisons acceptent-elles les visiteurs en pyjama ? De toutes mes forces, je lui souhaitai bonne chance.

Et je me mis au travail.

XII

Mais à peine avais-je commencé à affronter ce capharnaüm que je laissai tout en plan. Je ne comprenais rien à la situation. Et mes parents m'ont ainsi faite : si je ne comprends pas, je suis comme tétanisée, il m'est impossible d'ébaucher le moindre geste. Alors je courus chez quelqu'un qui, sans nul doute, saurait m'expliquer.

— Bonjour, Jeanne. Tu voulais questionner Madame, n'est-ce pas, comme d'habitude ? Tu tombes mal. Elle déjeune. Tu connais son appétit. Elle ne pouvait plus attendre.

Hector, l'assistant de la Nommeuse, était espagnol et cuisinier, chef adjoint d'un des meilleurs restaurants d'Europe, *El Bulli*, au nord de Barcelone, non loin de la frontière française. Venu se reposer dans l'archipel, il avait un beau jour longé le jardin où ma vieille amie redonnait vie aux mots. Cette chanson, « Touer[1], Touille-bœuf[2], Touline[3] », l'avait ensorcelé. Il n'était pas reparti. Il avait ouvert une guinguette au bord de l'eau. Et chaque dimanche, pour remercier la vieille dame, il venait lui mitonner l'une de ses inventions miraculeuses.

— Qui est-ce ?

C'était la voix, la célèbre voix, la voix de la Nommeuse, reconnaissable entre toutes. Aussi douce qu'implacable, *définitive*. Venue de la pièce voisine, la voix s'était faufilée jusqu'à nous par le couloir, comme un chat.

— Jeanne ! Mais qu'elle entre ! Tu ne refuseras pas un petit en-cas. Allez, une assiette pour Jeanne. Pour une

1. Faire avancer un bateau en tirant sur son ancre.
2. Espèce de chien de mer.
3. Cordage au moyen duquel un navire est remorqué.

fois qu'une jeunesse s'intéresse au dictionnaire, faisons-lui fête !

— Hélas, hélas, je ne peux pas, Madame. Je n'ai plus le droit de prendre le moindre gramme, je travaille dans un planeur.

— Baliverne, ma chérie ! Essaie donc ce sorbet au feu de bois. Je te promets : ta balance ne se rendra compte de rien.

Évidemment, le sorbet n'était qu'un entracte au milieu du festin préparé par Hector (entracte admirable d'ailleurs : avaler de la fumée sucrée, quelle drôle de sensation !). Suivirent une terrine (amandes fraîches et truffes), des brochettes de thon (+ bacon + gingembre + coco), des beignets de cervelle (jeunes veaux), des raviolis de cigales de mer...

Malgré l'impatience qui me tordait le ventre (qu'était devenu Tom ? des pillards n'allaient-ils pas vider notre maison ouverte à tous les vents ?), je me laissai gagner par la magie des saveurs.

La Nommeuse dégustait chaque bouchée, je n'osais interrompre sa jubilation. On croit les vieux sans gourmandise. Quelle erreur ! Il suffit seulement de leur proposer du nouveau. Tant d'années à manger la même chose, forcément, on se lasse. Combien de steaks, de frites, de nouilles au gratin et même de blanquettes, de veau Marengo ingurgite-t-on en une longue vie ? Qu'une vraie surprise se présente et les vieux gloussent. Tout comme un enfant découvrant l'enchantement du chocolat.

Je dus attendre le café pour interroger.

— Pardon, Madame, j'en ai besoin au plus vite : d'où vient le mot « subjonctif » ?

— Ma petite Jeanne, chaque langue a plusieurs mères, elle descend de beaucoup d'autres langues. Mais il y a toujours une mère principale. Celle du français, c'est le latin. *Jungere* veut dire « joindre ». *Sub* veut dire « sous ». Et *subjungere* veut dire « atteler »...

— Atteler, comme atteler un cheval à une charrette ?

— Exactement. Quand tu dis « je veux que mon ami vienne », « je veux », c'est le cheval, l'énergie, la volonté, la force qui tire.

— Mais il tire quoi ?

— La charrette. Il tire son rêve, le souhait que son ami vienne.

— Pourquoi ? Il faut de la force pour rêver ?

— Bien sûr, ma petite Jeanne, de la force, beaucoup de force, surtout si tu veux que dure le rêve. Maintenant, laisse-moi. Je dois me remettre au travail. Les mots du dictionnaire trépignent. Tu ne sens pas comme ils te détestent ?

— Mais pourquoi donc ?

— Ils sont jaloux, tout simplement ! Jaloux de l'attention que je te porte. Allez, embrasse-moi et laisse-moi.

Je posai mes lèvres sur son front. À petits pas tanguants, elle regagna son jardin. Et, devant Hector ébloui, elle reprit sa mélopée : « Trusquiner[1], Tulipe orageuse[2], Tupinet[3] »...

*

Comme je franchissais le seuil, une force s'empara de moi. Il me semblait que quelqu'un m'avait saisi les deux épaules et m'obligeait à pivoter sur moi-même. En me voyant revenir, Hector grimaça :

— Jeanne, que veux-tu, encore ?

Je l'ignorai et m'accroupis devant le fauteuil.

— Madame, je peux ? Encore une, vraiment, juré, une ultime question ?

— Accordé, ma petite Jeanne, mais fais vite. Je voudrais finir la lettre T avant dimanche.

— Mon frère, il a disparu. Alors je me demandais...

1. Tracer des lignes parallèles.
2. Figure de la danse appelée *french cancan*.
3. Mésange à longue queue.

Lorsque, comme vous, on connaît tous les mots... Peut-être qu'aussi on peut deviner les lieux...

— Jeanne, s'il te plaît, pourrais-tu être plus claire ?

— Mon frère, ne sauriez-vous pas où il se trouve ?

— Toi aussi ? Mon Dieu !

Son visage s'était crispé. Sans le vouloir, j'avais ravivé quelque douleur au plus profond de sa mémoire. Elle avait fermé les yeux. On aurait dit qu'elle bataillait avec ce souvenir.

— Figure-toi que mon frère également s'est évaporé. Un beau jour, pffuit. Sans laisser d'adresse. Il y a des années et des années. Et depuis, rien. Aucune nouvelle. Peut-être est-il dans la nature des frères de disparaître ?

— Et vous n'avez pas la moindre idée... ?

— Bien sûr que si.

— Et vous n'avez pas couru le retrouver ?

— Hélas non. J'ai fait cette erreur ; certainement l'erreur la plus grave de ma vie.

— Vous, si savante, une erreur ?

— J'ai toujours cru que, plus on aime quelqu'un, plus on doit le laisser tranquille.

— Donc vous n'êtes jamais partie à sa recherche ?

— Hélas !

— Alors là, vous avez raison, c'est une erreur terrible. Faites-moi confiance, je ne commettrai jamais la même. Vous savez donc où se trouve mon frère ?

— Dans l'île du Subjonctif.

— Pourquoi là-bas ?

— Parce que c'est le pays des rêves. Un garçon qui part, qui part sans revenir, c'est toujours à cause d'un rêve.

— Je vais le retrouver, les retrouver tous les deux. Votre frère et le mien. Et ils vont m'entendre : on n'a pas le droit d'abandonner sa sœur.

— Que j'aime ton enthousiasme, Jeanne ! Bon voyage !

Et à ton retour, viens tout de suite me raconter… si je suis encore vivante.

— Allons, allons, Madame, tout le monde sait que vous êtes immortelle.

— Immortelle ne veut pas dire éternelle, Jeanne.

*

Éternité, immortalité ? Décidément, le Temps était une devinette. Je retournai à la maison, perdue dans ces graves pensées. Et rassurée : quand on a deux jockeys et un planeur dans ses amis, pas d'inquiétude à se faire. Ils sauront bien vous conduire au Subjonctif.

Avant toute chose, ranger.

Hélas ! À peine avais-je commencé que les envahisseurs revinrent.

Huit uniformes flambant neufs.

— Bonjour messieurs ! Comme c'est gentil de venir m'aider !

— Tu riras moins dans un quart d'heure, mademoiselle. Allez, prends une serviette, ta brosse à dents, on t'embarque.

XIII

— Halte-là !

Mes huit soldats n'en croyaient pas leurs yeux. Nous venions de nous mettre en route, la farouche escorte et moi (leur prisonnière). Et voici qu'un petit, tout petit homme, vêtu d'un bermuda rouge et d'un tricot rayé, osait s'interposer.

— Qui c'est, l'avorton ?

— Allez, dégage !

— D'abord, tes papiers !

— Je suis le cartographe du président-à-vie-et-même-au-delà !

— Oh, pardon, Votre Honneur !

— Et cette demoiselle, que vous maltraitez, est mon assistante. Libérez-la.

— Tout de suite, Votre Honneur.

Les huit soldats, si cruels et méprisants l'instant d'avant, n'étaient plus que miel et courbettes. Je venais de faire connaissance avec l'une des lois régissant l'espèce humaine, dite « loi de la double crêpe » : plus quelqu'un écrase ceux qui sont au-dessous de lui, plus il s'écrase devant ceux du dessus.

En attendant de poursuivre ma réflexion philosophique, je bénis l'ancien jockey. Sans son apparition miraculeuse, que serait-il advenu de moi ? À l'heure d'aujourd'hui, peut-être pourrirais-je encore dans une prison oubliée ?

— Allez, assez perdu de temps ! Accompagnez-nous jusqu'au palais. J'y ai rendez-vous.

— C'est un honneur, Votre Honneur !

Ainsi, au pas cadencé, nous traversâmes la ville. Des volets commençaient à se rouvrir. On nous regardait, apitoyés : les pauvres ! Ils n'ont pas de chance, ce sont sans doute les derniers raflés…

J'avais beau avoir été sauvée, je n'en menais pas large. Comment, en me voyant, allait réagir le dictateur ? Je tentai de mettre en garde le cartographe. Du revers de la main, il écarta mes angoisses comme autant de mouches importunes.

— S'il te plaît, Jeanne. Laisse-moi gérer la situation.

*

Apparemment, Nécrole, notre dictateur bien-aimé, ne semblait pas m'avoir reconnue. Dans la salle d'attente, je m'étais en catastrophe fait un chignon (merci à lui, il me donne cinq ans de plus ! Cent fois je l'ai utilisé pour entrer dans une boîte ou au cinéma voir des films chauds). Et puis du temps avait passé depuis notre première et si détestable rencontre.

— Cartographe, quelle est donc cette jeune femme ?

— Mon assistante. Un œil de laser sans lequel ma main ne dessinerait que du vent.

Une manucure, sosie de la chanteuse Madonna, s'occupait des doigts du maître. Son travail semblait lui donner bien du bonheur. Elle souriait, émerveillée comme une mère devant son nouveau-né.

— Bien. À partir de cette seconde, celui (ou celle) qui répète un seul mot de ce qu'il va entendre peut se jeter directement dans la gueule d'un requin. Il m'évitera de lui arracher le cœur avant.

Cher Nécrole, toujours le même, les années n'avaient pas de prise sur lui, toujours le même charme délicat, la même manière de convaincre par la douceur !

Il considérait ses deux index aux ongles démesurés. La manucure avait bien travaillé : il possédait là deux vrais poignards, tout à fait capables de punir les indiscrets – ou les indiscrètes : le message était clair.

— La patrie est en danger. Mes services secrets sont formels : une invasion se prépare. Regardez : la récolte d'une seule journée de perquisition.

Cinq sacs-poubelle étaient alignés, cinq grosses poires grises, sous la carte géante de l'archipel.

— Si vous n'avez pas trop peur de vous salir, plongez une main, au hasard. Vous verrez que je ne vous mens pas. Vous aussi, l'assistante.

Le cartographe retira un dossier complet sur

le subjonctif en japonais

et nous tendit la feuille : « L'expression “je souhaite que” se traduit par la formule “si c'était comme ça, ce serait bien, mais”. »

Je souhaite qu'il pleuve demain

A shi ta	a me ga	fu re ba	i i no ni (ne e)
明日	雨が	降れば	いいのに(ねえ)
Demain	pluie	tomberait	bien mais (n'est-ce pas)

Le président leva les bras au ciel.

— Qu'est-ce que je vous avais dit ? Et vous, jeune fille, quelle horreur avez-vous pêchée ?

Ahurie, je reconnus la mini-bande dessinée que depuis quelques jours je voyais taguée sur des murs.

— Qu'est-ce que je vous avais dit ? Encore et toujours du subjonctif ! Ces gens-là sont partout ! Je leur ferai rendre gorge.

Nécrole hurlait. Nous nous regardions, le cartographe et moi, sans comprendre.

Quel danger pouvaient bien représenter ces dessins innocents ?

Notre étonnement, des plus visibles, accrut la colère du dictateur.

— Parce qu'en plus, vous ne savez pas lire les hiéroglyphes ?

Nous baissâmes la tête, avouant notre ignorance.

— Ce n'est pas compliqué, pourtant.

Et, changé soudain en instituteur, il se mit à nous expliquer :

 « Ça, c'est "je désire".

 Ça, c'est "le serviteur".

 Ça, c'est "soit" ou "se tienne".

 Ça, c'est "sous le sycomore".

« Maintenant, vous avez compris, ignorants que vous êtes : "Je désire que le serviteur se tienne sous le sycomore." Du subjonctif ! Encore du subjonctif ! »

Nous suivions, éberlués, la leçon.

Que venait faire dans notre île cette histoire de serviteur et de sycomore ? Et quel danger nous faisait-elle courir ?

La colère de Nécrole avait repris de l'intensité. Il tapait du poing sur la table.

— La peste est parmi nous. Un complot international. Les Nippons, les Égyptiens, le monde s'apprête à nous envahir.

Quelle folie donna l'idée à mes lèvres et à mes dents de s'écarter, à ma langue de former la petite phrase suivante ?

— Pardonnez-moi, Monsieur-le-président-à-vie-et-même-au-delà, mais pourquoi craignez-vous tant le subjonctif ?

Stupeur. Et tremblement. Oser questionner le Tout-Puissant ! La foudre allait tomber. La terre s'ouvrir pour avaler l'audacieuse, une vague surgir pour l'engloutir. Plus personne ne respirait dans la salle du trône, pas même les oiseaux. Dans le jardin, ils s'étaient arrêtés de chanter. Le monde entier attendait la punition terrible et méritée qu'allait me valoir ma faute.

Le Maître non plus ne bougeait pas. Les yeux seulement avaient grandi. Des yeux immenses et ronds, des yeux d'enfant face à quelque chose de parfaitement nouveau : une jeune fille s'était permis de lui parler. Il dut goûter cet étonnement car un sourire finit par lui venir. Et c'est d'une voix très calme, amusée, qu'il me répondit :

— Les Subjonctifs sont les ennemis de l'ordre, des individus de la pire espèce. Des insatisfaits perpétuels. Des rêveurs, c'est-à-dire des contestataires. « Je veux que tous les hommes soient libres. » Bonjour le désordre ! « Je ne crois pas que notre président réussisse. » Merci pour le soutien ! Du matin jusqu'au soir, ils désirent et ils doutent. A-t-on jamais construit une civilisation à partir du désir et du doute ?

Les conseillers du dictateur, flatteurs et courtisans, comme tous les conseillers, hochaient la tête en cadence.

— Comme vous avez raison, Monsieur-le-président-à-vie-et-même-au-delà : le rêve est la plus malfaisante des maladies.

— Bien sûr que non, Monsieur-le-président-à-vie-et-même-au-delà. Personne n'a jamais pu bâtir une société vivable avec de tels enfants gâtés !

Nécrole, d'un geste, fit taire ces baveux.

— J'ai réussi à soumettre tout l'archipel. La tribu des Infinitifs, facile : ils ne savent pas ce qu'ils veulent. Les Impératifs, de même : ils n'arrêtent pas de se battre entre eux. Les Conditionnels ? On n'a pas de mal à écraser des gens qui passent leur temps à faire des hypothèses et qui n'osent jamais affirmer ce qu'ils pensent. Restent les Subjonctifs. Ceux-là sont beaucoup plus redoutables. Mais faites-moi confiance, je vais m'occuper d'eux. Une bonne fois pour toutes. Cartographe ?

— Oui, Monsieur-le-président-à-vie-et-même-au-delà ?

— Vous allez me dessiner leur île. Les plages possibles pour un débarquement, les hauteurs stratégiques, les marais à éviter. Je veux tous les détails. Pas d'offensive réussie sans bonne cartographie. Relisez Napoléon. Cette demoiselle à l'œil de lynx vous aidera. Rendez-vous ici dans sept jours, même heure. Le temps presse. La saison des cyclones ne va plus tarder.

Madonna, la manucure, avait assisté à toute la scène en rangeant tranquillement ses outils.

— Au revoir, Monsieur-le-président-à-vie-et-même-au-delà. À demain.

(Une légende courait dans l'île, sans cesse alimentée par la Direction de la Propagande : les ongles du dictateur et ses cheveux poussaient à une vitesse surnaturelle, preuve de sa vitalité quasi divine et source d'innombrables fantasmes chez les femmes…)

Nous repartîmes avec elle. On aurait dit qu'elle était, d'un coup, tombée amoureuse du cartographe. Elle ne le quittait pas des yeux.

— Je vais m'occuper de vous aussi, roucoula-t-elle. Comment dessiner soigneusement avec des doigts négligés ? C'est vrai que je suis scandaleusement chère. Mais avec ce qu'il va vous payer…

XIV

Mon réveil n'avait pas sonné ; je veux dire que mon oiseau du matin, mon cher torcol fourmilier (*Synx torquilla*) n'avait pas chanté à son heure habituelle.

Je m'habillai en toute hâte et partis ventre à terre.

Le chemin le plus direct vers le terrain d'aviation longe la prison. Emilio se tenait là, debout, devant la haute porte en fer rouillé. Torse nu. Le Pierrot avait perdu sa veste. De son pyjama blanc ne lui restait que le pantalon. Et son célèbre sourire qui, chaque nuit, illuminait le *Cargo*, s'était évanoui.

— On ne vous a pas laissé voir votre femme ?

— Elle s'obstine. On lui a proposé une déclaration : « Je jure ne plus, de ma vie, employer le subjonctif. » Elle signait et elle sortait. Elle a refusé.

— Que se passe-t-il dans sa tête ?

— C'est exactement ce que je me demande. Je lui ai dit, à ma pauvre chérie : « Tu es mariée et tu m'aimes. Pourquoi une femme mariée et qui aime son mari aurait-elle besoin du subjonctif ? »

— Et alors ?

— Alors elle m'a répondu… depuis j'en tremble…

Je lui ai posé la main sur l'épaule.

— Courage, Emilio. Je sais que nous, les femmes, sommes parfois cruelles.

— Elle m'a répondu : « Aucun amour, pas même le plus grand, ne m'empêchera de rêver. »

Je me rappelai soudain mes deux jockeys. Devant leur planeur, ils devaient s'impatienter. J'ai dû laisser Emilio à sa tristesse. Ou plutôt à ce qui est pire que la tristesse : la découverte que rien ni personne ne pourra jamais remplir le vide qui est en nous.

XV

Au terrain d'aviation, personne n'avait remarqué mon retard. Les deux anciens jockeys discutaient ferme.

— Et ça ne te gêne pas de dessiner des cartes pour un dictateur ?

— Je dessine des cartes pour tout le monde. Le savoir est l'arme la plus efficace contre les tyrans. La preuve : ils brûlent toujours tous les livres.

— Je ne piloterai pas le planeur qui va permettre d'écraser les Subjonctifs !

Jean-Luc s'était planté devant son appareil, bras croisés et mine farouche.

— Libre à toi. Rien de plus facile que de te remplacer.

— Essaie.

Le cartographe sauta sur sa moto, bouillonnant de rage : « Pour une fois que j'avais signé un vrai beau contrat. »

Jean-Luc sifflotait, tout à fait tranquille.

— Ne t'inquiète pas, il ne trouvera personne. N'importe quel imbécile peut voler, tiré par un moteur. Mais planer, dialoguer avec l'air, ça, c'est une autre affaire.

Effectivement, le cartographe revint seul, deux heures plus tard, penaud et bougon.

— Allez, on part tout de suite. Et pas la peine de triompher comme ça, Jean-Luc, s'il te plaît. Reste modeste. On fait juste un repérage. Si l'on ne découvre rien de dangereux chez les Subjonctifs, je donnerai de fausses cotes, pour protéger l'île. Allez, allez, qu'est-ce que vous attendez ?

C'était mon jour de veine, car, ignorant mon festin espagnol, il ajouta :

— Mais non, Jeanne, voyons, pas la peine de passer à la balance. Tu n'as quand même pas grossi depuis hier ! Allez, on a perdu assez de temps…

*

L'île du Subjonctif ne dévoila pas tout de suite ses pièges. La première partie de l'exploration fut longue mais sans souci. Grâce à un bienveillant mélange d'air chaud et de vent debout, notre planeur put demeurer des minutes presque immobile. Aubaine pour notre cartographe qui dessina, dessina frénétiquement. Pas un mot ni la moindre esquisse de sourire. L'importance de sa tâche l'occupait tout entier ; et semblait lui avoir rendu les yeux de sa jeunesse. Pas une fois il ne demanda mon assistance.

Pour être franche, je m'ennuyais. Une petite voix aiguë me courait dans la tête : « Que fais-tu là, Jeanne ? Qu'est-ce que c'est que cette ridicule histoire de subjonctif ? Et ta grande et définitive enquête sur l'amour, tu l'as oubliée ? » Elle avait raison, la petite voix aiguë : que foutais-je là ?

Au bout de deux heures, soulagement général : le cartographe estima qu'il avait fini.

— On rentre, Jean-Luc. Le président-à-vie-et-même-au-delà sera satisfait.

— Tu veux dire que ton plan va permettre de bien les écraser ?

— Je précise. Satisfait car rassuré. Cette île me paraît absolument inoffensive. Je vais témoigner en leur faveur. Il m'écoutera.

« Absolument inoffensive. » Ces mots, l'île dut les entendre. Et en prendre ombrage. Car, de ce moment-là…

— Encore un tour, Jean-Luc, pour vérification.

Cet excès de conscience professionnelle fut la cause de l'accident. Sans cette ultime reconnaissance, rien ne serait arrivé.

*

— Que se passe-t-il ?

Entre la planche à dessin et ce qu'ils voyaient par le hublot, les yeux du cartographe allaient, venaient, de plus en plus vite.

— Ma parole, je deviens fou !

De petites gouttes de sueur commençaient de perler sur son front et ses tempes.

— Jeanne !

— Oui, patron ?

— Tu vois bien une pointe, là, sur la droite, à deux heures ?

— Parfaitement, et pointue même, elle fait penser au cap de Bonne-Espérance.

— Comment se fait-il que j'aie noté une plage à cet endroit même ?

— Sans doute une erreur, patron, due à la fatigue. Rien de grave. Il suffit de gommer. Vous m'avez toujours dit qu'on dessine plus avec sa gomme qu'avec son crayon.

— Et là, plus au nord ?

— Que se passe-t-il plus au nord, patron ? Je vous en

prie, tout va bien, calmez-vous ! C'est normal de ne pas tout voir au premier coup d'œil.

— Mais je perds la vue, ma parole ! Comment ai-je pu ne pas remarquer ces trois îlots, trois grands îlots, presque des îles, qui crèvent les yeux, au beau milieu de la baie ? Quelle erreur, quelle impardonnable erreur ! Dont les conséquences auraient pu être désastreuses ! Cette fois, c'est clair : j'ai sombré dans la vieillesse. Je démissionne.

Et il se mit à pleurer.

— Mon Dieu, pourquoi m'avez-vous abandonné ? Que vais-je devenir sans ma chère, si chère géographie ?

*

Qui rendra un jour l'hommage qu'elles méritent aux consolatrices ?

Sans me vanter, je suis de celles-là. Je n'y peux rien, je porte ce don en moi. J'ai même réussi à consoler mes parents de me faire tant de peine lorsqu'ils se sont séparés. C'est dire jusqu'où va mon talent.

J'ai donc laissé passer le gros du chagrin.

Et puis ma voix, la plus douce de mes voix, est entrée en action :

— L'île que nous survolons n'est pas comme les autres, patron. Si j'ai bien compris, le subjonctif est l'univers du doute, de l'attente, du désir, de l'espérance, de tous les possibles… Comment voulez-vous que l'île du doute, de l'attente, du désir, de l'espérance, de tous les possibles ait des contours bien définis ?

Longtemps, il réfléchit. Avant de se tourner vers moi.

— Ce n'est pas faux, ce que tu racontes là, Jeanne.

— Vous savez, vous, donner des limites à vos doutes, à vos désirs, à votre espérance ? Soyez franc. En êtes-vous capable, patron, en dépit de votre âge et de votre expérience ? Par définition, le possible n'a pas de limites, non ?

— Ce que tu veux dire, c'est que les rivages de l'île du Subjonctif changent sans cesse ?

— Exactement, patron. Comme les îles volcaniques. Le désir et l'attente ne sont-ils pas des volcans, dans leur genre ?

— Mais alors mes yeux ne sont pas en cause. Ce n'est pas moi qui ne sais plus regarder, c'est le monde qui bouge.

— Vous mettez du temps à comprendre, patron.

— Viens que je t'embrasse, Jeanne, tu me ressuscites !

Pour venir vers moi, il se leva brusquement, provoquant une terrible embardée. Et la colère de Jean-Luc :

— Où tu te crois, jockey de plat ? À peine ressuscité, tu veux nous tuer ?

Moi d'habitude si peureuse, moi, cette fois, je souriais. Car j'avais ma réponse à la petite voix aiguë. Qu'est-ce que l'amour sinon du doute, de l'attente, du désir, de l'espérance ? Donc l'amour était une variété du subjonctif. La petite voix aiguë était une imbécile : elle ne s'était pas rendu compte que là-haut, dans son planeur, Jeanne continuait son enquête.

*

Combien de temps survolâmes-nous l'île mouvante ? Le cartographe était le seul à ne pas sentir la fatigue. Dans une grande exaltation, sifflotant des airs glorieux (*La Chevauchée des Walkyries*) ou guillerets (*Un fiacre allait trottinant*), il enchaînait les dessins : portrait de l'île S. à 18 h 30 ; portrait de l'île S. à 19 h 15 ; portrait de l'île S. à 20 h 03…

— Comme tu as raison, Jeanne, oh comme tu as raison. La science n'est pas ennemie du mouvement, il suffit de dater.

À tant tourner, nos yeux se fermaient. Nous avons dû, Jean-Luc et moi, nous endormir. C'est la sensation de tomber qui nous a réveillés, l'espace d'un instant. Car la violence de l'atterrissage nous a envoyés dans cette région du sommeil qui n'est pas loin de la mort.

N
E
S
O

XVI

Une boule de feu.

Juste au-dessus de moi.

Décidément, les dieux me poursuivaient de leur hargne. D'abord l'accident et maintenant un incendie. Ou la foudre.

Dans la boule rouge, peu à peu, parurent deux yeux, deux yeux bleus. En dessous, des lèvres qui s'étiraient pour sourire.

— Ça y est, notre invitée se réveille.

Le flou se dissipait, comme une brume matinale chassée par le vent. J'y voyais de nouveau clair. La boule rouge n'était pas du feu mais un jeune homme roux. Ébouriffé comme la plus inextricable des jungles. Une jungle rouge.

— Bienvenue dans l'île ! je m'appelle Dany.

— Comment… vont-ils… mes deux amis… jockeys ?

— Des jockeys ? Nous aurions dû le deviner, vu leur taille. Aucun problème pour le pilote.

— Normal. Les obstacles, il connaît.

— Il offre déjà sa tournée au *Chardon bleu*, vous verrez, c'est notre quartier général.

— Et l'autre ?

— Le dessinateur ? Il ne voulait pas lâcher son crayon. Il avait raison. Vu l'état de sa main droite, je doute qu'il puisse encore s'en servir. Mais ses jours ne sont pas en danger.

Je souris à mon tour. J'ai toujours aimé cette expression : « ses » jours, ça fait croire qu'on est propriétaire de « sa » vie.

Tout de suite après, je me rappelai ma mission :

— J'ai un frère dans l'île, je suis sûre qu'il est là. Et aussi le frère de la Nommeuse. Je dois les voir au plus vite !

— Calme-toi ! Ou tu vas t'évanouir pour de bon. Comment s'appellent-ils ?

— Thomas, c'est mon frère. L'autre, c'est Jorge Luis, un très très vieux. Vous les connaissez ?

Dany leva les bras au ciel :

— Eh bien dis donc ! Tu as une drôle de famille. De drôles de cocos, ces deux-là, chacun dans son genre. Et très amis, d'ailleurs. Ne t'inquiète pas, ils sont bien dans l'île.

— Je veux les voir !

— Chaque chose en son temps ! Repose-toi d'abord un peu. Je vais les prévenir.

Une heure plus tard, j'avais rejoint le fameux *Chardon*. Moins un café qu'un grenier, un doux désordre de toutes les

choses qui font rêver les enfants : vissés aux murs, dix vieilles locos de trains électriques, une chaise à porteurs, un tigre empaillé, une collection de papillons géants, la maquette du premier *Pen-Duick*, trois costumes de Batman, à trois âges de la vie… Etc. Chaque regard tombait sur son lot de trésors. Et, parsemée, comme égarée, dans cette forêt magique, la foule la plus diverse que j'aie jamais rencontrée, des costumes trois-pièces et des jeans, des robes du soir et des survêtements, des crânes rasés et des catogans, des gamins et des vieillards. Un catalogue joyeux de tous les êtres humains.

Abreuvés comme il convient, Jean-Luc et moi fêtions notre bonne fortune. Tout est bien qui finit bien. Nous voici chez des amis… À voir si jubilant mon compagnon, un soupçon me prit. Se pourrait-il… ? Jean-Luc, un Subjonctif ? Appartenait-il secrètement à cette tribu radieuse que Nécrole jugeait si redoutable ? Avait-il sciemment provoqué l'accident ?

On nous fêtait, nous pressait de questions :

— Quelle chance, des voyageurs !

— Pour une fois qu'on s'intéresse à nous !

— Et en plus ils sont jeunes !

— Qui vous a donné l'idée de venir ?

— On parle encore de nous dans l'île de l'Indicatif ?

— Moi, je croyais que notre subjonctif était mort, bien mort, enterré et oublié.

— Tu vois qu'il ne faut jamais désespérer.

On se battait pour nous inviter. Ce soir, vous couchez chez nous. Non, chez nous, il y a des chevaux. Chez moi ! J'ai une piscine !

Mon sauveur roux s'approcha. Tout le monde l'appelait. Dany, tu prends un verre ? Dany, j'ai quelque chose à te dire ! Il semblait le chef, même si « chef » n'était pas le mot qui convenait. D'une telle bande, nul n'aurait pu obtenir le plus petit soupçon de discipline. Sans doute n'était-il seulement que l'emblème, le drapeau vivant, celui qui parle plus fort et plus drôlement que les autres.

— Maintenant, je vous enlève Jeanne. Elle doit aller dormir.

XVII

— Qui êtes-vous ? je veux dire : qui êtes-vous, les Subjonctifs ? Des malades ? Des dangereux ?

— Pour les choses sérieuses, Jeanne, tu ne préfères pas qu'on attende demain ?

— Pas question.

— Curieuse, n'est-ce pas ? Maladivement curieuse ?

Dany avait pris mon bras. Nous marchions sur la plage, à la lisière de l'eau, lentement, à petits pas, comme deux vieux.

— Tu l'auras voulu. Par quoi commençons-nous ?

— La Nommeuse a tenté de m'expliquer : subjonctif, du latin *subjungere*, atteler. Dans la phrase « je veux qu'il vienne », « je veux », c'est le cheval et « qu'il vienne », c'est la charrette…

Je devais faire, en parlant, une drôle de mine, la grimace déconfite de qui récite par cœur et ne comprend pas ce qu'il dit, malgré tous ses efforts, car il éclata de rire.

— Il faut avouer que ce n'est pas très clair !

— Vous, Dany, si vous me parlez, je suis sûre que je comprendrai.

— Flatteuse ! Je vais commencer par un détour. Le sommeil, notre sommeil, est un continent mystérieux. Tu sais comment les savants l'explorent ? Ils nous posent des fils électriques sur le crâne. Chaque fois que nous nous mettons à rêver, ils le savent. Et s'ils nous réveillent à ce moment-là, s'ils nous empêchent de rêver, qu'arrive-t-il, d'après toi ?

— Aucune idée.

— Nous mourons.

— Quel rapport avec le subjonctif ?

— C'est ce que tu vas voir.

La tête me tournait. À cause de l'accident, des rhums de bienvenue, des premiers effets du subjonctif ? Je me laissai doucement tomber sur un rocher rond. Dany était resté debout. Il marchait de long en large comme tout bon enseignant qui se respecte.

— Commençons par le plus simple, l'endroit où tu habites : l'Indicatif, c'est ce qui *existe.*

— Ça, je sais. Ce qui existe, ce qui a existé, ce qui existera. Du concret. Du certain. Du réel.

— Parfait ! Nous, les Subjonctifs, nous nous intéressons au *possible.* Ce qui pourrait arriver. En bien ou en mal. Je veux qu'il *vienne.* Je doute qu'elle *guérisse.*

De temps en temps, il levait la main, ses yeux cherchaient, à droite, à gauche. À l'évidence, un tableau noir. La main retombait. « J'avais oublié que nous ne sommes pas en classe. »

— Je peux te tutoyer, Dany ? Je commence à comprendre. Et en même temps, je comprends de moins en moins.

— Ça, c'est la vie, Jeanne : plus on comprend, moins on comprend ; plus on sait, moins on sait.

— Arrête de m'embrouiller. Ce que je ne comprends pas, c'est pourquoi Nécrole vous déteste tant, pourquoi il veut lancer l'assaut contre vous.

— Je te l'ai expliqué : le subjonctif est l'univers du possible.

— Et alors ?

— Réfléchis un peu, Jeanne. Qu'est-ce que le possible ?

— Quelque chose qu'on pourrait faire…

— Mais qu'on n'a pas fait. Pas encore fait. Pas voulu faire. Réclamer le possible, tout le possible, c'est critiquer le réel, le monde tel qu'il est, la pauvreté, les injustices. Et donc critiquer les politiques, pas tous mais ceux, comme Nécrole, qui veulent que rien ne change : ils se satisfont très bien du monde tel qu'il est.

— Le subjonctif est un mode révolutionnaire, c'est ça ?

— On peut le dire.

— Maintenant, je comprends mieux pourquoi on peut

avoir peur de vous. C'est vrai que vous dérangez. Je voudrais adhérer.

— Pardon ?

— Adhérer à votre club.

— Il ne s'agit pas d'un club, Jeanne. Nous formons une chevalerie.

— Chevaliers… Vous ne seriez pas un peu… prétentieux ?

— Le rêve est une bataille, Jeanne. Je veux parler des vrais rêves, bien sûr, pas des petits désirs qui nous passent dans la tête et y volettent comme des moustiques.

— Qu'est-ce qu'un vrai rêve ?

— C'est un rêve qui dure. Et s'il dure, c'est qu'il s'est marié. Marié avec la volonté.

Je ne m'étais pas rendu compte qu'une foule d'animaux suivait la leçon. Des mouettes, des crabes, des chiens, j'aurais juré qu'ils approuvaient. Mais, fatigue et enthousiasme aidant, je n'avais plus toute ma tête. Tout à fait lucide, aurais-je senti bouger sous mes fesses le rocher rond qui me servait de siège ?

— Eh bien, Jeanne, tu t'étais assise sur une tortue ! Tu ne pouvais mieux choisir. La tortue est un animal typiquement subjonctif.

La maison où je devais être accueillie n'était pas loin. Je m'endormis lentement, bercée par cette devinette : en quoi une tortue était-elle un animal *subjonctif* ?

XVIII

Le lendemain, dès que parut Dany, je me précipitai.

— Tu as vu mon frère ?

— Je l'ai prévenu.

— Et alors ? Pourquoi n'est-il pas là, avec toi ?

— Et alors… Les garçons sont les garçons, Jeanne. Il a un travail à finir. Il viendra plus tard.

— J'ai fait tout ce voyage rien que pour lui ! J'ai pris tous ces risques. Et il me fait attendre. Parfait, Thomas. Cette fois, tu l'auras voulu. Quelle heure est-il ?

— Pardon ?

— À partir de cet instant même, je n'ai plus de frère !

Dany me regarda en souriant. Il devait s'y connaître en famille. Il me tapota sur l'épaule.

— Les garçons sont une sale race. Sauf les roux. Bon. Si tu veux en savoir vraiment plus sur le subjonctif, va au Centre.

— Quel Centre ?

— Un centre de recherche : ne s'y retrouvent que des passionnés, de vrais savants. Tu les trouveras là-bas, juste avant le petit port des Biches. D'après ce qu'on m'a dit, ils se sont installés dans l'ancien chantier naval.

— J'y vais tout de suite.

— Bon courage ! Comme tous les passionnés, ils frôlent la maniaquerie.

À première vue, aucune trace du chantier. Dany ne m'avait donné que des indications vagues. Une voie ferrée sortait de l'eau et traversait la place pour aller se perdre entre les palmiers. Mystérieux trajet. Se pouvait-il qu'on accrochât la mer, deux fois par jour, à une locomotive et qu'ainsi la marée monte ? Je n'avais jamais rien compris à mes cours de sciences et, vous voyez, j'étais à mon tour frappée par la contagion du subjonctif : je n'arrêtais plus d'imaginer, même l'invraisemblable.

Je m'avançai de quelques pas dans la forêt. J'aurais pu chercher longtemps. La végétation finissait d'avaler deux bâtiments de bois à demi écroulés d'où dépassaient des étraves pointues. Une colonie de singes s'amusait avec des outils cassés, hachettes et scies, sans se préoccuper d'un groupe d'hommes et de femmes en pleine discussion. Ils étaient tous assis par terre, sauf un petit monsieur propret coiffé d'un chapeau de paille.

C'est lui qui, au bout d'un long moment, me remarqua le premier.

— Il semble que nous ayons une nouvelle amie.

Tous les regards se tournèrent vers moi. J'aurais voulu rentrer sous les copeaux qui me chatouillaient les pieds.

— Il ne paraît pas que nous nous soyons déjà rencontrés.

— Dieu soit loué ! Je n'aurais jamais cru qu'une si jeune fille daignât s'intéresser à notre mode bien-aimé !

— Que cette demoiselle prenne place parmi nous !

— Et qu'elle veuille bien nous excuser de continuer nos travaux : un congrès de grammairiens nous attend à Québec.

— Auparavant, je ne doute pas qu'elle accepte d'inscrire son nom dans ce cahier.

— Que Jeanne ne s'offusque pas de ces précautions : elle n'a pas idée comme nos ennemis pullulent.

Je m'assis sur un tronc à demi creusé. Pas de doute : je me trouvais bien dans un ancien chantier naval. Plus loin, sur ma gauche, l'arbre sur lequel reposaient mes fesses n'avait pas eu le temps de devenir pirogue. J'ouvris grand mes oreilles.

Ils continuaient de s'exprimer de cette étrange manière. Ces Subjonctifs-là avaient dû faire un vœu : ils ne parlaient que subjonctif. Et moi, je dois vous l'avouer, je perdais pied.

Quel était donc ce mystérieux Centre dont ils parlaient sans cesse ? « Ah, s'il se pouvait que le Centre existât encore ! » « Ah, s'il plaisait à Dieu que d'autres jeunes, tout comme Jeanne, nous rejoignissent, nous pourrions espérer que le ministre rouvrît le Centre ! »…

*

La rencontre au Canada avait l'air d'échauffer les grammairiens. Ils en parlaient avec la fièvre de ceux qui se préparent à un combat.

— Vous ne croyez pas que les Québécois veulent nous piéger ?

— Il est vrai qu'ils connaissent la langue française mieux que nous.

— Les « bizarreries du subjonctif », drôle de titre pour un débat, non ?

— Et méprisant. Bizarreries. Je vous demande un peu.

— Il est vrai que notre subjonctif n'est pas toujours très logique.

— J'espère que tu ne parles pas sérieusement.

— Tu veux des exemples ? J'en ai dix en mémoire. Pourquoi dit-on : « Crois-tu qu'il vienne ? » et « Tu crois qu'il vient ? » Pourquoi le subjonctif dans le premier cas et l'indicatif dans le second ? Pourquoi dit-on : « Je crois qu'il vient » (indicatif) et « Je ne crois pas qu'il vienne » (subjonctif) ?

— Tu me donnes une idée ! Voilà ce qu'on va leur balancer, aux Québécois, une étude bien salée sur l'interrogation et la négation !

*

Pour reposer leur cerveau, mes amis, même les plus âgés, s'imposaient toutes les demi-heures cinq minutes de course sur la plage : les vrais grammairiens sont des athlètes. Durant l'exercice, le monsieur propret n'avait pas quitté son chapeau. Je profitai d'une de ces pauses pour l'interroger sur ce fameux Centre.

— Vous voulez dire que vous n'aviez jamais entendu parler de nous ? Hélas, c'est bien le problème. Nos travaux n'intéressent plus le grand public. Que faire ?

Ses grands yeux bleu pâle m'appelaient à l'aide. Je reposai ma question :

— Vous parlez sans cesse d'un certain Centre…

— Mais le CNRS, bien sûr ! Une institution que le monde entier nous enviait ! Le Centre National de Recherche sur le

Subjonctif. Il a fermé ses portes il y a cinq ans, faute de crédits. Et nous voilà maintenant contraints de travailler dans ces ruines…

— Pas n'importe quelles ruines, quand même, les ruines d'un chantier naval !

— Que veux-tu dire, ma petite Jeanne ?

— Si j'ai bien compris, le subjonctif est le temps du possible. Alors le subjonctif appartient à la même famille que les bateaux.

Les autres athlètes-grammairiens avaient fini leur parcours et, tout en reprenant leur souffle, revenaient vers nous.

— Jeanne, sois plus claire, s'il te plaît !

— Quand vous avez un bateau, vous pouvez aller partout. D'accord ? Rien ne vous retient. Donc tout est possible. Donc le bateau est un outil typiquement subjonctif.

— Ça, ma petite Jeanne, nous n'y avions jamais pensé !

— Vive Jeanne ! Il n'y a pas eu besoin de lui expliquer longtemps !

— Bienvenue parmi nous, Jeanne !

— Vive notre nouvelle brillante Subjonctive !

*

De temps en temps, le ton montait.

— Oui ou non, « bien que » est-il suivi du subjonctif ? *Les voitures roulent vite bien qu'il pleuve.* Dans ce cas-là, il pleut vraiment, non ? Alors ? Cette pluie-là est bien réelle, non ? Si le réel est le mode de l'indicatif, il faudrait dire *bien qu'il pleut.*

— Marguerite a raison.

— Marguerite a le don de toujours tout embrouiller.

— Arrête d'insulter ma femme ou nous démissionnons.

Qui aurait cru le subjonctif capable de déchaîner de telles passions ?

*

— Et maintenant, notre chère Danielle va nous faire sa communication de politique étrangère.

Annonce magique : le calme revint instantanément. Et tous les regards convergèrent vers une grande dame brune aux yeux malicieux.

— C'est une savante, me chuchota mon voisin. Nous avons beaucoup de chance de l'avoir parmi nous. Chaque fois qu'elle parle, elle nous raconte un grand voyage.

Quelle sorte de voyage ? Ordre de Nécrole : personne n'avait eu le droit de quitter l'archipel depuis des années.

— Alors, Danielle, de quelle langue vas-tu nous entretenir, aujourd'hui ?

— Du *gisir*, une langue bantoue du groupe B40. On la parle

en Afrique centrale, principalement dans la forêt gabonaise. Dans cette langue, le subjonctif n'existe pas. Il est remplacé par le verbe « aimer » : *rondi*. Ainsi, « je souhaiterais qu'il pleuve ce soir » se traduira : *nja rondi nvula nogi na tsisiga* (inutile de prendre des notes). C'est-à-dire : « j'aimerais la pluie tomber ce soir ». Le subjonctif est donc l'univers de tout ce qu'on aime.

— Vivent les Bantous ! Il faudra qu'ils rejoignent notre club.

— Le gisir a une autre particularité amusante. Les verbes ne changent jamais de temps : ils demeurent invariables, en une sorte d'infinitif permanent. C'est ce qui suit le verbe qui donne le temps du verbe. Exemple : « je t'aime », « j'aime toi », le verbe est un présent puisque l'amour est là. *Nja rondi*, « j'aimerais » ou « j'aimerai que tu viennes », se traduit littéralement par « j'aime toi venir ». *Nja rondi u rugi*. Et *rondi* (« aimer ») devient un futur ou un conditionnel puisque la suite est incertaine.

Au fur et à mesure que Danielle entrait dans les détails, l'excitation grandissait chez les grammairiens. Leurs yeux brillaient, ils battaient des mains, admirable !, admirable !, ils semblaient tous prêts à partir immédiatement pour l'Afrique, au pays des Subjonctifs amoureux. Je ne savais pas que les grammairiens étaient de tels explorateurs. Moi, je vous avoue que ces débats me dépassaient un peu.

*

Soudain, mon nouvel ami, le monsieur propret au chapeau de paille, consulta sa montre, ramassa un bout de bois et tapa sur une cloche : il était l'heure.

Par politesse, je me forçai à protester :

— Pourquoi si tôt ? La nuit n'est pas encore tombée.

— Parce que le subjonctif a ses règles de vie.

— Nous devons dormir pour donner assez de place au

rêve. Un subjonctif sans rêve est comme une planète privée d'eau : la vie s'en retire. Pour ce soir, les débats sont clos. Mais dès mardi prochain, nous t'attendons de pied ferme. Danielle, histoire de nous allécher, quelle est ta prochaine langue au programme ?

— Le chinois.

— Le subjonctif en chinois ? Ça alors ! J'imagine que personne d'entre nous ne voudra manquer ça. Et profitons-en pour recruter. N'oubliez pas : plus nombreux nous serons et plus notre Centre aura des chances de renaître ! Allez, bonne et fertile nuit à tous !

XIX

Un restaurant.

Aucune ressemblance avec le cher vieux *Cargo*, ni avec mon nouveau quartier général, le *Chardon bleu*.

Un établissement nul. Il ne mérite donc pas que je rapporte son nom.

Faux luxe : terrasse en teck, parasols, voitures décapotables sur le parking, serveuses à peine vêtues.

Et clientèle imbuvable : de jeunes bouffons cheveux-courts-costume-cravate-baskets, qui ne s'écoutent pas les uns les autres et parlent trop haut, d'abord d'argent, toujours et encore d'argent et de moi je, moi je, ma future Porsche, moi je, ma piscine à venir… Qui pour un rien s'esclaffent, qui tiennent toute la place et en voudraient plus encore, qui se croient les rois du monde, sans le moindre regard pour les autres, vous existez ?, ah bon, je ne l'avais pas remarqué…

Et parmi eux, semblable à eux, leur copie conforme, aussi arrogant, aussi ricaneur, aussi dragueur de demoiselles-vestiaire :

Thomas, mon frère. Celui qui se prétendait trop accablé de travail pour venir saluer sa sœur.

Il ne me reconnut pas tout de suite. Normal : il n'habitait pas la même planète que moi. La gênante révélation (« cette fille, là-bas, avec cette robe affreuse, on dirait que c'est ma sœur. Dieu m'épargne cette mauvaise rencontre ») mit de longues minutes pour franchir le gouffre qui nous séparait et d'autres longues minutes pour atteindre son cerveau. Je mis à profit tout le temps de ce voyage pour tendre l'oreille. La conversation de ces seigneurs modernes valait son pesant de cacahuètes :

— À combien tu valorises ?

— Mon business plan les a troués.

— Click ou mortar ? Moi, j'ai choisi.

— D'accord avec toi. Ceux qui ont fait fortune, ce ne sont pas les chercheurs d'or mais les vendeurs de pelles…

— Où en est ton LBO ?

Etc. J'ai oublié le reste de cette salade verbale.

Comment plonger mon très cher frère dans le plus profond et poisseux des embarras ? Me précipiter vers lui en hurlant son prénom et l'embrasser bruyamment quatre fois, à la bretonne.

Ce que je fis.

Honte de Thomas.

Plaisir sadique de Jeanne.

Le rouge soudain de ses joues, les railleries de ses copains, la confusion de ses explications (« Ma sœur et moi, on ne s'est pas vus depuis si longtemps… vous comprenez… c'est pour ça… et en plus, nos parents sont séparés… »), autant de cadeaux pour moi. Ils me vengèrent presque d'avoir été abandonnée par lui.

Il finit par m'entraîner vers une table isolée. Et, fatigué de m'engueuler, il se calma. Mieux, et très surprenant, il parut heureux de me voir. Et, plus invraisemblable encore, il me proposa quelque chose.

— Tu veux savoir comment je suis en train de devenir richissime, tu veux visiter l'endroit ?

Une adolescente est déjà une femme : quand un garçon lui parle de sa réussite (sa réussite à lui, bien sûr), elle sait se pencher vers lui, entrebâiller la bouche, comme si l'on se devait de boire la moindre parole d'un futur milliardaire, elle sait battre des cils tel un enfant devant l'arbre de Noël, d'instinct elle sait glousser et applaudir.

— Oh oui, Thomas, j'aimerais tellement, je serais si fière !

— Jeanne, réponds-moi franchement : est-ce qu'une maladivement curieuse sait tenir sa langue ?

— Bien sûr !

— Réfléchis, réfléchis avant de répondre ! Si tu te trompes, c'est moi que tu trompes. Et alors, je suis mort. Les amis avec qui je travaille ne sont pas des tendres.

— J'en étais sûre : tu as rejoint la mafia !

— Non, Jeanne. Seulement des gens qui ont un but et qui sont prêts à tout pour y parvenir. Je te pose à nouveau la question : une maladivement curieuse comme toi…

— Oui. Sans hésitation, oui. Une maladivement curieuse n'est pas forcément une imbécile. Une maladivement curieuse a besoin de la confiance, de la confiance totale de ceux qui lui ouvrent des portes. Elle sait que, si elle perd cette confiance, toutes les portes se fermeront devant elle et resteront fermées. Fermées à jamais. Je te dis et redis oui. Oui, je saurai tenir ma langue pour l'empêcher de bavarder. Et aussi mes doigts pour leur interdire d'écrire quoi que ce soit.

— Parfait. Je vais te montrer. On y va ?

— Demain, Tom, demain quand tu veux. Aujourd'hui, je suis prise. On m'a invitée aux exercices.

— Quels exercices ? Ah oui, ces pratiques ridicules au sommet de la colline…

— Je déteste quand tu te mets à mépriser, Tom. Tes yeux

rapetissent, ta bouche se tord, tes narines se pincent. Quand tu méprises, tu deviens laid.

— Libre à toi. Peut-être que demain, j'aurai changé d'avis.

Et d'un bond, élégant je dois dire, il sauta dans la voiture de ses amis (celle qui, plus tard, deviendrait une Porsche et n'était pour l'heure qu'une Peugeot 305 hors d'âge). Quand on s'appelle Tom, futur milliardaire, on ne prend pas la peine d'ouvrir une portière, n'est-ce pas ?

XX

L'île entière marchait. Jamais je n'avais vu tant de gens marcher. Sauf peut-être le 11 août 1999, lorsque la France était sortie de chez elle, lunettes noires sur le nez, pour regarder l'éclipse du Soleil, cette drôle de nuit au milieu du jour. Tout le monde marchait. Même les vieux, tant bien que mal, courbés sur leurs cannes ou poussés dans d'invraisemblables carrioles. Même les malades ou les bébés, portés dans les bras. Ils marchaient vers le sommet de la colline, le genre d'endroit que Nécrole avait, sous peine de mort, interdit. Je me joignis au mouvement, bientôt rejointe par Dany le roux.

— Personne ne manque le rendez-vous, on dirait ?

— Personne, sauf les morts. Et encore, si on avait de meilleurs yeux, je suis certain qu'on les verrait parmi nous.

— Ces pèlerinages sont fréquents ?

— Chaque grande marée.

— Mais alors pourquoi vous éloignez-vous du rivage ? Et pourquoi montez-vous sur cette colline ? Chez moi, en Bretagne, c'est plutôt le bord de l'eau qui nous intéresse.

— Nous sommes des Subjonctifs, Jeanne, pas des pêcheurs de crevettes.

— À propos de Subjonctifs, je viens de rencontrer des hommes d'affaires.

— Ceux qui travaillent avec ton frère ?

— Comment savez-vous ça ?

— Je sais beaucoup de choses. Alors, ces hommes d'affaires ? Que veux-tu apprendre sur eux ?

— Ce sont aussi des Subjonctifs ?

— Les Subjonctifs sont des êtres humains comme les autres, Jeanne. Il y en a qui rêvent pour eux-mêmes, seulement pour eux-mêmes. Et puis d'autres qui monnaient leurs rêves. C'est la vie, Jeanne.

*

Les derniers mètres, l'ascension devenait rude. Les plus jeunes aidaient les plus âgés. Les rires s'étaient tus, de même que les conversations joyeuses. Les visages un à un se tendaient. J'avais fait un peu de théâtre, dans l'ancien temps, à l'école. Cette gravité soudaine, cette crispation des lèvres et des yeux ressemblaient au trac qui précède le lever de rideau.

Et soudain, la vue coupait le souffle : surplombant la baie du Miroir, un vaste amphithéâtre naturel tapissé d'herbe et de ces fleurs blanches, fragiles et bienveillantes, appelées camomilles. On dit que, bouillies dans l'eau, elles libèrent une substance qui apaise les yeux. Mais, pour une plus grande douceur de la vue, peut-être suffit-il de respirer leur parfum ?

L'installation fut longue. Chacun s'asseyait ou s'allongeait, selon sa préférence, dans une atmosphère respectueuse et recueillie : « Pardonnez-moi, je vous en prie, je peux me déplacer si vous préférez… »

Et puis l'on se tut. Les regards convergèrent vers la mer qui montait lentement. Peu à peu, elle emplissait la baie qui, de minute en minute, méritait mieux son nom : cernée par les collines, l'étendue d'eau formait un cercle parfait. Dont la teinte variait constamment, du bleu profond au gris pâle, selon la fantaisie des nuages : une glace parfaite pour que s'y mire un géant.

Et puis rien.

Je pensais que quelque chose allait se passer. Que quelqu'un allait se lever pour instruire, raconter, questionner. Donner le départ d'une gymnastique. Je ne sais pourquoi, j'imaginais quelque chose de très délicat, se rapprochant du taï-chi, la gymnastique très lente qu'on pratique en Chine. Rien de cela. Les Subjonctifs demeuraient immobiles. Un spectacle grandiose allait forcément débuter, un défilé nautique, une bataille navale, une parade qui justifie le déplacement de tous ces gens… Mais non. Rien non plus sur l'eau. Rien que le vide. Une pirogue était passée, petite griffure blanche sur l'étendue bleu-gris. Poussée par son moteur, elle avait vite disparu, comme honteuse de troubler ce calme parfait.

— Les exercices… Ils vont commencer bientôt ?

Dany se tourna vers moi, stupéfait :

— Voyons, Jeanne, tu n'as pas compris ?

— Et… ils vont durer encore longtemps ?

— Voyons, mais tant que la mer sera haute ! Et maintenant, laisse-moi tranquille. Un Subjonctif qui manque ses exercices peut en mourir.

*

C'est alors qu'elle est arrivée. Une maigre silhouette de femme surmontée d'un plumeau en guise de coiffure. Vêtue d'un tailleur de ville, maculé de graisse. Et pieds nus. La jambe droite de cette femme saignait. Le soleil avait brûlé le reste de sa peau jusqu'à l'incandescence. Mme Jargonos pleurait.

Je me précipitai. Je faillis la prendre dans mes bras. Je me rappelai à temps qu'il est strictement interdit par le règlement de prendre dans ses bras une inspectrice de l'Éducation nationale française.

— Comment êtes-vous arrivée ?

Elle me considéra d'un œil absent.

— Il est parti.

— Peut-être, peut-être ! Mais comment avez-vous réussi à traverser le détroit ?

— Il est parti.

— C'était vous dans la pirogue ? Malgré les requins ?

— Il est parti.

— D'accord, d'accord, j'ai compris, votre amoureux est parti. Ce genre de chagrin arrive à tout le monde. Mais pourquoi prendre tant de risques pour venir jusqu'ici ?

— Je veux qu'il revienne.

Et sans plus prêter attention à moi, elle alla s'asseoir parmi les autres et, comme les autres, regarda droit devant elle, sans s'occuper du reste.

La mer ne montait plus. Jamais je ne l'avais vue si sage, parfaitement immobile et ronde. Et tout à fait silencieuse : aucun ressac, pas la moindre ride.

Mais quel était ce murmure qui soudain m'entourait ? On aurait dit que tous les regardeurs de mer s'étaient en même temps mis à prier. Un chuchotement géant, un chantonnement sourd, semblable à celui des églises.

Mes oreilles mirent longtemps à reconnaître les paroles car aucune prière n'était semblable aux autres. Il fallait défaire le nœud pour retrouver chacun des fils. Au début, je m'emmêlais, croyant entendre :

Je cherche que tu sois heureuse.

Il est juste un ami qui veuille m'écouter.

Ah, s'il se pouvait que mes parents m'offrissent une Game Boy pour Noël.

Peu à peu, je m'habituai, reconstituai les phrases (*Je cherche un ami qui veuille m'écouter*), j'appris à circuler dans cet entrelacs de vœux.

Si j'osais, je souhaiterais que ma fille ressuscite.

J'aimerais tant ne pas douter que mon fils ait son bac le mois prochain.

Dans ce fouillis de mots, comment reconnaître ceux de Mme Jargonos ? Je ne voulais pas la gêner dans sa détresse, je ne voulais pas m'approcher trop.

Enfin je repérai le parler sec, inimitable entre tous, cet impératif perpétuel, cette manière de ne parler qu'en donnant des ordres : *Je veux qu'il revienne, vous m'entendez, je le veux. Qu'il revienne au plus vite et je lui pardonne.* Mais la diction n'était plus si sûre. Elle hésitait, elle bégayait, elle butait sur des silences qui étaient comme des sanglots : *S'il vous plaît… oh, s'il vous plaît… qu'il revienne !*

Les supplications de l'ex-orgueilleuse serraient le cœur.

*

Souvent, depuis que j'avais été embauchée par le cartographe, depuis que je passais mes journées en planeur, souvent je repensais à mon travail précédent, ma grande enquête sur l'amour. Et voici que je la retrouvais. Le subjonctif est le mode du doute et de l'espérance. Le subjonctif est le mode de l'amour.

*

Alors je me souvins d'une leçon, l'une de ces leçons qui ne vous sont pas données à l'école mais dans la vie, par la vie. Thomas et moi, nous venions avec nos parents de faire un petit voyage en bateau, le tour de l'île de Bréhat : une heure de secousses, une heure d'embruns glacés sur la figure. Je posai les pieds, soulagée, sur la terre enfin ferme.

— Papa, dis-moi franchement, pourquoi aller en mer

quand on n'y est pas obligé ? Il faut être fou, non ? Pourquoi tant de gens disent-ils bêtement aimer la mer ?

— Parce que la mer est le grand miroir.

Nous marchions encore sur le quai. Je me penchai. Et dans l'eau agitée je ne distinguai rien, que de l'écume.

— Drôle de miroir, ce miroir dans lequel on ne se voit pas !

— Petite sotte : la mer ne réfléchit pas les visages. La mer est le miroir de nos rêves.

— Donc quand je regarde la mer, je vois mes rêves ?

— Si tu regardes bien et si ton rêve le mérite.

Aujourd'hui, cette leçon me revenait en mémoire avec une clarté presque agressive. Je venais de comprendre que la mer est le Grand Subjonctif.

XXI

Pendant les « exercices », j'avais remarqué trois individus plutôt particuliers, trois gaillards hirsutes, des forces de la nature. Ils s'étaient installés à l'écart de la foule. Et au lieu de murmurer, comme nous tous, ils avaient sorti qui un carnet, qui un cahier, qui une enveloppe et griffonnaient, griffonnaient à perdre l'âme. J'avais suivi, fascinée, les mouvements frénétiques de leurs poignets.

— Qui sont ces trois sauvages ? demandai-je à Dany, comme nous redescendions.

— Nos invités permanents. Ils reviennent chaque fois. Et rien ne nous rend plus fiers que leur visite.

— Mais qui sont-ils ?

— Les trois plus grands écrivains de la mer, depuis que la mer et les livres existent.

— La regarder, je veux bien. Mais comment peut-on écrire la mer ?

— Va leur demander. Tu as de la chance, ils ont l'air de bonne humeur.

Je m'approchai.

— Bonjour, messieurs ! Votre pêche a été bonne ?

— Ça, on peut le dire, cette baie du Miroir est d'un généreux !

— Je dirais même inépuisable.

— D'ailleurs, on va fêter ça.

Et de la poche d'un vieux caban déchiré, l'un des hirsutes sortit une bouteille de rhum.

— Tu en veux, jeune fille ?

— Pourquoi pas ?

— Méfie-toi, c'est du raide.

Il avait raison. Il suffit que je me rappelle la scène et ma gorge brûle !

En tout cas, merci l'alcool : il m'avait donné toutes les audaces. J'osai leur demander ce qu'ils avaient pêché ce jour-là.

— Oh, l'indiscrète !

— Je dirais même l'impudente.

— Allez, pour une fois qu'une jeunesse s'intéresse à nous !

Ils s'étaient soudain radoucis. Ils me regardaient presque tendrement.

— Moi, dit le premier, j'ai vu une baleine blanche.

— Ah bon, où était-elle ? Je n'ai rien aperçu qui fasse penser à une baleine.

— C'est mon métier de voir, jeune fille, ce que les autres ne voient pas.

— Moi, dit le deuxième, j'ai traversé le plus terrible des typhons.

— Un typhon ? Mais jamais la mer n'avait été si calme !

Le troisième barbu ne voulait rien me dire. Il fallut toutes les moqueries de ses camarades pour qu'il me glisse dans l'oreille :

— Moi, j'ai vu un vieil homme. Il pêchait un espadon géant. Et les requins le dévoraient. Ne le répète à personne.

— Pourquoi tant de précautions ? Il montra ses camarades.

— L'un d'eux m'aurait volé l'histoire.

Plus tard, j'ai appris les noms de mes trois griffonneurs. Qui croira qu'un certain jour de grande marée, dans l'île du Subjonctif, j'ai trinqué avec Herman Melville, Joseph Conrad et Ernest Hemingway ?

XXII

— C'est là que tu travailles, Tom ? On dirait un paquebot prêt à lever l'ancre.

— Tu as deviné, Jeanne : c'est un bateau. Quand nous aurons mis au point notre invention, ce bateau offrira des voyages comme on n'en a jamais connu, jamais imaginé.

Rien de commun avec le CNRS. Ces bâtiments-là étaient luxueux, flambant neufs et mieux gardés qu'une réserve de lingots d'or. Hautes murailles surmontées de barbelés, miradors, caméras, hommes armés accompagnés de chiens… Décidément, les Subjonctifs ne cessaient de surprendre. On les croyait tous hippies ou surfeurs et voici qu'ils avaient aussi des comportements militaires. Quel trésor défendait-on avec autant de soin ?

Thomas approcha son index d'une petite vitre.

— Tu vas voir. On va reconnaître automatiquement mon empreinte.

Une porte s'ouvrit. Nous traversâmes des bureaux et encore des bureaux. Tous déserts.

— On n'a pas l'air de beaucoup travailler dans ton usine.

— Ce n'est pas là que l'important se passe. Regarde.

Nous avions débouché sur une terrasse.

Et là, je n'en crus pas mes yeux : des blouses blanches, une bonne dizaine, semblables à celles des dentistes, se baignaient.

Dans quelle maison de fous m'avait entraînée Thomas ?

— Et ils pataugent comme ça toute la journée ? Ils ne seraient pas plus à l'aise en maillot de bain ?

— Idiote ! J'en étais sûr : tu ne méritais pas que je t'emmène.

Je présentai mille excuses pour mon humour misérable et attendis sagement ses éclaircissements.

— Nos ingénieurs découpent la mer.

Il avait pris un air grave, solennel, que je ne lui connaissais pas.

Devant nous, les blouses blanches continuaient leur étrange activité. Elles plongeaient dans l'eau un cadre de bois, le retiraient après quelques minutes, le brandissaient à bout de bras, l'examinaient attentivement, et le replongeaient. On aurait dit des chercheurs d'or maniant leur tamis. Mais l'or de ces savants subjonctifs devait être d'un genre bien particulier.

— Jeanne, si tu ne m'écoutes pas…

— Excuse-moi.

— La mer porte en elle tout le Possible.

— Ça, j'y ai mis le temps mais j'ai fini par le comprendre.

— Or regarder la mer n'est pas toujours simple. Tout le monde n'a pas une colline ou un planeur à sa disposition.

— Exact.

— Donc nous allons découper la mer en petits carrés.

— Impossible ! Une fois découpé, ton carré, tu ne pourras pas le redresser : il coulera, il se videra…

— Pauvre de moi d'avoir une telle sœur ! Quand je pense

qu'elle se dit curieuse ! Aucune culture scientifique ! As-tu déjà entendu parler des cristaux liquides ?

— Comment un cristal, la chose la plus résistante, peut-il devenir de l'eau ?

— Enfin une question intelligente ! Eh bien c'est justement ce que nos ingénieurs ont réussi à inventer : un état intermédiaire de la matière entre le solide et le liquide. Il suffit d'un courant électrique pour passer de l'un à l'autre. Exactement comme tu passes de l'indicatif (c'est certain, c'est transparent) au subjonctif (c'est souple, c'est flou).

J'étais furieuse, avouons-le. Furieuse de trouver passionnant ce que Tom racontait. Attention ! Danger ! Péril ! Il ne faut jamais, jamais montrer à un frère qu'on le trouve passionnant ! Sinon il en abuse, il vous écrase en ricanant, pendant des siècles. J'inspirai fort, pour me calmer.

— Admettons ! Admettons que, par un coup de baguette magique, le liquide puisse se cristalliser. Qu'obtiendras-tu avec tes carrés de mer ? Des écrans, rien de plus que des écrans. Qu'aurez-vous donc inventé, toi et tes amis ? La télévision existe depuis plus d'un demi-siècle, Tom, de même que les ordinateurs.

Tom grimaça. Une grimace que je connaissais trop : les yeux s'écarquillent en même temps que les coins de la bouche tombent. Signes irréfutables d'un douloureux cocktail de sentiments. Étonnement et accablement : comment peut-on avoir une sœur aussi bête ? Il haussa les épaules, me tourna le dos. Je sentais bien qu'il hésitait : me planter là ? Me livrer aux requins ? Changer de nom, rompre tout lien avec notre famille ? Il inspira fort. Revint vers moi.

— Nos « écrans », comme tu les as baptisés, nos écrans à nous ne transmettent pas des émissions toutes faites, ni des jeux imbéciles, ni des problèmes mathématiques déjà résolus. Ce sont des morceaux de mer, Jeanne, je te le rappelle.

— Et alors ?

— Et alors, ils vont nous montrer nos rêves.

— Comme un film ?

— Comme un film. Et un jour, un jour très prochain…

L'émotion l'avait submergé. Ses yeux brillaient, ses mains tremblaient.

— Un jour prochain, ma sœur, nous pourrons entrer dans nos rêves. Nous ferons de ces « écrans » de véritables portes vers tous les univers possibles.

XXIII

Quel était ce vieux, très vieux monsieur qui s'avançait dans le couloir, à petits pas précautionneux ? De la main droite, il tenait une canne et en balayait l'air devant lui comme s'il devait se frayer un chemin dans une végétation hostile.

— Mon Dieu, chuchota Thomas, à cause de toi, j'allais manquer le rendez-vous. Nous sommes le 22, où avais-je la tête ?

— Pourquoi le 22 ?

— Parce que M. Jorge Luis nous rend visite le 22 de chaque mois.

Nous nous écartâmes juste à temps pour laisser passer le vieillard. Une jeune femme blonde et belle le suivait, certainement sa secrétaire : elle tenait un bloc de papier et un crayon pointu comme les aiguilles de ses talons.

— Il a de drôles de gestes et ses yeux grands ouverts, presque blancs, ne serait-il pas… un peu…

— Oui, Jeanne, il est aveugle.

Idiote et lente que je suis ! J'aurais dû tout de suite le reconnaître tant la ressemblance était frappante.

— Bien sûr, où avais-je la tête ? C'est le frère !

— De quoi, de qui parles-tu ?

— Mais voyons : le frère de ma vieille amie ! Le frère de la Nommeuse. Je l'ai retrouvé, je l'ai retrouvé ! Oh, comme elle va me remercier de l'avoir retrouvé ! Que fait-il chez vous ?

— C'est notre Explorateur.

La voix de Thomas avait encore baissé d'un ton. Jamais je ne l'avais entendu si respectueux.

— Comment un vieux tel que lui, et en plus aveugle, peut-il explorer quoi que ce soit ?

— Les yeux d'un aveugle ne sont pas prisonniers du monde puisqu'ils ne le voient pas. Alors il voit tous les autres mondes possibles.

— Je commence à comprendre : regarder, pour un aveugle, c'est comme, pour nous, regarder la mer.

— Exactement. Regarder, pour lui, c'est inventer.

Les blouses blanches nous avaient rejoints, celles qui se baignaient tout à l'heure. Ensemble, silencieux, nous gagnâmes un bureau rond dépourvu de toute fenêtre. Le soi-disant Explorateur se tenait déjà là, immobile et raide. Jusqu'alors je n'avais pas remarqué ses chaussures, des merveilles bicolores, cuir blanc et toile beige. Elles occupaient le centre d'une immense étoile gravée dans le sol. J'en repérai vite les quatre branches principales et en comptai vingt-huit autres.

Où avais-je déjà rencontré une telle figure géométrique ? Un globe terrestre me revint en mémoire, dans la chambre de mon grand-père. La même étoile y était peinte, au milieu de l'océan Atlantique. Une rose des vents. Quelle était l'utilité d'une rose des vents dans un bureau sans fenêtre ?

— Tais-toi, Jeanne.

Il ne me semblait pas avoir prononcé, prononcé avec ma langue et mes lèvres, le moindre mot, mais le silence était devenu tel que la moindre pensée devait résonner dans l'air.

Et l'Explorateur se mit à parler. Je devrais plutôt dire qu'il priait tant il s'adressait, doucement, non à nous, mais à quelqu'un de très haut et très lointain.

L'univers (que d'autres nomment la Bibliothèque) se compose d'un nombre indéfini, et peut-être infini, de galeries hexagonales, avec au centre de vastes puits d'aération bordés par des balustrades très basses. De chacun de ces hexagones, on aperçoit les étages inférieurs et supérieurs, interminablement… À droite et à gauche du couloir, il y a deux cabinets minuscules. L'un permet de dormir debout ; l'autre de satisfaire à ses gros besoins… Des sortes de fruits sphériques appelés « lampes » assurent l'éclairage… Ces globes émettent une lumière insuffisante, incessante.

En dessous de la voix, de la prière, tel l'accompagnement d'une guitare maladroite, on entendait grincer sur le papier le crayon de la jeune femme blonde. Thomas avait sorti un bloc et s'était mis à dessiner.

L'Explorateur finit tranquillement l'histoire de sa Bibliothèque, la bibliothèque de Babel.

S'il y avait un voyageur éternel pour la traverser dans un sens quelconque, les siècles finiraient par lui apprendre que les mêmes volumes se répètent toujours dans le même désordre qui, répété, deviendrait un ordre : l'ordre. Ma solitude se console à cet élégant espoir.

Puis il nous quitta. Toc-toc de la canne sur le marbre et crissement des chaussures bicolores.

Le silence dura longtemps ; brisé par un chuchotement de mon frère.

— Et voilà, il ne reviendra plus que le mois prochain.

— Une seule visite par mois, on ne peut pas dire qu'il travaille beaucoup !

— Oh, il nous faut beaucoup plus d'un mois pour comprendre la richesse du cadeau qu'il nous offre chaque fois.

— Moi, je n'ai rien compris.

— Comprendre n'est pas toujours nécessaire, Jeanne. Il suffit parfois de voir. Regarde.

Et Thomas me montra son dessin : la traduction visuelle des paroles du vieux monsieur.

— Alors le monde est une immense bibliothèque ?

— Je crois que c'est ce qu'il a voulu nous dire.

— Il dit n'importe quoi. Nous sommes entourés d'endroits sans livres : la mer, le ciel, la montagne.

— Et tu crois qu'il ne faut pas apprendre à lire la mer, quand on veut naviguer ? À lire la montagne, si on ne veut pas être enseveli par une avalanche ? À lire le ciel, quand on vole en planeur ?

Sous ma petite poitrine naissante (futur piège à garçons), mon cœur battait la chamade. Plus étonnant : le crabe que j'avais toujours senti en moi, plus bas, en haut du ventre, le crabe de l'agacement, de l'énervement, de la colère, le nœud de sentiments très désagréables et délicieux, la jungle des sentiments que toute sœur éprouve pour son frère, ce mauvais crabe était en train de s'en aller.

— Thomas ?

— Oui, qu'y a-t-il encore ?

— Thomas, je t'aime.

— Ça va durer longtemps, tes confidences ? Allez, laisse-moi. La visite est finie. Figure-toi que j'ai du travail.

XXIV

Combien de semaines ou de mois suis-je demeurée chez les Subjonctifs ? Impossible de compter. La seule chose que je sais, la seule, c'est que je me rendais souvent à l'usine de mon frère. Les ingénieurs m'accueillaient avec chaleur : tiens, voilà de nouveau notre voyageuse intrépide ! Ils me montraient l'un de leurs écrans magiques, leur dernière création. Et je crois bien que j'y plongeais. Comment expliquer autrement la précision de mes souvenirs ?

J'ai exploré je ne sais combien de mondes, un jour je vous raconterai : je me suis promenée sous l'eau, en compagnie du commandant Cousteau, et dans le cerveau humain, les yeux rivés à une microcaméra. Je me suis invitée dans les coulisses d'un défilé de haute couture et dans un stand de Formule 1, je me rappelle, c'était à Monaco. Surtout j'ai travaillé en Amérique, pour le cinéma. Demandez à l'équipe de *Matrix*. Sur le plateau, j'ai rendu beaucoup de services. Vous souvenez-vous des enfants surdoués qui attendent, dans le salon de l'oracle, les élus potentiels ? J'ai été leur baby-sitter. Et la pilule qui permet de rejoindre les lapins jusqu'au fond du terrier ? C'est moi qui l'ai peinte en rouge. Et, bien sûr, j'ai profité de ma présence à Hollywood pour continuer ma grande enquête sur l'amour. Où trouver meilleur terrain d'observation ? Les actrices et les acteurs vivent (ou font semblant de vivre) dans la passion perpétuelle.

Alors comment voulez-vous que je connaisse, avec exactitude, le temps que j'ai passé dans l'île où les cristaux sont liquides ? Chaque univers a ses horloges qui avancent à leur fantaisie. Aucune minute n'est pareille. Et quant aux mois, certains durent des années !

*

— Jeanne, je n'en peux plus ! Jeanne, moi, je rentre à la maison ! Jeanne, tu m'accompagnes ? Ce n'est pas Dieu possible, un sommeil aussi lourd. Jeanne, tu es morte ?

Je finis par me réveiller.

Notre pilote tombait bien. Tous ces voyages, tous ces rêves accomplis, commençaient à me donner le tournis.

— Jeanne, décide-toi ! Je ne vais pas t'attendre mille ans !

J'ai beaucoup de défauts infiniment agaçants, comme toutes les filles, mais, avis aux amateurs, j'ai deux qualités rares : je décide vite (« Bonjour, Jean-Luc ! Je viens ! ») et je m'habille comme l'éclair (« Tourne-toi, je suis prête ! »).

— Je ne vois pas le cartographe. Il part avec nous ?

— Il reste. Il est tombé amoureux.

— À son âge ?

— Amoureux du subjonctif. Une île qui change sans arrêt de forme ne peut que fasciner un cartographe.

Dehors, surprise : notre planeur, réparé de neuf et repeint, brillait doucement sous la lune. Un câble reliait son nez à deux mules qui, sans doute intimidées, pissèrent devant nous, sans se gêner, à gros bouillons. Sur un signe de mon ami jockey, le drôle d'attelage s'ébranla. Les animaux tiraient. Nous, nous portions les ailes pour éviter qu'elles ne raclent le sol.

— Sans avion pour nous aider, comment allons-nous faire pour décoller ?

— Nous allons nous lancer de la colline. La hauteur devrait suffire.

La terreur me coupa la parole. Je cherchai à gagner du temps.

— Pardon, mais pourquoi partir en pleine nuit ? Nous faisons quelque chose de mal ?

— Tu commences à connaître les Subjonctifs, Jeanne… Si nous attendons le jour, ils viendront tous assister au départ.

Ils chargeront notre planeur de tous leurs rêves. Et alors là, impossible de voler !

Que répondre à quelqu'un qui a raison ?

Enfin nous atteignîmes le sommet. Bien trop bas sommet à mon goût.

— Vite, Jeanne, vite, embarque !

À peine avais-je réussi à me glisser dans le corps blanc de notre oiseau que je vis surgir, derrière le hublot, le visage roux bien connu.

— Alors, Jeanne, on nous quitte sans dire au revoir, comme une voleuse ?

— Je… je ne voulais pas déranger…

— Les Subjonctifs t'ont déçue ? Nous ne t'avons pas bien accueillie ?

— Au contraire, au contraire.

— Alors pourquoi cet abandon ? Tu commençais à devenir une amie, Jeanne, nous avions mis de grands espoirs en toi, pour faire renaître le CNRS ou aider au laboratoire de ton frère.

Le noir de la nuit virait au gris. Jean-Luc trépignait : « Dépêche-toi, Jeanne, le vol à voile dépend des fenêtres de la météo. Quand elles se ferment, on reste prisonniers du sol. » J'étais condamnée à répondre vite, au risque de blesser :

— L'indicatif me manque, Dany. J'aime trop le réel, la vraie viande saignante, la musique vivante offerte par les musiciens suants et rigolards d'un orchestre, les fiancés qu'on peut toucher. Je préfère les choses qui se passent vraiment. Pardon, Dany, je suis une jeune très vieille dans mes goûts.

— Pas la peine de t'excuser, Jeanne. Tu reviendras. Tu as vu ce qui s'est passé avec ta Mme Jargonos ? Tôt ou tard, tout le monde revient au subjonctif. Et puis…

Pour rester à notre hauteur, il devait courir. Il commençait à s'essouffler. Il ne devait plus être si jeune, après tout.

— Et puis, Jeanne, où que tu habites… défends le subjonctif… Le subjonctif… c'est le pays du rêve… Que serions-nous… Jeanne, Jeanne… sans le secours de ce qui n'existe pas ?

*

De plus en plus vite, les petites roues du planeur dévalèrent la pente. Puis je mourus : nous avions quitté le sol et donc nous tombions. Quelques longues secondes après, je ressuscitai : lentement, mètre par mètre, Jean-Luc réussissait à reprendre de la hauteur. Il était temps : l'île entière accourait. Il me sembla voir arriver vers nous un nuage multicolore : l'ensemble de tous leurs espoirs. Jean-Luc avait raison : s'ils nous avaient rejoints, plus possible de voler. Par chance, nous étions maintenant hors d'atteinte. Nous balançâmes des ailes. Politesse habituelle des aéronefs pour dire merci. Et bonne chance.

Ma dernière image du subjonctif fut celle de Thomas. Il n'agitait pas la main, comme tous les autres. Il avait trouvé une bien plus douce et fraternelle manière de me dire au revoir. Il s'était assis sur un rocher, il tenait dans ses bras sa vieille guitare, celle que je croyais perdue. Bien sûr je n'entendais rien. Mais j'avais bien compris le message. « Tu vois, Jeanne, je m'amuse avec les cristaux. Je vais peut-être devenir riche. Mais je n'ai pas oublié le principal : il n'y aura jamais rien de plus liquide, de plus libre, que la musique. »

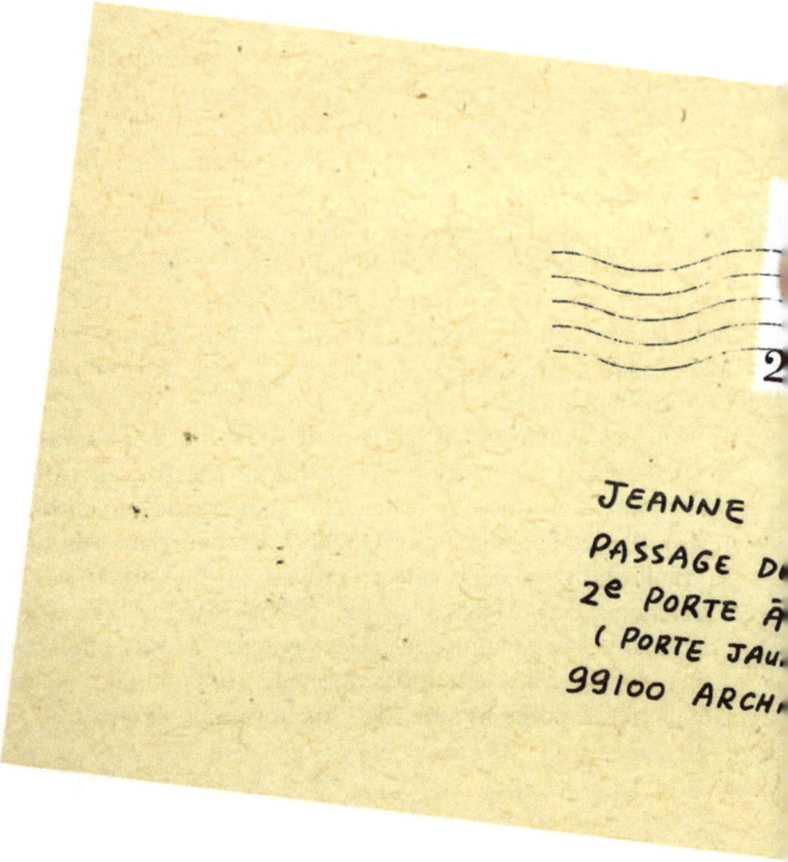
JEANNE
PASSAGE D
2e PORTE À
(PORTE JAU
99100 ARCH

50c
République du Subjonctif
3.00
ÎLE DU SUBJONCTIF
0,50
ÎLE DU SUBJONCTIF
MOTS

Épilogue

Pressé de revenir chez lui, Jean-Luc bondissait de nuage en nuage. À chaque saut, un sourire d'enfant éclairait son visage. Sans doute retrouvait-il, en pilotant son planeur, les sensations enivrantes de son ancien métier d'obstacles.

La première, je remarquai que la mer autour de l'Indicatif, contrairement à l'habitude, n'était plus vide.

— Dis-moi, Jean-Luc, Nécrole n'avait pas interdit les bateaux ?

— Bien sûr, tous les bateaux et tous les chantiers navals, sous peine de mort. Comme Castro ! À Cuba aussi, on fusille tous ceux qui prennent la mer.

— Alors de deux choses l'une : ou Nécrole a changé d'avis, ou il a perdu le pouvoir.

— Dis-moi, mais tu as raison. Regarde là, cinq pirogues !

— Et là, sur la plage, ils mettent à l'eau le grand catamaran brisé, tu sais, celui de Riguidel. Il s'est passé quelque chose de gai en notre absence. Descends, Jean-Luc.

— Je fais ce que je peux.

De notre hauteur, au moins mille cinq cents pieds, il était difficile de bien voir. Et, malgré nos hublots ouverts, impossible d'entendre quoi que ce soit. Mais il semblait bien que l'île faisait la fête un peu partout, des foules s'étaient réunies. On distinguait les robes claires des femmes. Et cette multitude d'éclairs dorés, d'où pouvaient-ils provenir sinon des rayons du soleil frappant la peau cuivrée des trombones et des trompettes ?

— Ils ont dû renverser Nécrole. Je ne vois pas d'autre explication.

— Mais descends, bon Dieu, au lieu de parler, descends vite, il faut savoir… Qu'est-ce que tu fabriques ?

Jean-Luc leva les bras :

— Je ne peux pas !

— Tu te crois drôle ? Descends !

— Impossible.

De ses petits poings, il tapait sur le tableau de bord.

— Impossible ! Les Indicatifs ont allumé tellement de feux de joie que l'air s'est réchauffé ! Et tu sais comme moi que l'air chaud élève.

— Enfin, je rêve ! Un pilote comme toi…

— Contre de telles ascendantes, le meilleur pilote du monde ne pourrait rien.

Il montrait son altimètre.

— Nous avons encore gagné cinq cents pieds.

— Mais alors, nous ne pourrons plus jamais atterrir ? Nous sommes condamnés à voler ? Voler pour toujours ?

— Ne t'inquiète pas, Jeanne, les feux de joie finiront bien par s'éteindre. Autant que tu le saches : le bonheur ne dure pas.

REMERCIEMENTS

Merci.

On n'écrit jamais seul un livre.

Merci à la chère Danielle Leeman, professeur de grammaire à l'université de Paris-X, amie malicieuse et complice vigilante. Sans elle, les subtilités du subjonctif m'auraient depuis longtemps dévoré.

Merci à mon autre savante, Carine Marret. Ses connaissances encyclopédiques m'ont été précieuses. C'est elle, notamment, qui m'a initié à la lecture des hiéroglyphes.

Merci à la bande magnifique de jeunes lecteurs et lectrices : Mathilde, Edmée, Joséphine, Pauline, Lucile, Éléonore, Aude, Simon, Louis, Kevin, Kamel, Raphaël…

Aucun critique, jamais, n'aura leur méchanceté tranquille : « Ton chapitre XV, tu peux le jeter, il est trop nul. »

Et, bien sûr, je me garderai d'oublier mes deux fées permanentes, Liliane Rodde et Charlotte Brossier : leur bienveillance inépuisable n'exclut pas la sévérité (faites-leur confiance !).

LA RÉVOLTE DES ACCENTS

Pour Vincent Calmettes,
le capitaine du port.

I

BONS YEUX DEMANDÉS
POUR
REGARDER LA MER

Comme tout le monde, je cherchais un travail pour l'été. Forcément (très) mal payé. Mais (si possible) pas (trop) rébarbatif. À propos, savez-vous que ce joli mot, *rébarbatif*, qui veut dire « désagréable », « repoussant », vient du vieux français *se rebarber*, « s'affronter barbe contre barbe » ?

Je m'égare. Si je vagabonde ainsi, jamais nous ne parviendrons en Inde, puisque c'est en Inde que va nous conduire mon histoire. À condition qu'elle ne déraille pas. Sait-on jamais, avec les histoires ? Les histoires sont comme les trains, ou comme les amours : qui peut les contrôler ?

Donc, à la boulangerie, dans cette enivrante odeur de chocolat, de frangipane et de croissant chaud, je consultais le tableau des petites annonces. Il y avait là, rassemblées et punaisées, toutes les manières possibles de s'ennuyer à mourir en juillet et août pendant que vos amis s'amusent sur la plage : baby-sitter de jumeaux (garantis bien élevés), vendeuse de supermarché (rayon aquariums ou luminaires), shampouineuse (ongles courts obligés), hôtesse d'accueil au Grand Salon International de la tondeuse à gazon (formation assurée)…

C'est dire si, à peine aperçu, j'arrachai le carton réclamant une bonne vue. Curieuse comme je suis, le poste était pour moi. Malheur à celui ou celle qui s'aviserait de me le voler. Je courus à l'adresse indiquée : Capitainerie 3, quai Lapérouse.

*

Une foule m'avait précédée, des garçons et des filles de mon âge et d'autres bien plus âgés. La concurrence s'annonçait rude. On se bousculait, on se battait presque. Deux policiers avaient bien du mal à calmer les candidats. M. Cascavel, le marchand de lunettes, s'approcha. Il monta sur une caisse.

— Un peu de silence ! Ou j'annule tout.

Les cris s'apaisèrent peu à peu.

— Bon. Le capitaine du port a besoin d'un adjoint.

— Ou d'une adjointe !

— Quelqu'un qui sait voir au loin.

— Ou quelqu'une !

Je n'avais pas pu m'en empêcher. C'est plus fort que moi. Quand on oublie que les filles existent, je hurle !

Le marchand de lunettes m'avait reconnue.

— Tout le monde sait que tu fouines partout, Jeanne. Regarder, vraiment regarder, c'est autre chose. Vous êtes prêts ?

Un formidable « oui » lui répondit, une clameur qui, j'en suis sûre, résonna dans la ville entière et réveilla nos rois de la sieste, nos ancêtres amateurs de rhum et les plus endormis de nos gros chiens.

— Bon. J'ai suspendu un panneau sur la tour, juste en dessous de l'horloge. Qui peut lire la phrase ?

Mes concurrents, très vite, protestèrent.

— C'est trop loin !

— Pourquoi pas l'accrocher sur la lune ?

Ils s'acharnaient, fronçaient les sourcils, se ravinaient le front.

— Impossible !

— Inhumain !

Leur colère montait, ils grondaient, ils allaient jusqu'à insulter le soleil.

— Voilà qu'il nous aveugle, celui-là !

— Dites-lui de s'écarter !

Certains, je les connaissais : ils ne savaient même pas lire. C'était pour eux le plus facile. Ils ânonnaient, ils inventaient n'importe quoi.

— « Derrière l'horizon brillent des palais. »

Ou :

— « Les cachalots sautent si haut qu'ils gobent des mouettes. »

— Pas du tout, répétait M. Cascavel sans perdre son calme. Aucun rapport, au suivant.

Vous me prendrez pour une prétentieuse, mais j'avais confiance. Le regard est un muscle. Je l'avais exercé depuis l'enfance. Je suis tellement gourmande de voir… Il me semble que dans le ventre de ma mère j'écarquillais déjà les yeux. Un à un, mes rivaux ont renoncé. Furieux. Un grand a même failli frapper notre marchand de lunettes.

— J'ai compris ton manège, vieux bouffon !

— Pardon ?

— Tu veux nous faire passer pour de quasi-aveugles ! Histoire de nous fourguer ta camelote.

Une fois encore, les agents de police ont dû intervenir pour le protéger. Le temps de reprendre des couleurs (M. Cascavel est un homme minuscule et fragile, à ne pas sortir par vent trop violent, il serait brisé, peut-être même emporté, dispersé...), il se tourna vers moi. J'étais restée presque seule. Pour lire le panneau, je pris ma voix la plus neutre, la plus impersonnelle :

— « Elle souffle ! Elle souffle ! Une bosse comme une colline de neige ! C'est Moby Dick ! »

Mes ennemis s'exclamèrent :

— Quelle idiote !

— Encore à raconter n'importe quoi !

Et lorsqu'ils devinèrent, au sourire de M. Cascavel, que j'avais triomphé, leurs commentaires gagnèrent encore en méchanceté.

— On le savait déjà : ce concours est arrangé !

— Oui, Jeanne est une tricheuse !

— Pire, une sorcière !

M. Cascavel hocha la tête. J'espère que personne ne l'entendit murmurer :

— Sorcière, je ne sais pas. Mais redoutons ses pouvoirs...

Toujours est-il que notre cher marchand de lunettes rendit son rapport à la mairie. Il s'achevait par ces lignes sans appel : « Jamais, de toute ma longue carrière, je n'ai rencontré des yeux aussi puissants. »

Et le soir même j'étais nommée adjointe. Adjointe stagiaire d'un drôle de capitaine.

II

C'est M. Cascavel qui, le lendemain matin, me présenta mon patron. Il ressemblait à une pierre. Une pierre qui n'avançait pas droit. Elle penchait tantôt sur bâbord, tantôt sur tribord. Une pierre aussi large que haute et habillée en marin, pantalon sombre et veste sombre ornée d'innombrables boutons dorés. La partie supérieure de la pierre était la tête du personnage, une tête de forme carrée, de couleur plutôt rougeâtre, creusée de rides profondes et percée en son milieu de deux trous bleus : les yeux. Ses mains aussi étaient deux morceaux de pierre. Jamais je n'avais touché quelque chose de plus rugueux, à vous écorcher la paume. Comment faisait-il, ce monsieur, pour caresser la joue de sa femme sans qu'elle saigne ? Sa voix avait l'air de présenter des excuses pour toute cette rudesse. Une voix timide, presque craintive.

— C'est donc vous, le regard le plus perçant de l'île ?

— Il paraît.

Je m'étais renseignée sur lui.

Fernando Juvenal, dit « le danseur », avait commencé comme mousse, à douze ans, et gravi un à un tous les échelons jusqu'à la passerelle des officiers. Il avait sillonné toutes les mers, sur tous les bateaux imaginables, et transporté d'un bout à l'autre de la planète tout ce qui pouvait se vendre (et s'acheter), les marchandises autorisées et les autres, les interdites, les dangereuses, les redoutables… Comment un tel accro du mouvement perpétuel supportait-il de ne plus embarquer ? Son métier actuel de « capitaine de port » ne pouvait que le désespérer.

Je ne savais pas que les ports avaient besoin d'un capitaine. Mon nouveau patron, le bloc de pierre, voulut bien m'expliquer.

— Qu'est-ce qu'un port, Jeanne ?

— Un endroit de la terre où les bateaux reviennent après leurs voyages.

— C'est aussi l'endroit d'où ils repartent. Un port est une ville habitée par des gens qui ne tiennent pas en place.

— Jusqu'à présent, je vous suis.

— Les gens qui ne tiennent pas en place ont besoin d'un capitaine, autrement ils font n'importe quoi. Regarde.

Dans le chenal, deux chalutiers, l'un entrant, l'autre sortant, avaient failli se heurter. Les équipages s'insultaient. Et, le long du marché, quai Lapérouse, des voiliers s'étaient entassés. On ne voyait plus l'eau tellement ils étaient serrés. Pourraient-ils se dégager un jour les uns des autres ?

— J'ai pris une journée de vacances. Tu vois le résultat !

— Je vois.

— Ne perdons pas trop de temps.

— Où allons-nous ?

— Un bon capitaine doit prendre de la hauteur. Alors Jeanne, tu es prête pour le déménagement ?

Il n'était pas prévu dans la petite annonce, celui-là. Moi qui déteste porter des choses lourdes... Je réussis tout de même à faire bonne figure.

— Je suis prête à tout, capitaine, enfin presque tout !

— Ne t'inquiète pas, Jeanne : un marin n'a jamais beaucoup de bagages.

Il me montra un gros cartable, un fauteuil tournant en très vieux cuir éraflé et une caisse pleine de cartes du monde. Nous nous mîmes en marche, aidés par un matelot en tricot rayé, sans doute un haltérophile : il tenait le fauteuil à bout de bras. Bientôt des chats se joignirent à nous, une bonne dizaine. Le capitaine me les présenta comme ses amis personnels.

Mes craintes se trouvèrent vite confirmées. Nous nous dirigions vers le vieux phare.

— Allons, Jeanne, ne fais pas cette tête. D'accord, il va falloir monter. Mais qu'est-ce que cent quatre-vingt-treize marches, à ton âge ?

J'étais en charge du cartable géant. Dix fois, durant l'escalade, je crus que mon cœur allait exploser. Je me préparais au pire. J'imaginais les titres des journaux : « Morte à son premier jour de travail. » L'haltérophile n'avait pas mes soucis. Il grimpait en chantant à tue-tête : « Elle court, elle court, la maladie d'amour. » L'acoustique du lieu devait lui plaire. Les chats suivaient. On aurait dit un serpent de fourrure enroulé autour de l'axe de l'escalier. Nous avons fini par atteindre le sommet. Le tricot rayé haltérophile nous attendait, tranquillement assis dans le fauteuil tournant.

— Vous n'avez plus besoin de moi ?

Il est reparti comme il était venu. Il avait seulement changé de chanson : « Les filles, tu sais, méfie-toi ! Elles sont toutes belles, belles, belles ! » Nous avons entendu longtemps sa voix résonner. On aurait dit qu'elle rebondissait, se brisait contre les pierres et les mots se mélangeaient : « Les filles… pas ce que tu crois… un jour fiston… belles, belles, belles… »

*

— Nous voilà chez nous, dit le capitaine.

— Moi, je veux bien. Mais… où est la mer ?

La lanterne se trouvait bien là, au centre de la chambre ronde, semblable à l'œil d'un insecte immense. Mais on ne voyait rien dehors car tous les murs étaient peints en un drôle de blanc, un blanc mêlé de gris. Un gris enrichi de nombreuses nuances verdâtres.

— Ce n'est rien, Jeanne. Nos amis les oiseaux marins ont les intestins fragiles. Ils se sont quelque peu oubliés. Un peu de ménage et il n'y paraîtra plus.

On peut dire que j'ai mérité la vue. J'ai gratté, gratté comme une folle, gratté jusqu'au soir. Et, peu à peu, les « murs » se sont révélés des vitres. Rien ne colle mieux sur du verre, je vous jure, que la merde des mouettes, des goélands et des fous de Bassan !

Au fur et à mesure que je décapais apparaissaient les îles de l'archipel et, au-delà, le bleu profond du grand large.

— Il faut avouer que c'est mieux comme ça. Merci, Jeanne !

— De rien. Mais que cachez-vous dans le cartable ?

— Je n'ai pas de secret pour toi.

J'ai ouvert le cartable. J'ai saisi une sorte de bretelle. J'ai tiré. Une grosse boîte noire est sortie, en gémissant. Un soupir déchirant. De frayeur, j'ai failli la laisser tomber. C'est alors, alors seulement, que j'ai reconnu un accordéon.

— Pourquoi cet instrument plutôt qu'une trompette ou un violon ?

— L'accordéon est le meilleur ami du marin. Il souffle comme le vent, il grince comme les poulies, il fait danser comme les vagues. Le mien s'appelle Oscar. Il ne m'a jamais quitté.

— Et pourquoi le cacher avec tant de précautions ?

— Nous habitons un pays de guitares, Jeanne. Si elles apprennent que je les trahis avec lui (il montrait Oscar), elles sont capables de tout. Leur douceur n'est qu'apparente. Furieuse, une guitare peut se déchaîner.

Il jeta un regard circulaire. Notre installation parut le satisfaire.

— Parfait ! Nous pouvons commencer à travailler.

— Et quel sera mon travail, justement ?

— Guetter. On nous a signalé des pirates.

— Et comment les reconnaîtrai-je ? Il y a tant de bateaux sur l'eau…

— À toi de jouer. Regarder, bien regarder, c'est aussi deviner.

*

Je ne croyais pas du tout à cette histoire de pirates.

Les capitaines de port ont beau répéter qu'ils aiment, qu'ils adorent leur nouveau métier immobile, ils gardent la nostalgie de la navigation. Où qu'ils habitent, ils se croient toujours en mer. Le vieux phare servait de navire à mon patron, et je lui prêtais mes yeux puisqu'il avait usé les siens à trop scruter le large.

Entouré par l'horizon, il retrouvait ses habitudes. Il demandait aux nuages si une tempête se préparait. Il enfilait un gilet de sauvetage au cas où…

Pour lui faire plaisir, de temps en temps je jouais les inquiètes, voire les effrayées :

— Oh là là ! Ce cargo ne me dit rien qui vaille.

Ou :

— Cette voile est trop rouge pour être honnête !

Branle-bas de combat.

Les chats se dressaient sur leurs pattes de derrière pour tenter d'apercevoir quelque chose.

*

Nous sommes restés un mois entier au sommet du vieux phare. Toute la journée, je demeurais seule, en compagnie des chats. Je mourais d'envie qu'ils me racontent leurs histoires. Mais rien à faire. J'avais beau leur caresser le menton ou leur tirailler les moustaches, ils ne sortaient pas de leur sommeil. Alors, faute de mieux, je me brûlais les yeux à guetter la mer vide. En bas, dans la ville, le capitaine s'occupait de ses affaires. À cinq heures précises, j'entendais ses pas dans l'escalier.

— Quoi de neuf, Jeanne ?

— Aucune présence à l'horizon.

Les chats s'étiraient, un à un ils se réveillaient et s'installaient en rond autour du fauteuil où s'asseyait Fernando. Il sortait l'accordéon.

— D'où vient le vent, Jeanne ?

— Est nord-est, capitaine, comme d'habitude.

— Parfait ! Les guitares n'entendront pas.

Et il commençait à jouer.

— Je vais te confier un secret, Jeanne. Ne le répète à personne. Grâce à la musique, on voit plus clair, plus loin qu'avec les yeux. On dirait que les notes prennent le regard sur leur dos et l'emportent au loin, là où il a besoin de voir.

Je hochais la tête :

— Bien sûr, capitaine ! Évident, capitaine ! La science expliquera bientôt tous ces phénomènes étranges…

GEOGRAPHIE
Physique
OCÉAN OU MER
EXTÉRIEURE
Ile
Détroit
Ilot
Récifs
OSCAR

Je voulais tant me convaincre. Il me faisait tellement de peine avec ses rêves épuisés…

Et, l'espace d'un moment, Fernando, le capitaine du port, revivait le bon vieux temps, lorsqu'il commandait un vrai bateau, sur des eaux vraiment dangereuses, infestées de vrais pirates, comme au large de la Somalie ou dans le détroit de Malacca entre la Malaisie et l'île de Sumatra.

III

— Une jonque, dans le 270 !

Une fois de plus, Fernando voyageait dans sa mémoire. Vous ai-je appris qu'il avait baptisé chacun de ses chats d'une aventure de sa vie, un amour, une tempête, un trafic particulièrement rémunérateur ? L'un se nommait Catherine, un deuxième Courant des aiguilles, un troisième Kalachnikov… Chacun leur tour, il les appelait sur ses genoux.

— Allez, viens, Tobago, ça fait longtemps que nous n'avons pas évoqué les Caraïbes.

Et, le chat ronronnant, le capitaine ravi, ils demeuraient de longues heures à se souvenir du bon vieux temps, à louvoyer dans cette partie-là du passé…

Ce jour-là, le capitaine s'entretenait avec l'un de ses favoris, Sakhalin. Qu'avait-il bien pu vivre dans cette île sinistre du nord du Pacifique où les tsars avaient installé un bagne ?

— Une jonque, dans le 270 !

Sakhalin n'eut que le temps de sauter à terre, Fernando se dressait déjà pour aller chercher Oscar.

— Regarde, Jeanne, je t'en supplie, regarde ! Rien n'est plus dangereux qu'un bateau chinois.

— Je vois… je vois… attendez… je vois de drôles de marins.

— J'en étais sûr, il faut donner l'alerte !

— Attendez… il y a des femmes.

— Ruse ! Ruse grossière ! Les femmes pirates sont les plus cruelles !

— Elles sont deux, une vieille, une jeune, elles portent de longues robes et, comme c'est curieux, des sortes de coiffes dans les cheveux.

— Personne n'est plus sournois qu'un pirate.

— Les hommes, mon Dieu qu'ils sont beaux, surtout un jeune, très jeune, quel sourire ! On le dirait habillé comme au Moyen Âge : une blouse ouverte, un pantalon qui s'arrête aux genoux, ensuite des bas blancs, comme ils brillent au soleil ! Mon Dieu, quels jolis mollets, j'ai toujours adoré les mollets ! Je peux vous poser une question ?

— Oui, Jeanne, mais vite, l'heure est grave.

— Tous ces vêtements, d'un autre âge… Certains bateaux…

— Ta question, Jeanne, ta question !

— Et si c'était un bateau venu des temps anciens ?

— Allons donc ! le passé est dans nos têtes. Ce n'est pas un continent particulier.

— Alors, s'ils ne sont pas des pirates…

— Ils sont… des comédiens !

Quel mot le capitaine du port n'avait-il pas prononcé là ?

Les chats se mirent à gronder, poils hérissés. Certains crachaient même. Nul besoin d'être bien maligne pour deviner que la jalousie les avait envahis. Comment lutter contre le théâtre ? Si le théâtre arrivait dans l'île, les chats perdaient toute utilité… Oscar lui-même, abandonné sur le sol, semblait désespéré.

Fernando ne se tenait plus. Il avait bondi sur la terrasse, il hurlait et gesticulait.

En bas, sur le port, on se demandait d'où venaient ces cris. Personne n'avait l'idée de lever la tête. Enfin quelqu'un montra le sommet du phare. Maintenant, la ville entière accourait.

Mon patron avait coiffé sa casquette pour se donner plus d'autorité :

— Vite, une jonque arrive ! Qu'on me déplace cette grosse vedette prétentieuse ! Mais bien sûr, quai Jules-Verne, anneau 25, la place d'honneur ! Dépêchez-vous, ce soir, c'est fête !

*

— Mais que fais-tu, Jeanne ?

— Je descends avec vous, capitaine. Juste saluer la jonque.

— Tu n'y penses pas, Jeanne ! Et ta mission ?

— Vous savez bien que nous avons joué à nous faire peur : les pirates ont disparu depuis longtemps !

— Ce que je sais, c'est que le malheur choisit souvent une fête pour s'introduire dans une ville.

— S'il vous plaît, capitaine, laissez-moi leur souhaiter la bienvenue ! Rien qu'une petite heure ! J'ai toujours rêvé d'être comédienne !

— Eh bien tu continueras à rêver. Si tu avais voulu être comédienne, ce qui s'appelle vouloir, vraiment vouloir au lieu d'en rêvasser vaguement, tu le serais déjà.

Et le capitaine me laissa là, en seule compagnie de la lanterne éteinte, d'Oscar et des chats jaloux. Il devait leur avoir donné des ordres. Ils me regardaient méchamment. Ils s'étaient regroupés devant l'escalier. Pas question pour moi d'abandonner mon poste.

C'est donc du haut de mon phare que j'ai vu arriver puis accoster la jonque, sous les acclamations de la population. De là-haut que j'ai assisté à l'installation des décors, place de la mairie. De là-haut que j'ai entendu les trois coups : je me penchais tellement que j'ai failli tomber.

Il ne m'a pas fallu longtemps pour reconnaître ma pièce préférée, *Roméo et Juliette*, la plus belle et la plus triste des histoires d'amour.

L'amour est une fumée formée des vapeurs de soupirs
Purifié, c'est un feu dans les yeux des amants
Agité, une mer nourrie de leurs larmes.

Je maudissais ma mauvaise, très mauvaise idée d'avoir répondu à la petite annonce. Je me suis installée dans le fauteuil. De colère, je me suis bouché les oreilles. Peine perdue ! On n'a pas besoin de tympans pour entendre ce qu'on connaît par cœur.

— *Que ne suis-je ton oiseau ?*
— *Mon doux cœur que ne l'es-tu ? Il est vrai que je te tuerais par trop de caresses.*

Je me suis fermé les yeux, à double tour : paupières bien closes et, pour plus de sûreté, paumes par-dessus.

Je ne voulais plus voir ce comble, ce concentré, cet apogée du ridicule : mon frère, oui, mon frère Thomas, installé au premier rang, la bouche ouverte, la mine idiote, à l'évidence transi d'amour pour la trop vieille-fausse blonde qui jouait Juliette. Seule excuse : vus de haut, les autres spectateurs ne paraissaient pas plus intelligents. On aurait dit des poissons, une assemblée de poissons, gobant les mots que leur lançaient les acteurs. Un moment, j'ai balayé du regard le reste

ROMEO ET JULIETTE
HARPES
OUVERTURE
PROLOGUE
ACTE I.
Car jamais
il n'y eu
plus douloure
récit
Que celui de
Juliette
et de son

de la ville. Elle était vide comme, je crois bien, l'île entière. Plus âme qui vive ni dans les rues, ni dans les champs, ni sur les plages. Tous, hommes et femmes, enfants, adultes ou ancêtres, tous et toutes avaient quitté l'ordinaire de leurs vies pour se précipiter au théâtre.

Tous et toutes, sauf une petite silhouette, là-bas, qui allait, venait, lentement sur la digue. Profitant des derniers rayons du soleil, je parvins à la reconnaître : Mme Rigoberta, la marchande d'épices. Pratique et prudente comme elle était, en bonne commerçante, elle avait dû se renseigner :

— De quoi parle votre pièce ? D'amour ? Quelle horreur ! Ne comptez pas sur moi !

Depuis que son mari l'avait, un jour de pluie, laissée en seule compagnie de trois enfants et d'une montagne de dettes, elle avait tué en elle ce qui, de près ou de loin, s'apparente à un sentiment. Tué à jamais et un à un, comme on écrase du talon une armée de cafards, tout souvenir et tout espoir. Donc pas question pour elle d'assister au spectacle de la passion entre Roméo et Juliette.

*

Bien sûr, je n'ai pas résisté longtemps.

Moi aussi, j'ai regardé.

Moi aussi, j'ai pleuré.

Mon Dieu comme j'ai pleuré. Pleuré lorsque l'ami Tybalt est mort, il n'avait pas dix-sept ans. Versé toutes les larmes lorsque mon presque amant Roméo a succombé au poison. Et trouvé d'autres larmes encore lorsque Juliette s'est poignardée pour accompagner ce suicide. Où les ai-je d'ailleurs trouvées ces larmes, je croyais les avoir toutes versées ? Dans quelle région cachée de mon corps, dans quelle réserve à chagrin ?

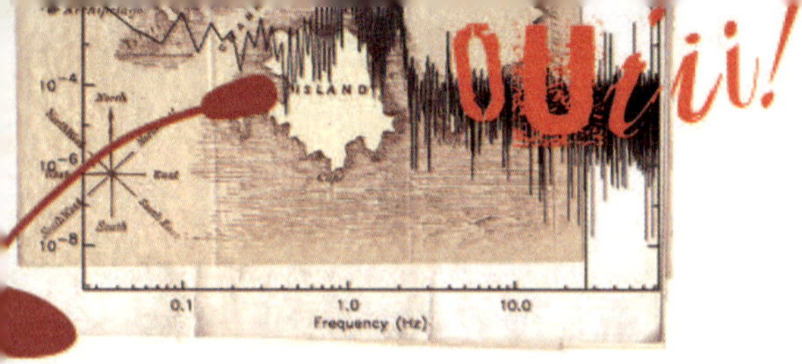

Moi aussi j'aurais tout donné pour que Roméo lève un instant la tête vers moi, prisonnière de mon imbécile de phare, et me sourie, ébloui. Pourtant, les bruns à peau luisante ne sont pas mon type. Qu'importe ? J'étais prise, captivée, ensorcelée.

Et lorsque la pièce s'est achevée,

Car jamais il n'y eut plus douloureux récit
Que celui de Juliette et de son Roméo

personne, à l'étonnement ricanant des mouettes qui continuaient de tournoyer autour du phare, personne n'a crié plus fort bravo. Et je me suis endormie d'un coup. Les spectateurs n'avaient pas tous quitté leur siège que j'avais plongé dans le sommeil. Pas question de tarder pour retrouver le seul pays où, grâce aux rêves, ressuscitent Juliette et aussi Roméo.

IV

Avouons notre défaut majeur : le bruit. Faire du bruit est notre sport national.

Des experts de l'Organisation Mondiale de la Santé un jour sont venus analyser notre île, des femmes et des hommes en blouses blanches et voitures climatisées. Ils ont installé partout des micros, dans les rues, dans nos maisons, jusque sous le lit de nos chambres à coucher. Ils ont mesuré notre vacarme. Ils ont trouvé un chiffre qui les a effrayés. Alors ils nous ont enfoncé des lampes dans les oreilles. Ils voulaient comprendre pourquoi nous n'étions pas sourds à force de vivre dans un tel fracas, record du monde. Ils sont repartis, sans avoir compris, et nous prenant pour des fous.

Il faut dire que, dès le lever du soleil, ça s'anime, chez nous ; ça discute ; ça s'interpelle ; ça fait frire les œufs ; ça essaie son moteur ; ça chantonne fort à l'école les tables de multiplication ; à l'église, on ne s'entend plus entre les cantiques et les cloches ; au marché, on hurle les prix ; à la mairie, les fiancés ne peuvent s'en empêcher : ils crient le « oui » qui les marie à jamais.

Et la nuit ne vaut guère mieux. À peine le soleil tombé, les orchestres s'activent et la musique prend possession de la nuit. Vous savez bien que la musique est la meilleure alliée contre la peur du noir.

— Ne vous inquiétez pas, mes enfants, nous a dit Don Luis, notre maire, après le départ des experts. L'Organisation Mondiale ne nous fera rien changer à nos habitudes. Chacun sa civilisation et chacun ses bruits. À eux la voiture et la télévision, à nous le reste ! Continuons ! Que diriez-vous, samedi prochain, d'inventer de nouveaux tambours ?

*

Ce matin-là, après le théâtre, l'île ne résonnait que des bravos de la veille. Mais les anciens bravos ne font pas plus de bruit que les souvenirs. Avez-vous déjà entendu le bruit d'un souvenir ?

Jamais l'île ne nous avait connus plus silencieux.

Quelle activité est plus muette que le rêve ?

Les plus jeunes, les enfants, rêvaient qu'ils avaient pris soudain assez d'années pour vivre l'amour représenté sur scène. Les plus vieux, les voisins de la tombe, rêvaient qu'ils avaient retrouvé la vigueur d'aimer. Quant à ceux qui avaient juste l'âge de l'histoire, les adolescents, ils rêvaient qu'ils avaient rencontré qui sa Juliette, qui son Roméo, et s'émerveillaient de leur bonheur.

Bref, tout le monde rêvait.

Et, chacun cherchant à continuer son sommeil pour prolonger son rêve, l'île entière, alors que le soleil s'était depuis longtemps levé, dormait.

Étonnés par ce vide inconnu, cette atmosphère sans aucun son, les animaux, les éléments et les choses rivalisaient de discrétion : l'eau coulait dans le ruisseau plus souplement que jamais, sans remous ni glouglous ; le vent se retenait d'agiter les palmes des arbres ; malgré les courants d'air, les portes refusaient de s'ouvrir, pour ne pas grincer ; nos coqs, eux-mêmes, pourtant habitués à criailler n'importe quand, la bouclaient, et même les horloges disaient l'heure sans la sonner.

V

— Mes piments !

Mme Rigoberta occupe au marché la place numéro 32, une boutique étroite et pourtant nommée prétentieusement.

Le sel de la vie
Herbes, épices et condiments

C'est grâce à cette dame, c'est par son cri que le charme du théâtre fut rompu et le drame révélé.

— Mes piments ! Ou sont passes mes piments ? Elle trouva bizarre la phrase qu'elle venait de prononcer mais ne prit pas le temps de réfléchir à cette bizarrerie. De plus en plus énervée, elle continua de farfouiller dans le désordre des cageots et des sacs.

Elle s'était levée la première car la première elle s'était couchée. Comme nous savons, elle détestait le théâtre, surtout lorsqu'il parle d'amour.

M. Henri, notre quasi-centenaire, le roi de nos musiciens, se tenait devant la boutique. Il souriait. Comme toujours. Sur son visage, on aurait dit qu'une guerre avait éclaté jadis entre le sourire et les rides. Les rides progressaient d'année en année. Mais le sourire (pour combien de temps ?) continuait de sortir vainqueur. M. Henri était le plus fidèle des clients de Mme Rigoberta. Hélas aussi le moins rentable : chaque jour, il ne lui achetait qu'un oignon, jamais deux, et rien d'autre. Et chaque jour, elle le grondait.

— Vous ne mangez pas assez, monsieur Henri.

— Quand on vieillit, la vie rétrécit. Elle a de moins en moins besoin de nourriture.

— Mais pourquoi un oignon ?

— C'est bon pour les yeux de pleurer, et les oignons font pleurer sans tristesse.

— Dans ce cas, pourquoi un seul oignon ?

— Il ne faut pas trop pleurer. Autrement, la vraie tristesse arrive.

M. Henri venait de comprendre que ce matin-là n'était pas comme les autres. Son sourire perpétuel s'évanouit.

— Que se passe-t-il, Rigoberta ?

Trop occupée à se lamenter – une plainte qui se changeait en cri, de plus en plus aigu –, la pauvre femme ne lui répondit pas.

— Et mon poivre ? Et mes echalotes ? Et mon celeri ? Et mon safran ? Et mon cumin ? Et mes reglisses ? Au secours, je suis devalisee !

Avec son tact habituel, M. Henri n'insista pas. Il se contenta de poser sa main droite sur son épaule. Une main légère comme un oiseau. Souvent, toucher, effleurer même, vaut mieux que parler.

Et, de toute la très petite vitesse que lui permettaient ses vieilles jambes et son cœur épuisé, il s'en alla prévenir Don Luis, notre maire.

Lequel, manifestement, venait de se réveiller : son bonnet de nuit blanc à pompon toujours vissé sur son crâne en témoignait. Fernando partageait avec lui le café brûlant du petit déjeuner ainsi que ces petits pains ronds creusés d'une vallée en leur milieu et que, pour cette raison, nous appelons des « fesses ». Et moi, profitant du sommeil des chats, j'avais réussi à m'échapper. Pas rancunière, j'étais venue rapporter à mon patron la veste qu'il avait oubliée. Gentiment, le maire m'avait demandé de rester.

— Tu dois etre affamee, Jeanne ! Le guet, ça creuse.

Les deux amis se congratulaient.

Quel talent, ces acteurs ! Quel amour, cette Juliette ! Bravo, mon cher !

— Je suis seulement capitaine du port, pas organisateur de spectacles.

— Tu aurais pu refuser l'autorisation d'entrer. La jonque est un bateau dangereux, d'habitude. Tu as un flair unique !

C'est alors que M. Henri se présenta, avec sa douceur coutumière :

— Monsieur le maire, cher capitaine, pardon de vous deranger, Rigoberta…

— Et alors ?

— Quelqu'un lui a vole toutes ses epices !

Don Luis sursauta. N'importe qui d'autre n'aurait sans doute rien remarqué. Mais avant de régner sur notre île, notre maire avait, vingt ans durant, exercé la noble fonction d'instituteur. Les questions de langue, de grammaire, de ponctuation étaient sa passion.

— Voyons, Henri ! Comment parles-tu, aujourd'hui ?

— Mes dents, sans doute, l'absence de dents.

— J'espere.

Don Luis arracha son bonnet. Depuis que la mer, année après année, rongeait nos collines, avalait nos arbres, effondrait nos maisons, la disparition était sa hantise.

— Vous n'avez pas releve ? Mon Dieu, moi aussi je suis contamine.

— Que se passe-t-il ?

— Les epices ne sont pas les seules…

— Pardon ?

M. Henri et le capitaine du port le fixaient, terrorisés. L'un s'était mis à trembler, l'autre se mordait les lèvres au sang.

— Il me semble… je ne voudrais pas… je crois bien que les accents, nos accents aussi, oui, c'est bien ça, se sont revoltes. Et le pire, c'est qu'ils m'avaient prevenu.

— Comment ça ?

— Approchez-vous. Personne ne doit nous entendre.

VI

« Depuis quelque temps, les accents grognaient. Ils se sentaient mal aimes, dedaignes, meprises. A l'ecole, les enfants ne les utilisaient presque plus. Les professeurs ne comptaient plus de fautes quand, dans les copies, ils etaient oublies. Chaque fois que j'en croisais un dans la rue, un aigu, un grave, un circonflexe, il me menaçait.

« — Notre patience a des limites, Don Luis. Un jour, nous ferons la greve. Attention, Don Luis, notre nature n'est pas si douce qu'il y parait. Nous pouvons causer de grands desordres.

« Je ne les prenais pas au serieux. Je me moquais :

« — Une greve, allons donc ! Et qui ça derangerait, une greve des accents ?

« Je sentais bien monter leur colere. Je ne croyais pas qu'ils preparaient quelque chose.

« J'en suis certain, quand j'y pense, c'est l'affaire des ordinateurs qui a tout declenche. Dis-moi, Jeanne, tu ne voudrais pas aller me chercher une petite biere ? Les aveux, ça donne soif. »

Il ne me fallut que cinq minutes pour revenir avec sa mousse. L'instant d'après, le verre était vide.

Il continua son histoire avec les lèvres toutes blanches.

« Le fournisseur s'est trompe. Il a livre au college des ordinateurs de langue anglaise : aucun accent sur le clavier.

« Nos amis se sont rues chez moi. J'ai eu le tort, le tres grand tort de ne pas les prendre au serieux. J'ai eu le tort, le tres grand tort de leur dire qu'il valait mieux des ordinateurs sans accents que pas d'ordinateur.

« Ils m'ont fait la leçon et puis ils m'ont insulte.

« — Chaque langue a sa logique, Don Luis. Libre a l'anglaise et a l'americaine de vivre sans accents. Mais toi, tu nous as trahis. Dorenavant, c'est la guerre. »

Lorsque notre maire eut fini, M. Henri réagit le premier.

— Comme c'est etrange, murmura-t-il.

— J'ai ressenti la meme chose, répondit le capitaine du port.

— Et moi aussi, ajoutai-je.

Mais qui faisait attention à moi en ces moments graves ?

Ils se sont expliqués. J'ai hoché la tête : ils parlaient pour moi.

Nous avions moins écouté l'histoire de Don Luis que frissonné en entendant ses phrases auxquelles manquaient les accents : leur absence *éteignait* les mots. On aurait dit que notre langue française avait, soudain, perdu tout élan, tout éclat, toute lumière.

VII

— Mes chers amis, j'ai une nouvelle epouvantable.

La grande salle de la mairie, où s'échangeaient les oui des mariages, était pleine. Le maire n'avait pas l'habitude de réunir sans raison grave. Jamais depuis les luttes terribles contre le dictateur Nécrole[1] il n'avait ainsi convoqué tous les habitants de l'île. Nous nous étions assis deux, trois par chaise, ou par terre. Quelques-uns étaient même montés dans le frangipanier pour regarder par la fenêtre. Pauvres ventilateurs ! Ils grinçaient à fendre l'âme. C'était sans doute leur manière de protester : quel métier plus bête que le nôtre ? nous répétaient-ils. À quoi sert d'agiter de l'air torride ? Comment imaginer que d'un tel brassage imbécile puisse venir la moindre fraîcheur ?

— Oui, une vraie calamite !

La salle murmura : quelle est donc cette manière de parler ? Une fiancée sauvage l'a-t-elle mordu en l'embrassant ? On sait que notre maire, malgré son âge, est resté très chaud lapin, ah, ah ! Ce n'est pas Mme Raymonde, ni Mme Gilberte, ni Mlle Rose-Marie qui nous contrediront, ah, ah, ah !

Don Luis s'épongea le front et reprit :

---

1. Voir *La grammaire est une chanson douce.*

— La jonque nous a vole nos accents.

— Et nos epices, hurla Rigoberta, qui tentait à grands coups de coude de se frayer un chemin dans la foule.

On se regarda, sans comprendre. Pourquoi notre maire s'angoisse-t-il tellement ? Les accents, la belle affaire ! Nous avons perdu nos accents, et alors ? On pouvait s'attendre à bien plus grave, un tsunami, une épidémie…

Le maire reprit la parole.

— Les epices, helas, nous savons trop ce que notre cuisine leur doit. Mais les accents ? Quelle est l'utilite d'un accent ? Et qu'est-ce qu'un accent, au fond ? Puisque nous avons la chance d'avoir parmi nous une savante en matiere de langage, je la prie de bien vouloir nous expliquer.

Tout le monde se tourna vers notre chère inspectrice, l'irremplaçable Mme Jargonos.

Elle rougit un peu et se leva. Comme elle avait changé ! Elle, si maigre autrefois, si aiguë, si pointue, s'était arrondie. Depuis l'échec de ses fiançailles avec Dario[1], elle avait trouvé refuge dans la gourmandise. Elle passait son temps à table. Nos chefs l'invitaient à venir tester leurs recettes. Elle n'avait pas sa pareille pour suggérer qu'il manquait deux pincées de poivre à ce gratin dauphinois ou qu'avec un carré de chocolat jeté dans la sauce, le coq au vin serait plus onctueux…

— Les accents, puisque vous ne le savez pas…

La salle sursauta. Mme Jargonos parlait comme si elle voulait fouetter. C'était sa voix d'avant, avant l'amour et avant la gastronomie, sa voix de squelette.

— Les accents sont des signes diacritiques. Pour les ignorants, je rappellerai que ce mot vient du grec *diacritikos*, « qui distingue ».

Vous imaginez le brouhaha ! Ça grognait, ça pestait sur toutes les chaises, ça commençait à protester : « Qu'est-ce qu'elle raconte ? » « Tu y comprends quelque chose ? »

1. Voir *Les Chevaliers du Subjonctif*.

— Le signe diacritique peut être placé sur, sous, dans, après, devant un graphème ou tout autour…

Le maire jugea bon d'intervenir.

— Madame Jargonos ! Nous n'avons rien contre la belle langue grecque, mais un peu de clarte, s'il vous plait !

Elle était lancée.

— On parle alors de diacritique suscrit, souscrit, inscrit, adscrit, prescrit ou circum…

Elle s'arrêta net. Regarda autour d'elle, lentement, les yeux écarquillés, comme quelqu'un qui ne sait plus où il est. Balbutia :

— Pardon ! De temps en temps, le jargon me reprend, je vous assure, on dirait des crises, semblables au paludisme. Pardon. Je recommence.

Elle inspira fort.

— Les accents sont des signes qui se placent sur certaines voyelles ou certaines consonnes pour en indiquer la prononciation exacte. Sans accent, tous les « e » sembleraient tomber du cul de la poule, alors qu'il y a des « é », des « è », des « ê »…

La salle apprécia :

— Voila qui est mieux !

— Merci, madame Jargonos ! Vous voyez que vous pouvez quand vous voulez !

Elle continua.

— Les accents servent aussi à empêcher la confusion de certains mots : « a » sans accent (du verbe « avoir ») doit être distingué de « à » avec accent (préposition : « je vais à la pêche »). L'ancien français ne connaissait pas les accents. Notre langue avait tout d'un beau fouillis. À l'écrit comme à l'oral. On se trompait tout le temps. Alors des écrivains, des grammairiens et des imprimeurs commencèrent, aux alentours des années 1530-1550, à inventer ces signes.

— Passionnant !

— Meme moi, je comprends !

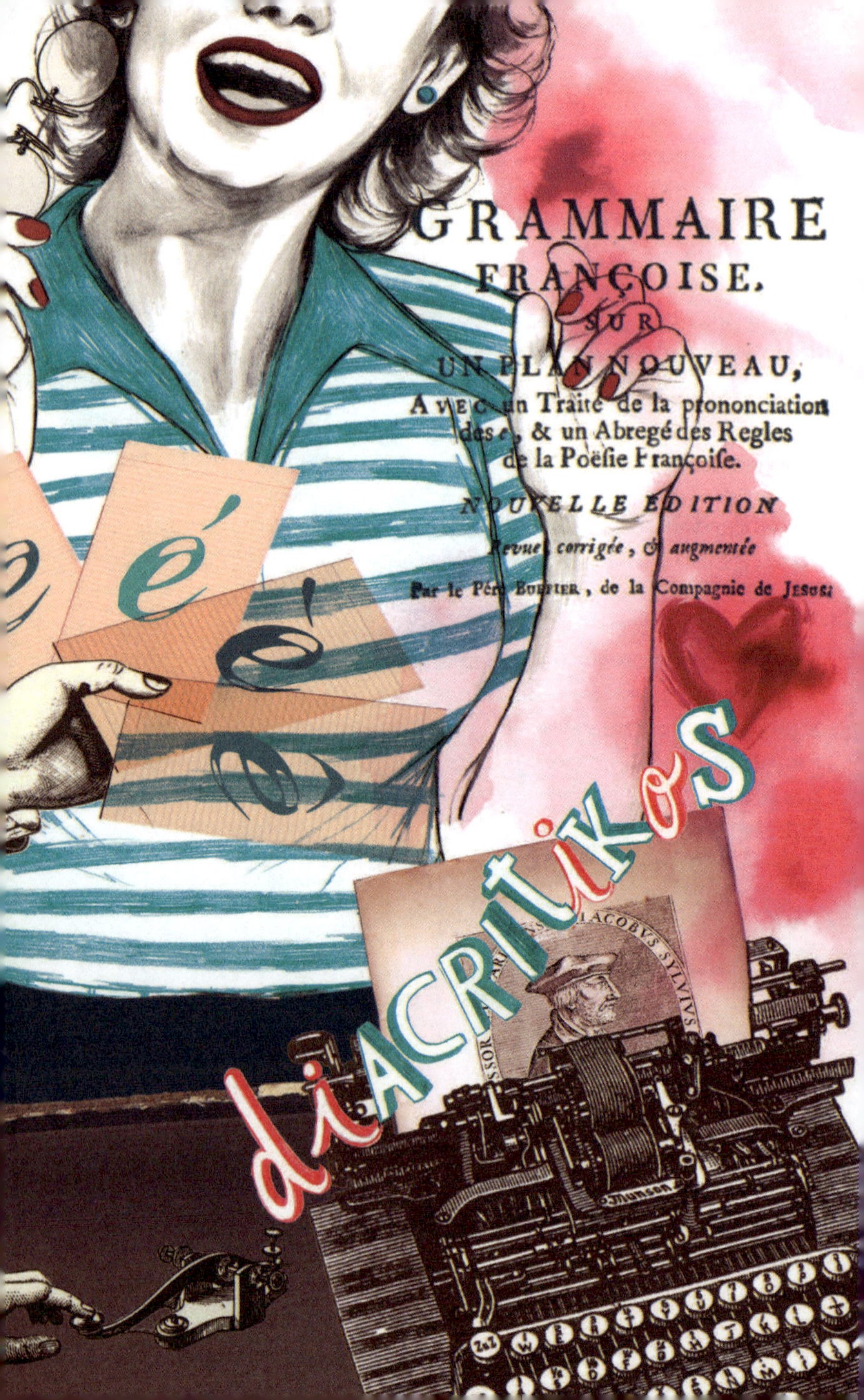
GRAMMAIRE
FRANÇOISE.
SUR
UN PLAN NOUVEAU,
Avec un Traité de la prononciation
des e, & un Abregé des Regles
de la Poësie Françoise.
NOUVELLE EDITION
corrigée, & augmentée
Par le Pére, de la Compagnie de
é
é
é
diACRitikos
IACOBVS SYLVIVS

— Le principal inventeur des accents fut Jacques Dubois. Pour faire savant, il se faisait appeler Jacobius Sylvius. Il commença comme professeur de lettres, puis s'orienta vers l'anatomie : il passait ses journées à disséquer les cadavres. Ce qui ne l'empêchait pas, la nuit, de créer des accents. Nous lui devons l'accent grave, le circonflexe et aussi l'apostrophe, vous savez, cette virgule placée en haut et à droite d'un mot pour indiquer qu'on a fait disparaître une lettre, « l'âme » au lieu de « la âme », « l'eau » au lieu de « la eau »…

Mme Jargonos fut applaudie. Quelqu'un cria :

— Vous avez remarque ? Elle parle normalement, elle, les accents ne l'ont pas quittee.

D'autres voix se firent entendre :

— C'est vrai, ça ! Ce ne serait pas elle, la voleuse, des fois ?

— Rendez-nous nos accents, sorciere !

Mme Jargonos ne perdit pas son calme.

— Peut-être que j'aime trop la grammaire. Elle fait partie de moi, elle me donne la mesure, comme mon cœur ; elle relie tous les morceaux de moi, comme mon sang ou mes muscles. La grammaire est comme ma vie. Et puisque les accents font partie de la grammaire, ils ne sortiront de moi qu'à ma mort.

De nouveau, tout le monde l'applaudit.

Sauf M. Labourdette, notre horloger. Il se dressa soudain et, pointant un doigt vengeur vers notre inspectrice, il s'exclama :

— Oubli !

C'est ainsi qu'il s'exprimait, par des mots sans phrase, « pour gagner du temps ». C'était l'une de ses obsessions. Il luttait sans relâche, et d'ailleurs sans aucun succès, contre notre incomparable talent à justement le perdre, notre temps. Son autre bataille, également perdue, il la menait contre notre génie du désordre. Il aurait tant voulu une île bien rangée et peuplée seulement de gens pressés !

— Oubli ! Presentation incomplete ! Oubli accent breton ! Oubli accent marseillais !

Mme Jargonos ne se laissa pas démonter.

— L'accent dont vous parlez, si je vous ai compris, par exemple l'accent breton de quelqu'un parlant français ou son accent marseillais ou son accent alsacien, cet accent-là n'est-il pas une manière particulière de prononcer la langue française ?

Plusieurs voix approuvèrent.

— Exact !

— Elle a raison !

— Une manière particulière de parler qui se *distingue* de toutes les autres.

Elle avait appuyé sur ce mot.

— Tout ce qui *distingue*, les signes sur les lettres ou les façons de s'exprimer, appartient à la famille des accents. Et tel est le sens du mot grec *diacritique* : ce qui distingue.

— Voila qui est clair !

— Merci, madame Jargonos !

L'assistance se dispersa en soupirant.

— Quelle belle chose que les accents !

— Qu'allons-nous faire sans eux ?

— Et sans nos epices ?

— Je me sens bien seule !

— Viens, je vais te rechauffer.

— Pretentieux !

VIII

De retour dans son bureau, où je l'avais suivi, bien sûr (vous commencez à me connaître, vous savez comme je suis curieuse et donc collante : les curieux veulent toujours se trouver là où quelque chose se passe, au risque de déranger),

notre maire tomba sur le capitaine du port.

Fernando se tenait là, affalé dans le plus grand des fauteuils, et parlait, oui, parlait à son poing fermé.

— Ah, ah, on fait moins les fiers, maintenant ! Alors, les agneaux, vous avouez ?

Le capitaine du port nous expliqua que, passant quai Magellan, il avait remarqué deux accents qui prenaient le soleil perchés sur un hauban. D'un geste brusque, comme on saisit les mouches, il avait réussi à les capturer.

Et de nouveau, il s'adressa à son poing.

— Bon ! Ma patience a des limites. Si vous me racontez ce que vous savez, j'accepte de vous liberer. Autrement…

— Autrement ?

— Autrement ?

On avait entendu deux petites voix terrorisées.

— Autrement, il se pourrait que, par un geste involontaire, je vous ecrase.

Une petite voix hurla :

— Chantage ! Assassin ! L'autre petite voix supplia :

— J'accepte ! Nous acceptons !

Don Luis alla fermer la fenêtre, pour plus de sûreté. Alors Fernando se leva et s'avança. Il posa sa main sur le bureau et ouvrit lentement, très lentement, l'un après l'autre, les doigts. Les deux accents allèrent se réfugier sur le gros encrier.

Le premier, nous le reconnûmes tout de suite : un bon vieux circonflexe bien de chez nous : ^. Mais le second, qui lui ressemblait, personne ne l'avait rencontré : ˇ.

— Qui es-tu, toi ? demanda le maire.

— S'il vous plaît, s'époumona le circonflexe, on parle poliment à Kljukica ou vous ne saurez rien !

— Tres bien, pardon. Mais qu'est-ce que c'est, Klu… comment dis-tu ?

Alors cette Kljukica nous raconta, avec douceur, qu'elle venait de Slovénie, « pays d'ours, de montagnes et de lacs ». Qu'elle s'était récemment échappée du dictionnaire d'une traductrice venue sur l'île en vacances, « Mme Tanja Lesničar-Pučko, vous pouvez vérifier ». Que « dans la langue slovène, je ne me pose que sur certaines consonnes pour en changer la prononciation : č se dit [tch], š se dit [ch] et ž se dit [je] ». Et que « sur votre très joli port, j'ai rencontré Circonflexe et que, depuis, nous nous aimons et voilà ».

Cette déclaration toute simple nous avait enchantés.

C'est presque avec timidité, en tout cas avec déférence, que le maire demanda aux deux amoureux s'ils avaient vu quelque chose du hold-up.

*

— La vérité…

C'est Kljukica qui avait pris la parole. Elle se tenait, toute mince, toute frêle, posée sur le vaste encrier qui devait lui sembler une montagne, juste à côté de la pendule, pour elle géante, une véritable usine. À ses côtés, Circonflexe se contentait de sourire, l'air béat, en murmurant : « Elle a raison, elle a beau être une étrangère, je ne pourrais pas dire mieux. »

Sur ces deux accents, ^ et ˇ, pas plus grands que des insectes, trois hommes et une fille (moi) étaient penchés : Don Luis, le maire, Fernando, le capitaine du port, et M. Henri. Imaginez un peu : des cils qui vous paraissent longs comme des branches d'arbre, des narines profondes comme des gouffres et huit yeux énormes, le tout à vingt centimètres de vous… n'importe qui aurait frissonné. Pas Kljukica. D'un ton ferme, elle commença son récit.

— La vérité, c'est que la jonque n'a rien volé du tout.

— Écoutez-la bien, dit Circonflexe, ça s'est passé exactement comme elle va vous le dire.

Nous retenions notre souffle. Kljukica a toussé pour s'éclaircir la gorge. On aurait entendu voler une libellule, creuser une taupe, pousser une rose.

« Deux heures du matin venaient de sonner à votre église Saint-Jérôme (je vous rappelle que c'est le patron des traducteurs car il a traduit la Bible de l'hébreu au latin). Dans la jonque, aucun acteur n'arrivait à se coucher. Chez les théâtreux, on a toujours du mal à gagner son lit. On repousse le moment. On discute sans fin du spectacle. On se distribue les bons et les mauvais points, les compliments exagérés : "Ma chérie, où, mais où vas-tu chercher ces émotions-là ? Décidément, tu es géniale !" et les attaques sournoises : "Quelle belle voix tu aurais si tu ne parlais pas tant du nez ! Tu es enrhumée ou quoi ?"…

« C'est alors que les épices arrivèrent, un cortège d'épices peu à peu alignées sur le quai. Aucune ne manquait. Elles étaient toutes là. Les plus connues, les célèbres : la cannelle, le clou de girofle, le curry, le gingembre, les piments, les poivres… Mais aussi les secrètes, les oubliées : l'anchor (qu'on fabrique avec la chair de la mangue) ou la férule persique (une plante de la famille des ombellifères)…

« Une épice se détacha du groupe.

« — Ohé, la jonque ! Je m'appelle Curcuma et je préside le syndicat.

« — Quel syndicat ?

« — La Confédération générale des épices. Je voudrais parler à votre directeur.

« Devant tant de solennité, les comédiens s'esclaffèrent. Le plus vieux d'entre eux les fit taire et s'approcha de Curcuma.

« — Je m'appelle Vilar et j'ai la lourde charge de cette équipe.

« — Emmenez-nous, emmenez-nous avec vous !

« — Et pourquoi donc ? demanda M. Vilar.

« — Nous n'en pouvons plus de ce vent, ce vent si fort et si régulier, ce vent si lisse, pour cette raison appelé alizé ! À force de souffler sur notre île, il nous rabote tous nos parfums ! Emmenez-nous, s'il vous plaît ! Nous faisons le même métier : vous illuminez la vie comme nous illuminons la nourriture !

« Les comédiens se regardèrent : ces épices ont raison. Elles sont des nôtres ! Bienvenue à bord ! Vous allez réveiller nos repas !

« Dans un grand désordre joyeux, les épices montèrent sur la jonque.

« M. Vilar frappa dans ses mains.

« — Allez, tout le monde à son poste ! Paré à larguer les amarres ?

« — Paré !

« — Larguez ! »

— Quelle histoire !

— Decidement, nous habitons une ile etrange.

— Pour ne pas dire cinglee !

— Moi, je comprends les epices, dit M. Henri. Je comprends aussi ce M. Vilar. J'ai trouve que ses comediens jouaient un peu fade. Leurs invitees vont leur redonner de la vigueur, vous allez voir !

— Tout cela ne nous dit pas comment les accents sont partis, bougonna le maire.

— Si vous aviez la politesse d'écouter la fin de mon histoire, vous le sauriez, dit Kljukica.

Les trois hommes se confondirent en excuses et elle poursuivit.

« Nous avons suivi la jonque jusqu'au bout de la jetée. C'est alors que, du haut du ciel, une toute petite voix s'est fait entendre.

« — Oh, s'il vous plaît, emmenez-nous aussi !

« Roméo a allumé une torche. De son pinceau de lumière, il a balayé les voiles. Tous les accents de l'île étaient là, accrochés à la toile : les graves, les aigus, sans oublier les étrangers, les tildes espagnols, les esprits rudes et doux de la vieille langue grecque. Et aussi les circonflexes, excepté mon Circonflexe à moi, bien sûr. Tous, ils suppliaient.

« — S'il vous plaît, laissez-nous vous accompagner !

Plus personne ne s'intéresse à nous sur l'île.

« — Pourtant, nous sommes comme vous, les épices !

« — Et comme vous, les comédiens !

« — Nous réveillons les phrases !

« — Sans nous, vous avez entendu comme la langue française est fade ?

« — Morne.

« — Plate.

« — Insipide.

« — Monotone.

« On ne s'entendait plus. On se serait cru dans une volière. Chaque accent y allait de son argument, de son adjectif. M. Vilar a réfléchi un assez long moment, puis a hoché la tête.

« — Permission accordée ! J'espère seulement que vous n'avez pas le mal de mer. Mais maintenant je n'accepte plus personne ! Notre troupe est au complet ! Cap au 125 !

« D'un seul élan, tous les accents ont volé vers lui. Face à ce nuage noir, un autre se serait enfui. Pas Vilar. Il avait compris que tous les accents venaient l'embrasser. »

*

— Et vous deux, demanda le maire, pourquoi n'avez-vous pas embarque ?

Le pauvre Circonflexe piqua un fard. Rien n'est plus surprenant qu'un accent qui devient couleur coquelicot. On dirait qu'il clignote : on n'a d'yeux que pour lui. Plus il rougit et plus il fait effort pour ne pas rougir et plus sa rougeur s'affirme.

Kljukica répondit à sa place.

— Nous avions autre chose à faire.

— Et quoi donc, si toutefois je puis me permettre ?

— Mais nous aimer, bien sûr !

M. Henri les regardait tendrement.

— J'ai connu ça. Je vous plains, mes pauvres amis. Vous allez voir comme l'amour fait souffrir.

Il sourit et répéta :

— Je vous plains mais, plus encore, je vous envie.

IX

— Ne perdons pas de temps ! Poursuivons la jonque !

Le maire avait écarté les jambes, comme s'il montait un cheval, et il avait levé le bras droit, comme s'il commandait une armée. Malheureusement pour lui, la double rondeur de sa tête chauve et de son bedon, le gros œuf qui boursouflait sa chemise, juste au-dessus de sa ceinture, l'empêchait de paraître farouche. Un ton plus fort, il répéta :

— Rattrapons la jonque !

Le souffle de sa voix faillit emporter les deux accents. Ils se rattrapèrent par miracle au bord du bureau. Il se pourrait même que ses postillons les aient aspergés.

— Malotru ! rugit Kljukica. Vous pourriez faire attention ! Manifestement, les humains de cette île n'ont aucune éducation !

— Malotru ! bégaya Circonflexe.

— Qu'on me debarrasse de ces microbes ! Et qu'on m'arraisonne cette jonque de malheur !

— Comment veux-tu ? répondit le capitaine du port. Je n'ai que des pirogues et des marins d'eau calme.

— De toute manière, c'est une mauvaise idée, reprit Kljukica.

— Que dit-elle ?

— Je dis que les accents sont des oiseaux. Et comme les oiseaux, ils sont libres. S'ils ont décidé d'abandonner les mots de votre île, personne ne pourra les forcer à revenir.

— Elle a raison, dit M. Henri.

— Quant aux épices de chez vous, j'ai tenté de vous l'expliquer, elles sont usées. Anémiées, vannées, vidées. Fanées. À quoi sert de rapporter des épices sans parfum ?

La violence militaire de Don Luis était retombée d'un coup. Adieu le glorieux général ! Il n'était plus qu'un homme perdu qui tentait, en se pétrissant le crâne, d'en faire surgir une stratégie.

— Que faire, mon Dieu, que faire ?

M. Henri avait pris sa guitare. La vieillesse, qui avait engourdi ses jambes, n'avait pas encore atteint ses doigts. Ils se promenaient sur les cordes avec toujours autant d'agilité. M. Henri leur avait demandé d'aller au loin farfouiller dans ses souvenirs. Un souvenir, comme vous le savez, est souvent le père d'une idée.

— Il y a longtemps, bien longtemps…

On aurait dit qu'il s'était mis à chanter.

— Oh, je revois… oui… attendez… il y avait une foule,

et des parfums, tellement de parfums, et des acteurs, des musiciens… ça y est, je me rappelle !

— Un festival ? demandèrent d'un même souffle Don Luis et Fernando.

— Oui, une rencontre internationale d'accents et d'epices, quelque part en Inde.

Jusque-là, bouleversée par tous ces événements, j'étais demeurée muette, malgré ma folle nature de bavarde. Cette fois, je ne pus me retenir.

— J'y vais. Le prochain bateau du courrier arrive dans deux jours, je le prendrai.

— Je pars avec toi, dit Kljukica. En Slovénie, tout le monde rêve d'aller en Inde

— Et moi aussi, dit Circonflexe.

— S'il n'y a pas d'autres solutions, je veux bien financer le voyage, dit le maire. Seulement…

— Seulement ?

— Jeanne, je compte sur toi. Tu negocieras des prix reduits pour nos deux accents. Notre mairie n'est pas riche. Ils n'occupent pas beaucoup de place. Pas question de payer pour eux deux billets plein tarif.

Une lettre de Tom m'attendait sur mon lit.

« Ma sœur, souhaite-moi bonne chance ! M. Vilar m'a embauché comme souffleur. Ce n'est qu'un début, une carrière glorieuse m'attend. Vive le théâtre ! »

INDIEN
Bengalen
HIMALAYA
INDISCHES MEER
Tropicus
SUD
INDISCHES
MARINER'S COMPASS
MAGNETIC COMPASS

L'un des problèmes, avec les frères, c'est qu'ils changent de rêves sans arrêt. Un jour, ils s'imaginent musicien, le lendemain footballeur, la semaine suivante milliardaire dans l'informatique… Comment s'y retrouver ? Comment leur faire confiance ? Connaissez-vous quelqu'un de plus fatigant qu'un frère ?

X

Avant de partir, j'ai voulu revoir notre phare. Comme si j'attendais de lui quelque chose, un secret, un conseil. C'était mon premier voyage, vous comprenez ? J'avais peur.

Quand je suis arrivée en haut des marches, il m'a semblé que je dérangeais : l'accordéon paraissait en grande discussion avec un des chats. Chiloé, Bréhat, Gorée ? Je ne me rappelais plus son nom. Il m'a lancé un regard noir.

Heureusement un bruit a détourné son attention. Un très désagréable cliquètement métallique et répété, assorti de grincements.

Le vacarme venait du coffre à cartes marines. Un rat, une horloge qui part en vrille, des engrenages devenus fous ? Courageusement, j'ai plongé la main. J'ai aperçu une machine à écrire. Une machine à l'ancienne. Un gros cube noir creusé au centre, des touches rondes et blanches. Je me suis reculée, juste à temps pour ne pas les recevoir en plein visage.

J'ai d'abord cru à des insectes, du genre libellule, en plus long, plus pointu, plus rigide. Elles se sont mises à voler, à toute vitesse, dans la pièce ronde. Elles se heurtaient à la lanterne. Elles devenaient dangereuses. Oscar grognait de peur. Évidemment elles voulaient sortir. J'ai ouvert une fenêtre. Elles se sont échappées. Elles n'ont pas hésité longtemps.

Ont piqué vers l'ouest, vers l'Inde. Comme si elles me montraient le chemin.

Qui étaient-elles ?

Je l'ai compris peu après, en revenant vers la machine à écrire. Il y avait des trous dans le clavier. À l'évidence, des touches manquaient. Je n'ai pas eu de mal à deviner lesquelles : la touche du *à*, la touche du *è*, celle du *é*, celle du *ù*…

Toutes les touches qui comportaient un accent. Aucun doute : elles avaient rejoint la jonque.

XI

Qui ne serait séduit par une vallée sentant tour à tour le safran, le curry et mille autres parfums (cardamome, cannelle, curcuma, girofle, aneth…) ? Qui ne s'émerveillerait devant ces arbres dont les racines remontent vers le ciel et dont la feuillée ombrage une surface vaste comme un demi-terrain de football ? Qui ne sourirait devant ces éléphants utilisés comme des tracteurs et ne tremblerait en voyant des fakirs danser tantôt sur des tessons de bouteille et tantôt sur de la braise ardente ? Qui n'écarquillerait les yeux devant cette foule déguisée, ces dizaines et dizaines de Hamlet, Superman, Don Juan, Don Quichotte, Charlot, Scarlett, Juliette, Cruella, Ophélie, Chimène, Marianne… ? Qui ne s'attablerait avec délices dans l'un des mille restaurants de plein air en compagnie de toutes ces actrices, de tous ces acteurs, tandis que mille musiciens vous enchantent l'ouïe de mélodies délicates et troublantes et que dix mille singes parodient en ricanant le moindre geste des humains ?

Depuis notre île, j'avais donc, au terme d'un voyage de folie que je vous raconterai peut-être un jour, fini par atteindre, au nord de l'Inde, cette vallée éblouissante. M. Henri n'avait pas rêvé. Ou plutôt il avait *rêvé vrai* : son festival de théâtre et d'épices existait bel et bien.

Mais je souffre d'une maladie grave : l'émotion ne me suffit pas pour être émue. Si je ne connais pas l'*histoire* de la personne que je rencontre ou du lieu dans lequel je me trouve, je n'éprouve rien. Rien. Anesthésie parfaite. Les sentiments n'entrent pas. Je les entends, je les sens sur ma peau, ils se promènent, ils grattent, ils cherchent l'ouverture. Sans succès. Ils resteront à l'extérieur. Tant que je n'aurai pas appris l'*histoire*. L'histoire est la porte, la seule porte qui permet de pénétrer chez moi, en moi.

C'est ainsi que, deux jours durant, je posais à tout le monde la même question : « Pourriez-vous me raconter l'histoire de votre vallee ? »

On ne me comprenait pas, on me souriait gentiment, mais on passait son chemin. Jusqu'à ce qu'une volée d'injures françaises, bénies soient-elles, me fassent sursauter : « Putain de bordel de merde à chier ! » Un homme qui paraissait jeune avançait à quatre pattes dans la foule. Il tapotait le sol frénétiquement.

— Je peux vous aider ?

— My glasses, mes lunettes, ces salopards vont les écraser.

— Comment parlez-vous aussi bien notre langue ?

— Échange universitaire.

Par miracle, juste avant que la roue d'un chariot ne les réduise en miettes, j'aperçus les deux verres, m'en saisis et négociai :

— Je vous rends vos lunettes si vous me racontez l'histoire.

— L'histoire, quelle histoire ?

— Mais l'histoire d'ici, de ce festival, de ces acteurs, de cette rencontre, bref, l'histoire.

— Vous êtes toujours aussi dure en affaires ?

— Une fille doit savoir se battre.

— Bon… Allons prendre un verre chez mon ami Arjun. Aucune auberge n'est plus calme que la sienne. Elle surplombe la rivière. Le fil de l'eau m'aidera à garder le rythme. Vous me redonnez ma vue ?

*

Il était une fois…

Je ne sais pas vous, mais moi, dès que j'entends ces quatre mots, je ronronne, je m'abandonne, je prends la mer ou je m'envole, je m'étends, je m'agrandis, je ne suis plus Jeanne, plus seulement Jeanne, je deviens qui on veut, un Esquimau, une Tahitienne, un éléphant, une fourmi rouge, un arbre du voyageur… ou Dieu lui-même.

Et mon nouvel ami avait l'une de ces voix qui vous emportent, chaude, grave, lente, une voix dans laquelle on se blottit dès les premiers mots.

« Il était une fois Dieu.

« Il S'inquiétait, Dieu : Il avait créé la terre. Il l'avait remplie d'humains. Mais ces humains bâillaient toute la journée ; le reste du temps, ils soupiraient. Plus préoccupant, ils maigrissaient à vue d'œil. Cette planète Terre était le jouet préféré de Dieu et ce jouet n'allait pas bien. Il fallait intervenir. Lorsqu'un homme mourut, Dieu le fit venir près de Lui, au ciel, et le questionna :

« — Que se passe-t-il, là-dessous ? Qu'arrive-t-il donc à la Terre ? Quelle maladie vous frappe ?

« — Seigneur tout-puissant, je vais être franc : on s'ennuie. On s'ennuie tellement que beaucoup d'entre nous n'ont plus envie de vivre.

Il était une fois…

« — Vous êtes des enfants gâtés !

« Terrible fut la colère de Dieu ! Les nuages s'en souviennent : les postillons divins traversaient le ciel, aussi brûlants que les pierres de lave crachées par un volcan.

« Mais, la nuit venue, à l'heure où surgissent les doutes, Il S'interrogea : "Pourquoi cet ennui ? Qu'ai-je manqué dans ma Création ?" Dieu résolut d'aller y voir de plus près. Il se déguisa en mortel et descendit sur Terre, dans notre vallée même. Pourquoi notre vallée ? Parce que de toutes celles qu'Il avait inventées, c'était notre vallée la favorite. On Lui servit une bouillie gluante et blanche dont Il Se régala. On L'informa qu'il s'agissait de riz.

« — Décidément, marmonna-t-Il dans Sa barbe,

ces humains sont bien difficiles ! Comment peut-on s'ennuyer dans un endroit où l'on mange si bien ?

« Le soir ? On Lui présenta de nouveau du riz. Et rien que du riz, puisque c'était la seule nourriture de la région. Le lendemain ? Toujours du riz. Lorsque, pour la quatrième fois, Il dut Se contenter de la bouillie gluante, un haut-le-cœur Le secoua, Il recracha et, deux heures durant, des grains de riz cuit retombèrent sur la campagne en pluie tiède et collante. Il venait de comprendre le grand défaut de Sa création : la fadeur. Est fade ce qui manque de goût. Les humains qui s'ennuyaient avaient raison : comment goûter ce qui n'a pas de goût ?

« Dans l'instant, pour en finir avec la fadeur, pour réveiller et varier le riz, pour l'ensoleiller, l'enflammer ou l'adoucir, Dieu créa des racines (le gingembre et le curcuma), une liane à petits fruits ronds (le poivre), un arbre dont l'écorce embaume (la cannelle), un arbuste aux graines écarlates (le roucou), un buisson portant de petites baies (le câprier)… Bref, Dieu créa les épices.

« À la suite de quoi, épuisé comme après chacune de Ses créations, Il S'endormit pour une sieste profonde dont les incroyants, malheur à eux, disent qu'elle dure encore aujourd'hui. »

Le jeune homme se tut. Je l'aurais écouté jusqu'à la fin des temps.

— Ça vous va, belle jeune fille ? Maintenant rendez-moi mes lunettes. L'Europe doit s'être réveillée. Au boulot !

Il prononçait le moindre mot français avec une très soigneuse gourmandise. En conséquence, son histoire avait duré des heures. L'après-midi était largement entamé. Je le suivis dans le rez-de-chaussée où il habitait, une seule pièce qui donnait sur une cour pleine de bidons d'huile.

— Quel est votre metier ?

— Je me trompe ou vous prononcez drôlement ?

— Un petit probleme d'accents, je vous expliquerai. En attendant, je repete : comment gagnez-vous votre vie ?

— Je suis… une sorte de policier.

Il alluma son ordinateur. Et s'exclama :

— Elles sont arrivées !

— Qui donc ?

— Les contraventions du week-end : feux rouges grillés, stationnements interdits, voies de bus empruntées…

— Je n'ai pas vu beaucoup de feux en ville.

— Normal, je m'occupe des contraventions de Brest, une ville de chez vous, dans une région qui s'appelle la Bretagne, je crois.

— Et pourquoi vous, pourquoi en Inde ?

— Je travaille trois fois plus vite qu'un Français. Je coûte sept fois moins cher. Je suis employé d'une grosse société située à New Delhi, notre capitale. Ils ont inventé un traitement informatique. Je vérifie tout. Jamais une erreur.

— Je ne savais pas que les contraventions de police voyageaient.

— Tout voyage aujourd'hui. C'est la mondialisation.

— Elle doit fatiguer les yeux, la mondialisation.

— Pas seulement les yeux ! Chaque année, je change de lunettes. Chaque année, des verres plus gros.

— Un jour, il vous faudra des loupes.

— Un jour, je n'y verrai plus.

— Et alors ?

— Je me prépare. Je m'exerce tous les matins. Je suis un sportif de la mémoire. Je plains les aveugles sans mémoire. Je m'efforce de me souvenir de tout : un jour, quand j'aurai perdu mes yeux, tous ces souvenirs me tiendront compagnie.

— Mais dites-moi, votre histoire des epices, elle a une suite ? Forcement. Vous n'avez pas explique la presence de tous ces comediens.

— Bien sûr, elle a une suite. Vous avez déjà rencontré une

histoire sans suite ? Toutes les fins d'histoire sont des fausses fins. Sitôt qu'on a le dos tourné, l'histoire repart.

— Et alors, quand me racontez-vous la suite ?

— Demain, si vous voulez. Mais seulement en échange d'un canard au curcuma. Vous voyez, moi aussi, je sais négocier. Allez, je vous laisse, les mauvais conducteurs de Brest m'attendent !

Je passai ma soirée, ma nuit et le matin suivant à la recherche de mon frère, sans succès. Mais je me régalai de trois pièces de théâtre aussi différentes que possible les unes des autres : successivement, un *Malade imaginaire* turc, un *Barbier de Séville* brésilien et un *Mahâbhârata* esquimau qui dura jusqu'à l'heure de mon rendez-vous avec mon policier de Brest. J'arrivai juste à temps. Je suis sûre qu'il aurait commencé sans moi, rien que pour m'enrager.

XII

« En échange de leurs épices, les cultivateurs recevaient de l'argent, beaucoup d'argent ; d'année en année, la vallée s'enrichissait. Quant aux marchands, ils rapportaient de leurs voyages d'innombrables histoires. Sitôt revenus de la lointaine Europe, ils avaient obligation de se présenter au palais pour vider leurs sacs à récits. Sous peine de punitions sévères, ils devaient raconter au fils du maharadjah tout ce qu'ils avaient vu et entendu.

« — Il est dans un pays qu'on appelle la France un roi-danseur. Malgré sa petite taille, il se prend pour le soleil…

« — Pas possible ! s'écriait le fils du maharadjah en se tapant sur les cuisses.

« — Dans un pays nommé l'Espagne, il est des plages de sable entourées de gradins. Les habitants n'aiment rien tant qu'y applaudir des combats entre des tissus rouges et des cornes.

« — Expliquez-vous, disait le fils du maharadjah.

« — Les tissus rouges sont agités par des hommes. Les cornes arment la tête des taureaux.

« — Et alors ?

« — Alors, la mort s'ensuit, généralement celle du taureau.

« — Quelle admirable invention dans la cruauté ! s'exclamait le fils du maharadjah. Organisons de semblables batailles avec les tigres.

« — Au pied de montagnes demi-hautes comme les nôtres,

il est une ville qui se dit fiancée à la mer. Ses rues sont des bras d'eau et, une fois l'an, sans autre raison que favoriser le vice, les hommes et les femmes se cachent derrière des masques. Ainsi protégés, ils se livrent à toutes sortes de débauches.

« — Magnifique ! criait le fils du maharadjah. Qu'on abatte cette colline, je veux que l'océan vienne jusqu'à nous.

« Au fil du temps, la source des récits finit par se tarir. Les commerçants n'avaient plus grand-chose de vraiment neuf à raconter. Le fils du maharadjah tempêta.

« — Faites un effort ! Nettoyez les crottes qui vous obstruent les yeux, arrachez-vous la cire qui vous mure les oreilles ! Je suis sûr que là où vous allez, aux quatre coins du monde, les histoires pullulent.

« — Nous sommes des marchands, majesté. Notre métier est de vendre et d'acheter, pas de regarder ni de voir.

« — Ramenez-moi donc ceux qui regardent et qui voient.

« — Vous voulez parler des artistes ?

« — Débrouillez-vous, mais si je n'ai plus mon content d'il était une fois, vous le paierez de votre vie.

« — Il faut vous prévenir, majesté, ces gens-là, les artistes, comme vous les appelez, souffrent d'une maladie grave : ils mentent.

« — Le silence ment bien plus que le mensonge.

« Les marchands se regardèrent, l'air imbécile : ils n'avaient pas compris. Souvent, le fils du maharadjah parlait par énigmes que la vallée mettait des mois à élucider. Cette fois, il daigna s'expliquer :

« — Je veux dire ceci : de même qu'en chaque nuit demeure une trace de jour (ne serait-ce que dans la mémoire gardée par les pierres de la chaleur du soleil), de même en chaque histoire fausse palpite toujours un peu de vérité. Alors que le silence, lui, n'a ni souvenir, ni futur et moins encore de fond. Et maintenant allez me chercher des menteurs.

« C'est ainsi que furent invités des conteurs du monde entier, des danseurs et des troupes de théâtre.

« C'est ainsi que les inventeurs et les raconteurs d'histoires rencontrèrent dans notre vallée les paysans qui faisaient pousser les épices. D'abord, les deux peuples apprirent à se respecter : le fils du maharadjah payait aussi cher une belle légende qu'un kilogramme de safran (pour lequel, vous le savez, il ne faut couper pas moins de cent soixante mille fleurs).

« Et peu à peu, ils devinrent amis :

« — Au fond, nous faisons le même métier.

« — Nous, nous égayons le riz !

« — Nous, nous peuplons le silence !

« — La blancheur du riz sans épices ressemble au grand désert d'une journée sans il était une fois.

« Rien ne réjouissait plus le fils du maharadjah que de voir, le soir venu, gens d'histoires et gens d'épices échanger à voix basse leurs secrets.

« Un jour, il mourut. Soudain. Un médecin parla d'indigestion. D'un ton docte, il affirma que le fils du maharadjah avait trop mangé et trop écouté ; tous ceux qui partageaient sa double passion étaient menacés par la même mort funeste. La vallée refusa de croire au diagnostic et à ces conseils. Elle préféra étrangler le médecin : pas question de revenir aux temps sinistres des jours vides et du riz blanc. »

XIII

Partout.

Comme l'eau d'un fleuve déborde de son lit, comme la musique d'un concert envahit l'air et traverse les murs, le théâtre avait pris possession de la vallée.

Partout, on jouait partout, dans les deux salles de spectacles, bien sûr – dont seulement la première avait été rénovée, l'autre menaçait ruine et, par le toit défoncé, la pluie tombait sur un amas de morceaux de bois baptisés « sièges » par les organisateurs –, mais aussi dans la cour de l'hôpital, sous les hangars de la coopérative agricole, dans le salon de l'adjoint au maire (vingt places), dans le kiosque du jardin public, sous le ficus géant du quartier nord (trois cents places), sous les kapokiers de la place Nehru (deux cent cinquante places), sous le magnolia tricentenaire du marché (cent places), dans les deux écoles chrétiennes, dans les trois écoles hindouistes, dans l'école musulmane, dans le garage Toyota (deux cents places), devant les cages de la Société Protectrice des Animaux (cinquante places), même à l'intérieur de la caserne des pompiers dont le capitaine avait décroché le téléphone pour n'être pas dérangé par une urgence.

Partout on s'aimait et se déchirait, on s'éloignait, se retrouvait, on s'embrassait puis s'assassinait avant de se relever tout sourire pour saluer la foule, grande ou maigrelette, sous les applaudissements et, parfois, quelques sifflets.

Et partout, jouxtant tous ces lieux de théâtre ou empiétant sur eux, des auberges, des restaurants, des gargotes, voire de simples planches posées sur des tréteaux ou des braseros, des foyers même, entre trois pierres et recouverts d'une grille graisseuse… Partout, d'un bout à l'autre de la vallée, on dévorait. Avant, après et durant les spectacles. Ces milliers d'histoires, ces centaines de drames ici représentés donnaient faim.

Les établissements rivalisaient d'annonces pour attirer leur clientèle. Sur des bannières ou des banderoles, sur des panneaux fixes ou circulant dans la ville entière, portés à dos d'homme, des repas « spéciaux », « adaptés », étaient offerts « à nos amis les comédiens », « à nos hôtes admirés », « à vous, explorateur de l'âme »…

Pour mieux explorer l'âme, une cantine annonçait même, « certifiée médicalement », une gastronomie « diététicodramaturgique ». « Épicez-vous », conseillait une autre. « Épicez-vous bien avant d'entrer en scène. » L'inventivité des cuisiniers n'avait pas de limites. Hélas, j'ai oublié la plupart de leurs folies. Ils avaient en commun la même ambition : stimuler, par les épices, la création théâtrale. Pour chaque pièce, ils avaient concocté des menus. Je me souviens du déjeuner « Don Juan » : salade de lentilles au curcuma, beignets de morue au gingembre, chocolat au curry et aux citrons. Je me rappelle le souper « Tchekhov » (« valable aussi bien pour *La Cerisaie* que pour *La Mouette* ») : pamplemousse rose au sirop de quinquina, canettes pochées au genièvre, filet de dorade au thé, crème brûlée à la réglisse…

J'avais beau passer le plus clair de mon temps avec mon nouvel ami, le Brestois indien, le policier mondialisé, je continuais de chercher mon frère. Et nulle part ne le trouvais.

— Vous ne l'avez pas vu ? Grand, pres de six pieds, assez beau, je dois dire. Mais si, voyons, vous ne pouvez pas le manquer, quand il regarde les filles, on dirait qu'il les mange. Il croit qu'il joue bien de la guitare, en fait pas du tout.

On me regardait d'un drôle d'air, on devait me prendre pour une folle, on haussait les épaules : votre frère ? Inconnu chez nous !

L'autre absence était celle des accents.

Pas trace du moindre tréma ou de la plus petite kljukica dans toute la vallée.

Après une semaine de recherches infructueuses, je pris mon courage à deux mains (une fille qui court après des accents, c'est ridicule, non ?) et questionnai mon Brestois. Il me montra la montagne.

Je ne vous ai pas encore parlé d'elle et, pourtant, c'est le

personnage principal de la région. On l'appelle la Mère. Ou la Déesse suprême. De toute sa masse, de toute son immobilité, de tout son silence, elle domine la vallée. Comment supporte-t-elle, à ses pieds, notre agitation d'humains, le vacarme de nos discussions passionnées ? Mystère. Et quelles odeurs lui parviennent, à l'altitude qui est la sienne ? Le parfum des épices ou la puanteur de nos écoulements intimes, je veux parler de nos diarrhées, conséquence de notre passion pour ces mêmes épices ? Autre mystère.

— Tu vois le sommet ?

— Je vois.

— C'est la patrie du vent. Là-haut, notre planète, qui tourne comme tu sais, se frotte au ciel, qui reste immobile. De ce frottement vient le vent. Un vent terrible. Un ouragan perpétuel. Sans crampons sous les pieds, on se fait emporter. Et en dessous, le glacier, tu le vois ?

— Je le vois.

— Ils sont là.

— Qui donc ?

— Tes amis les accents.

— Je dois y aller.

— Tu n'es pas la seule. Tous les gens de théâtre y vont, même s'ils ne l'avoueront jamais. Et d'autres personnes aussi, toutes sortes de personnes, pour toutes sortes de raisons.

— Quelles sortes de raisons ?

— Ça, tu le découvriras toi-même.

— Comment s'y prendre ?

— Rien de plus facile. Marche vers la gare, le long des rails, tu trouveras des dizaines d'agences spécialisées dans ce genre d'expéditions. Un conseil : compare les prix. Jeanne ?

— Oui ?

— Notre montagne n'aime pas tellement qu'on l'escalade. Prends soin de toi.

— J'essaierai. Merci.

— Jeanne ?

— Quoi encore ?
— Tu vas me manquer.
— Merci. Mais je deteste remercier.
— Jeanne ?
— Arrete. Tu deviens lourd.
— Je ne suis pas un expert en français. Mais tout de même… « Deteste », « arrete »… Quelque chose me dit que tu as raison d'aller te faire réaccentuer.
— On n'est pas plus agreable !
— Jeanne ?
Cette fois, je ne répondis pas.
— Dernière question, je te jure. Et je te laisse grimper. Qu'est-ce que tu détestes le plus : remercier ou avoir des raisons de remercier ?
De colère, je tapai du pied. Et me retournai brusquement, pour qu'il ne me voie pas rougir. Et laissai là, sans un mot, cet impudent binoclard.

XIV

Un cube de tôles ondulées flambant neuves.
Une pancarte géante que quatre ouvriers étaient en train de fixer sur le toit.

Émotions Services International

Et devant la porte, assis derrière un bureau, protégé du soleil par un auvent de toile beige, un homme très jeune, très beau, très bien coiffé, assez ridicule avec ses lunettes noires relevées sur son front, un certain Tom, mon frère.

— Que fais-tu ici ?

— Je dirige.

— Toi, responsable de quelque chose ? Laisse-moi rire, eclater de rire !

Je me maudis intérieurement. Depuis que j'avais mon problème d'accent, je tâchais d'éviter tous les mots piégés. Mais je ne réussissais pas toujours. Cet « eclater » m'avait échappé. Heureusement, mon frère ne semblait pas s'en être rendu compte.

Il se tourna vers une petite poupée de porcelaine assise à ses côtés.

— Ne t'inquiète pas, lui dit-il, c'est ma sœur. Donc une bête sauvage. En France, nous avons réussi à domestiquer tous les animaux, sauf les sœurs.

Je sursautai :

— Qui c'est, elle ?

— Mlle Dinh, mon associée.

La poupée leva ses fesses minuscules de son tabouret minuscule pour me saluer d'une courbette grotesque.

— Et tous les deux… je veux dire…

C'est la poupée qui répondit :

— Avant le mariage, beaucoup travailler. D'abord construire belle maison, ensuite organiser venue enfant.

Pauvre Tom ! Lui qui détestait tant la discipline, il avait trouvé une maîtresse femme : le maximum d'autorité dans le minimum de taille.

— Mais ta vocation de musicien, Tom ? De musicien ou d'acteur ?

C'est l'associée qui répondit à sa place.

— Trop risqué, Mlle Jeanne, trop aventureux quand on veut vie de famille ! Gagner argent d'abord ; après seulement, fantaisie.

Je secouai chaleureusement les deux mains de l'associée.

— Bienvenue dans la famille ! Et de quoi s'occupe votre société ?

Ce mot-là aussi m'avait échappé. Mais cette fois, mon frère sursauta.

— Societe, societe, ah, ah, je comprends pourquoi tu viens ! Ton cas est grave. Mais nous avons tout ce qu'il faut pour te soigner. Notre so-cié-té (avec son manque de tact habituel, il appuya lourdement sur les aigus) s'occupe de courtage artistique, dit-il fièrement.

— International, précisa l'associée miniature.

— Ce qui veut dire, en langue civilisee ?

Tom se tourna vers son amie :

— Avec les sœurs françaises, il faut expliquer simplement et parler lentement car elles comprennent difficilement.

Avant de revenir vers moi :

— Nous sommes des intermédiaires. Nous mettons en relation. Les acteurs qui ont besoin d'accents et les accents qui ont besoin de phrases. Ce n'est qu'un exemple.

— Oui, seulement exemple, renchérit Mlle Dinh. Notre ambition beaucoup plus vaste, tout à fait industrielle.

Il me sembla voir surgir dans les yeux de mon frère une lueur d'affolement, mais je ne peux le jurer.

— Tiens, voici nos premiers clients de la journée. Tu vas pouvoir te rendre compte. Mlle Dinh connaît dix langues.

— Onze ! précisa-t-elle.

Un petit monsieur d'une élégance raffinée se présenta. Costume crème, chemise à col pincé étranglant une cravate rouge, chaussures toile et cuir. Une mince, très mince moustache, un fil noir, soulignait sa lèvre supérieure.

— Que pouvons-nous pour vous ?

— En Europe, une tournee m'attend. Un recital de poesie. Or, j'ai perdu mes accents.

— Dites-nous les phrases. Nous vous établirons le devis.

LA
PRINCESS
DE
CLEVES
TOME I.

émotions
services
international

— Triste de quem e feliz !
Vive porque a vidor dura.
Nada na alma lhe diz
Mais que a liçao da raiz
Ter por vida a sepultura[1].

Pour ses ignorants fiancé et future belle-sœur, Mlle Dinh traduisit sans hésitation :

— « Pitoyable celui qui est heureux !
Il vit parce que la vie continue
Rien dans son âme ne vient lui dire
Autre chose que la leçon de sa racine :
Vivre en sa propre sépulture. »

Elle avait tiré devant elle un grand boulier de bois sombre. On aurait dit qu'il était sa protection : un boulier-bouclier. Elle disparaissait derrière. Ne dépassait plus que la raie parfaite, un trait blanc séparant deux vagues de cheveux noirs. Elle annonça un chiffre.

Je me penchai vers Tom.

— Elle n'a pas de calculette ?

— Bien sûr que si. Mais les artistes préfèrent les vieux instruments. Mlle Dinh est très intelligente. Elle sait comme personne deviner les attentes de la clientèle.

— Je vois ça.

— Vous etes tres chers ! dit le petit monsieur raffiné. Hors de prix, meme, si je puis m'exprimer ainsi.

— À prendre ou à laisser, répondit Mlle Dinh.

Le petit monsieur se tordit les mains.

— Je vais reflechir.

— Économise, plutôt. Ou gagne plus. Suivant ! Nous disons donc…

1. Fernando Pessoa, *Poèmes ésotériques*, Christian Bourgois, 1988.

Les doigts de Mlle Dinh couraient sur le boulier. On aurait dit une chanson, une complainte accélérée, rythmée par le claquement des boules.

C'était maintenant au tour d'une jeune fille blonde. Elle tenait, serré contre sa poitrine, un livre de poche. Elle regardait fixement le sol. Quand elle finit par relever les yeux, on vit qu'ils brillaient : les larmes n'étaient pas loin. Et de grosses taches rouges parsemaient sa peau très blanche. Quoique brune, je ne suis pas de parti pris. Mais est-ce ma faute si le moindre chagrin dévaste les blondes ?

Tom, pas dégoûté, se précipita.

— Que puis-je pour vous ?

Déjà il avançait la main pour la poser sur l'épaule de l'affligée. La voix de Mlle Dinh claqua comme un fouet.

— Je m'en occupe. Alors, mademoiselle ? Pour aujourd'hui ou pour demain ? Vous pas seule au monde !

En tremblant, la jeune fille tendit son livre.

— C'est mon roman prefere, la plus bouleversante des histoires d'amour. *La Princesse de Cleves.*

— On connaît, on connaît. Une femme mariée ose pas coucher avec homme aussi marié. Et alors ?

— Il a suffi d'une nuit. Tous les accents s'en sont alles.

— Réaccentuer un livre entier ? Vous n'y pensez pas ! Ça va vous coûter…

Les doigts de Mlle Dinh avaient commencé de s'agiter sur le boulier.

— … une fortune ! Choisissez plutôt une phrase. Vite.

La princesse de Clèves, ou du moins la jeune fille qui se prenait pour elle, devait être trop timide pour prononcer sa phrase à haute voix, devant tout le monde. Elle se pencha vers Mlle Dinh et lui murmura longtemps à l'oreille. Décidément, la fiancée de mon frère n'était pas une romantique. Voici ce qu'elle répondit à la princesse :

— Cent cinq dollars. Forfait avantageux ! Spécial clientèle jeune ! Suivant !

Une bande plutôt agitée se présenta, des Suisses. Ils allaient reprendre *Starmania*, la comédie musicale de Michel Berger et Luc Plamondon. Ils voulaient savoir s'ils prononçaient correctement. Ils se mirent à chanter :

> *« J'aurais voulu etre un artiste,*
> *Pour pouvoir faire mon numero. »*

Puis :

> *« J'ai du succes dans les affaires,*
> *J'ai du succes dans les amours*
> *Je change souvent de secretaire. »*

Mlle Dinh se boucha les oreilles.

— Encore un peu de travail et tout ira bien. Je vous fais le tarif de groupe.

Je félicitai mon frère et ma belle-sœur pour la bonne marche de leurs affaires. Une longue file attendait encore devant le petit bureau de Mlle Dinh.

— J'ai bien compris : ta fiancee-associee s'occupe de la clientele. Mais toi, dans votre societe in-ter-na-tio-nale, quel est ton role exactement ?

— J'emmène nos clients au pays des accents.

— Je vais avec toi !

— Figure-toi que j'avais devine, comme tu dirais.

— Je te de… pardon, je te hais.

— Reviens demain matin. J'emmène une expédition sur la montagne. Quand je dis matin, c'est matin. Quatre heures. Il fera froid.

— Nous y serons, ma polaire et moi.

XV

Nous avons marché longtemps. D'abord dans une forêt. Du paysage, sans doute sublime, je n'ai rien vu. Les trois premières heures, il faisait nuit. Puis, lorsque le jour s'est levé, les moustiques ont attaqué. Comment peut-on s'émerveiller en ne cessant de se donner des gifles ? Cette première partie de notre ascension fut un match de boxe : Jeanne contre Jeanne. Je me battais la tête, les mains, les bras, tout ce qui dépassait de chair, pour tenter d'écraser ne serait-ce qu'un seul de ces maudits démons miniatures. Hélas, il s'échappait toujours et revenait avec ses frères, de plus en plus nombreux.

L'amie de la princesse de Clèves souffrait plus encore. Peut-être les insectes autochtones n'avaient-ils jamais vu de blonde ? Ils s'acharnaient contre sa peau trop blanche. Cette malheureuse n'était que cloques. Surprise : elle se laissait agresser sans réagir, on aurait dit qu'elle tendait une joue, puis l'autre, et après ses tempes pour se faire piquer. Elle devait imaginer que les souffrances de l'amour sont pires encore et qu'en supportant celles-ci elle s'entraînait à aimer.

Les autres membres de l'expédition, le Portugais, les chanteurs suisses, semblaient épargnés. Ils suivaient gaiement l'étroit sentier, nourris en permanence par des informations données par Tom.

— Vous voyez cette fleur violette, en forme de cloche ? N'approchez surtout pas. Famille des solanacées. On l'appelle « trompette du diable » ou « pomme folle » ou « datura ». On en tire toutes sortes de médicaments, notamment contre le mal de mer. Mais aussi un poison violent.

— Oh ! s'exclamait la vedette de *Starmania*. Comment savez-vous tout ça ?

— Et ici, entre les eucalyptus, regardez cet arbre immense, je crois que c'est mon préféré, un déodar.

— Comme vous avez raison, gloussait la vedette, qu'il est fort et pourtant souple !

De qui mon frère, l'ignorance même jusque-là, avait-il reçu tout son savoir ? De sa fiancée ? Alors il fallait la plaindre. Ses leçons risquaient de se retourner contre elle. La Suisse, par exemple, ne lâchait plus Tom.

— Qui sont ces delicieux animaux a joues blanches ? Oh, dites-le-moi, s'il vous plait !

— Mais des bulbuls, bien sûr !

Nous n'aurions pas traversé un passage délicat – un tronc demi-pourri faisant office de pont, jeté au-dessus d'un torrent –, Starmania aurait embrassé mon frère, en apéritif d'autres abus probables.

*

La nuit, tandis que Tom ronflait (son cerveau avait sûrement besoin de repos après toutes ces explications), j'échangeais des confidences avec mes compagnons d'excursion.

Le Portugais avait perdu ses accents un jour de tempête. On l'avait pourtant prévenu : ne jamais, jamais orienter ses oreilles dans l'axe du vent ! Il vous entre dans la tête et en arrache tout ce qui dépasse des mots. Par exemple les accents.

La princesse de Clèves se remettait difficilement d'un chagrin : « Il etait si beau, si genereux, je me sens comme un desert. »

— Et toi, Jeanne ?

— Oh moi, je n'ai encore jamais aime.

— Mefie-toi. Prepare ton cœur. Quand tes accents vont revenir…

Et mes amis s'endormaient, sourire aux lèvres, imaginant mes amours futures. Ou se rappelant leurs amours passées.

*

Vers midi, nous commençâmes à croiser des groupes qui redescendaient. À chaque responsable, Tom demandait des nouvelles.

— Combien sont-ils ?

— De plus en plus nombreux. Il en arrive chaque jour de nouveaux. De la planète entière.

— Et quelle est leur humeur ?

— Nerveux, irascibles, même. Et surtout…

— Surtout ?

— Imprévisibles. Ils ne suivent que

leur fantaisie. Tantôt ils veulent bien collaborer, l'instant d'après rien à faire.

— Ça promet !

Leurs clients ne nous prêtaient pas la moindre attention. Ils ne semblaient pas du tout fatigués. Ni par leur séjour en haute altitude, ni par la descente. Ils marmonnaient pour eux-mêmes des phrases qui avaient retrouvé leurs accents.

Je me souviens d'un jeune homme très grand, très maigre, lui aussi boursouflé par les piqûres de moustiques. Il répétait, ébloui :

« Le pré est vénéneux mais joli en automne
Les vaches y paissant
Lentement s'empoisonnent… »

Alors il soulevait le chapeau minuscule qu'il portait au sommet de son crâne.

— Bravo, Apollinaire ! Vraiment, c'est trop beau ! Quand je pense qu'avant je disais « pre » et « veneneux », comme c'est laid, « preu » et « veuneuneux » !

Il éclatait de rire tout seul et reprenait :

« Le colchique couleur de cerne et de lilas y fleurit
Tes yeux sont comme cette fleur-là
Violâtres comme leur cerne et comme cet automne
Et ma vie pour tes yeux lentement s'empoisonne. »

Nous avons demandé à notre savant, Tom :

— C'est une invention de poete ou les colchiques sont vraiment veneneux ?

— Vraiment vénéneux. Mais le datura tue beaucoup plus vite.

Le voyage dans la forêt dura trois jours. Puis les arbres et les moustiques s'espacèrent. Deux autres jours furent occupés à fouler des cailloux. Enfin, sous le ciel, parut une barrière blanche : l'Himalaya.

XVI

— C'est donc pour demain.

Nous venions d'établir notre campement juste à l'entrée du troisième col. Tom nous avait réunis dans sa tente pour nous donner les derniers conseils. Nous nous tenions blottis les uns contre les autres. Nous grelottions, bien sûr. Mais était-ce de froid ou de trac ? Il nous restait à escalader une ultime cascade de glace. Nous l'avions regardée longtemps, jusqu'à ce que la nuit tombe. Elle ne nous avait pas semblé facile.

— Demain, nous entrerons dans le pays des accents. Je veux dire que demain, nous serons chez eux. Il faudra qu'ils nous acceptent. Rien n'est gagné.

Tout le monde retenait son souffle.

On n'entendait de respiration que celle de la théière. À cause de l'altitude, l'eau peinait pour bouillir.

— Ils ne viendront sur nos phrases que s'ils le veulent bien. En bas…

Tom montrait le chemin par lequel nous étions montés.

— En bas, on les a maltraités ou méprisés. Ici, ce sont eux les maîtres.

— Mais, osa la princesse de Clèves, comment presenter nos phrases ?

— L'air est si froid, vous verrez, vos paroles vont geler, oui, geler, en sortant de votre bouche. Si ça leur chante, les accents viendront s'y poser. Maintenant dormez. Demain commence dans cinq heures. La dernière pente sera rude. Vous aurez besoin de toutes vos forces.

XVII

Ils étaient là, réfugiés dans une vallée haute. Une sorte de plateau, un vaste rectangle de neige entre quatre parois qui s'élevaient droit vers le ciel.

— À partir de maintenant, plus un mot, plus un geste !

Tom avait perdu la mine conquérante et rigolarde que lui donnaient ses succès auprès de Starmania. Son visage était celui d'un petit garçon intimidé que j'avais jadis bien connu : mon frère à cinq ans.

Dissimulés derrière une enfilade de rochers, nous pouvions observer à notre guise ce formidable rassemblement. Ils étaient là, tous là sans doute, une collection complète des accents de la planète.

— Vous savez les reconnaître ?

Tom parlait à voix basse et, pour plus de précaution, tenait ses deux mains en coquillage devant sa bouche. Il fallait à tout prix empêcher les paroles de geler. Ce n'était pas encore le moment.

Starmania s'était blottie contre lui. Elle devait voir en mon frère un savant universel. Mais le savant universel était encore un débutant en matière de grammaire. Et l'univers des accents est aussi divers et enchevêtré que celui des orchidées. Il sortit de sa veste polaire un imposant carnet, le guide Leeman et Marret, du nom des deux expertes mondiales de la question.

Comme dans les guides des oiseaux ou des papillons, on y voyait chacun des accents représenté de face, d'en dessous, par-dessus…

— Commençons par le premier groupe, là-bas, dans le prolongement du glacier. Il me semble qu'ils viennent de l'île de Malte. Regardez ce trait horizontal. Je lis qu'il sert à barrer le « h » pour indiquer qu'il faut l'aspirer. Et ces points, au pied de l'éperon rocheux, il me semble… je m'y perds encore, la plupart des langues utilisent des points. À commencer par les Arabes ; ces gens-là mettent des points partout. Je vous confie le guide. Surtout ne le laissez pas tomber dans la neige :

س et ش

ع et غ

ب, ت et ث

ج, ح et خ

Tom reprenait vite le grand carnet. Sa fiancée avait dû le faire jurer de ne jamais s'en séparer.

— Regardez. Même passion des points chez les Persans, je veux dire les Iraniens :

چ

ژ

Les Hébreux ne sont pas en reste. Il paraît qu'on a baptisé ces signes-là des nikkuds : חֱ

Parfois, les points vont de travers : בֻ

Ou on ajoute une sorte de T : חֳ

— A quoi ça sert, ces complications ?

— À distinguer les lettres les unes des autres au lieu de les confondre.

— Magnifique !

— Elegant !

Notre petit groupe ne boudait pas sa joie. Une émotion nous avait envahis, retenue, étouffée, peut-être d'autant plus forte. Comme Tom, nous chuchotions. Nous parlions dans nos moufles.

— J'ai l'impression de voyager dans un atlas, l'atlas des langues.

— Cette vallee est le dictionnaire des dictionnaires.

Le Portugais au petit chapeau était le plus avide de savoir.

— Et comment s'appelle cette virgule, oui, sur la droite ?

Tom désigna ء.

— Oui, celle-ci !

— La hamsa. Je sais qu'en arabe on la pose sur certaines lettres pour indiquer qu'il faut à cet endroit prononcer en se tordant la gorge, ce qu'on appelle un coup de glotte.

Et ces deux, là, près de la cabane : ‘’ ? Ils ont tout l'air d'apostrophes et aussi de ne jamais se quitter. Je me trompe ?

— Ils viennent de la Grèce ancienne, l'« esprit rude » et l'« esprit doux ». Ils indiquent s'il faut aspirer ou non une voyelle.

— Je ne les croyais pas si nombreux.

— Et vous n'avez encore rien vu ! dit Tom. Je me demande si nous aurons la chance d'apercevoir les Tibétains. Ils sont comme le yéti, ils ne se montrent que rarement.

Pour l'heure, les accents n'avaient pas remarqué notre présence. Ils se promenaient tranquillement, ils discutaient entre eux. De quoi peuvent bien parler un accent traditionnel Wasla ص, et notre bon vieux tréma ? Quelles nouvelles familiales ou politiques peuvent-ils échanger, lorsqu'ils se rencontrent ?

Je ne pus m'empêcher de faire ma maligne.

— Le petit v, ce circonflexe inverse, je la connais, nous sommes amies, c'est Kljukica. Chez nous, elle mourait d'amour pour un de nos circonflexes.

Tom n'eut besoin que d'un coup d'œil à son carnet magique.

— Eh bien, en Tchéquie, il se nomme Haček. Et c'est un garçon !

Il regarda sa montre.

— Il est l'heure.

— Oh, s'il vous plait, encore une precision !

Les chanteurs suisses voulaient absolument savoir quels étaient les accents chinois.

Grâce à sa fiancée, mon frère était inépuisable sur le sujet. Il expliqua que le chinois n'était pas une langue à accents mais à tons. Il y avait quatre sons : un son plat, toujours égal ; un son qui montait ; un son modulé, qui descendait puis montait ; et un son descendant.

— Voyez ! Avec la même syllabe, le sens du mot change selon la manière de prononcer le « e » !

飞	肥	匪	费
fēi	**féi**	**féi**	**fèi**
voler	**gras**	**bandit**	**frais**

Décidément, mon frère avait beaucoup appris depuis son départ de l'île ! On sentait bien qu'il aurait pu continuer longtemps. Mais un nouveau coup d'œil à sa montre le fit sursauter.

— Bon, cette fois, fini de jouer. Qui commence ?

XVIII

Les timides ont des audaces dont les autres êtres humains sont incapables. La princesse de Clèves se redressa et, à haute voix, lança dans le silence glacé sa phrase, la phrase secrète qu'elle avait murmurée à l'oreille de Mlle Dinh :

— « Je ne pense qu'a vous, madame, je ne suis occupe que de vous… a peine le jour commence a paraitre que je

quitte la chambre ou j'ai passe la nuit pour vous dire que je me suis deja repenti mille fois… de n'avoir pas tout abandonne pour vivre que pour vous. »

Comme l'avait annoncé Tom, les mots, à peine sortis de la bouche de la princesse, gelaient. Si bien que la phrase, au fur et à mesure qu'elle se développait, formait comme un ruban blanc miraculeusement visible dans l'air et de plus en plus long.

Les accents semblèrent pris de folie. Ils s'envolèrent tous et foncèrent vers la phrase. Un instant plus tard ils l'avaient recouverte. Du moins les plus rapides d'entre eux. Car les autres tournoyaient, faute de pouvoir se poser : toutes les places étaient prises.

« Jē nè pënsê qú'à vŏüs, mådämê, jé nè sùĩs ôccûpé qůē dė vŏūs… à pëìnê lë jõūr cǿmmėncĕ à pärãîtrē qūĕ jê qũĭttë là châmbrë ŏù j'âï påssé lã nū̆ĭt pòūr vōŭs dîrë quë jê mê súîs

déjà rêpëntï mîllè főís… dê n'åvöïr päs töůt äbándőnné pòůr nē vívrĕ qûê pŏűr võůs. »

La princesse de Clèves, affolée par ce remue-ménage et ce grouillement de signes noirs devant ses lèvres, s'était mise à pleurer. C'est alors qu'intervint l'accent espagnol Tilde. Manifestement, il jouissait d'une grande autorité.

— Allons, allons, chers confrères, chères consœurs, un peu de gentillesse avec notre invitée !

Un à un, les accents qui n'avaient rien à y faire quittèrent la phrase.

« Je ne pënse qu'à voüs, madame, jé ne suis ôccupé que de vous… à peinê le jour commence à päraîtrē que je quittë la chambre où j'ai passé la nuit pour vōŭs dire que jê mê suis déjà repenti mille fois… dê n'avoir pas tout abandonné pour ne vivre quê pour vous. »

Après quelque temps, qui me parut une éternité, les derniers facétieux s'en allèrent, comme à regret. Je crois même les avoir entendus bougonner : si on ne peut plus s'amuser…

« Je ne pense qu'à vous, madame, je ne suis occupé que de vous… à peine le jour commence à paraître que je quitte la chambre où j'ai passé la nuit pour vous dire que je me suis déjà repenti mille fois… de n'avoir pas tout abandonné pour ne vivre que pour vous. »

Un petit vent qui s'était levé emporta la phrase. La princesse de Clèves y avait ajouté un mot, trois fois répété : merci, merci, merci.

Tom s'épongea le front. Et au Portugais qui lui secouait le bras, « maintenant c'est mon tour », il intima l'ordre de se taire et d'attendre le lendemain.

XIX

Il manquait quelqu'un.

Je ne pouvais dire qui. Mais dans cette foule où je commençais à connaître tout le monde, il me semblait buter sur une absence. Ils sont tous là, tous les accents, me répétais-je, ils sont forcément tous venus, et pourtant… Je fis part à mon frère de cette sensation désagréable, presque douloureuse.

Il hocha la tête.

— Je te connais, ma sœur. Je sais qui tu cherches. Viens.

Nous n'eûmes pas long à marcher.

— Silence, Jeanne, silence ! Ou tu vas les faire fuir.

Il en avait de bonnes, mon frère. Vous savez, vous, avancer sans bruit dans la neige, éviter les crissements, étouffer les protestations de tous ces cristaux écrasés ?

— Regarde.

Je ne vis, d'abord, entre deux rochers, qu'un petit carré de mousse que traversait, en serpentant, un ruisseau pas plus large que deux doigts.

— Regarde mieux.

Je me suis penchée, je ne voyais toujours rien, je me sentais Gulliver tellement j'étais grande au-dessus de ces arbres nains, j'ai dû m'allonger, le nez quasi dans le vert et j'ai fini par les distinguer, dans une clairière, blotties les unes contre les autres, un groupe de cédilles.

Depuis le premier livre que m'avait donné ma mère, j'avais un faible pour ces sortes de points d'interrogation renversés. Au lieu de fanfaronner, de bomber le torse et de plastronner comme tous les autres accents, ils se collent avec humilité sous les « c » pour en adoucir les manières. Par exemple, « ça », prononcé [sa], plutôt que [ka].

Les brins de mousse me chatouillaient les narines, j'ai failli éternuer. Heureusement que j'ai réussi à me retenir. Le souffle les aurait fracassées.

— Et quand tu sauras l'origine de leur nom, tu les aimeras davantage.

J'avouai mon ignorance.

— *Cédille* vient de l'espagnol *cedilla*, qui veut dire « petit z ».

Je m'étais relevée. Deux ronds de boue tachaient aux genoux mon pantalon blanc.

— Pourquoi se cachent-elles ainsi ?

— Les corbeaux en raffolent. Ils doivent les prendre pour des vers…

— Pauvres cédilles !

— C'est leur faute. Quand on est trop modeste, on se fait écraser. Ou manger. Oh ! Surtout, plus un bruit !

— Que se passe-t-il ?

— Tu vois le petit groupe juste au pied de l'éboulis ?

Mon frère baissa la voix encore davantage. Il ne parlait plus qu'en murmures.

— Ce sont… les accents tibétains. Tu en as de la chance ! Ils ne se montrent pas souvent.

Les autres membres du groupe avaient suivi de loin notre exploration. À notre retour, comme on s'en doute, ils voulaient savoir, ils nous harcelèrent. Mais à chacune de leurs questions nous opposions le même sourire silencieux. Doux moments. Qu'y a-t-il de plus chaud, tout au fond de soi, que de partager un secret avec son frère ?

Et c'est le soir, sous la tente, que Tom m'ouvrit quelques fenêtres sur cette langue mystérieuse.

Elle était composée de trente consonnes et de cinq

voyelles. Mais une seule voyelle était une lettre à part entière, le « a », ཨ a.

— Les autres voyelles ne sont que des signes. Dessinés au-dessus ou en dessous de la lettre « a », ils en modifient le son.

Le signe ི, appelé guigou, se place au-dessus de ཨ, ainsi se prononce *i* : ཨི.

De même que le chabkyou, ུ, placé en dessous, se prononce *ou* ཨུ.

XX

Des groupes arrivaient de la vallée, d'autres y repartaient.

Chacun avait sa manière d'apprivoiser le peuple des petits signes noirs. Tantôt les visiteurs parvenaient à leurs fins et l'on voyait les accents se poser doucement sur les phrases gelées.

Tantôt, c'était l'échec. Les accents ne voulaient pas des paroles qu'on leur proposait, ou refusaient celles et ceux qui les prononçaient. Le groupe s'en allait bredouille, tête basse, accablé ou furieux. Certains des recalés insultaient, maudissaient les accents. Je vis même un fusil sortir. Un fou tira dans la foule. Par miracle, on n'eut à déplorer que deux blessés : un circonflexe dont l'aile droite fut cassée et un ogonek à qui il fallut retirer cinq plombs du gras de la cuisse.

Durant la semaine passée là-haut, j'aperçus d'innombrables célébrités venues comme nous se faire ou refaire accentuer. Principalement des acteurs, des actrices, des femmes, des hommes politiques. Je garderai secrets leurs noms : j'ai juré la discrétion. Sachez seulement, puisque des photographes les attendaient dans la vallée et les ont mitraillés sans vergogne, que Madonna est venue, et Johnny Depp avec sa Vanessa, et le dictateur Fidel Castro, bien, bien fatigué, et le tsar Vladimir Poutine, toujours en marcel pour montrer qu'il ne craignait pas le froid.

Mais l'immense majorité étaient des inconnus, des amateurs, des gens comme vous et moi, seulement désireux de retrouver un peu de force dans leurs phrases.

Et c'est dans cette multitude d'anonymes que le cinquième jour j'ai cru reconnaître quelqu'un.

J'ai couru vers Tom.

— Je deviens folle ou quoi ?

— Tu es déjà folle. Qu'est-ce que ça changerait ?

— S'il te plaît !

Il a bien voulu tourner les yeux dans la direction que je lui indiquais.

— Mon Dieu !

Il m'a serré le bras si fort, je me demande comment il ne l'a pas coupé. Je vous jure que j'ai regardé par terre : je croyais que ma main était tombée. J'ai relevé lentement les yeux.

Devant nous, un homme et une femme se souriaient. Ils appartenaient à deux groupes différents. Ils n'avaient pas fait l'ascension ensemble. Mais leur sourire avait la même, exactement la même couleur pâle. Et de ce même sourire pâle sortirent deux mêmes phrases, deux phrases exactement jumelles.

— *Tu m'as manque, si tu savais*, dit cette femme qui ressemblait tant à notre mère.

— *Tu m'as manque, si tu savais*, dit cet homme qui ressemblait tant à notre père.

Deux phrases à peine prononcées qu'aussitôt gelées.

Deux fois sept mots semblables, deux fois sept mots gelés qui se tenaient dans l'air, immobiles, et qui semblaient fragiles, si fragiles…

Tout contre mon oreille, je sentais les lèvres de Thomas. Sa voix chuchotée vibrait d'émotion.

— Ils se manquent, tu entends ? Nos parents se manquent.

— J'entends.

— Manchots...

— Pardon ?

— L'un sans l'autre, cet homme et cette femme sont des manchots.

— Des pingouins du Sud ?

— Imbécile ! Des humains qui ont perdu un bras. Le verbe *manquer* vient de l'italien *mancare*, qui, lui-même, vient du latin *mancus*, « estropié, manchot ».

— Comment sais-tu tout cela ?

— Devine.

Ils ne nous avaient toujours pas vus. Ils n'avaient d'yeux que pour leurs phrases jumelles et gelées. Qu'attendaient donc les accents ? S'ils tardaient trop, les phrases allaient fondre et nos parents redescendraient bredouilles de la montagne, chacun emprisonné dans son amour inutile.

— On ne peut pas les appeler ?

— Qui ça ?

— Les accents.

— Tu n'y penses pas !

— Deux accents aigus, nos parents n'ont besoin que de deux accents aigus ! *Manqué* au lieu de *manque.* Ils pourraient faire ça pour nous, quand même !

Mais, peine perdue, aucun accent aigu n'est venu. Alors l'homme qui ressemblait tant à notre père et la femme qui avait tant de traits communs avec notre mère sont redescendus dans la vallée, chacun de son côté.

XXI

Je n'arrivais pas à dormir.

Je ne sais pas vous, mais moi, lorsque l'insomnie s'installe dans ma tête, je tente de lui parler :

— Pourquoi viens-tu m'embêter, sale sorcière ? Qui t'a invitée ?

Généralement, elle accepte de me répondre. On la déteste tellement, l'insomnie, qu'elle est flattée quand quelqu'un a la politesse de s'adresser à elle.

Alors elle répond, l'insomnie. Enfin, elle essaie.

— Tu te trompes de coupable, Jeanne ! Ce n'est pas moi qui t'empêche de dormir mais ton estomac. Pourquoi as-tu repris trois fois du tiramisu ?

Ou :

— Jeanne, j'aimerais que nous parlions sérieusement de ton avenir. Veux-tu devenir infirmière ou cosmonaute ? Ce n'est pas la même chose, Jeanne. Es-tu bonne en maths, d'abord ?

Mais cette nuit-là, notre dernière nuit en altitude, silence. J'avais beau l'interroger, mon insomnie se taisait. Peut-être ne supportait-elle pas le manque d'oxygène ?

J'avais chaud, malgré le froid de l'air (en fermant la tente, Tom avait annoncé fièrement moins vingt-trois degrés !). C'était une chaleur inconnue, une sorte de fièvre, très douce. Une marée qui montait et qui ne demandait qu'à m'emporter.

— Que m'arrive-t-il ?

Voilà pourquoi j'avais allumé ma chère frontale, l'amie inséparable, la plus utile des compagnes de voyage, celle qui permet de lire partout, celle qui, en toutes circonstances, vous protège de l'ennui et de la solitude.

J'ai cru d'abord que c'était une petite bête noire, là, au creux de mon poignet. Et puis je me suis dit qu'il devait s'agir d'un tatouage.

*

Je relevai lentement ma manche. J'avais raison de redouter : le tatouage continuait. J'avais des accents qui me remontaient tout le long du bras ! Je ne pouvais quand même pas me déshabiller à côté de mon frère, mais quelque chose me disait que mon corps entier était atteint. D'où, sans aucun doute, cette sensation de feu, de la pointe de mes cheveux à la plante de mes pieds. Qui avait bien pu me tatouer ainsi, sans que je m'en rende compte ? Ça fait mal, d'habitude, un tatouage.

Affolée, je réveillai Tom. Si on peut qualifier d'« éveillé » quelqu'un qui grogne : « Quoi, encore ? », se retourne et se rendort.

*

La toile de tente s'éclaircissait, signe que le jour revenait. Contre l'angoisse, j'ai quelques recettes, je vous les donnerai. La première recette, c'est d'aller saluer le soleil.

Je sortis.

Une boule jaune montait lentement au-dessus des montagnes, comme un ballon géant que quelqu'un aurait lancé d'un terrain de jeu lointain, là-bas, tout en bas, de la plaine. Je n'étais pas la seule à m'être levée si tôt. Des enfants traînaient des sacs plastique en haut des pentes, s'en emmaillotaient soigneusement les fesses puis se laissaient glisser. Leurs rires résonnaient contre les montagnes. Je m'avançai, les engueulai : ils allaient déclencher une avalanche. Ils gloussèrent de plus belle :

— Oh, l'amoureuse ! Elle est amoureuse !

Et ils se mirent à me tourner autour comme des Indiens sioux avant un sacrifice.

Je me débarrassai comme je pus de ces odieux gamins.

À l'autre extrémité de notre plateau de neige marchait quelqu'un de beaucoup plus calme, un homme entre deux âges. Il semblait préoccupé. En m'approchant pour le saluer, je m'aperçus qu'il avait sur le visage les mêmes marques que moi.

— Vous vous êtes vu, monsieur ? Nous sommes pareils. Que nous arrive-t-il ?

— Vous, je ne sais pas. Moi, je suis écrivain.

— Et alors ? Pourquoi tous ces accents sur votre peau ?

— Je porte une histoire en moi, depuis des années, Jeanne, une bien belle histoire, je crois. Mais j'ai du mal, si vous saviez, tant de mal à la sortir de ma tête. Alors les accents viennent à mon secours. Tout comme ils sont venus vous aider, Jeanne.

— Je ne comprends pas.

— Une histoire qu'on n'arrive pas à raconter ressemble à un amour qu'on n'ose pas s'avouer.

— Vous voulez dire que… sans le savoir… je suis, enfin, comme le crient les enfants, amoureuse ?

C'est alors, et alors seulement, qu'un peu d'intelligence me vint : le policier électronique, l'ange gardien de la ville de Brest, le géant qui sentait si bon et connaissait tant d'histoires ne m'avait jamais quittée. Sans cesse, à chaque pas de la montée, j'avais pensé à lui. Et chaque heure qui avait passé m'avait semblé plus vide puisqu'elle passait sans lui.

— Monsieur, les accents, au fond, à quoi servent-ils ?

— Ils nous réveillent, Jeanne, ils vont chercher en nous ce que nous avons de plus fort, ils accentuent nos vies. Comme leur nom l'indique, ils *accentuent*. Vous m'accompagnez un peu ? Du promontoire, on pourra voir la vallée. Je me trompe ou c'est là qu'il habite, votre amour ? Vous n'avez pas envie de lui faire un petit salut ?

— Oh, nous sommes trop loin, trop haut, il ne nous verra pas.

— Qui sait ?

REMERCIEMENTS

Merci à mes deux grammairiennes,
ô si savantes et vigilantes :
Danielle Leeman et Carine Marret.

Merci à mes jeunes lecteurs
(futurs savants et déjà impitoyables) :
Inès, Paul, Nicolas, Vincent, Hugo.

Et merci encore et toujours
aux deux fées du manuscrit :
Liliane Rodde et Charlotte Brossier.

ET SI ON DANSAIT ?

Éloge de la ponctuation

Pour Paul et pour Victor.

I

J'avoue.

Pas besoin d'avocat, je plaide coupable.

Je m'appelle Jeanne.

J'ai seize ans.

Quelques-uns d'entre vous m'ont connue quand j'étais petite : je découvrais la grammaire. Depuis, j'ai dû me battre pour me faire respecter. J'ai pleuré. J'ai voyagé. J'ai rencontré des gens. Peut-être bien qu'en ce moment, je suis amoureuse ? Je vous raconterai. Bref, j'ai grandi et j'ai créé un petit commerce plutôt limite.

Certains, qui ne m'apprécient pas, m'appellent « la dealeuse ». Dealeuse de phrases. Droguée de mots. Ils n'ont pas tort. Je vous l'ai dit : je plaide coupable.

Un jour ou l'autre, les policiers viendront chez moi, ils déchireront mes cahiers, piétineront mes dictionnaires, renverseront mes encriers, m'arracheront mon ordinateur pour lui faire avouer tous mes secrets. Et moi, il y a toute chance qu'ils me mettent les menottes et m'entraînent au commissariat.

J'avoue : pendant les vacances, je fabrique des choses. Dans mon atelier clandestin. Pendant que vous martyrisez vos portables, que vous vous promenez en bateau, que vous cherchez frénétiquement l'amour ou que vous vous dorez sur les plages, moi, je fabrique des devoirs. Des rédactions, des dissertations, des commentaires de texte (même si je déteste ces exercices-là : commenter c'est découper, désosser, dessécher). Une fois fabriqués, je les range dans un carton et je les ressors quand je trouve un client.

J'imagine vos cris d'horreur, surtout ceux des professeurs :

— Vous voulez dire, vilaine petite Jeanne, que vous livrez aux élèves qui le demandent des devoirs tout faits ?

— Vous avez tout compris.

— Quelle honte ! Quel mépris de l'Éducation nationale ! Et bien sûr vous vous faites payer…

— Tout travail mérite salaire, non ?

Attention, mes tarifs sont modestes. Je tiens compte de la situation de chacun, je propose des crédits à toutes celles et tous ceux qui sont dans le besoin. Pour payer leur devoir, ils peuvent aussi venir bricoler chez moi, m'aider à l'entretien de mon jardin minuscule…

Jeanne est une femme d'affaires très humaine, habitée par un seul souci : rendre service aux jeunes qui ne savent pas écrire. Pour écrire, il faut, comme Jeanne, vivre dans la connaissance des mots et l'amitié des phrases. Et ce n'est pas donné à tout le monde.

Je ne suis pas idiote. Je comprends ces fureurs contre moi. Si je fais les devoirs à la place des élèves, comment vont-ils progresser ?

Mais moi, quel autre choix avais-je ? Vous en avez de bonnes avec la morale ! Je voudrais vous y voir, sans l'appui d'aucun parent. Depuis que mon père et ma mère se sont réconciliés, ils ne se préoccupent que de leur amour rené. Ils nous appellent de temps en temps. Ils nous embrassent fort, fort. Mais nous sentons bien qu'ils ont la tête ailleurs. Ils raccrochent vite. Pas grave, le pire n'est pas là. On se fait à tout, même à l'indifférence. Le pire, c'est qu'ils ont complètement oublié combien coûtent de grands enfants. Ils se croient quittes de nous en nous envoyant chaque mois un mandat ridicule : cent euros ! Comment voulez-vous vivre à deux avec cent euros ?! Il a bien fallu que je me débrouille. Et d'autant plus que mon très cher frère Tom avait décidé, le jour de ses vingt ans, de revenir à sa passion première.

Il faut que je vous raconte comment, de quelle triste manière.

Notre vieil ami, M. Henri, le guitariste légendaire, est mort l'année dernière.

Sentant sa fin prochaine, il avait convoqué mon frère :

— Tom, mon garçon, que préfères-tu au monde ?

— La musique, bien sûr.

— Je sais. Alors pourquoi te perds-tu dans d'autres métiers ?

Il paraît que la voix de M. Henri avait encore gagné en douceur, mais que cette douceur était un ordre.

— Tom ?

— Oui, monsieur Henri.

— La seule vérité de la vie, tu m'entends… la seule, c'est la préférence… oser la préférence. Tu aimes la musique ? Sois musicien. Et maintenant laisse-moi. Je suis fatigué… si fatigué.

Comment mon frère pouvait-il désobéir à l'ordre doux de M. Henri ?

Mais vous savez bien qu'avant de « trouver son public » un musicien ne gagne rien. Et qui le finance, le musicien, en attendant que sa gloire vienne ? Sa sœur, quand il a la chance d'en avoir une, son imbécile de sœur, toujours trop gentille et trop bonne poire, comme la plupart des sœurs.

Et voilà comment, par absolue nécessité, moi, Jeanne, je suis devenue écrivain fantôme. Les écrivains fantômes sont celles et ceux qui écrivent des livres que d'autres signent, des discours que d'autres prononcent et… des devoirs que d'autres présentent à leur professeur en s'épongeant le front pour bien montrer qu'ils ont durement et longtemps travaillé. Si vous êtes intéressé(e), vous pouvez me joindre sur mon site www.jecrispourvous-jeanne.com.

Parmi mes textes qui ont le plus de succès (je veux dire qui ne recueillent jamais moins de 17/20), citons :

RÉDACTIONS

- L'arrestation d'un trafiquant de drogues (gros succès).
- Pourquoi Leonardo DiCaprio séduit ? (Beaucoup d'intérêt chez les garçons, qui veulent découvrir la recette.)
- Un dîner de Noël catastrophique (récit réaliste, donc sujet à haut risque : certains enseignants n'aiment pas

du tout les cris, les injures, la dinde jetée à la figure du grand-père amateur de films X...).

COMMENTAIRES COMPOSÉS

- Robinson Crusoé décide de tenir son journal.
- *L'Avare*, de Molière (acte I, scène 3 : Harpagon croit que son valet La Flèche le vole, alors il le fouille).
- Et, surtout, ce poème d'Apollinaire, mon chef-d'œuvre (et l'un des siens).

Dans la plaine les baladins
S'éloignent au long des jardins
Devant l'huis des auberges grises
Par les villages sans églises

Et les enfants s'en vont devant
Les autres suivent en rêvant
Chaque arbre fruitier se résigne
Quand de très loin ils lui font signe

Ils ont des poids ronds ou carrés
Des tambours des cerceaux dorés
L'ours et le singe animaux sages
Quêtent des sous sur leur passage

Si vous devenez mon client, ma cliente, vous verrez avec quelle précision je définis les mots *saltimbanque* (origine italienne : celui qui « saute-en-banc », c'est-à-dire fait des acrobaties, des tours) ou *baladin* (de *balar* : « danser »). La balade, promenade sans but précis, est-elle une sorte de danse ? Vous verrez avec quelle intelligence je décris, dans mon commentaire, les relations entre les artistes, les enfants et les animaux. Vous saluerez ma manière habile de faire plaisir aux professeurs en employant des mots qui font savants tels que *métonymie, synecdoque, connecteurs logiques, modalisateurs*, etc.

C'est vrai : Jeanne n'est pas modeste. Mais quel commerçant vendrait ses produits s'il clamait partout qu'ils sont nuls ?

II

Ces petits travaux interdits ne m'ont pas rendue riche, loin de là. Je vous l'ai dit : mes jeunes clients n'ont pas les moyens de me payer beaucoup. Tom et moi n'aurions pu survivre si je n'avais pas, peu à peu, diversifié ma production pour attirer un public moins pauvre.

Je me suis demandé : qu'est-ce qui intéresse les adultes ? Pour quels textes sont-ils prêts à payer cher ?

Une rapide enquête m'a appris que l'amour venait au premier rang de leurs obsessions.

Voilà pourquoi j'ai, tout en menant à bien ma classe de première L, constitué un catalogue de lettres correspondant à toutes les situations, ou presque :

– le petit mot après la rencontre (un texto suffit) ;

– la déclaration (sobre mais claire) ;

– l'invitation en vacances ;

– la proposition de passer une nuit ensemble dans la maison laissée vide par les parents (« J'espère que je peux te faire confiance ») ;

– des excuses bidon, pour renouer après une brouille ;

– l'appel au secours du (de la) meilleur(e) ami(e) ;

– la rupture ;

a) vraie : définitive ;

b) fausse : on laisse une porte ouverte.

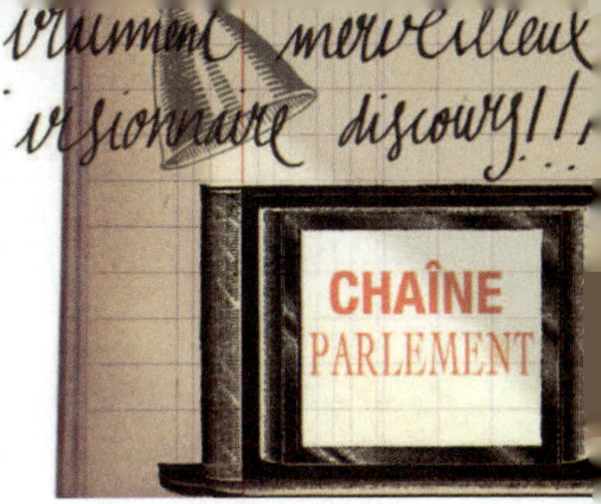

L'autre passion des adultes, au moins de certains d'entre eux, c'est le pouvoir. Vouloir présider, diriger, gouverner les autres.

C'est ainsi que j'ai pris contact discrètement, ô combien discrètement, avec les hommes et femmes politiques.

Je me souviens de mon premier contrat. En regardant la chaîne de télévision qui retransmet les séances de notre Parlement, j'avais repéré un député particulièrement nul. Je lui ai envoyé une lettre le félicitant pour son mer-veil-leux, oui vraiment merveilleux et vi-sion-naire discours (je n'avais rien entendu de plus ennuyeux, de plus besogneux, de plus pitoyable). Il faut avouer que le sujet était plutôt technique : quelle qualité de béton choisir pour la digue sud du port ?

Tout en complimentant le député dans ma lettre, je lui ai (très habilement, Jeanne n'est pas née de la dernière pluie) proposé un nouveau discours. J'y évoquais la violence millénaire de la mer, la terreur quotidienne des gens menacés, la dimension chevaleresque de l'opération… Bref, j'avais mis du souffle dans l'exposé.

Il a souhaité me rencontrer.

Quand il m'a vue arriver, il ne voulait pas croire que l'auteur de la lettre soit si jeune et, horreur, une fille. Il a fallu toute ma persuasion et toute ma diplomatie pour :

1. l'empêcher de fuir ;

2. le flatter suffisamment pour qu'il accepte une collaboration avec une moins que rien telle que moi.

III

Merci à ce métier d'écrivain fantôme !

Grâce à lui, je n'ai pas seulement nourri ma petite famille, je ne me suis pas seulement glissée dans la vie des autres (où j'ai appris beaucoup : quel plus bel apprentissage pour une future romancière ?).

J'ai amélioré mon style (même s'il reste encore beaucoup, beaucoup à faire !).

J'ai raccourci mes phrases (jamais plus de deux lignes).

J'ai clarifié mes développements (jamais plus d'une idée à la fois).

J'ai traqué les hiatus, ces inélégantes rencontres entre deux voyelles (par exemple, *je suis arrivée ici hier, ici hier, ihi*).

Surtout, j'ai lutté, je vous jure, lutté de toutes mes forces contre mon défaut majeur que vous avez déjà, oh ma honte ! remarqué : ma passion pour les parenthèses.

Chères parenthèses qui permettent d'intercaler dans la phrase des précisions, des explications, des remarques personnelles !

Mes professeurs m'ont dit, et répété, qu'elles ne sont pas essentielles au sens, qu'elles ralentissent le rythme, qu'elles alourdissent le texte…

Je suis une fille intelligente. Je comprends ces arguments. Alors pourquoi m'obstiné-je dans ma maladie ? Vais-je continuer longtemps à truffer mes écrits de parenthèses ?

Je vais vous répondre.

Car j'ai réfléchi.

Comment expliquer mon étrange amour pour les parenthèses ?

Trois raisons me sont venues.

1. J'ai besoin d'îles. Sans les îles, la mer s'ennuie. Les parenthèses sont des îles dans la phrase, dans le texte.

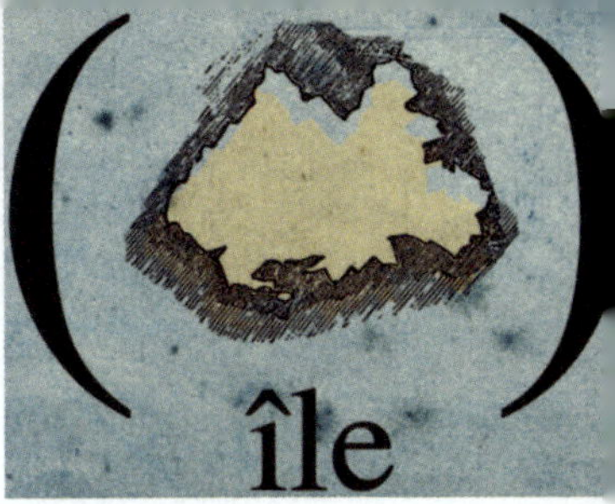

2. Je suis une prof. J'ai l'enseignement dans l'âme. Les parenthèses permettent d'expliquer.

3. J'ai beaucoup de mal à ne raconter qu'une seule histoire. Protégée par les parenthèses, une deuxième petite histoire peut vivre, à l'intérieur de l'histoire principale.

De tout cela je déduis que malgré tous mes efforts et selon toute probabilité je continuerai à trop, beaucoup trop employer mes chères amies parenthèses.

IV

Tom avait beau ricaner, faire le fier, jouer l'indifférent, la mort de son cher M. Henri l'avait dévasté. *Dévasté* : ce mot est le plus juste pour décrire l'état de mon frère. Dans la langue française ancienne, *vaste* veut dire « désert ». *Dévasté*. Celui qui a perdu quelqu'un qu'il aimait erre dans un *vaste*, c'est-à-dire dans un désert.

Souvent Tom partait, l'air sombre, avec sa guitare, et revenait les larmes aux yeux. Une fois, trop inquiète, je l'ai suivi. Il m'a conduite jusqu'au cimetière. Je me suis cachée derrière l'église. Tom s'était assis, sans vergogne, sur la tombe de son vieil ami et lui parlait, comme avant. Il lui contait par le menu les dernières nouvelles amoureuses de l'île, ces petits potins qui avaient toujours enchanté son vieil ami.

Monsieur Henri, tu ne le croiras pas mais le capitaine du ferry est fou d'une rousse de seize ans.

Monsieur Henri, j'ai appris que, depuis vendredi dernier,

Pomponnelle, la femme du boulanger, ne met plus de soutien-gorge.

Monsieur Henri, figure-toi que, avant de rejoindre son mari, Mme Le Fur, la prof de gym, se promène sur la plage tous les soirs, avec son élève le plus doué, Mathieu ; ils se tiennent par la main ; ils ne se rendent même pas compte qu'ils marchent sur des crabes.

Sa chronique achevée, Tom demandait des conseils musicaux : monsieur Henri, que penses-tu de ce doigté ? Monsieur Henri, cet enchaînement, pourquoi je n'y arrive pas ?

Sans M. Henri, mon frère était perdu. C'est pourquoi il s'était mis au solfège. Il devait se dire que, grâce au solfège, il pourrait lire les partitions laissées par le musicien et, ainsi, garder le contact. M. Henri avait toujours été du genre paresseux-qui-travaille. Entre deux parties de boules, deux parties de cartes, deux dégustations de rosé, il avait écrit mine de rien des milliers, oui, des milliers de mélodies que personne n'avait jamais entendues : un trésor !

Au début, Tom avait travaillé en cachette. Mais la cloison est si mince, qui sépare nos deux chambres, que le secret n'a pas duré longtemps. Je passe sur les répétitions exaspérantes, ces notes jouées et rejouées cent fois, mille fois. Un tic-tac, surtout, me rendait folle. On aurait dit le vacarme d'un gros réveil. Un jour, je n'ai plus résisté, je suis entrée comme une furie. J'ai saisi la machine d'où venait le tic-tac, une petite pyramide en bois. Tom a hurlé, en me l'arrachant des mains.

— Mon métronome !

— Ton quoi ?

— Et ça prétend connaître les mots ! Un mé-tro-no-me, ignorante, c'est une sorte de pendule. Elle marque la mesure.

— Ça veut dire quoi, « la mesure » ?

— J'ai honte, je frissonne d'avoir le même sang que toi, je sens que je vais vomir…

— Explique d'abord !

— La mesure, c'est le rythme ! Évidemment, que connaît du rythme une fille à la tête pleine de livres ? As-tu un cœur d'ailleurs, un cœur qui bat ?

Quand nous étions plus jeunes, Tom avait l'habitude de déchirer brusquement mon tee-shirt. « Je m'inquiète pour tes seins. Tu es vraiment sûre qu'ils poussent ? » Une bataille féroce s'ensuivait, qui pouvait durer des heures.

Mais nous avions pris de l'âge. Nos disputes duraient moins. Nous redevenions tout de suite des alliés, mieux : des complices. Il décida de devenir mon professeur.

— Jeanne ! Combien y a-t-il de figures du silence ?

— Sept.

— Bravo ! Combien vaut un demi-soupir ?

— Une croche.

— Que vaut une ronde pointée ?

— Le point de prolongation se place après une note et augmente cette note de la moitié de sa durée. Donc, laisse-moi calculer, si une ronde vaut deux blanches, une ronde pointée vaut… trois blanches.

— Jeanne, tu m'impressionnes !

— Quelle complexité, la musique !

— Quelle intelligence, tu veux dire ! Autrement plus riche et plus libre que le langage des mots ! Parler ou écrire d'ailleurs, c'est pour les nains, pour ceux qui n'ont pas reçu le don de la musique !

— Merci pour moi !

— Allez, allez, Jeanne ! Pas de susceptibilité, aujourd'hui. Je suis de

très bonne humeur. Sais-tu qu'un écrivain argentin, Ricardo Güiraldes, avait proposé de remplacer toute la ponctuation par les signes musicaux ?

J'ai haussé les épaules et j'ai quitté la pièce. Je n'aime pas trop quand mon frère triomphe. Ce soir-là, je me suis endormie tard. Je repensais à la suggestion de ce M. Güiraldes.

Quelle bonne idée !

Et le lendemain, pour m'amuser, et sans bien sûr le montrer à Tom, j'ai écrit en langage musical le discours que je préparais pour le maire de la ville.

Mesdames 𝄿 messieurs 𝄾 chers amis 𝄽

En cet instant décisif pour notre cité 𝄼 je voudrais 𝄼 vous dire ceci 𝄻

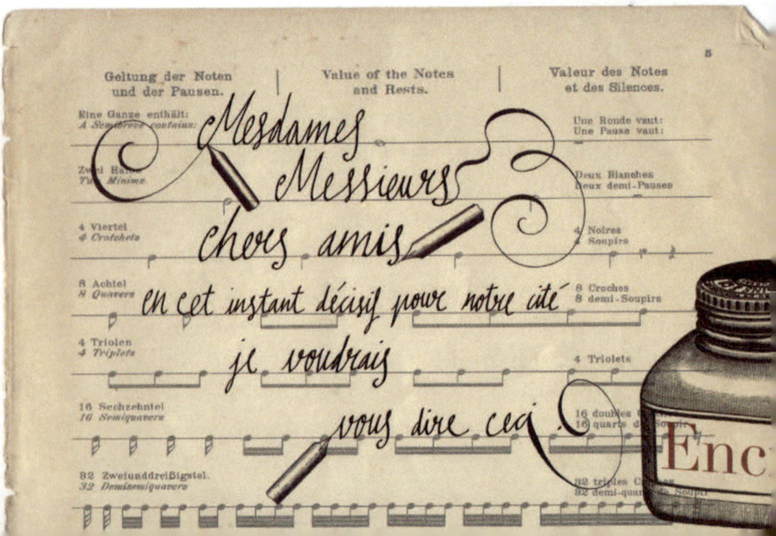

V

C'est à cette occasion, l'élargissement de ma clientèle au monde politique, que l'importance de la ponctuation m'a sauté aux yeux, ou plutôt aux oreilles.

Qu'est-ce qu'un discours ?

Une sorte de chanson, où la musique (le ton, le rythme) joue un rôle aussi grand que les paroles. Un discours s'écrit en parlant, en parlant fort. Les mots ressemblent à de jeunes oiseaux : ils doivent être lancés dans l'air pour vérifier s'ils savent voler. Si les mots s'écrasent, il faut en changer.

Pour ne pas gêner Tom dans son travail musical, je sortais. Et c'est sur la plage, en seule compagnie des palmiers, des sternes, des frégates et des pailles-en-queue que je gueulais mes textes.

Un jour, j'ai entendu un tam-tam. Je me suis retournée. C'était Tom. Sans rien dire, il m'accompagnait.

Monsieur le Président (chiquenaude sur le djembé), mesdames et messieurs les députés, chers confrères (double chiquenaude),

Ça suffit ! (frappe violente) On nous a trop promis ! (idem) trop menti ! (idem) Nous réclamons, que dis-je ? nous exigeons l'ouverture immédiate de deux fontaines publiques dans le quartier de Bonaventure (roulements menaçants). Qu'est-ce que l'eau pour un être humain ? (frôlements rappelant le ruissellement) Etc.

J'ai modifié mes phrases. Coupant les unes, allongeant les autres.

Un grand succès s'en est suivi pour mon client, le député idiot.

Vifs applaudissements de sa dernière phrase et félicitations chaleureuses à sa descente de la tribune.

— Quel discours, cher collègue !

— Quelle force, quel rythme !

— Qui t'a changé ? Dis-moi, mon grand, tu ne serais pas amoureux ? En tout cas, te voilà devenu une bête de scène.

Moi, perdue toute petite dans les tribunes et folle de fierté, j'avais envie de me lever et de crier : je m'appelle Jeanne, c'est moi l'auteur !

J'ai réussi à me contrôler.

Enivré par ce triomphe, le député idiot s'est cru capable de continuer seul. Je veux dire sans le secours du duo magique Jeanne (pour le texte) et Tom (pour le rythme). Il a déclaré n'avoir plus besoin de mes services. À son discours suivant, ses amis députés l'ont retrouvé tel qu'ils le connaissaient depuis toujours : nul.

Qu'importe !

D'autres clients, d'autres hommes et femmes politiques l'ont remplacé. Et moi, j'étais entrée dans l'univers de la musique.

Je relis mon journal de ce temps-là. J'y ai noté une remarque de Tom : « Les êtres humains ont dû apprendre *en même temps*, tu m'écoutes Jeanne ? *en même temps* à parler et à chanter. »

Alors comment pourrais-je continuer à employer des mots sans musique ?

VI

On a tous de drôles d'amis, des amis que nos autres amis détestent, des amis dont nos autres amis nous disent : mais vraiment, sois franche, qu'est-ce que tu lui trouves ?

Ce drôle d'ami pour moi, c'est la grammaire.

La grammaire essaie de mettre de l'ordre dans le grand peuple des mots. Si on ne leur imposait pas des règles, ils iraient n'importe où, les mots. Ils s'assembleraient n'importe comment. Et plus personne ne se comprendrait. Ou alors ils resteraient chacun dans son coin, ils refuseraient de former des phrases. Quel dommage ! Quel gâchis ! La grammaire rapproche, la grammaire relie, la grammaire accorde.

Maintenant, vous comprenez pourquoi je l'aime ?

Or, ces derniers temps, je la sentais gronder, ma drôle d'amie grammaire.

— Tu m'oublies, on dirait. Il n'y en a que pour le solfège… Moi aussi, j'ai des choses à dire sur le rythme ! Étudie la ponctuation, et tu verras.

La ponctuation ? Jusqu'alors, je saupoudrais mes textes de virgules et de points. Un peu au hasard, il faut l'avouer. Pour rassurer mon amie, je décidai d'aller y voir de plus près.

« La ponctuation est un système de signes qui servent à indiquer les divisions d'un texte… »

Plutôt obscur. J'ai poursuivi ma lecture. Jeanne est une obstinée.

Et, brusquement, une phrase m'a fait sursauter :

« La ponctuation sert aussi à noter certaines nuances affectives. »

« Nuances affectives » ? La ponctuation avait-elle été

inventée pour exprimer les sentiments ?… Je me frappai le front : ne venais-je pas de faire la triste, triste expérience du point final ? Cette fois, pas de doute, j'étais concernée. Vous le savez bien, Jeanne est une fille qui ne pense qu'à aimer.

Une idée m'est venue : j'allais chercher en moi ce que chacun des signes de ponctuation représentait.

Derniers instants de mon voyage en Inde à la poursuite des accents enfuis[1]. L'aéroport de New Delhi.

Dans cet aéroport, la salle d'embarquement 23. Une vitre au verre très épais la divise en deux parties.

D'un côté de la vitre (côté départ), le visage d'une fille française très moche car au bord des larmes (moi, Jeanne).

De l'autre côté de la vitre épaisse, le visage d'un garçon prénommé Amitav. Des yeux noirs chauds comme le feu. Un sourire d'une douceur de cachemire, un sourire qui, désormais, illuminera ma vie, même dans les pires grisailles du sinistre mois de février. Et des lèvres qui me parlent et me parlent et me parlent, faute de m'embrasser et même si je n'entends rien, à cause de cette satanée vitre épaisse. S'il faut résumer, puisque le temps presse : le visage de mon premier amour.

Qu'est-ce qu'un point final ?

Une voix criarde et grésillante qui, d'un haut-parleur, vous tombe dessus en trois langues, dont vous ne comprenez qu'une, l'anglais. Une voix qui ne se rend pas compte du mal qu'elle fait. Car, sitôt la voix éteinte, les passagers s'alignent devant un comptoir, tendent une carte blanche et un à un disparaissent, avalés par un vieil autobus, aussi vieux que le haut-parleur (ils doivent appartenir à la même famille).

Qu'est-ce qu'un point final ?

La même voix grésillante qui reprend : Miss, miss !

---

1. Voir *La Révolte des accents.*

Laquelle voix ne peut plus s'adresser qu'à vous puisque, vous exceptée, la salle d'embarquement n° 23 est vide.

L'heure est venue, vraiment venue de repartir pour Paris. Vous vous sentez animal, un animal qui va vers l'abattoir. Cet animal que vous êtes devenu se répète qu'il va mourir. Cet animal est logique. Quelqu'un qui perd sa raison de vivre commence à mourir. Puisque je perds Amitav, mon cœur va s'arrêter.

Une dernière fois vous vous retournez. La vitre trop épaisse n'empêche pas la douceur, le sourire d'Amitav de venir jusqu'à vous. Une dernière fois vous sentez sa chaleur.

— Miss, miss, supplie la jeune dame derrière le comptoir. *Everyone is waiting for you*, tout le monde vous attend.

Une voix furieuse sort de l'appareil noir, genre talkie-walkie, qu'elle tient de sa main droite. Alors la jeune dame devient furieuse à son tour, sort de derrière son comptoir, vous saisit le bras et vous entraîne vers le vieil autobus où la chaleur est infernale, où tous les visages ruissellent de sueur et se tournent vers vous et vous haïssent comme on ne vous a jamais haïe. Et les portes sales du vieil autobus torride se ferment. Dans un grondement d'éruption volcanique, le vieux bus s'ébranle. Je ne pleurerai pas. J'aimais Amitav. En me mordant les lèvres au sang, j'ai réussi à ne pas pleurer. Amitav m'aimait. L'avion a décollé. Je ne pleurerai pas. Ainsi, puisque nous n'habiterons jamais au même endroit du monde, ainsi s'achève mon premier amour. Amitav.

Point final.

MIss
Miss
miss
miss!!
New Delhi
Jaipur
Agra
Allahabad
BOMBAY
Hyderabad
NOTES
01
PASSENGER TICKET AND BAGGAGE CHECK
PASSENGER COUPON
NAME PASSENGER
JEANNE
FROM
NEW DELHI
CARRIER/FLIGHT
CLASS/DATE
TIME
GATE
BOARD TIME
SEAT
SMOKE
22
ADDITIONAL SEAT
INFORMATION
NOT VALID FOR TRAVEL

ALCUTA
5.00 भारत INDIA
LEOPARD CAT
5.00 भारत INDIA
चीता बिल्ली LEOPARD CAT

J'ai replongé dans mes souvenirs de cet horrible voyage. Les cinq hôtesses et le charmant steward ne méritent aucun reproche. Ils ont fait tout leur possible.

Mais les passagers du vol AF 217 Mumbai-Paris dépassaient l'imaginable en impolitesse, malpropreté et nuisance sonore. Ma seule espérance était qu'une caméra nous filme : au moins nous serions entrés dans le livre des records, catégorie cauchemar. Normalement, nous aurions dû tous dormir. Les cinq hôtesses et le très charmant steward avaient très consciencieusement baissé les petits rideaux de plastique qui masquent les hublots.

— Bonne nuit, nous avaient-ils souhaité. Un petit déjeuner vous sera servi dans six heures.

Et la lumière s'était éteinte.

Sans calmer personne.

En toute honnêteté, je ne peux parler que de ma tranche d'Airbus, rangées 20 à 35.

Premièrement, un passager adulte sur trois (!) avait choisi de regarder un film. D'où cinquante écrans allumés. Hélas, ces cinéphiles ne comprenaient pas le fonctionnement de la télécommande. Donc ils appelaient, protestaient, s'énervaient. Surtout, ils ne s'enfonçaient pas correctement les écouteurs. Je ne leur jette pas la pierre : les oreilles des Indiens débordent de poils. Comment voulez-vous y faire entrer un corps étranger ? Résultat n° 1 : ils poussaient à fond le son. Résultat n° 2 : cacophonie.

Deuxièmement, ces passagers avaient pour la plupart des enfants, beaucoup d'enfants. En avion, un enfant est un ange ou un diable, pas de milieu. Je reviendrai plus tard sur ce sujet.

Troisièmement, ces passagers, du moins ceux de ma tranche 20 à 35, avaient continuellement faim et soif. Au début, ils avaient à tout bout de champ sonné les hôtesses, les pauvres ! Maintenant, elles ne répondaient plus. D'où remue-ménage, enjambements, écrasements de pieds, odeurs de pets quand un gros cul vous passe et repasse juste sous le nez…

Pour ma part, je vivais un concentré de ce cauchemar.

Dans ce capharnaüm, coincée que j'étais à la pire place qui soit, 25E, c'est-à-dire au milieu de la travée centrale. Écrasée sur ma gauche (25D) par une dame énorme et grignoteuse de chips (chaque fois que je croyais le supplice achevé, elle sortait de son siège un nouveau paquet). Agressée sur ma droite (25F) par une terreur, un gamin blondinet aussi joli que sournois, sans aucun doute adepte du karaté tant il multipliait les assauts-coup de coude, coup de pied, coup de tête (aucun soutien à attendre de son père : il s'était endormi dès le décollage et jamais réveillé même quand, par trois fois, j'avais cruellement pincé son infernal rejeton, déclenchant des hurlements plus stridents que les sirènes des voitures de police new-yorkaises, à tout prendre mieux valait se laisser tabasser). Comment dans ce climat de guerre deux petits, tout petits mots, parmi les plus brefs de la langue française, comment ont-ils eu le courage de venir dans ma tête et surtout d'y demeurer, malgré les violences dont ils faisaient l'objet ?

Hommage soit rendu à *et* ! Célébré soit *si* !

Et si ?

Et si je manquais trop à Amitav ?

Et s'il venait me voir en France ?
Et si, moi, j'économisais assez pour revenir en Inde ?
Et si…
Points de suspension.

En dépit du capharnaüm, en dépit du bambin karatéka et de la bedonnante grignoteuse, je me mis à sourire. Je souriais, je souriais, je souriais.

Mon amour indien ne s'était peut-être pas achevé dans la sinistre salle 23. Mon amour indien, premier amour, avait une chance de continuer. Certes, la chance était petite, mais peut-on donner une taille à la chance ?

Je me suis précipitée vers mon livre de grammaire pour vérifier les définitions.

Qu'est-ce qu'un point final ?

« Signe qui indique la séparation. » Ou : « Signe qui indique que l'histoire s'achève. »

Qu'est-ce que des points suspensifs ?

« Signes qui indiquent une interruption de l'histoire. »

(Et donc qu'elle pourra, peut-être, un jour reprendre.)

Il suffit à un point d'en ajouter deux autres pour que le final devienne suspensif. Et que l'espoir renaisse.

Amitav, je t'attends.

VII

Je ne suis pas certaine que les filles aiment autant la musique qu'elles le disent. Ce dont je suis sûre, c'est qu'elles préfèrent les musiciens. La promenade des doigts de l'artiste sur les cordes, tantôt lente, si lente, tantôt accélérée les fait trembler et glousser comme des dindes. Elles se prennent toutes pour des guitares.

Mon frère Tom croulait sous les fiancées depuis ses dix ans (depuis que M. Henri lui avait appris la musique). Elles nous pourrissaient la vie. À toute heure du jour ou de la nuit (surtout de la nuit), elles se faufilaient chez nous et minaudaient, battaient des cils et trémoussaient leurs petits corps et susurraient :

— Oh, s'il te plaît, joue-moi quelque chose !

— Tu ne m'as pas assez entendu au concert ?

— Justement, tu m'as envoûtée. Mais il y avait tant de monde dans la salle. Tu ne voudrais pas ? Rien qu'une chanson mais rien que pour moi…

Mon frère s'exécutait. Et la fille remerciait, à la manière dont remercient les filles.

Alors commençait le plus difficile, faire comprendre à la fille :

1. que ce remerciement ne lui donnait aucun droit ;

2. qu'aucun autre remerciement du même genre n'était prévu ni souhaité par mon frère ;

3. que, dans ces conditions, mieux valait s'en aller sans pleurer (surtout sans pleurer : les garçons détestent les jérémiades, particulièrement les garçons musiciens, dont les oreilles sont plus fines).

Étant donné la lâcheté des garçons (surtout des garçons musiciens), c'était moi, la sœur, qui étais chargée d'annoncer à la groupie le 1 et le 2 et de vérifier que le 3 était suivi d'effets, c'est-à-dire que la fille avait libéré les lieux.

Pas de chance, j'ai la mémoire des prénoms. Pourquoi m'encombré-je la tête de ces syllabes imbéciles ? Sylvie, Martine, Charlotte, Marie, Delphine, Karine, Gwenaëlle, Rachida, Françoise, Vanessa, Lora, Iphigénie, Nathalie, Véronique, Sonia, Marie-Neige (etc., etc.).

Quand je repense à ces années-là, à la ronde de filles de

ces années-là, je ne me rappelle pas les visages. Blondes, brunes ou rousses ou décolorées, elles se ressemblent toutes, les folles de musiciens.

Je me souviens seulement des virgules.

Qu'est-ce qu'une virgule, d'après la définition officielle ? « Signe de ponctuation qui marque une pause de peu de durée. »

Qu'est-ce qu'une virgule pour moi ?

L'intervalle de « peu, très peu de durée » qui a séparé Gwenaëlle de Rachida, Vanessa de Lora, le « peu, très peu de durée » entre deux fiancées de mon frère.

Chères et trop brèves virgules !

Quand j'avais réussi à débarrasser mon frère de sa dernière groupie en date, nous restions seuls, lui et moi, parfois trois, quatre jours. À ne rien faire et surtout pas de musique ou alors seulement quand le vent poussait les sons vers la mer pour ne pas attirer une nouvelle groupie. Nous nous racontions des bêtises. Nous nous disions TOUT, comme doivent TOUT se dire un frère et une sœur qui s'aiment vraiment. Nous tentions d'imaginer la vie de nos parents

réconciliés : avaient-ils fini par trouver un endroit de la planète qui leur convienne à tous les deux ? Avaient-ils, une bonne fois pour toutes, cessé de se disputer ? Tom prenait du temps pour moi. Il m'emmenait en bateau. Il m'écoutait sans se moquer.

Quand je vois une virgule dans un texte, je ne peux m'empêcher de penser à ces moments-là de pur bonheur entre Tom et moi. J'aurais tant voulu qu'elles durent, ces virgules, qu'elles gagnent en *durée*.

Hélas, la musique revenait. Et avec elle l'essaim de guêpes, les folles de musiciens.

Un jour, j'ai fait part de mes découvertes grammaticales à Tom. Je lui expliquais le sens qu'avait pris pour moi le mot *virgule* : un espace de paix familiale entre deux fiancées hystériques.

— Ma pauvre Jeanne ! Tu ne serais pas tout à fait frustrée, par hasard ? Tu vois des sentiments partout. Apprends la guitare, ça te calmera.

Je l'aurais tué ! Heureusement je ne lui avais pas parlé d'Amitav.

VIII

Cher Président Bonaventure !

Je le comptais parmi mes clients depuis déjà deux ans. Durant sa campagne électorale contre l'odieux Nécrole[1], j'avais rédigé son programme (« L'île est notre bateau. Naviguons tous ensemble vers la liberté… ») et de nombreux discours (sur la nécessité d'installer des égouts, sur la prime

1. Voir *La grammaire est une chanson douce.*

aux ventilateurs pour les femmes enceintes, sur la réforme de la culture des piments, sur la relation avec les États-Unis d'Amérique…).

C'est à cette occasion que j'avais appris à user et abuser des guillemets, ces bêtes très bizarres qui, comme les parenthèses, vont toujours par paires.

Guillemets.

Ce nom charmant viendrait de leur inventeur, un certain M. Guillaume. Il était typographe, l'un de ces hommes (il y a peu de femmes dans ce métier) qui *composent* les textes, comme on compose de la musique. Ils choisissent la taille et la forme des lettres avant de les *mettre en page*. Les guillemets ressemblent à des accents circonflexes, ou des chapeaux, à demi renversés. Ils annoncent le plus souvent une citation et, comme ils sont polis, ils en saluent l'auteur. Pour saluer on soulève son chapeau, non ? Et quand la citation est finie, nouveau salut, nouveau coup de chapeau. Exemple : « L'État, c'est moi. » Comme le disait le roi Louis XIV.

À l'époque, le Président, qui n'était que candidat, n'avait pas été pourri par l'orgueil. Il tremblait de trac avant chaque intervention. Utiliser des mots de personnages historiques le rassurait. Il m'en réclamait, encore et encore.

D'où mon emploi immodéré de la trouvaille de M. Guillaume. Je saupoudrais mes textes de citations ; chacune, comme il se doit, encadrée de guillemets. « Le bonheur est une idée neuve » (Saint-Just). « Le soleil ne se couche jamais sur mon empire » (reine Victoria). « Sans la liberté de blâmer, il n'est point d'éloge flatteur » (Beaumarchais).

Depuis l'élection, plus besoin de guillemets. Le Président ne faisait plus confiance qu'à lui-même.

D'ailleurs, à peine installé sur son trône, mon client Bonaventure m'avait oubliée. Aucune surprise pour moi,

cap
Juliette
North
North East
East
South

ni colère. Les gens pour lesquels vous avez écrit vous tueraient s'ils pouvaient. Ils aimeraient tant se prendre pour des auteurs !

Et voilà que le Président s'était rappelé mon existence.

Son appel avait provoqué une petite révolution dans le quartier. Comme nous n'avons pas le téléphone, c'est Serge, le voisin horloger, qui m'avait appelée en hurlant :

— Jeanne ! Le Président pour toi !

Pour la discrétion, c'était raté. Tout le monde sortait de sa maison pour me confier des messages : Jeanne, profites-en pour lui rappeler que nos salaires n'ont pas progressé depuis quatre ans ! Jeanne, demande-lui pourquoi ma mère ne touche plus sa pension. Jeanne, dis-lui que moi, je l'aime et que je prie pour lui tous les jours. Etc.

Bonaventure voulait me parler au plus vite. Pour une raison mystérieuse.

— Je reçois en visite officielle le Président du Sénégal. Je te verrai juste après.

Étant donné l'urgence, ou pour m'impressionner, ou pour m'honorer (mieux vaut tard que jamais…), il m'avait envoyé son hélicoptère personnel.

Voilà pourquoi je me retrouvais maintenant à survoler les eaux turquoise de notre archipel. J'ai beau bien les connaître, je ne peux m'empêcher de frissonner lorsque j'y vois passer et repasser de longues ombres : ce sont les requins.

— Nous approchons, dit le pilote. Le vent était favorable. Il nous a bien poussés dans le dos. Résultat, mademoiselle, nous sommes en avance. Voulez-vous prolonger un peu la promenade ?

Et c'est ainsi que, au lieu de piquer droit vers le palais présidentiel, nous avons suivi la côte et sa triple ligne : verte à gauche (les palmiers), bleue à droite (la mer), jaune au milieu (le sable). Les trois couleurs de notre drapeau national.

Soudain, juste après avoir doublé la pointe nord de l'île, le cap Juliette, une autre ligne s'est ajoutée aux trois autres, une ligne épaisse et noirâtre, juste entre la ligne jaune et la ligne bleue.

J'ai interrogé le pilote.

— Pollution, mademoiselle. Encore un de ces salauds de pétroliers qui a vidangé ses cuves ! Mais, regardez, nos tracteurs sont déjà au travail. Dans quelques heures, il n'y paraîtra plus.

Je me retournai. Cette pollution ne ressemblait pas à celles que j'avais pu observer si souvent à la pointe de la Bretagne chaque fois qu'un tanker coulait. Sa ligne était trop régulière, elle paraissait moins gluante et, contrairement à tout ce que j'avais vu ailleurs, on ne distinguait aucun oiseau prisonnier de cette affreuse confiture. Étrange… Je ne sais pas vous. Moi, je supporte de moins en moins le mal qu'on fait à notre planète. Que va-t-elle devenir si nous n'en prenons pas mieux soin ? Et où vivrons-nous si elle devient invivable ? Ma décision était prise. Sitôt achevé mon travail avec le Président, je me rendrais sur cette plage pour en avoir le cœur net.

IX

Dans la cour du palais, je m'étais jointe à la petite foule de journalistes. Le Président du Sénégal prenait congé. Dix fois, cent fois, pour la meute des photographes, il serrait et re-serrait la main de son confrère Bonaventure. Cet homme d'État africain avait une particularité, rare chez les politiciens : il écrivait des poèmes. Et, rareté encore plus précieuse, ses poèmes étaient amples, sensuels, libres…

Quand la vie me semblait trop morne et trop mesquine, j'avais pris l'habitude de me lire à haute voix l'un de ses textes. Et il me semblait prendre la haute mer.

Voici que décline la lune lasse vers son lit de mer étale
Voici que s'assoupissent les éclats de rire, que les conteurs eux-mêmes
Dodelinent de la tête comme l'enfant sur le dos de sa mère
Voici que les pieds des danseurs s'alourdissent, que s'alourdit la langue des chœurs alternés.

C'est l'heure des étoiles et de la Nuit qui songe
S'accoude à cette colline de nuages, drapée dans son long pagne de lait.
Les toits des cases luisent tendrement. Que disent-ils, si confidentiels, aux étoiles ?

Dedans, le foyer s'éteint dans l'intimité d'odeurs âcres et douces[1].

Quelle ne fut pas ma stupéfaction de voir soudain ce Président poète se diriger vers moi.

— Mademoiselle Jeanne, n'est-ce pas ? Je m'intéresse à vos travaux. Je suis moi-même grammairien. Vous recevrez bientôt de moi quelque chose qui ne devrait pas vous laisser indifférente.

Et, tandis que tous les regards se tournaient vers moi (« Qui c'est, celle-là ? »), il me salua d'un signe léger, presque amical, et gagna sa voiture.

X

Si le métier d'écrivain fantôme vous intéresse, je vais vous donner un conseil : apprenez à disparaître.

Les plus mauvais d'entre nous aiment trop la gloire. À qui veut les entendre et même aux autres, ils répètent : ce n'est pas lui l'auteur, c'est moi, c'est moi, c'est moi. Ce n'est pas le Président de la République, l'auteur du discours, c'est moi ! Ce n'est pas Robert qui mérite 19,5 pour son devoir ; la meilleure de la classe, c'est moi, Jeanne, puisque j'ai tout rédigé seule, du premier au dernier mot.

Forcément, le Président ou n'importe lequel de vos clients se fâche car partout on se moque de lui : ah bon, vous n'êtes pas capable d'écrire tout seul ? Il est vexé comme un pou, le

1. Léopold Sédar Senghor, « Nuit de Sine », in *Chants d'ombre*, Le Seuil, 1945.

client, mortifié, humilié. Aucune chance qu'il ne vous signe un nouveau contrat.

Moi, sitôt ma mission terminée, je m'évanouis, je m'efface. Je pose mon crayon ou ma plume et pfuit ! plus personne ! Le client se retrouve avec les feuilles de son texte bien alignées sur son bureau. Il peut croire au miracle, qu'il a tout écrit lui-même sans aucune aide. Alors, bien sûr, il m'aime.

Je n'ai pas de mal à savoir disparaître. Une fille dotée d'un frère a beaucoup de mal à exister : il n'y en a que pour sa gueule. Entre exister peu, comme c'est le destin d'une sœur, et disparaître tout à fait, la distance est faible, facile à franchir.

Ce soir-là, plus encore que d'habitude, j'ai béni mon génie de la disparition. Car le Président, mon client préféré (je veux dire : le plus important pour mes finances), était d'une humeur massacrante.

— C'est à cette heure-là que vous arrivez, Jeanne ? Oh ! là, là ! comme vous vous habillez mal ! J'avais oublié ! Enfin, je ne vous ai pas engagée pour votre élégance. Bon, au travail ! Savez-vous garder votre langue ?

— Obligation professionnelle.

— J'espère pour vous. À la moindre indiscrétion, je vous fais enfermer. Et vous ferez connaissance avec les rats de notre prison. Ils ont toute ma sympathie. Ils détestent les détenus qui parlent trop. Ils attendent leur sommeil et viennent leur ronger la langue.

— Ils n'en auront pas besoin. Je vous écoute.

— Voici la raison pour laquelle vous êtes là. Lors de ma tournée officielle en Asie…

La vanité des chefs d'État est sans limites, quelle que soit la taille de leur État, immense ou minuscule. J'ai failli montrer mon amusement. Mais je préfère sourire à l'intérieur. Je suis spécialiste des sourires invisibles. Je ne suis pas aussi

pour toi mon amour...
Je
t'aime

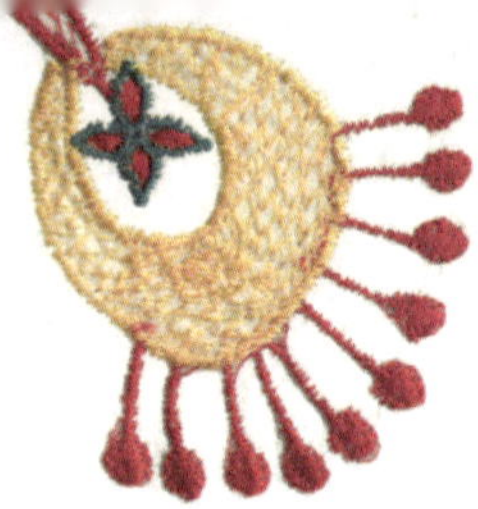

sérieuse que j'en ai l'air. Quand quelqu'un m'aura assassinée, quand on fera mon autopsie, quand on ouvrira mon corps, on y trouvera des sourires, une foule de sourires que personne n'avait devinés. Revenons à mon client.

— Vous m'écoutez ?… J'ai rencontré la reine du Pakistan.

— Félicitations !

— Cette reine, superbe je dois dire, est aussi une femme.

— Je m'en doute !

La remarque m'avait échappé. J'ai scruté le visage du Président. Rien. Aucun signe d'agacement. Mon ironie lui avait échappé. Il souriait béatement.

— Pourquoi se cacher la vérité ? Je ne suis pas laid. Si vous m'aviez connu plus jeune… Il m'arrive encore de séduire. J'ai l'impression, plutôt la certitude…

Décidément, le Président était follement épris. L'utilisation trop fréquente des points suspensifs est le signe d'un amour qui voudrait bien commencer (ou ne veut pas finir, comme le mien).

J'ai regardé le Président très sérieusement, je veux dire que j'ai rassemblé tout le sérieux que j'ai pu trouver en moi pour le mettre dans ce regard :

— La reine du Pakistan a un penchant pour vous ? Ça ne m'étonne pas.

(Il faut toujours flatter la clientèle, règle numéro un de tous les commerces.)

— Merci, Jeanne ! À la différence de tous mes conseillers, vous, vous me comprenez. La situation est délicate. Je ne dirige qu'une petite île. Le Pakistan possède l'arme nucléaire. Comment faire comprendre à la reine d'un pays si puissant que son attirance est partagée ?

— Délicat, en effet délicat !

Je tiens trop à ma langue. Je ne veux pas que des rats la rongent. Vous ne saurez rien de cette déclaration d'amour international.

Apprenez seulement qu'après l'avoir écrite (c'était facile pour moi : l'Inde d'Amitav est voisine du Pakistan de la reine. Il me suffisait de transposer…), au moment où le chef de l'État m'a demandé ce qu'il me devait, j'ai baissé les yeux, rougi (je rougis sur commande, ça impressionne) et balbutié :

— Rien

— Comment rien ?

— Je ne fais jamais payer les histoires d'amour.

Règle numéro deux du commerce : fidéliser la clientèle par des réductions de prix aussi imprévisibles que radicales.

À peine le dernier mot écrit de la lettre d'amour international, je me suis éclipsée. Juste eu le temps de remarquer un oiseau qui tapait du bec contre la vitre.

Peut-être, pour envoyer un message aussi secret, le Président avait-il jugé que ni la Poste, ni Internet, ni la valise diplomatique n'étaient assez fiables ? Peut-être avait-il choisi la bonne vieille méthode : le pigeon voyageur ?

C'était son affaire.

Il ne me restait qu'à prendre quelque repos avant de m'intéresser à l'étrange, très étrange pollution.

XI

J'ai attendu le cœur de la nuit et je me suis glissée hors de ma chambre. Aux portes du palais, les deux sentinelles dormaient. J'ai quitté la ville. Personne, pas même les chiens insomniaques, ne pouvait entendre les petits pas de mes pieds nus. Je me suis faufilée sans m'attarder entre les palmiers. (J'ai toujours peur qu'une noix ne me tombe sur la tête.) Par chance, aucun vent. Un instant, j'ai cru que le jour s'était levé. J'ai plissé les yeux pour mieux voir. La clarté ne venait que du long croissant de sable entre la forêt et la mer. La plage était déserte, sans autre présence que deux bulldozers géants en apparence endormis. Je ne sais pas vous, moi je crains plus les machines que les animaux. Je crois toujours qu'elles vont se mettre en marche, soudain, sans prévenir, et nous écraser. Ou nous dévorer.

J'ai caressé le flanc des deux monstres.

« Tout doux, tout doux. »

Je me suis approchée du rivage. J'ai allumé ma torche. La ligne noire que j'avais aperçue de l'hélicoptère était toujours là. On aurait dit de la bouillie.

J'y ai plongé la main. Je l'ai retirée en criant.

Je connais le mazout. Je m'attendais à du gluant, du collant, du visqueux. Et voici que je ne rencontrais que du grouillant, du picotant, du chatouillant. J'ai respiré fort, me suis insultée, traitée de lâche et nulle. Je hais les filles qui hurlent de peur devant une souris ou s'évanouissent devant une araignée. Honte à elles ! Les garçons ont déjà trop tendance à nous mépriser. J'ai replongé la main, pour prendre au piège un peu de cette matière inquiétante.

Lentement, lentement, j'ai écarté les doigts. Je tenais ma torche entre mes dents. Je me suis penchée.

Ma paume disparaissait sous une tache noire et *vivante*, un fourmillement. Des petites bêtes. J'ai failli tout lâcher, m'enfuir. J'ai résisté. Bravo, Jeanne ! C'est mon autre technique quand j'ai peur. Je m'encourage, plutôt je m'en-courage, je demande au courage d'entrer en moi.

J'ai choisi l'une de ces bêtes, la plus grosse, je l'ai saisie entre mon pouce et mon index gauches, je l'ai approchée de la lampe. La bête a gigoté. Mettez-vous à sa place ! La lumière devait l'aveugler. Et là, enfin, j'ai vu, sidérée. Vu qui était ce prétendu insecte. Un mot. *Enchantement*. Un mot qui me regardait. Je ne sais pas si les mots ont des yeux. Et s'ils ont des yeux, j'ignore où ils se trouvent : au sommet des consonnes ou protégés au cœur des voyelles ? Mais ce mot-là me fixait, comme un animal qui veut vous dire des choses et que vous ne comprenez pas.

J'ai relâché *enchantement*, j'ai replongé deux doigts.

Un autre mot a surgi, tout étonné de ce regard posé sur lui : *laurier*.

Je me suis reculée. La ligne noire longeait toute la plage, à vue de nez trois kilomètres. J'ai marché. Cinq fois, j'ai recommencé. Cinq fois, j'ai rapporté des mots, d'autres mots : *excréments*, *remorqueur*, *rhinocéros*… Combien de mots s'étaient-ils rassemblés là pour former une ligne d'une telle longueur ? Des millions peut-être ? D'où pouvaient-ils venir ? Forcément de la mer.

Je me suis déshabillée. L'eau était très tiède et phosphorescente. La moindre éclaboussure se changeait en gerbe d'étincelles. Il me semblait marcher au milieu de diamants. Pour une fille, enquêtrice amateur, qui voulait de la discrétion, c'était réussi ! Malgré la pénombre, je voyais sur le fond marcher les crabes, s'enfouir les vives, dormir les buccins, fuir les coquilles Saint-Jacques. Mais

Paraíso

pas trace du moindre mot. Peut-être ne voyageaient-ils que le jour ?

Enfin, de l'autre côté d'un herbier (aux caresses un peu gênantes – délicieuses – pour mes jambes), il m'a semblé apercevoir quelque chose : une masse sombre qui m'avait tout l'air d'une épave. La marée était au plus bas. Mi-nageant mi-marchant, je me suis approchée. En écartant de la main des anémones j'ai pu lire un nom, *Paraíso*, et l'indication d'un port d'attache, *Genoa*. J'ai longé la coque, déjà rongée par la rouille. D'un hublot cassé, côté tribord, sortait une algue. Du moins, c'est ce que j'ai d'abord cru. En la saisissant à pleine main j'ai compris mon erreur. La sensation était la même que tout à l'heure sur la plage. La soi-disant algue était une ligne de mots qui s'en allaient rejoindre leurs camarades, là-bas le long du rivage. Comment tant de mots s'étaient-ils retrouvés dans ce navire naufragé ? Qui les avait retenus prisonniers ?

Bien sûr, j'ai tenté de pénétrer dans le bateau. J'ai poussé de toutes mes forces plusieurs portes. Aucune n'a cédé. Épuisée, j'ai abandonné. Non sans promettre à *Paraíso* et aux mots qu'il contenait de revenir. Quand je suis arrivée sur la plage, le jour se levait, les bulldozers reprenaient leur travail. Les conducteurs ont sauté de leurs machines et m'ont facilement rattrapée. Une demi-heure plus tard, je croupissais en prison.

Les rats n'ont pas eu le plaisir de me ronger la langue. J'ai tellement tempêté, tellement affirmé que le Président était mon ami et qu'il m'attendait et qu'il serait furieux de mon retard… On m'a conduite au palais. Non sans me menacer des pires supplices si j'avais menti.

XII

— Jeanne ! Pas trop tôt ! Où étiez-vous donc ?

— J'étais… retenue.

— C'est intolérable. J'ai payé. Enfin, non, je n'ai encore rien payé, mais je vous veux disponible vingt-quatre heures sur vingt-quatre.

J'ai failli répondre et puis je me suis tue. La curiosité l'emporte toujours chez moi sur la colère.

— Que vouliez-vous de moi si vite, monsieur le Président ? Pourquoi une telle urgence ?

— La reine du Pakistan… Elle n'a pas répondu.

— Vous êtes certain qu'elle a reçu notre, je veux dire votre lettre ?

— Certain. La reine n'a pas compris la vérité de mon amour. Je le savais : votre texte était mauvais. Il faut recommencer. Vos phrases étaient trop compliquées. Oh, que je suis malheureux, si vous saviez ! tellement malheureux…

C'est alors, alors seulement, qu'il m'a regardée. Coup d'œil rapide mais suffisant pour constater l'état déplorable dans lequel je me trouvais : cheveux gris de sel, mains noires de crasse, jeans déchirés.

— Mais d'où venez-vous ?

— De votre prison préférée.

Je lui ai raconté ma découverte et mon arrestation.

— Des mots, sur la plage ?

D'abord il n'a pas voulu y croire. Il me dévisageait, me prenait pour une démente. Et puis un éclair a traversé ses yeux.

— Des mots… sur la plage… donc venant de la mer. Se pourrait-il ? Alors on m'aurait trompé… Ah, les néfastes, les malfaisants !

Il s'est saisi d'un téléphone, il a hurlé : « Ma voiture ! »

L'instant d'après, nous roulions à tombeau ouvert. Le Président pensait tout haut, il injuriait plutôt, ah, les nuisibles ! ah, les maléfiques ! j'aurais dû mieux purifier mon administration… si c'est ça, ils vont payer !

Moi, je me taisais. Règle numéro trois pour un bon écrivain fantôme : attendre. Attendre que le client réponde de lui-même à la question que vous ne lui avez pas posée.

Arrivé sur la plage, il se précipita vers les bulldozers. Leurs conducteurs, ayant reconnu la Mercedes officielle, avaient interrompu net leurs travaux. Les pelles géantes attendaient en l'air, un peu menaçantes, tout à fait grotesques. Le chef de chantier, un géant rouge – tout était rouge chez lui, les cheveux et la peau, on aurait dit un homme-coup de soleil –, avait sauté au bas de sa machine et s'était mis au garde-à-vous.

Mon client-Président lui désigna la ligne noire.

— Montrez-moi !

— Pardon, monsieur le Président ?

— Ramassez-m'en un morceau et montrez-le-moi !

Le chef de chantier remonta sur son engin et s'exécuta en tremblant. Le bulldozer revint. La pelle s'abaissa devant le Président.

Son examen ne fut pas long. Il gronda.

— Et tu appelles ça du mazout ? Tu oses appeler ça du mazout ? Qui te paie ?

L'escorte arrivait, mieux vaut tard que jamais, deux pick-up remplis de soldats. Ils se saisirent du chef de chantier.

Le Président s'était écarté. Il marchait le long de la mer. Il murmurait. J'ai tendu l'oreille. Vous n'allez pas me croire. Il ne faut désespérer de personne, pas même des chefs d'État. Il disait « pardon », oui, « pardon » aux mots. Au nom de l'île tout entière, il présentait ses excuses aux mots pour la façon dont on les avait traités. Je l'aurais embrassé. Il avait oublié la reine du Pakistan.

Il s'est retourné.

— Jeanne, conduis-moi à ton épave.

L'avantage du métier de Président (ou de fée), c'est de changer immédiatement vos rêves en réalité. Baguette magique du pouvoir. À peine avez-vous souhaité une chose qu'elle arrive. Une demi-heure plus tard, nous avions embarqué sur une vedette d'exploration sous-marine qui avait pour tout plancher une plaque de verre.

Tout en scrutant le fond de l'eau, mon client-Président m'a raconté ce qu'il devinait.

— Aucun dictateur n'aime les livres, Jeanne. Car les livres aident à rêver, à réfléchir et donc à critiquer. Quel besoin de rêver, pensent les dictateurs, puisque la société que j'ai créée est la meilleure possible ? Quel besoin de réfléchir puisque je décide tout pour vous ? Quant à la critique, je ne l'accepterai jamais.

Nécrole, en dictateur efficace, avait fait ramasser par ses

policiers tous les livres. Il avait ordonné de les brûler, y compris ceux de notre bibliothèque, de véritables trésors. Au lieu de cela quelqu'un, j'en suis sûr, a tenté de les vendre à l'étranger. La mer en a décidé autrement. Ces parages de la côte sont redoutables. Des courants violents entraînent vers les récifs. Le bateau plein de livres a dû faire naufrage, comme tant d'autres.

— Nous y voilà !

La mer avait monté. Mais on distinguait parfaitement l'épave. La fuite de mots continuait.

XIII

Nous sommes revenus sur la plage. C'est alors que j'ai entendu murmurer mon prénom.

— Jeanne, Jeanne…

J'ai regardé partout. L'appel ne pouvait venir que de la bouillie noire.

Maistumedonnerasvatenchétifinsecteexcrémentdelaterrecest encesmotsquelelionparlaitunjouraumoucheronlautreluidéclara laguerrepensestuluiditilquetontitrederoimefassepeurnimesoucie unbœufestpluspuissantquetoijelemèneàmafantaisie

De nouveau, j'ai avancé la main.

— Ne serre pas trop fort, Jeanne !

— J'étouffe.

— Tu m'écrases !

J'ai ouvert mon poing.

— Merci, Jeanne !

— Maintenant, on respire.
— Mais… comment connaissez-vous mon prénom ?
— Le royaume des mots est petit, Jeanne. Et pas si nombreux ceux qui, comme toi, s'intéressent vraiment à nous…
— Tu nous aimes, donc on te connaît.
— On ne connaît que les gens qui nous aiment. Tu ne crois pas, Jeanne ?

Les soldats et les policiers me regardaient, éberlués. Quelle est donc cette fille qui dialogue avec son poing ? Même le chef de l'État s'inquiétait pour ma raison. Je continuai pourtant ma conversation. Tout gigotants dans le creux de ma paume, mes amis les mots me suppliaient :
— On n'en peut plus, Jeanne !
— On ne se supporte plus !
— Délivre-nous les uns des autres !
— Allez, Jeanne, bouge-toi !

Je leur ai gentiment demandé de se calmer et qu'ils m'expliquent la situation. Et pas tous en même temps ! Dans ma paume, l'agitation des mots s'est encore accrue. J'ai failli les rejeter à l'eau : ils me griffaient trop la peau, juste à l'endroit des lignes de vie. Et puis un certain calme est revenu. Le mot *lion* a pris la parole. Sans doute avait-il été choisi comme délégué.
— Nous avons tout subi, Jeanne ! Arrachés de nos bibliothèques, emprisonnés dans un bateau, coulés dans un nau-

frage, noyés dans l'eau de mer. Pour beaucoup d'entre nous, avalés par des poissons. Pour les autres, roulés sur le sable, ramassés par les pelleteuses, jetés dans des bennes de camions, comme de vulgaires ordures… Mais il y a pire, Jeanne !

Je me penchai encore, pour mieux voir le mot *lion*. Je lui ai demandé ce qu'il pouvait ajouter de plus terrible à tout ce qu'il m'avait raconté.

— La promiscuité, Jeanne ! Nous n'avons plus d'espace pour respirer, tu vois bien, Jeanne, nous vivons les uns sur les autres, les uns dans les autres, au sens propre, emboîtés, encastrés, imbriqués. Tu veux des détails : j'ai mon nez dans la fesse de mon voisin. Regarde, mais regarde. Tu crois que tu pourrais vivre comme ça, Jeanne, toi qui ne supportes personne dans ta chambre, même pas ton Tom chéri ?

rhinocéroschargèrentàleurtourentrecesfrontsbaissésdetuveuxsavoir monnomleplusconnucyclopejemenvaisteledireмaistumedonnerasva tenchétifinsecteexcrémentdelaterrecestencesmotsquelelionparlaitun jouraumoucheronlautreluidéclarala

— Il y a pire que le pire, Jeanne ! Les courants nous ont mélangés.

— Tu… peux être plus clair ?

— Dans le bateau, même lorsqu'il a fait naufrage, nous étions chacun dans son livre, chacun dans son histoire. Moi par exemple, le lion, je me promenais dans une aventure racontée par Joseph Kessel.

— Jusque-là, je te suis.

— Lorsqu'en touchant le fond l'arrière du bateau s'est disloqué, l'eau de mer a tout envahi et tout fracassé. Rien n'a résisté, ni les caisses qui contenaient les livres, ni les livres qui nous contenaient. La mer nous a décollés des pages, tu comprends ?

— Je commence…

— Nous avons été emportés, brassés, confondus, amalgamés au hasard… Nous ne formions plus qu'une soupe, la soupe que tu vois là. Jeanne, si tu aimes les mots – et tu devrais les aimer, parce que, ne l'oublie jamais, nous te faisons vivre –, si tu m'aimes, arrange-toi comme tu peux, fais le grand tri, même s'il fait mal, mais remets-nous chacun dans son histoire. Un mot sorti de son histoire est comme un poisson hors de la mer. Aide-moi, Jeanne, aide-moi. Je veux retrouver l'Afrique de mon histoire !

Je sentais sur moi le regard angoissé du *lion* et de ses voisins les plus proches, le mot *sorcier*, le mot *désennuiera*.

— Avez-vous une idée du nombre d'histoires d'où vous avez été enlevés ? Et si, par chance, vous connaissiez leurs titres, ça m'aiderait. Ça m'aiderait… un peu.

— Comment veux-tu ? À part moi qui suis le lion et qui donc bénéficie d'une tête solide, tous les autres mots ont complètement oublié de quelle histoire ils viennent. Tout le monde dit que tu as beaucoup lu, à toi de le prouver.

— Bon, restez là ! J'ai une idée pour vous démêler. J'ai besoin de passer chez moi et je reviens.

— Ne prends pas trop de temps !

— Juré.

Comme vous l'avez deviné, je n'avais encore pas la moindre idée. Mais j'allais mobiliser toutes les ressources de mon pauvre crâne pour tenter d'en faire surgir une solution. Les mots avaient raison : je leur devais trop. Pas question de les abandonner à leur triste, si triste sort.

XIV

En arrivant à la maison, je trouvai Tom fort excité :

— Dis-moi, qu'est-ce que tu fricotes avec les chefs d'État ? Tu vas encore daigner parler à un vulgaire petit musicien comme moi ?

— Pourquoi ?

— Un bateau rapide vient d'apporter une lettre de la présidence du Sénégal !

Pour une fois, mon frère avait respecté mes affaires : il

avait résisté à ses mauvais démons et n'avait pas ouvert mon courrier. Ce qui ne l'empêcha pas de se moquer lorsqu'il découvrit le contenu de la grosse enveloppe. Il faut dire qu'on avait vu plus sexy :

République du Sénégal
Un Peuple – Un But – Une Foi

Primature

Secrétariat général du Gouvernement

Recueil de décrets et de circulaires relatifs à l'emploi de certains mots, des majuscules et des virgules dans les textes administratifs

décembre 1999

— Eh bien, ma fille ! Ça, c'est de la correspondance ! Je te laisse sans regret avec ces mots d'amour.

Il s'en alla, plus ricaneur que jamais. Bon débarras ! Très émue de l'intérêt que me portait ce personnage considérable, je pris connaissance du rapport. Le cœur me battait. Jamais je n'avais eu entre les mains de documents officiels. Il me semblait pénétrer dans les coulisses de l'Administration.

**Décret n° 75-1027 du 10 octobre 1975
relatif à l'emploi des majuscules
dans les textes administratifs**

LE PRÉSIDENT DE LA RÉPUBLIQUE,

Vu la Constitution, notamment en ses articles 37 et 65 ;
Vu la Cour suprême entendue en sa séance du vendredi 18 juillet 1975 ;
Sur le support du ministre d'État chargé de l'Éducation nationale.

DÉCRÈTE :

Article premier

L'emploi des majuscules dans les textes administratifs de toute nature est réglementé par les dispositions suivantes :

Je ne m'attardai pas. Je poursuivis ma lecture.

Article 2
Adjectif

L'adjectif prend la majuscule quand il est joint intimement au nom propre et fait corps avec lui : les *États-Unis*, le *Cap-Vert*, la *Comédie-Française*, le *Saint-Père.*

Je continuai à feuilleter et tombai sur un merveilleux article 6.

Article 6
Fêtes

Les noms de fête prennent une majuscule :
Premier Mai ;

Lundi de Pâques ;
Jeudi de l'Ascension ;
Lundi de la Pentecôte ;
Journée du Maouloud ;
Journée de la Korité ;
Journée de la Tabaski.

Quelles étaient ces fêtes ?
Il faudrait que je me renseigne.
J'avais toujours rêvé connaître toutes les fêtes du monde.
Quel meilleur moyen d'approcher les secrets d'un peuple que savoir ce qu'il fête ?
C'est une autre circulaire présidentielle n° 1596, en date du 17 juillet 1980, qui réglementait l'emploi des virgules.

Comme j'ai eu souvent l'occasion de le dire en Conseil des Ministres, les membres du Gouvernement chargés de présenter un projet de loi ou un projet de décret ne respectent pas, très souvent, les règles en usage dans la langue française pour l'emploi des virgules. La présente circulaire a pour objet de rappeler, sur ces points, quelques règles essentielles. Elle sera suivie de la diffusion d'un manuel pratique de secrétariat dont la mise à jour est en cours à l'Inspection générale d'État.

En refermant le recueil, j'étais sidérée et pleine de respect pour ce pays Sénégal où les plus hautes autorités donnaient à la grammaire une telle importance. Mais quelques doutes m'habitaient : pourquoi tant de règles ? Ne pouvait-on pas laisser aux gens plus de libertés dans l'emploi de leur langue ?

Une lettre accompagnait ces textes. Elle répondait à la question que je venais de me poser.

Mademoiselle Jeanne,

Notre langue n'est pas seulement un moyen de nous comprendre. C'est un bien que nous avons tous en partage, les petits comme les grands, les faibles comme les puissants ; c'est le ferment de notre unité ; c'est notre « chose commune » (res publica *en latin, « république »).*

Voilà pourquoi il faut prêter à notre langue nationale une attention quotidienne, un soin semblable à celui que nous portons à notre famille.

Espérant que vous aurez pris intérêt à votre lecture, je me permets, chère mademoiselle Jeanne, de vous solliciter.

Accepteriez-vous de rejoindre l'Association internationale que je viens de créer ? Elle aura pour objet la défense du point-virgule.

Cher et précieux point-virgule ! Il indique, vous le savez, chère mademoiselle Jeanne, qu'une autre partie de la même phrase commence. En d'autres termes, que vous comprendrez facilement, vous, la voyageuse : on s'en va explorer une autre région sans quitter le pays. Comme l'écrit le grammairien Jacques Drillon, « le point-virgule relie et ne sépare pas ».

Hélas, ce signe disparaît ! Nos compatriotes usent et abusent de la virgule et du point alors que, bien souvent, c'est l'alliance des deux, le point-virgule, qui s'impose.

Nous demandons à l'Unesco d'inscrire le point-virgule sur la liste des espèces menacées au même titre que le panda géant, le grand requin blanc, le cacatoès à huppe jaune ou le gecko à queue feuillue.

Rejoindrez-vous notre Association ?

Croyez à mes sentiments les plus attentifs,

Le Président de la République du Sénégal
Léopold Sédar Senghor

Immédiatement, je répondis au Président : oui, Jeanne s'inscrivait à son association. Et plutôt deux fois qu'une !

Et je revins à mes moutons, je veux dire à mes pauvres amis les mots agglutinés sur la plage.

Comment allais-je bien pouvoir les sortir de cette mauvaise posture ?

XV

J'ai passé une nuit blanche.

Comment libérer les mots les uns des autres ?

Comment démêler les histoires ?

L'image du bateau naufragé (et des livres prisonniers) passait et repassait devant mes yeux.

J'ai cherché un appui dans la musique. J'ai remis sur le Gramophone les vieux disques de M. Henri.

Et c'est ainsi qu'au matin j'avais ma stratégie.

Pour les bulldozers, j'étais tranquille. Ils se tiendraient sages pendant un bout de temps et ne viendraient plus embêter mes amis les mots. Avant de quitter la plage, j'avais discrètement bourré leurs réservoirs de morceaux de sucre. Je vous donne la recette : rien de tel pour casser un moteur !

*

Le Cargo amoureux, notre bar-dancing, s'était agrandi. Dans un ancien hangar à bateaux, Dario, le patron, l'ancien fiancé de l'inspectrice Mlle Jargonos, avait eu l'idée magnifique de créer un Musée international du rythme. Il y avait rassemblé tous les tambours et tam-tams possibles, les batteries, les cymbales, les caisses claires, les xylophones… Chaque dernier samedi du mois, les musiciens venaient de l'archipel et aussi des autres grandes îles voisines (Cuba, Sainte-Lucie, la Jamaïque). Les concerts mettaient le feu à la région. Par vent portant, on devait entendre la fête jusqu'à New York.

— Bienvenue, mademoiselle, comme vous êtes jolie !

— Dario, arrête tes simagrées !

— Se pourrait-il ? Jeanne ? Ce n'est pas vrai ! Eh bien, dis donc, quelle femme tu es devenue !

— Dario, s'il te plaît ! Le temps presse. J'ai besoin de toi.

— Tu sais bien que pour mon amie Jeanne, je suis toujours là.

En dix minutes, je lui avais expliqué la situation. Deux heures plus tard, il avait constitué un orchestre : une dizaine

de musiciens encore ébouriffés et bâillant car arrachés à leur sieste. Et nous voilà partis, serrés les uns contre les autres : dans la pirogue les instruments prenaient toute la place.

Et bientôt nous atteignions la plage où je présentai la « pollution » à Dario.

quasisanstêteétaittoujoursheureuxdaiderlesnouveauxde gryffondoràtrouverleurcheminmaispeeveslespritfrappeur étaitpirequedeuxportesverrouilléesetunfauxescaliereusjepeur alorscommentlesauraisjetoutétaitsirapideetmouvantetsaccadéles deuxautresrhinocéroschargèrentàleurtourentrecesfrontsbaissés detuveuxsavoirmonnomleplusconnucyclopejemenvaisteledire maistumedonnerasvatenchétifinsecteexcrémentdelaterrecestences motsquelelionparlaitunjouraumoucheronlautreluidéclaralaguerre pensestuluiditilquetontitrederoimefassepeurnimesoucieunbœufest pluspuissantquetoijelemèneàmafantaisieàpeineilachevaitces motsqueluimêmeilsonnalachargeencoreunearcheuneautreléclusé unautrepontloinplusloinilappelaitversluitouteslespénichesdufleuve toutesetlavilleentièreetleciel

— Tu es bien certaine que ce sont des mots ?

Le plus délicatement possible pour, cette fois, ne blesser personne, je plongeai la main dans cette bouillie noire et montrai le résultat de ma pêche :

leplusconnucyclopejemenvaisteledire maistumedonnerasva tenchétifinsecteexcrémentdelaterrecestencesmotsquelelion

— OK, ce sont des mots ! Et maintenant, qu'attends-tu de nous ?

— Joue ! Joue pour les séparer ! Joue pour les rendre à leurs histoires !

— Sois plus claire, Jeanne ! Les musiciens ne sont peut-être pas tous des intellectuels, mais ils aiment bien comprendre.

— Chaque livre a son histoire, Dario, tout le monde le sait, même les illettrés. Mais chaque livre a aussi son rythme, sa manière de respirer, lente ou rapide, saccadée, syncopée ou régulière… Et les rythmes sont moins nombreux que les histoires, qui sont en nombre infini. Il y a des livres à deux temps, d'autres à trois ou quatre temps… Il y a des livres-valse, des livres-tango…

Tel était mon espoir : trouver le *rythme* de chacune des histoires dont les mots avaient été chassés. Et, ainsi, redonner à chaque mot la possibilité de rejoindre son histoire.

XVI

Les musiciens avaient commencé par les univers tropicaux, ceux qu'ils connaissaient le mieux : bossa-nova, salsa, calypso... Voyant que rien ne bougeait chez les mots, ils s'étaient aventurés plus loin, dans d'autres rythmes : la polka, la gavotte, le fox-trot, la sardane.

Ainsi passa le premier jour. Sans succès. Aucune réaction chez les mots. Pas le moindre frémissement dans l'amalgame des lettres noires. Les mouettes ricanaient. Et aussi le chef de l'État. Le soir, il était venu dans sa limousine géante constater l'avancement de nos travaux.

— Jeanne, je t'avais bien dit que ton appel au Musée du rythme était une stupidité !

Je pris ma voix la plus suppliante, en battant des cils. Je sais que, d'ordinaire, ça émeut :

— S'il vous plaît, monsieur le Président, donnez-moi encore un peu de temps !

— Une journée, Jeanne. Pas une de plus. Et les bulldozers nous débarrasseront de cette bouillie. Désolé pour tes amis les mots. Je ne suis pas Nécrole, tu sais que je les aime et les respecte tout autant que toi. Mais le tourisme est la principale richesse économique de l'île. Mots ou mazout, nos visiteurs ne font pas la différence. Ils veulent des plages propres !

La limousine géante du Président repartit, longue forme blanche dans la nuit.

Dario avait tout entendu. Depuis le matin, depuis que nous allions d'échec en échec, son sourire n'avait pas cessé de s'agrandir. Mauvais signe. Je le connaissais depuis trop longtemps, je savais ses secrets, tous ses masques. Dario appartient à cette catégorie de personnes qui trouvent impoli de montrer leur détresse. Dès qu'ils sont tristes, ils sourient.

Avec un peu d'habitude, on peut mesurer la profondeur de leur mal-être à la taille de leur sourire.

Inutile de vous dire qu'une nouvelle fois je ne dormis pas. Pour prévenir tout mauvais coup de mes ennemis, j'avais décidé de ne pas quitter la plage. Réalité ou cauchemar ? Les mots en fines colonnes, à la manière des fourmis, me rentraient dans la tête par les oreilles ou les narines et grondaient d'impatience :

— Alors, ça vient ?

— Ils sont nuls, tes musiciens !

Le premier frémissement se produisit le lendemain, à 17 h 22.

Les musiciens commençaient à perdre espoir. Ils croyaient avoir déjà joué tous les rythmes possibles. Dario continuait de fouiller frénétiquement dans les archives de son musée, un coffre de pirate qu'il avait emporté avec lui. Sans y croire, il brandit une très vieille partition.

— Qu'est-ce que c'est que ce torchon ?

— Ce n'est pas un torchon. C'est un parchemin. Le parchemin est l'ancêtre du papier.

— Bon. Et il y a de la musique écrite sur ce… par… chemin.

— Un gitan me l'a vendu très cher.

— Tu t'es fait avoir, Dario. Comme d'habitude.

— Je suis sûr du contraire. Mais j'ai toujours eu peur de la jouer.

— Et pourquoi donc ?

Dario baissa la voix, comme s'il avait honte de ce qu'il allait dire :

— C'est… l'hymne du congrès des magiciens.

Un éclat de rire général accueillit la nouvelle.

— N'importe quoi ! Et on connaît sa date ?

— Sans doute avant Jésus-Christ.

— Pourquoi pas les hommes des cavernes ?

L'orchestre se révoltait. Déjà deux percussionnistes rangeaient leurs tambours. Il fallut toute la ruse et l'obstination de Dario (merci, merci à lui) pour les convaincre.

— Dites la vérité ! C'est que vous avez peur, peur de la magie. Bande de couards !

Ainsi mis au défi, les musiciens ne pouvaient plus reculer. Le parchemin circula. Et l'hymne commença.

Et là, miracle ! Dès les premières notes, une partie des mots se réveilla. On les vit se dresser et, se séparant des autres, avancer vers l'orchestre. Arrivés à proximité, ils s'arrêtèrent. On aurait dit le public d'un concert.

Dario m'appela.

— Jeanne, à toi ! Essaie de reconnaître leur histoire.

Je m'accroupis pour mieux les voir :

quasisanstêteétaittoujoursheureuxdaiderlesnouveauxde gryffondoràtrouverleurcheminmaispeeveslespritfrappeur étaitpirequedeuxportesverrouilléesetunfauxescalierilbom bardaitlesnouveauxdemorceauxdecraietiraitlestapissous leurspiedsrenversaitdescorbeillesàpapiersurleurtêteouseglis saitsilencieusementderrièreeuxetleurattrapaitlenezenhur lantjetaieudunevoixperçante

Cette suite ininterrompue ne nous rajeunissait pas ! Il y a deux mille cinq cents ans, les Grecs écrivaient ainsi, sans séparer les mots les uns des autres. Comment faisaient-ils pour s'y retrouver,

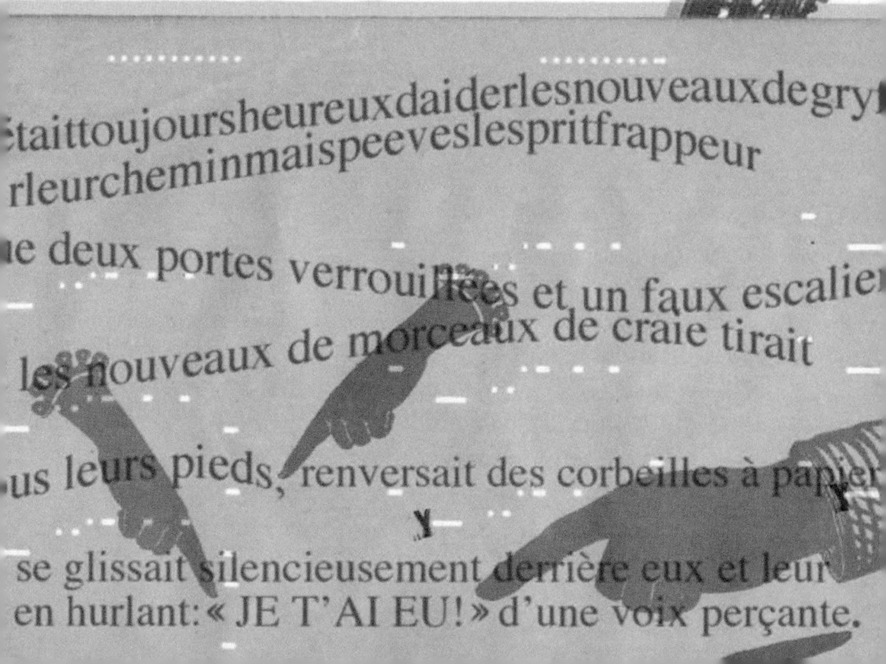

pour distinguer les phrases dans ce flux continu de lettres ? J'avais appris, ahurie, que les *blancs*, les espaces entre les mots, n'avaient été employés en Europe que vers l'an 800, à l'époque de Charlemagne. Ces *blancs* avaient été les toutes premières ponctuations.

Soudain, une illumination me vint.

— C'est *L'École des sorciers* !

Je n'avais pas pu m'empêcher de crier.

— *Harry Potter* ?

Les musiciens s'étaient arrêtés net, les uns terrifiés (cet hymne était bien celui de magiciens), les autres trop joyeux (retrouver ici, sur cette île perdue, le célébrissime petit garçon au chapeau pointu).

Je les suppliai de reprendre.

— S'il vous plaît, pour séparer les mots, encore un effort.

Ils reprirent l'hymne, en marquant bien les mesures. Et, nouveau miracle, les mots s'écartèrent les uns des autres.

Quasi Sans Tête était toujours heureux d'aider les nouveaux de Gryffondor à trouver leur chemin mais Peeves l'esprit frappeur était pire que deux portes verrouillées et un faux escalier il bombardait les nouveaux de morceaux de craie tirait les tapis sous leurs pieds renversait des corbeilles à papier sur leur tête ou se glissait silencieusement derrière eux et leur attrapait le nez en hurlant JE T AI EU d'une voix perçante

J'étais tellement fière d'avoir bien répondu à la devinette harrypotterienne que je n'entendais pas protester les mots. Un des musiciens dut me faire revenir sur terre.

— Mademoiselle, mademoiselle ! Pardon de vous déranger, mais il me semble bien que vos amis veulent vous parler.

Je me penchai vers eux :

— Quoi encore ? Vous n'êtes donc jamais satisfaits ?

— Tu ne remarques rien, Jeanne ?

— Tu ne vois pas qu'il nous manque quelque chose ?

C'est alors, alors seulement (honte à moi), que je m'aperçus de l'absence de ponctuation. Où avaient-elles disparu ?

On m'expliqua qu'elles avaient été avalées par des poissons.

— Tu comprends, elles sont tellement minuscules ! Quelques-uns d'entre nous ont subi ce même triste sort : des *a*, des *à*, des *y*, les plus petits… Si on veut avoir une chance de survivre dans ce monde sauvage, mieux vaut être grand.

— Ne bougez pas ! Je reviens.

Et je courus en ville. Comme vous pouvez le constater, l'amour des mots est une activité qui ne vous laisse jamais de repos.

XVII

On m'avait indiqué l'imprimerie Garamond, la seule de l'île, près du stade. Le directeur, M. Matussière, m'accueillit avec chaleur. Les imprimeurs et les écrivains, même les écrivains fantômes, sont des alliés.

C'est lui qui me parla d'un certain Sébastien Traversière, un maître ouvrier. Il avait travaillé trente ans comme typographe avant de prendre sa retraite. Quand l'usine s'était modernisée – je veux dire : quand l'ordinateur s'y était installé en dominateur, balayant sur son passage toutes les anciennes manières de travailler –, on avait failli fondre toutes les lettres de plomb pour en faire des tuyaux. Précédemment, c'est avec ces lettres, l'une après l'autre, qu'on formait les mots, un à un ; puis on composait chaque page… Vous imaginez la lenteur du système.

Les signes de ponctuation auraient dû subir le même triste

sort. Un camion s'apprêtait à les charger. Mais M. Traversière avait surgi, informé on ne sait comment :

— Halte-là !

Comme Noé arrachant au déluge les animaux menacés de noyade, il avait sauvé du feu quelques exemplaires de chaque lettre et de chaque signe de ponctuation. Il les avait rapportés chez lui et vivait parmi ce peuple de plomb comme d'autres avec des chats.

Quand je lui proposai de m'aider, il battit des mains :

— Depuis le temps que je voulais leur faire reprendre de l'exercice !

Le voyant rassembler joyeusement l'ensemble de sa collection, je l'avertis que seules les ponctuations m'intéressaient. Pour le moment.

Il fallut promettre aux vieilles lettres que leur tour de promenade viendrait bientôt.

Et nous voilà partis, aussi vite que possible. Nous portions à deux, M. Traversière et moi, le cabas plein de signes car le plomb pèse un âne mort.

De retour sur la plage, qui parut, courant à ma rencontre ? Ce bon vieux Tom. À New York, où il travaillait dans un club de jazz, il avait eu vent de mon aventure.

Il avait sauté dans un avion, avec sa guitare, pour me venir en aide. Preuve que le pire n'est pas toujours certain chez un frère. On peut toujours avoir de bonnes surprises.

Les mots nous attendaient avec l'impatience caractéristique de ces petites bêtes, insupportables enfants gâtés comme vous savez.

— Enfin !

— C'est pas trop tôt !

— Pas possible, ce retard ! Tu t'es saoulée en ville ou quoi ?

Etc.

Ravalant notre envie de les baffer, nous nous sommes mis au travail. Quand M. Traversière appelait un signe, je cherchais dans le cabas et le lui tendais. Il le déposait à l'endroit approprié.

— Donne-moi deux traits d'union. Merci. Comme leur nom l'indique, ils annoncent un lien, à la différence du *blanc* qui sépare. Voilà : Quasi-Sans-Tête. Notre personnage est complet. Et maintenant, Jeanne, une apostrophe. Comment ? Tu ignores ce que c'est ? Une petite virgule qui flotte dans l'air. Elle signale qu'une lettre a disparu, comme un membre amputé. Regarde : au lieu de « le esprit frappeur », on écrit « l'esprit frappeur ». C'est plus doux à dire, non ? J'ai besoin d'une autre apostrophe. Tu vois, je la place entre « T » et « AI », pour rappeler qu'on a supprimé un « E ».

— Je ne croyais pas *Harry Potter* si compliqué.

— Au contraire ! Tous ces signes n'ont été inventés que pour faciliter la lecture. Tu as vu comme on avait du mal quand tous les mots étaient collés.

— Vous avez raison.

— Bien sûr que j'ai raison. Regarde :

Quasi-Sans-Tête était toujours heureux d'aider les nouveaux de Gryffondor à trouver leur chemin, mais Peeves, l'esprit frappeur, était pire que deux portes verrouillées et un faux escalier ; il bombardait les nouveaux de morceaux de craie, tirait les tapis sous leurs pieds, renversait des corbeilles à papier sur leur tête ou se glissait silencieusement derrière eux et leur attrapait le nez en hurlant : « JE T'AI EU ! » d'une voix perçante.

— C'est mieux, non ? Il ne nous reste plus qu'à continuer.

— À cette heure ? Vous êtes sûr ?

L'ancien typographe ne sentait plus son âge. Une fièvre l'avait saisi. Il n'écoutait pas les supplications des musiciens.

— Monsieur, s'il vous plaît, mes doigts tombent de fatigue.

— Monsieur, monsieur, on va se plaindre pour mauvais traitements.

— Harcèlement.

— Torture.

— Allons, allons, poules mouillées ! On continue. Qui est-ce qui m'a donné ces mauviettes ? On arrêtera seulement quand on aura nettoyé la plage. Pas question de repos tant qu'un seul mot n'aura pas retrouvé son histoire.

Dario n'avait rien dit depuis quelque temps. Il fouillait dans son coffre. Il brandit un morceau de bois.

— Ce rythme-là vient d'Afrique. Essayons.

Comme pour *Harry Potter*, dès les premières mesures une partie des mots se mit à bouger. Un à un, ils rejoignirent les musiciens.

eusjepeuralorscommentlesauraisjetoutétaitsirapideetmouvant etsaccadélesdeuxautresrhinocéroschargèrentàleurtourentreces frontsbaissésdemonstreslalandroverviraitsuruneailereculait tournoyaitbondissaitunedéfaillancedumoteurunefaussemanœuvre etnousétionstranspercéséventrésempalésparlescornestranchantes

Ce n'est pas moi, cette fois, qui trouvai la solution mais l'un des enfants de l'île. Avec ses camarades, il suivait passionnément notre drôle de tri.

— *Le Lion* !

— Quoi ?

— *Le Lion* de M. Jo-seph-Kes-sel. Nous l'avons étudié à l'école. Je reconnais les rhi-no-féroces.

Tout le monde éclata de rire et l'orchestre reprit et, de nouveau, les mots s'écartèrent les uns des autres :

Eus je peur alors comment le saurais je tout était si rapide et mouvant et saccadé les deux autres rhinocéros chargèrent à leur tour entre ces fronts baissés de monstres la Land Rover virait sur une aile reculait tournoyait bondissait une défaillance du moteur une fausse manœuvre et nous étions transpercés éventrés empalés par les cornes tranchantes

M. Traversière se remit au travail.

Eus-je peur alors ? Comment le saurais-je ? Tout était si rapide et mouvant et saccadé. Les deux autres rhinocéros chargèrent à leur tour. Entre ces fronts baissés de monstres, la Land Rover virait sur une aile, reculait, tournoyait, bondissait. Une défaillance du moteur, une fausse manœuvre et nous étions transpercés, éventrés, empalés par les cornes tranchantes.

Un des conducteurs de bulldozer remarqua que les majuscules à chaque début de phrase étaient aussi des ponctuations : il me semble – pardonnez-moi si je dis une bêtise, mademoiselle Jeanne –, il me semble qu'elles aident l'œil à s'y retrouver. En me juchant sur la pointe de mes pieds, je l'embrassai et, revenue sur terre, saluai l'intelligence de sa remarque. Je crois bien qu'il rougit.

L'obscurité ne dura pas. Une lune pleine s'était levée.

Éclairés par elle, nous avons encore réussi à dégager deux histoires. L'une racontait des aventures très anciennes. Je vous laisse deviner son titre et le nom de son héros (un rusé parmi les rusés).

tuveuxsavoirmonnomleplusconnucyclopejemenvaisteledire maistumedonneraslepresentannoncecestpersonnemonnomoui

L'autre histoire, je la reconnus dès son troisième mot. Je la savais par cœur. Elle me rappelait ma chère, si chère institutrice Mlle Laurencin.

vatenchétifinsecteexcrémentdelaterrecestencesmotsquelelion parlaitunjouraumoucheronlautreluidéclaralaguerrepensestu luiditilquetontitrederoimefassepeurnimesoucieunbœufest pluspuissantquetoijelemèneàmafantaisieàpeineilachevaitces motsqueluimêmeilsonnalachargefutlatrompetteetlehérosdans labordilsemetaulargepuisprendsontempsfondsurlecoudulionqui lerendpresquefoulequadrupèdeécumeetsonœilétincelleilrugit onsecacheontrembleàlenvironetcettealarmeuniverselleest louvragedunmoucheronunavortondemoucheencentlieuxle harcèletantôtpiqueléchineettantôtlemuseautantôtentreaufond dunaseaularagealorssetrouveàsonfaîtemontéelinvisibleennemi triompheetritdevoirquilnestgriffenidentenlabêteirritéequi delamettreensangnefassesondevoirlemalheureuxlionsedéchire luimêmefaitrésonnersaqueueàlentourdesesflancsbatlairqui nenpeutmaisetsafureurextrêmelefatiguelabatlevoilàsur lesdentslinsecteducombatseretireavecgloirecommeilsonnala chargeilsonnalavictoirevapartoutlannonceretrencontreen cheminlembuscadedunearaignéeilyrencontreaussisafinquelle choseparlànouspeutêtreenseignéejenvoisdeuxdontluneestque ntrenosennemislesplusàcraindresontsouventlespluspetitslautre quauxgrandspérilstelapusesoustrairequipéritpourlamoindre affaire

Pour s'y retrouver dans un bloc aussi compact, il fallait plus que jamais des blancs et des signes. Le typographe rayonnait. Plus vite, Jeanne ! Un point d'exclamation. Et maintenant des guillemets. Mon Dieu, que c'est drôle ! Drôle et vrai !

« Va-t'en, chétif insecte, excrément de la terre ! »
C'est en ces mots que le lion
Parlait un jour au moucheron.
L'autre lui déclara la guerre.
« Penses-tu, lui dit-il, que ton titre de roi
Me fasse peur, ni me soucie ?
Un bœuf est plus puissant que toi,

Je le mène à ma fantaisie. »
À peine il achevait ces mots
Que lui-même il sonna la charge,
Fut la trompette et le héros.
Dans l'abord il se met au large ;
Puis prend son temps, fond sur le cou
Du lion, qu'il rend presque fou.
Le quadrupède écume, et son œil étincelle ;
Il rugit, on se cache, on tremble à l'environ ;
Et cette alarme universelle
Est l'ouvrage d'un moucheron.
Un avorton de mouche en cent lieux le harcèle,
Tantôt pique l'échine, et tantôt le museau,
Tantôt entre au fond du naseau.
La rage alors se trouve à son faîte montée.
L'invisible ennemi triomphe, et rit de voir
Qu'il n'est griffe ni dent en la bête irritée
Qui de la mettre en sang ne fasse son devoir.
Le malheureux lion se déchire lui-même,
Fait résonner sa queue à l'entour de ses flancs,
Bat l'air, qui n'en peut mais ; et sa fureur extrême
Le fatigue, l'abat ; le voilà sur les dents.
L'insecte du combat se retire avec gloire :
Comme il sonna la charge, il sonna la victoire,
Va partout l'annoncer, et rencontre en chemin
L'embuscade d'une araignée :
Il y rencontre aussi sa fin.
Quelle chose par là nous peut être enseignée ?
J'en vois deux, dont l'une est qu'entre nos ennemis,
Les plus à craindre sont souvent les plus petits ;
L'autre, qu'aux grands périls tel a pu se soustraire
Qui périt pour la moindre affaire.

Dario s'est approché.
— Vous avez compté le nombre de points-virgules ? Au

moins six ! Vous ne trouvez pas qu'il exagère, votre La Fontaine ?

M. Traversière le toisa avec tout le mépris du monde :

— On n'utilise presque plus le point-virgule. On a tort. Il donne du rythme à la phrase, sans la couper. Il la réveille, il la relance.

— Vu comme ça… Je vais m'en souvenir.

L'orchestre rendait les armes. Les batteurs tapaient, mécaniques, sur leur tambour. Le violoniste jouait le nez collé contre les cordes. Il titubait. Tom, quant à lui, dormait, la tête appuyée contre sa guitare. La fatigue de son voyage avait eu raison de lui. Il tenait la main d'une toute jeune trompettiste, elle aussi assoupie. Où avait-il trouvé le temps de lui conter fleurette ? Ô mon frère ! Tous les deux souriaient. Nous approchions de la fin : il ne restait plus que quelques mots sur la plage.

deloinleremorqueurasifflésonappelapasséleponteencore unearcheuneautreléclusesunautrepontloinplusloinilappelait versluitouteslespénichesdufleuvetoutesetlavilleentièreetleciel etlacampagneetnoustoutquilemmenaitlaseineaussitoutquon nenparleplus

J'avais reconnu un voyage, le voyage au bout de la nuit d'un écrivain dont le nom est un prénom de femme : Céline.

Le rythme las et saccadé convenait à son histoire. Les mots se sont écartés tranquillement les uns des autres, sans protester :

De loin, le remorqueur a sifflé, son appel a passé le pont…

Le vieux typographe a redressé son dos cassé.

— Et voilà le travail !

Il avait parlé un peu trop fort.

Un peu trop aigu. Un peu trop solennel. Deux ou trois mouettes ont ricané, selon leur habitude.

Mais nous, nous l'avons applaudi.

Il est reparti, sans rien demander, la mine grave, en marmonnant des phrases sur « l'importance de ces choses-là » et « le je-m'en-foutisme de la jeunesse ».

Sa silhouette a diminué, diminué, jusqu'au bout de la plage, jusqu'à disparaître.

Épilogue

Le Lion, *Harry Potter*, *L'Odyssée*, *Voyage au bout de la nuit*…

Et maintenant ?

Je savais bien que jamais je n'en aurais fini avec la ponctuation. Aussi longtemps que je vivrais, et donc aussi longtemps que j'écrirais des histoires, je me battrais avec les signes, je m'acharnerais à bien placer les virgules dans mes textes. Et les points. Et les points-virgules. Sans oublier les tirets, les crochets, les chevrons auxquels je n'avais pas jusqu'ici prêté assez d'attention.

Mais une petite voix me parlait. Elle me venait de tout au fond, là, au milieu du ventre, entre cœur et nombril :

— Toi aussi, tu as une histoire, Jeanne, ton histoire secrète l'heure est venue de la raconter.

J'ai rougi, comme chaque fois que quelqu'un s'adresse à moi, même si ce quelqu'un qui me parle n'est autre que moi.

C'était le soir, je me souviens, le soir de mon triomphe. Tout le monde m'avait félicitée.

Le chef de l'État, d'abord. Je l'avais impressionné. Sinon, pourquoi m'aurait-il vouvoyée ?

« Bravo ma petite Jeanne, on voit que vous maîtrisez les mots comme personne. Je ne vous lâche plus. Préparez-vous à me rédiger mon discours du 31 décembre, celui des Bons Vœux. Vous ne serez pas déçue par votre salaire ! »

Dario :

« Tu sais ce qu'il m'a dit, M. Henri, juste avant de mourir ? "Je me sens un peu faible, ces temps-ci. Mais sitôt rétabli, je demande à Jeanne de m'écrire une chanson. Cette fille a les paroles dans le sang." »

Mon frère Tom, même lui, a daigné saluer sa sœur :

« Je ne t'aurais jamais cru capable d'une telle intelligence. Tu es la preuve vivante que la musique peut améliorer les cas les plus désespérés ! Tu n'as plus besoin de moi ? Je retourne à New York. »

Mais ce sont les mots, mes amis les mots, qui se sont montrés les plus reconnaissants, les plus affectueux.

« Nous n'oublierons jamais, Jeanne, jamais, jamais ce que tu as fait pour nous. Dès que tu as besoin de nous, appelle ! Nous arriverons tout de suite, même les plus rares d'entre nous, même ceux qu'on ne trouve pas dans le dictionnaire. Et nous te promettons, mieux, Jeanne, nous te jurons de ne plus te faire enrager. Plus jamais, jamais nous ne te jouerons la mauvaise blague du mot sur la langue, tu sais bien, Jeanne, ce mot qu'on sent tout proche et qui refuse de se montrer. Fini, ces espiègleries ! Maintenant, nous sommes de vrais alliés, Jeanne ! À la vie, à la mort ! À partir de maintenant, dès que tu auras l'idée d'un mot, ce mot apparaîtra. »

Là, j'ai souri. Je savais bien qu'ils ne tiendraient pas leur parole. Il est dans la nature des mots de jouer avec la patience de l'écrivain.

Qu'ils étaient mignons ce soir-là ! Ils me caressaient la main, ils se promenaient sur ma joue, ils ne voulaient pas me laisser.

Une équipe de plongeurs avait été récupérer les livres dans l'épave. Nous les avions alignés sur la plage. En un rien de temps, le soleil les avait séchés. L'heure était venue pour les mots de regagner leurs demeures. C'est peu dire qu'ils renâclaient. On peut les comprendre : perspective peu réjouissante que celle de passer le restant de ses jours emprisonné toujours dans la même phrase. Elle-même située toujours au même endroit de la même histoire. Elle-même collée toujours dans le même livre.

Malgré l'inconfort de leur séjour sur la plage, une folle envie de liberté était venue aux mots, semblable à celle des collégiens, les dimanches soir, quand l'heure a sonné de rejoindre leur pensionnat.

Émerveillement et *rhinocéros* menaient la révolte :

— Laissez-nous une récréation !

— Nous l'avons bien mérité !

— Oh, s'il te plaît ! Encore une heure avant de réintégrer notre geôle !

— Tu l'as dit, Jeanne : la ponctuation donne du rythme. Prouvons-le.

C'est ainsi que l'idée vint à *remorqueur* :

— On en a marre de toujours raconter ! De seulement raconter ! Si on dansait ?

Personne n'aurait imaginé qu'une telle suggestion puisse venir de ce mot-là qui évoque la force, la puissance, mais non la grâce, la légèreté de la danse.

Il répéta :

— Si on dansait ? Puisqu'on a un orchestre !

Une clameur lui répondit. Et, d'un seul coup, les mots commencèrent à se trémousser. D'autant que les musiciens, soudain ressuscités, y compris mon Tom et sa fiancée, s'étaient mis à jouer une salsa endiablée.

Dario prenait son rôle très au sérieux. Il passait et repassait

au milieu des phrases qui chaloupaient, ondulaient, se déhanchaient. Il donnait des conseils de professionnel :

— Plus cambré ! Et toi, respire, relâche-toi…

De temps en temps il s'approchait de nous, Sébastien, le vieux typographe, et moi, pour reprendre souffle et s'abreuver.

— Quelle fête, mes enfants ! Qui aurait pu penser que la ponctuation engendre tant de joie ? Cette beauté me donne soif, pas vous ?

On lui tendait et retendait la grosse bouteille brune. Le rhum agricole lui redonnait de la mémoire.

— La ponctuation et la danse… J'y pense… Dès le XVIe siècle on a tenté de noter les pas de danse, les enchaînements. Raoul Feuillet, ça ne vous dit rien ?

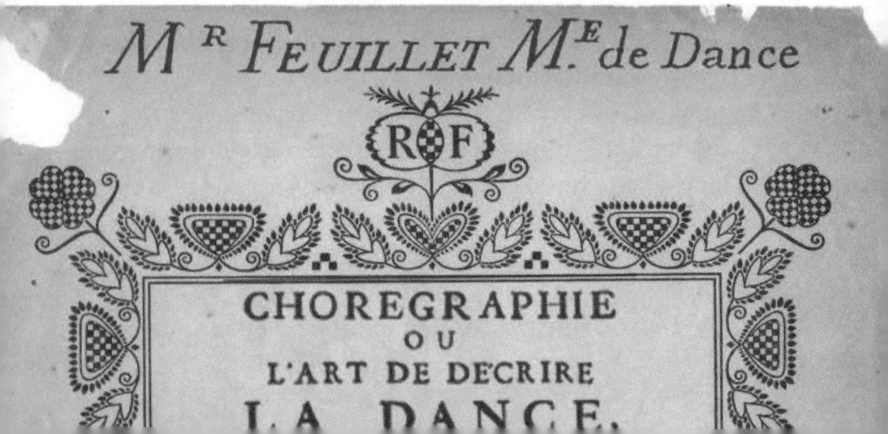
Mr Feuillet Me. de Dance

RF

CHOREGRAPHIE
OU
L'ART DE DECRIRE
LA DANCE.

Nous lui avons avoué notre ignorance.

— C'est lui le grand maître de l'écriture de la danse. Son livre est paru en 1700. Vous vous rendez compte ? Et on l'utilise encore aujourd'hui. Attendez que je me rappelle : *L'art de décrire la danse par caractères, figures et signes démonstratifs.* Ce n'est pas de la ponctuation, ça ?

Sous le regard effaré des mouettes, des sternes et des crabes, la plage s'était changée en dancing géant, sans aucun doute le premier dancing jamais réservé au plaisir des mots.

C'est l'épuisement qui décida de la fin du jeu. Un à un, les musiciens s'effondraient, glissaient vers le sable où ils s'endormaient dans l'instant. Le dernier à résister fut la *señora* Pons, notre star régionale du saxophone. Et l'air, soudain, fut vide de musique.

Les mots auraient volontiers continué. Des acharnés s'agitaient toujours. Mais ils savaient bien que la récréation était finie. Un à un, ils sont venus me saluer, au revoir, Jeanne, à bientôt et merci, merci ! À regret, à petits, tout petits pas ils ont rejoint leurs histoires. Je veux dire qu'ils ont repris leur place, dans les livres. Le lion a été le dernier.

— Jeanne, j'ai une idée. Une fois par an, on sortirait tous les livres de leurs rayons ; on les ouvrirait grand ; et on permettrait aux mots d'aller prendre l'air. Le soir, juré, nous reviendrions en bien meilleure forme. Qu'en penses-tu ?

J'ai presque crié d'enthousiasme et promis de tout faire pour que cette journée de vacances leur soit accordée. En voyant disparaître ce cher lion, j'avais les larmes aux yeux.

Plus tard, les musiciens s'en sont allés aussi. J'ai voulu embrasser Tom. Trop tard, il avait disparu, sans doute en compagnie de sa nouvelle amie trompettiste.

Et je suis demeurée seule.

Et pourtant, je sentais une présence.

Quelqu'un, ou quelque chose, respirait à proximité. Je me suis retournée. Personne. Entre les cocotiers et le bord de l'eau, rien.

Alors ?

Je me rappelai une vieille expression : *qui vive*. C'était le cri des sentinelles suspectant une présence ennemie : *halte-là, qui vive* ?

Halte-là, qui vivait sur cette plage apparemment déserte ?

Je résistai à la tentation de fuir. Jeanne manque souvent d'intelligence, vous l'avez constaté, mais elle a du courage. Recouvrant peu à peu mon calme, j'analysai la situation, avec toute la logique dont ma tête était encore capable.

1. Éliminons les crabes et les œufs de tortue, invisibles mais sans doute enfouis dans le sable. Ni les uns ni les autres ne respirent de cette manière.

2. Excluons les bulldozers, les pauvres. Comment auraient-ils pu émettre le moindre son avec leurs moteurs détruits ?

3. Reste la mer.

Tout le monde sait qu'elle respire. Elle inspire en montant. Elle expire pour descendre. Et toutes les deux ou trois minutes, des vaguelettes, même par vent nul et calme plat, partent à l'assaut du rivage.

Je me suis éloignée. J'ai quitté la plage. Pour en avoir le cœur net, j'ai traversé la route côtière, déserte à cette heure. J'ai marché jusqu'à un champ, le plus tranquille que j'aie pu trouver, sans vaches, ni moutons. Ma seule compagnie visible était celle d'un héron cendré. J'ai tendu l'oreille. Le bruit continuait, toujours le même, le souffle d'une respiration, la preuve d'une présence qui, là où je me trouvais, ne pouvait plus être celle de l'océan.

À ce moment, des libellules ont décidé de m'aider. Elles se sont mises à me tourner et retourner de plus en plus près, et de plus en plus vite, au-dessus du crâne. Malgré mon idiotie congénitale, j'ai fini par comprendre qu'elles voulaient me faire passer un message.

Je me suis concentrée.

Et la vérité m'est apparue : la *présence* que je cherchais partout, et d'abord dans la mer, était en moi. Bien caché, tout à fait dissimulé derrière la mécanique de mes poumons, un autre engrenage tournait, la machinerie de mes sentiments.

Quelle était donc cette joie qui montait, montait en moi, cette gaieté qui, depuis quelque temps, me faisait rire tout bas, cette lumière qui me réveillait la nuit, cette chaleur qui m'envahissait le ventre ?

Et pourquoi, soudain, cette vague s'arrêtait-elle ? Net. On aurait dit que, au lieu de redescendre tranquillement, comme toutes les vagues normales, elle tombait droit dans un gouffre. Et m'entraînait, bien sûr, avec elle. Pourquoi devenais-je soudain triste, si triste, désespérée alors que l'instant d'avant j'habitais au Ciel, parmi les anges ?

Quelle ponctuation inventer pour décrire ce genre de cassures ?

Un point de « basculement dans le vide » ? Un point de « chute vers les enfers » ?

Quels dessins choisir pour cette ponctuation nouvelle ? La ligne brisée Σ ? Les flèches ↑↓ ? Écrivez-moi si vous avez des idées. On partagera les droits d'auteur.

Moi, Jeanne, un jour, je compléterai la grammaire pour qu'elle tienne plus fidèlement compte des fluctuations de notre humeur. Mais peut-être ce rôle est-il celui de la musique ? Les mots, les phrases, même soigneusement ponctuées, ne peuvent pas tout dire. Sans doute que, pour exprimer la mobilité, la fantaisie, la liberté indomptable des sentiments, rien ne vaudra jamais une mélodie.

15'
O'
F'
C'
S
P
P'
F
G
T
Q
H
C
D
E
R
Y
U
L
M
B
A
3
4

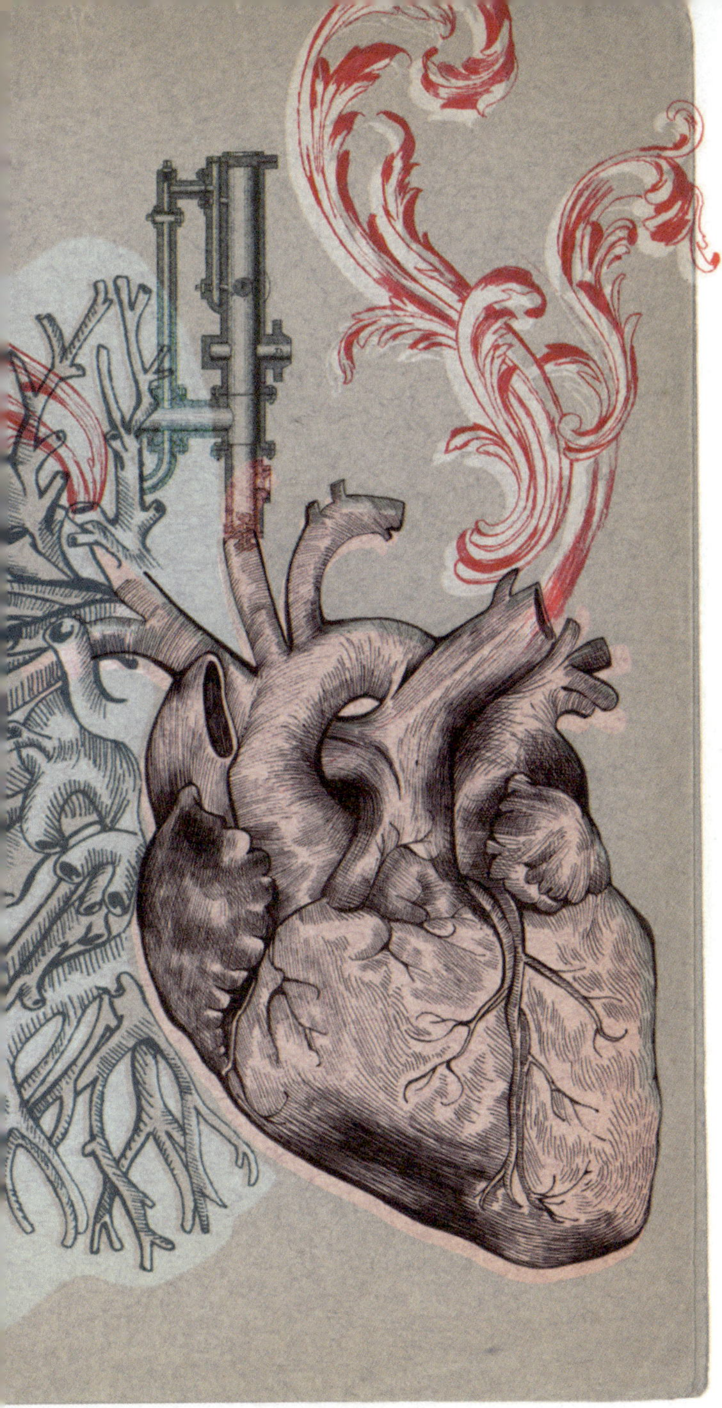

Il fallait que je parle à quelqu'un. Je me suis approchée du héron cendré et lui ai dit mon rêve. Car je savais bien le nom de cette machine à l'œuvre en moi. Je savais même son prénom. Le héron m'a écoutée, avec attention, et s'est envolé.

Mon rêve fut exaucé trente-deux jours plus tard, pas un de moins. Peut-être les hérons cendrés ont-ils pour mission de transporter nos rêves, jusqu'à une fabrique où quelqu'un décide (ou ne décide pas) de les changer en réalité ?

— Quelqu'un pour toi vient d'arriver au port.

Dans notre île, personne ne peut débarquer incognito. À l'instant où le visiteur (ou la visiteuse) pose le pied sur le quai, tout le monde connaît son identité. Et tout le monde devine pour qui (femme ou homme, jeune ou vieux) le visiteur (ou la visiteuse) a fait ce long voyage.

Ce visiteur-là n'eut pas besoin de poser la moindre question. Tout le monde avait l'air de l'attendre. On lui a tout de suite indiqué la direction.

— Pour la maison de Jeanne, vous ne pouvez vous tromper. Rond-point des alizés, direction plage de la bibliothèque naufragée. Et là, c'est tout au bout, juste avant la sécherie de poissons. Je vous préviens, ça sent mauvais par vent d'ouest. Bon séjour quand même.

Je l'attendais derrière la porte. Je me suis avancée vers lui en luttant de toutes mes forces pour rester calme, pour jouer la fille contrôlée. Je savais bien qu'une amoureuse, trop visiblement, trop bruyamment, trop démonstrativement amoureuse dégoûte les garçons, surtout les garçons indiens. Et lentement, très lentement, je me suis installée au milieu de ses bras.

De la suite, vous ne saurez rien, indiscrets lecteurs que vous êtes et voyeurs, si voyeurs.

Sachez seulement que toute la nuit mon corps vibra, de mille et une manières. Et que, le lendemain, lorsque je vins lui présenter Amitav, Dario nous accueillit ainsi à la porte de son Musée du rythme :

— Bienvenue les amoureux ! Pas besoin de vous faire visiter, il me semble. Quelque chose me dit que, pour le rythme, vous n'avez besoin de personne.

Puis il me prit par l'épaule.

— J'ai à te parler, Jeanne.

Nous nous éloignâmes de quelques pas, suivis par le regard noir d'Amitav. Oh, le délice de constater de la jalousie chez celui qu'on aime !

— Jeanne, écoute-moi bien !

Dario avait cessé de sourire. Je vous le rappelle : Dario

ne fonctionne pas comme nous. Quand il sourit, c'est pour masquer sa tristesse. Quand il devient grave, c'est que la joie de vivre lui revient. Comme ce matin-là.

— Jeanne, je suis heureux.

— Bonne nouvelle ! Ça t'arrive si rarement. Tu peux me dire la raison ?

— Ton amour va durer.

— J'aimerais, oh, j'aimerais tant. Mais qu'est-ce qui te fait croire ça ?

— Tu es grammairienne.

— Et alors ?

— Une grammairienne a le sens des accords, un amour est le Grand Accord, non ?

— Vu comme ça…

— Il y a plus. Une grammairienne a aussi le sens du rythme, tu me l'as prouvé.

— Quel rapport ?

— L'amour est une affaire d'esprits et de peaux qui se plaisent. Mais c'est tout autant une question d'horloges.

— Tu es bien grave et mystérieux, aujourd'hui !

— Chacun des amants a une horloge en lui. Et les deux horloges doivent s'accorder.

— Là, je ne comprends plus.

— La grammaire. Les humeurs se succèdent en nous, parfois mauvaises, parfois bonnes, comme le soleil suit la pluie. Rien de grave. Entre chaque humeur, tu poseras une virgule, sans t'inquiéter.

Dario rejoignait mon intuition. Moi aussi, j'avais compris l'utilité de la ponctuation en pensant à la mécanique fragile – ô combien ! – des sentiments. Dario, sourcils froncés, continuait son cours.

— Plus grave, beaucoup plus grave, le point à la ligne. Alerte rouge !

— Je veux être bien sûre de te suivre. Explique-moi : dans un amour, qu'est-ce qu'un point à la ligne ?

— Tu te disputes avec ton amant. La nuit tombe. Vous vous endormez sans vous être réconciliés. Mauvais. Les rêves peuvent vous éloigner l'un de l'autre. La nuit n'est plus une virgule banale, la séparation tranquille entre deux journées. La nuit s'est changée en un point, qui peut devenir final.

Dario s'était remis à sourire. Preuve que la tristesse avait repris possession de lui. Pauvre Dario ! Ses amours passées (ses amours manquées) devaient lui revenir en mémoire.

— Alors toi, tu n'as jamais réussi à aimer ?

— Oh moi ! J'ai beau savoir danser, je suis le roi du contretemps. Parce que, tu le sais bien, je ne connais rien à la ponctuation : je prenais les virgules pour des points. Alors je me fâchais pour une broutille. Et ma fiancée partait. Ou l'inverse : je prenais des points pour des virgules. Je m'approchais alors qu'elle voulait de la tranquillité. Résultat…

— Ta fiancée partait aussi.

— Bonne chance, Jeanne ! Bonne chance. Et si tu te perds dans les horloges, pardon, la ponctuation, bref si tu as besoin de musique, tu connais mon adresse. J'aurai toujours un orchestre pour redonner de la danse à ta vie.

REMERCIEMENTS

À tout seigneur, tout honneur, merci au président-poète-grammairien Léopold Sédar Senghor. Qu'il me pardonne d'avoir quelque peu bousculé la chronologie pour le faire entrer dans mon histoire. Je me souviens avec tellement d'émotion de nos rencontres. Il avait quitté le pouvoir, *volontairement*. Rareté partout dans le monde, et surtout en Afrique. Il me recevait dans son petit appartement parisien, 1, square de Tocqueville. François Mitterrand m'avait confié la tâche d'organiser un premier sommet francophone. Léopold Sédar Senghor me prodiguait de judicieux et malicieux conseils.

Merci à Danièle Leeman. Si savante grammairienne, si généreuse, si sévère parfois. Depuis maintenant huit ans, elle veille sur cette folle entreprise : tenter, en racontant, de donner le goût de la grammaire aux jeunes générations.

Merci à l'école de Villaines-les-Rochers qui me fait l'honneur de porter mon nom. Merci à sa formidable directrice, Sophie Charreau. Merci à la grande équipe du CM2, Alix, Arthur, Audrey, Aymeric, Félix, Justine, Kristal, Lila, Mélanie, lectrices et lecteurs aussi inventifs qu'implacables.

Merci à Elzée, Daphné, Anna, Achille, Augustine et Alexis, qui ne m'ont pas fait de cadeau !

Sans oublier les deux fées, spécialistes de la métamorphose des manuscrits, Charlotte Brossier et Marie Eugène.

LA FABRIQUE DES MOTS

Pour Alphonse, Diane,
Hector, Jeanne, Jude,
Merlin, Nestor, Nils,
Nina et Rose

I

Où les dictionnaires sont incendiés

Méfiez-vous ! Les mots ne sont pas ce qu'on croit : de petits animaux doux et dociles, auxquels il n'arrive jamais rien.

Les mots aiment l'amour. Mais aussi la bataille. Ils se trouvent ainsi mêlés à toutes sortes d'aventures, sentimentales et dangereuses.

Dangereuses pour ceux qui les racontent.

Dangereuses aussi pour ceux qui les écoutent.

Il y a des histoires qui sont des déclarations de guerre.

Voilà pourquoi, moi, Jeanne, je me suis tue. J'ai préféré attendre que le temps passe. J'étais petite, à l'époque, dix ans et quelques mois.

Mais l'heure est venue de parler.

Qu'importent les risques.

Viendrez-vous à mon secours si je suis attaquée ?

Fermez les portes et les fenêtres.

Et pas de papier, aucun crayon, encore moins de mail (on dit aussi « courriel ») ou de SMS. Je ne veux pas de notes. Il ne faut laisser aucune trace. Tendez juste l'oreille. Et ouvrez bien votre mémoire.

Vous êtes prêts ?

Il était une fois…

Ce jour-là, rien n'annonçait le drame. C'était un dimanche. Dès le matin, la mer, tranquillement, sans qu'on le lui demande, avait atteint la température idéale. Vingt-sept degrés. Et les poissons multicolores semblaient nous attendre pour commencer à jouer. Il faut dire que nous les connaissons bien. Nous les appelons par leurs noms : le pygoplite (jaune et bleu, rayé de blanc), l'empereur (queue orange, lunettes presque noires), l'ange géographe (celui qui porte, au milieu de son corps bleu, cette tache jaune qui rappelle l'île de Madagascar…) et la foule de poissons-perroquets (de toutes les couleurs possibles).

Des requins passaient et repassaient. Comme d'habitude. Personne n'en avait peur. Nos squales à nous sont gentils, au contraire des requins mako, tigre, bouledogue, longimane et surtout du grand blanc, le redoutable, le mangeur d'hommes.

Comment sommes-nous devenus si savants ? Mais, les amis, notre cour de récréation est une plage. Vous nous jalousez ? Vous avez raison ! Nous habitons un paradis.

Il était une fois

Le vent alizé balançait doucement les cocotiers, juste assez pour que de temps à autre une noix tombe. Un coup de machette et le liquide frais et sucré coulait dans notre gorge.

Vers midi, l'air, déjà riche en parfums divers (vanille, mangue, vétiver...), s'emplit de ces bouffées qui donnent faim : rhum, dorade grillée, citron vert, le déjeuner se préparait.

Et, dès la tombée de la nuit, certaines senteurs d'agneau sur la broche et de goyaves juste ouvertes nous chatouillèrent les narines.

Bref, le bonheur : un jour férié ordinaire dans notre archipel.

20 heures. Le journal télévisé s'ouvrit sur le gros visage rond, chauve et furibard de notre Président à vie et même au-delà : Nécrole.

Pourquoi cette nouvelle colère ?

À Paris, les savants qui mesurent tout ont dû nous croire secoués par un tremblement de terre. Car l'île entière a frémi, sitôt entendues les premières phrases de son discours.

Cet homme-là est capable de tout.

Quelle folie l'avait encore pris ?

Quelle faute impardonnable avions-nous pu commettre pour hériter d'un tel dictateur ?

Il a commencé.

« Bavards !

Vous êtes un peuple de bavards !

Des bavards perpétuels !

Bavards par oral et bavards par écrit !

Je vais vous guérir de cette maladie-là qui nous empêche de tenir notre place dans la compétition mondiale.

Comment travailler quand on parle tant ? »

Nous nous regardions. Bouche bée, c'est-à-dire ouverte. Enfermé dans son studio, Nécrole poursuivait.

« Écoutez-vous !

Vous parlez tout le temps !

Même la nuit. Je me suis promené dans notre capitale. Nos nuits sont assourdissantes. Vous n'arrêtez pas. Blabla et blabla et blabla. Même en dormant. Vous ne pouvez pas rêver sans marmonner.

J'ai réfléchi. Comment vous sauver ?

Vous avez trop de mots.

Alors j'ai décidé. Dès à présent, j'interdis les mots inutiles.

Lesquels sont autorisés ?

La liste vous en sera communiquée, de même que les mesures annexes.

Et grâce à l'effort de tous, et de chacun, nous aurons tôt fait d'éradiquer cette peste : le verbiage.

Vive la Nation ! Vive ma Présidence à vie ! »

Quelle nouvelle folie avait saisi notre dictateur ? Évidemment, c'était plus facile de déclarer la guerre aux mots que d'affronter le chômage !

Nous étions tous sortis dans la rue pour commenter le discours. Nous ne l'avons pas vue tout de suite, cette fumée qui s'élevait là-bas, vers la colline, ligne noire dans le ciel clair de lune.

Quelqu'un finit par crier :

— Un incendie !

— Ça m'a l'air…

— Oui, ça vient de chez le Capitan.

— Ce serait trop triste. Il y a mis toute sa vie.

— Vite, les pompiers !

Devant la caserne, un cordon de policiers montait la garde. Nous avons crié :

— Alerte ! Alerte ! Ouvrez les portes ! Ça gagnera du temps pour les voitures rouges !

Pas un mouvement chez les forces de l'ordre.

Je m'approchai du sergent (je m'y connais dans les grades) et le secouai.

— Qu'est-ce qui t'arrive ? Tu dors ou quoi ? Tu te rends compte ? Ça flambe chez le Capitan !

Aucune réaction. Je l'entendis juste maugréer : « Je n'y peux rien, les consignes sont les consignes. » Et relevant la tête, je vis la mine désolée de deux pompiers penchés à une fenêtre au premier étage. D'un geste de la main, paume ouverte, comme s'ils essuyaient une vitre, ils confirmèrent. « Nous n'y pouvons rien. »

Nous sommes allés chercher des seaux et avons couru jusqu'à la colline.

Immobile, encore bien campé sur ses deux pieds, tel un boxeur qui a baissé les bras et prend des coups et tangue et ne tombe pas et résiste, pour l'honneur, le Capitan, magnifique et noble sous ses cheveux blancs, regardait brûler sa maison c'est-à-dire l'œuvre de sa vie.

Nous nous sommes précipités vers le puits.

— Inutile, dit une femme, le feu est trop fort.

— Comment est-ce arrivé ? Un accident ?

— Tu parles ! Quatre départs à la fois ! Il ne doit déjà plus rien rester.

Alors nous avons compris, ou plutôt vérifié (car nous le

savions depuis si longtemps déjà) que Nécrole était aussi dangereux que ridicule. Le ridicule et la capacité de nuire font souvent excellent ménage. Chez Nécrole, la malfaisance et le grotesque se faisaient la courte échelle pour atteindre des sommets. Comme chez Kadhafi en Libye, comme chez un certain empereur Bokassa, au centre de l'Afrique. Nécrole avait bel et bien commencé de s'attaquer aux mots.

Le Capitan, un jour, m'avait fait visiter son repaire.

— Puisque tu aimes les histoires, Jeanne…

Le cœur battant, j'avais pénétré dans le sanctuaire, une sorte de chapelle tout en bois et, du sol à la voûte, tapissée de livres.

Après un moment de stupeur et d'émerveillement, je m'étais mise à fouiner.

— Cherche, Jeanne, oui, cherche ! Avec ton nez retroussé, tu ressembles à un petit chien.

Quelle déception !

— Mais où sont-elles ?

— Qui donc ?

— Mais les histoires, je n'en vois pas une seule !

Je me souviens. Je marchais de plus en plus vite le long des rayonnages et ne trouvais rien d'intéressant. Pas un livre d'enfant ! Pas une bande dessinée ! Et pas non plus de roman, pas de biographie, rien que… des dictionnaires ! Des dictionnaires aux titres alléchants pour certains, d'accord (*Dictionnaire des papillons d'Asie*, *Dictionnaire des vents du monde*). Mais pour d'autres tellement inutiles (*Dictionnaire arabo-esquimau*, *Dictionnaire des injures slovènes*)…

— Pourquoi, Capitan ? Quelle drôle de collection ! Comme vous devez vous ennuyer avec eux !

— Ne crois pas ça, Jeanne, surtout toi qui aimes les histoires.

Le voilà qui recommençait avec ses histoires. Mais où les voyait-il ?

Il s'amusait franchement.

— Un jour, tu prendras la route, Jeanne, sur terre ou sur mer. Un jour tu t'en iras, c'est ta nature, je le sais. Mais, lire ou voyager, tu devras choisir. Car les livres sont trop lourds pour qu'on en emporte beaucoup. Si tu devais choisir un seul livre en guise de compagnon, lequel prendrais-tu ?

— *Alice au pays des merveilles.*

— Parfait, Jeanne, parfait. Eh bien, tu vois, moi, avant de m'embarquer pour six mois, pour un an autour du monde, je me promène ici, parmi tous mes chers dictionnaires. Ils me supplient, je t'assure, ils m'implorent. Ils me tendent les bras : « Emmène-moi, Capitan ! »

— Je suis jeune, Capitan, expliquez-moi ! Ces pauvres dictionnaires, je comprends qu'ils veuillent voir du pays. On doit compter les heures sur ces étagères et pire, dans le noir. Mais vous ? Quel intérêt pour vous ?

— Les bons dictionnaires racontent la vie de chaque mot.

— Parce que les mots ont une vie ?

— Bien sûr ! Une vie plus longue que la tienne et même que la mienne. Dans chaque dictionnaire, il y a 30 000 à 40 000 mots. Donc 30 000 à 40 000 histoires. En un seul livre !

— Je commence à comprendre.

— Et avec tous ces mots, tu peux construire les histoires que tu veux. Comme un maçon. Tu imagines quelle maison folle il pourrait bâtir avec tant de briques. Les mots sont des briques, Jeanne, nos briques ! Les briques de nos phrases. Les briques de nos rêves. Les briques de notre fantaisie, les briques de notre espérance.

Et maintenant, la bibliothèque brûlait. Dégageant tant de chaleur qu'il était impossible de s'avancer.

Je venais seulement de me rendre compte qu'une foule nous entourait. Et qu'on pleurait tout autour. Je les reconnaissais. Les poètes et les chanteurs de l'île. Qui étaient tous venus emprunter au Capitan l'un de ses dictionnaires de rimes, surtout la nuit, pour qu'on ne les voie pas. Les poètes et les chanteurs aiment bien faire croire qu'ils n'ont comme alliée que la seule inspiration.

Une chanson douce
Que me chantait ma maman
En suçant mon pouce
J'écoutais en m'endormant.

Qu'est-ce qu'une rime, les amis ? Je me suis souvenue de la définition officielle : « Sons identiques à la fin de chaque ligne. »

Oui, des sons qui reviennent sans cesse, comme les petites vagues tout au long de la plage, des sons qui unissent chaque phrase à la suivante, on dirait que grâce aux rimes, elles se tiennent par la main, les phrases, elles forment une ronde aussi grande que la Terre…

II

Où l'on découvre la liste des mots autorisés

Et puis des jours et des jours passèrent.

Sans que Nécrole donne suite à son discours.

D'autres incendies avaient éclaté, de vieux livres avaient disparu. Mais personne n'avait pu établir de lien entre ces événements malheureux. La véritable guerre n'était pas encore déclarée.

Presque chaque soir, à la sortie de l'école, au lieu d'avancer nos devoirs, nous allions consoler le Capitan. Nous l'aidions à entasser le bois brûlé, à balayer la cendre.

Il ne voulait pas reconstruire. « Trop tard dans ma vie », répétait-il. Alors nous lui faisions le seul cadeau qui l'apaisait : lui prêter nos oreilles. Nous nous asseyions autour de lui et sans fin écoutions le récit de ses voyages.

« Je me souviens, une nuit, à Java. »

« C'était la troisième, non, la quatrième fois que je passais le Horn par le même temps toujours pareil, déchaîné… »

« Un jour, il faudra que je vous parle des saumons de Chiloé… »

Il semblait avoir oublié sa « famille », comme il appelait, avant l'incendie, ses chers dictionnaires.

Il ne reparlait plus que d'un seul, son préféré, le *Grand Dictionnaire des étymologies*.

— Vous savez pourquoi, les enfants ? Parce que grâce à lui, je me promenais dans le temps. L'étymologie, c'est l'étude de l'origine des mots. Vous voulez un exemple ? Attendez que je farfouille dans ma mémoire. Voici. *Réussir*. Le point de départ, c'est un verbe italien, *Uscire*, qui veut dire « trouver la sortie ». Plus tard, la langue française l'a accueilli en l'habillant à sa manière. *Réussir*. Et le sens a changé, peu à peu, au fil des siècles. À quoi vous fait penser *Réussir* ?

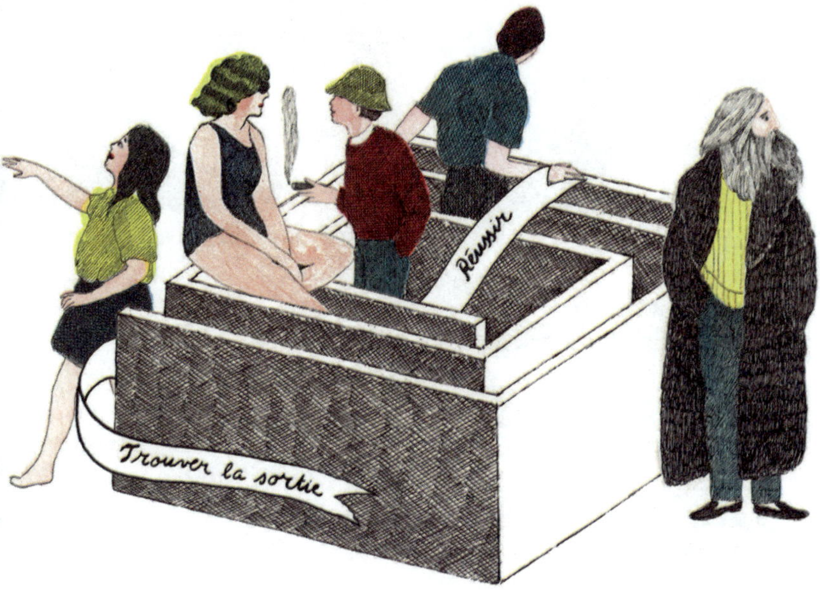

Rhum

— À beaucoup d'argent.
— Avec un gros cigare.
— Une belle femme blonde.
— Oui, très belle.
— Et même vulgaire !
— Avec de gros seins faux.
— Je vois une énorme maison, protégée par des murs et des caméras pour éviter les voleurs.

Le Capitan s'amusait.

— Vous voyez comme c'est drôle : au début, *Réussir*, c'était trouver la sortie. Aujourd'hui, c'est se protéger pour que personne n'entre !

Quand il riait, ses rides s'effaçaient, il rajeunissait, lui aussi remontait dans le temps, vers l'origine des mots.

Bref, nous avions oublié Nécrole.

Mais un matin…

Ce matin-là, lorsqu'elle entra dans la classe, le visage de notre maîtresse nous effraya. Les paupières bouffies, de qui a beaucoup pleuré. La peau grise, de qui a trop peu dormi. Un pull jaune canari sur une jupe rouge framboise, des habits dépareillés, typiques de qui s'est habillé au dernier moment, n'importe comment, peut-être même dans le noir, on connaît les filles, petit coup d'œil au miroir : « Je suis à faire peur aujourd'hui, j'éteins la lumière. »

Pauvre Mlle Laurencin ! Elle si belle, qui avait bien pu la détruire à ce point ? Un amoureux assez bête, et cruel, pour ne pas respecter un tel trésor ? Qu'on nous donne vite son nom et son adresse ! Il allait passer un mauvais quart d'heure ! Nous avons beau ne pas être bien vieux, nous avons déjà deux costauds dans la classe, Gaël et Terry.

Nous sommes vingt-trois, y compris Hippolyte, l'éternel absent dans sa tête. Quarante-six yeux suivirent notre enseignante lorsqu'à pas hésitants elle gagna son bureau.

Quarante-six sourcils furieusement froncés. Quarante-six petits poings serrés. Plutôt que de s'asseoir, elle se laissa tomber sur sa chaise. Et elle nous regarda, l'un après l'autre, les vingt-trois, en prenant tout son temps, elle d'habitude si pressée, toujours courant après ce satané programme, notre ennemi, celui qu'il fallait achever avant mi-juin (comme on dit « achever un blessé d'une balle dans la tête »).

— Mes pauvres enfants !

C'est depuis cet instant précisément que j'ai une âme. Ou plutôt que je sais en avoir une. Car le soupir de Mlle Laurencin me tordit quelque chose au creux de la poitrine. Si vous avez un autre mot pour appeler cet endroit-là, prévenez-moi, moi je n'ai qu'*Âme* en magasin.

Je crois bien que dans ce silence accablé, c'est ma voix qui retentit.

— Que se passe-t-il ?

Mine de rien, j'étais responsable, élue chef de classe contre cet imbécile et prétentieux de Gaëtan, après une campagne électorale féroce.

Laurencin ne répondit pas tout de suite. De grosses taches rouges lui étaient venues sur les joues. C'est la faiblesse des blondes. Elles ne manquent pas d'intelligence, contrairement à ce que dit la légende. Elles sont seulement incapables de rien cacher. On peut lire sur leur peau comme dans un livre. On devrait les interdire à toutes les tables de poker. Elles s'y feront toujours plumer !

De nouveau, elle nous regarda.

Et ce qu'elle vit lui redonna de la force, je le dis avec certitude et sans modestie. À certains moments, les élèves donnent autant au professeur qu'ils en reçoivent. Et ensemble, ils peuvent mener de belles batailles comme je vais vous le prouver.

Elle inspira fort.

— La liste officielle est arrivée.

N. B. :

1) Exemples de mots inutiles, donc interdits : la *Nuit*, le *Jour* (on n'a qu'à jeter un coup d'œil dehors pour savoir).

2) Tout emploi d'un mot extérieur à la liste, donc d'un mot inutile, sera considéré comme gaspillage de deux Ressources publiques (le Temps et l'Énergie) et par suite passible d'une amende : 15 dollars de l'archipel à la première faute, 50 si récidive.

3) Cette loi entrera en vigueur le premier jour du printemps.

— Quelle liste, maîtresse, avec tout notre respect ?

— La liste officielle des mots autorisés. La voici. Je l'ai photocopiée pour chacun de vous.

Et elle commença la distribution.

En bonne enseignante, Laurencin, malgré sa colère, ne manqua pas cette occasion de nous faire la leçon.

— Que remarquez-vous dans cette liste ?

— Il n'y a que douze mots.

— Pourquoi douze, d'ailleurs ?

— Douze comme les saisons !

— Douze comme les apôtres !

— Douze comme les chiffres de l'horloge !

— Mais encore ?

Apolline leva la main.

— Il n'y a que des verbes.

— Enfin ! dit Laurencin. Heureusement que tu es là ! Et pourquoi Nécrole n'a-t-il choisi que des verbes, d'après vous ?

— Rien que pour nous embêter !

— Parce que la conjugaison, c'est trop difficile !

Malgré nos efforts, impossible, ce matin-là, de dérider Laurencin.

Elle hurla presque :

— Soyez sérieux ! Pourquoi des verbes ?

Désolée pour le manque de modestie, mais c'est moi qui répondis.

— Les verbes sont les moteurs de la phrase, tu nous l'as souvent répété. Nécrole veut nous mettre au travail. Donc il n'a retenu que les mots qui décrivent des actions.

Un grand silence suivit. Nous ne pouvions détacher nos yeux de cette feuille devant nous. On aurait dit que les douze mots nous narguaient.

« Ah ah, les petits loups ! Jusque-là, vous ne nous aimiez pas trop, nous, les verbes ! Vous allez devoir vous habituer ! »

Johann, notre footballeur, leva la main.

— Mademoiselle, c'est vraiment grave d'avoir moins de mots ?

D'autres prirent le relais. Je ne me souviens plus qui.

— Douze, c'est déjà pas mal !

— Trop de mots, ça embrouille.

— Ça disperse.

— Un arbre est un arbre.

— Déjeuner et dîner, c'est pareil : c'est manger.

— Pardon, maîtresse, mais si Nécrole avait raison ?

Laurencin ne répondit pas tout de suite. Elle laissa passer l'orage. C'était l'une de ses tactiques : se taire et sourire. Le calme revenait de lui-même dans la classe.

Et sans transition, elle enchaîna sur les mathématiques.

— Changeons de matière. Il n'y a pas que les mots sur Terre. Que diriez-vous de réviser nos divisions ? Toi, l'élève, au tableau.

Julien, celui qu'elle avait désigné, la regarda éberlué.

— Mais, maîtresse, tu as oublié mon prénom ?

Laurencin continua.

— Tu ne veux pas ? Très bien. Alors la fille, oui, juste derrière toi.

C'était Rachida, notre vedette, déjà célèbre dans toute l'école en attendant Hollywood. Elle se dressa, furieuse.

— Oh là, mademoiselle ! Un souci dans la tête ? J'appelle l'infirmière ? Tout le monde sait comment je m'appelle !

Pour une fois, Laurencin n'eut pas le triomphe modeste.

— Ah, ah ! Vous n'aimez pas qu'on vous retire vos prénoms ! Vous vous sentez tout nus ? Vous pourriez être n'importe qui ? Eh bien, les arbres, c'est pareil, et tous les objets de la vie. Ils veulent un mot qui les désigne chacun, qui les distingue. Vous savez ce que c'est, quelqu'un de distingué ?

— C'est un élégant.

— Un différent des autres.

— En mieux.

Elle leva la main.

— Stop ! Vous avez tout compris. Pas besoin de continuer.

Elle regarda sa montre.

— D'ailleurs, il est déjà tard. À demain. Préparez-vous. La guerre.

— Demain sera mardi ! Il faut donner aussi leurs noms aux jours.

— Tu as raison, Julien.

— Pour une fois que j'attends un mardi avec impatience…

— D'ailleurs, savez-vous que vos prénoms sont des mots qui ont un sens ?

C'était son habitude, infiniment agaçante : en fin de journée, Laurencin lançait une devinette. Agaçante mais efficace : nous attendions avec impatience le lendemain pour avoir la solution de l'énigme.

Les bons enseignants racontent. C'est en racontant qu'ils apprennent. Et pour raconter, il faut maintenir le suspense.

Malgré nos supplications, elle ne nous livra qu'un exemple.

— Philippe !

— Oui, mademoiselle ?

Le visage dudit Philippe a viré coquelicot et je suis sûre que ses paumes se sont mises à dégouliner de sueur. C'est notre timide. Oh, comme je le plains, c'est la pire des maladies. Ah, s'il pouvait donner un peu de sa modestie à Rachida !

— Comment viens-tu à l'école ?

— Mais… sur mon vélo.

— Tu as oublié ton cheval ?

— Maîtresse… mais… je n'ai pas de cheval.

Elle eut pitié de lui.

— Le prénom « Philippe » est composé de deux parties grecques. Première partie : *phil*, qui veut dire « qui aime », comme dans *Philosophe*, « celui qui aime la sagesse » ou dans *Philanthropie*, « le fait d'aimer les hommes ». Seconde partie : *hippo*, qui veut dire « cheval », comme dans *Hippodrome*. Philippe est donc « celui qui aime le cheval ». Je serais toi, j'en demanderais un pour mon anniversaire. À demain !

— Oui, à demain, maîtresse !

— Vivement demain !

III

Où l'on frôle l'émeute

Il ne faut pas croire que les mots interdits se sont laissé faire. Dès le lendemain, ils se rassemblaient sur la place de l'Indépendance pour crier leur colère.

Ils étaient arrivés par groupes, réunis derrière des pancartes :

Très vite, ces séparations éclatèrent. Il n'y eut plus qu'un seul grand fleuve de mots en marche vers le palais présidentiel.

Et qui menait la manifestation ?

Je vous le donne en mille : *Acclamer*. Le plus autorisé des mots autorisés.

Quelle claque pour notre Nécrole !

Déjà, il avait ordonné à sa garde personnelle de prendre

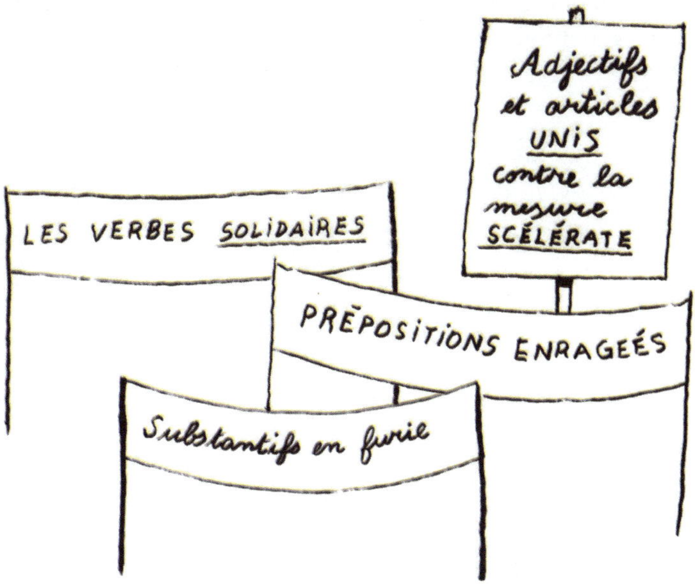

position. Une triple ligne de soldats, appuyés sur les petits chars à tourelle ultrarapide.

Nous avons craint le pire.

Jusqu'alors, nous, les humains, n'étions pas intervenus. Nous ne voulions pas voler la vedette, comme nous le faisons si souvent.

C'était la révolte des mots !

Mais maintenant, fini ce genre de politesse. Il fallait protéger nos amis.

Nous nous sommes précipités.

Avant d'éclater en sanglots.

Pour repousser les assaillants, Nécrole avait choisi la bonne méthode : les gaz lacrymogènes (« qui engendrent des larmes »).

Ce jour-là, avec un grand filet, il aurait pu capturer tous les mots : ils étaient tous réunis. Et pleuraient.

Heureusement, l'idée ne lui est pas venue. Il a paré au plus pressé. Les mots peuvent faire peur quand ils se rassemblent.

Une demi-heure plus tard, la ville avait recouvré son calme. On n'entendait plus que des toussotements et des raclements de gorges… Sans doute des mots qui peinaient à retrouver leur respiration.

IV

Où la guerre est déclarée
et le pays à défendre
un peu mieux précisé

Notre maîtresse n'est pas une personne irresponsable.

Elle ne nous a pas lancés sans réfléchir dans la bataille.

Elle a demandé l'accord de chacun, même si Rachida, la

pinailleuse perpétuelle, lui a expliqué que notre avis ne valait rien puisque nous étions mineurs.

Sans l'écouter, nous avons écrit nos réponses sur des carrés de papier déposés ensuite dans le bocal de feu le poisson rouge (décédé d'indigestion).

Pour nous protéger durant le dépouillement, nous avons demandé à Johann de guetter par la vitre qui donne sur le couloir. C'est le plus grand d'entre nous : déjà 1,71 mètre, à onze ans. Il n'aurait pas fallu que le directeur se pointe !

Résultats : 23 votants.

21 « oui à la guerre ».

1 « je ne sais pas ».

1 « non, car on doit toujours faire confiance à un Président à vie ! ».

Bien sûr, Laurencin, qui a la mémoire de tout et notamment des écritures, connaissait l'auteur de cette longue phrase compliquée. Mais elle a gardé ce secret pour elle.

Nous avons applaudi la victoire écrasante des « oui ». Mais du bout des doigts, pour ne donner l'éveil à personne.

— À partir de maintenant, nous devenons subreptices, a commenté Apolline, notre meilleure élève parce que sa mère est inspectrice des impôts.

Personne ne comprenait.

– « Clandestins » serait plus juste, a dit Laurencin.

Apolline s'est obstinée.

— Moi je préfère *Subreptice*, qui vient du latin *repere*, « ramper », et *sub*, « en dessous ».

Et nous avons commencé notre formation accélérée.

Comme vous allez pouvoir le constater, Laurencin a un cerveau logique.

— On ne défend pas son pays si on n'aime pas son pays. Et on n'aime pas son pays si on ne le connaît pas. Connaissez-vous le pays des mots ?

— Moi, pas mal, dit Rachida la prétentieuse.

Mais tous les autres, y compris moi, avouèrent leur ignorance.

— On ne savait même pas que c'était un pays, alors tu vois…

— Très bien. J'ai besoin d'une semaine pour vous apprendre le minimum à ce sujet.

— Mais la guerre, mademoiselle ?

— Le piège, c'est la précipitation. Je passe mes nuits à lire des traités de stratégie militaire…

Nous fûmes quelques-uns à sourire. L'image de la douce Laurencin en Jules César ou Napoléon ne manquait pas de sel.

— … Il vaut mieux se préparer soigneusement et livrer toutes ses forces le moment venu et au bon endroit. Qu'est-ce qu'un mot ?

— C'est un son ou un groupe de sons.

— Bravo, Julien, on reconnaît le musicien ! Le plus étrange, c'est que le mot *Mot*, si je puis dire, vient du latin *muttum* dont on a surtout tiré *Mutisme*, l'« absence de parole ». Drôle de destin pour le mot *Mot*, qui sert à parler. Mais que peut-on dire de plus ? Allez, réveillez-vous ! Qu'est-ce qu'un mot ?

— C'est une fenêtre.

— N'importe quoi !

— Tais-toi, Johann, laisse parler Apolline.

— Un mot, c'est précis. Ça désigne une chose parmi toutes les autres choses. Comme une fenêtre découpe : elle ne montre qu'un morceau du jardin.

— Bravo ! dit Laurencin. J'attends les autres. Vous êtes devenus bêtes, ou quoi ?

Nous nous sommes regardés. C'était l'une de ses autres méthodes : nous mettre au défi. Nous avons réagi.

— Un mot, c'est comme un nom ou un prénom. Il permet de savoir de quoi on parle : un cheval n'est pas une vache.

— Les mots sont des armes.

— Ou des déclarations d'amour.

— Des outils pour comprendre.

— Ou pour faire.

— Ou pour refuser de faire.

On ne pouvait plus nous arrêter.

— Les mots sont comme des timbres, des petits tableaux, des résumés.

— Peut-être qu'ils sont nos meilleurs amis !

— En tout cas, ils nous permettent de choisir nos plats au restaurant. Sans eux, on prendrait toujours la même chose.

— Ils me tiennent bien mieux compagnie que mon hamster.

— On peut les chevaucher, se laisser emporter par eux, je vais les préférer à mon poney.

Chacun rebondissait sur l'idée des autres. Et peu à peu, nous nous rendions compte de l'utilité des mots. Quels amis irremplaçables ! Nous sommes des enfants gâtés. Nous nous servons de choses ou de gens sans réaliser à quel point ils se mettent en quatre pour nous rendre service.

C'est alors que Rachida s'évanouit, s'étala sur le sol de toute sa petite taille. Vous commencez à connaître cette fille, elle a mille tours dans son sac pour se faire remarquer.

— Mon Dieu ! cria Mlle Laurencin.

— Écartez-vous, elle a besoin d'air !

— Ouvrez la fenêtre !

— Je vais chercher l'infirmière ? hurla notre fayote de Marie-Thérèse.

Lorsque du coin de l'œil elle nous vit tous et toutes recentrés sur le centre du monde (sa personne), Rachida ressuscita, se releva, se rassit et d'une voix décidée déclara :

— Où en étions-nous ? Ah oui, l'importance des mots. Mademoiselle notre maîtresse aurait-elle l'obligeance de nous dire où elle veut en venir ? La guerre commence quand ?

À notre fureur, Laurencin passait tout à Rachida, son insolence et ses fantaisies. Comme si l'intelligence et la drôlerie (hélas les deux incontestables) lui donnaient l'autorisation de faire n'importe quoi.

Laurencin fronça les sourcils pour se donner l'air sévère (sans succès), tapa de la main sur son bureau : « Allons, allons, le cours continue ! »

— Dans beaucoup de pays, à beaucoup d'époques, des autorités, des religieux, des politiques se sont méfiés des livres. Alors ils les ont brûlés. Ce que nous sommes en train de vivre est pire.

— Que veux-tu dire ?

— Si nous perdons nos mots, plus besoin d'incendier les livres, personne ne pourra plus rien raconter. Et sans raconter, comment voulez-vous comprendre ?

— C'est peut-être ce que veut Nécrole.

— Peut-être.

Je me retournai. Jamais je n'avais vu la classe si sérieuse. Même Rachida avait interrompu son ricanement perpétuel.

— Alors, maîtresse, c'est grave ?

Elle hocha la tête, deux fois, lentement. Des larmes lui coulaient sur la joue.

Nous, les élèves de l'archipel, ne sommes pas du genre à nous laisser faire sans réagir.

— On va se battre !

— Les destructeurs de mots vont trouver à qui parler.

— Pour nous, la guerre est déclarée !

Laurencin nous regardait attendrie, nous ses vaillants petits combattants. La sonnerie de 16 heures n'a pas interrompu nos préparatifs.

— Moi, je commence la gymnastique.

— Et pourquoi donc ?

— Justement, pour être fort. Un soldat doit être fort.

— Tu as raison. Je m'y mets aussi.

— Tu crois qu'une fille peut faire de la boxe ?

— Je serais toi, j'irais plutôt vers le karaté.
— Bonne idée !
— À demain !
— À demain !

V

Où l'on reçoit un renfort magnifique

Sur la corniche, nous avons croisé Monsieur Henri, notre chanteur national.

D'ordinaire si souriant, il n'était que colère.

— Vous avez entendu Nécrole ? Trop de mots ! Ça me rappelle ceux qui disent : trop de notes ! Pour ne pas dire trop de musique. Trop de liberté. Trop de bonheur de vivre ! À combien de mots avons-nous droit ?

— Douze !

— Ridicule ! Quelle horreur ! Nous aussi nous nous sommes battus contre la musique toute faite. La musique pour supermarchés. La musique pour faire acheter n'importe quoi, après avoir endormi l'intelligence.

— Et le résultat du combat ?

— Défaite à plates coutures pour l'intérieur des magasins où triomphe le sirop ! Je me demande comment les oreilles des gens supportent. Mais victoire, oh oui, victoire partout ailleurs. Les mots survivront. Ils sont dans l'air. Personne ne pourra les attraper. D'ailleurs, je les accueille dans ma musique.

Il saisit sa guitare, posa ses doigts sur les cordes.

— Elle vous plaît, cette mélodie ?

La réponse ne se fit pas attendre. Cinq minutes plus tard, quelques dizaines de mots s'étaient posés sur ses notes comme des hirondelles sur un fil électrique.

Quand je monte, je monte, je monte,
je monte chez toi
J'ai le cœur qui saute, qui saute,
qui saute de joie.

Monsieur Henri rayonnait.

— Qu'est-ce que je vous disais ? Allez capturer les mots, maintenant. Bien malin celui qui les mettra en cage !

Et il s'en alla vers la plage, suivi de toujours plus de mots voulant partager sa joie de vivre.

VI

Où l'on s'invente les uns les autres

Toute la semaine, Laurencin continua ses leçons. Inutile de dire que nous avions complètement oublié le fameux « programme ». Il gisait là, tout seul, comme un vieux chien, au bas du placard. Mais en échange (échange gagnant), nous découvrions le pays des mots avec chaque jour plus d'émerveillement, chaque jour plus d'amusement.

— Aujourd'hui, nous allons explorer une drôle de forêt : qui connaît les arbres généalogiques ?

Rachida leva le doigt la première, comme d'habitude.

Quand je monte, je monte, je monte,
je monte chez toi
J'ai le cœur qui saute, qui saute
qui saute de joie,

— Ce sont des arbres tout droits !

— Pourquoi dis-tu cela ?

— Parce que d'après leur nom ils sont très logiques !

Un éclat de rire général accueillit cette invention.

— Oh, la folle !

— Oh, la n'importe quoi !

Mlle Laurencin reprit difficilement la main.

— Quelqu'un a-t-il une autre idée plus intelligente ?

— C'est un arbre, dit Erik, qui ne perd pas ses feuilles en hiver, comme le sapin mais en plus grand.

— D'une certaine manière, tu as raison.

Maintenant, les réponses fusaient.

— C'est un faux arbre !

— Un arbre spécial, qu'on ne trouve pas dans la forêt !

— Un arbre où vivent les singes !

— Un arbre que personne ne peut couper, même avec la scie la plus dure !

Chacun avait sa définition. Mlle Laurencin s'amusait. Quel bonheur de la retrouver joyeuse ! Elle battait des mains.

— Merci, vous méritez le prix de la classe la plus imaginative ! À présent, il faut avancer. L'arbre généalogique est un arbre de papier. Il raconte l'histoire d'une famille. À la base, il y a le tronc, le point de départ, les deux ancêtres. C'est de là que partent toutes les branches, je veux dire tous les enfants, petits-enfants, et arrière…

Tout en parlant, elle dessinait au tableau.

De furieuse humeur d'avoir été humiliée, Rachida grondait.

— On va où, là ? Quel rapport avec les mots ? Ils ont des familles ? Comme nous ? Ça se saurait ! Et on dit que c'est moi la n'importe quoi !

Un long poisson à l'air méchant était apparu sous la craie de Laurencin. Nous l'avons tout de suite reconnu.

— Un *Brochet* !

— L'ancêtre de la famille est un mot latin : *brochus*, qui veut dire « quelqu'un aux dents pointues et qui avancent ».

De *brochus* descend *Brochet*, et *Broc*, parce que c'est un vase long avec un bout pointu. Et *Brocard*, parce que c'est le petit du cerf lorsque ses bois ne sont encore que des pointes. Et *Brocarder*, « lancer des paroles piquantes à quelqu'un, s'amuser de lui, le critiquer ».

Nous avons continué le jeu des arbres et des familles.

Oh, l'immense descendance du verbe *Faire* (latin : *facere*) : *Vérifier*, *Sacrifier*, *Putréfaction*, *Confiture*, *Confetti*, *Profiterole*, *Infect*, *Déficit*, *Réfectoire*, *Perfection*, *Préfet*, *Facteur*, *Facile*, *Imparfait*, *Malfaiteur*…

Et *Offrir*, qui a deux parents latins : *offere* (« présenter, montrer ») et *ferre* (« porter »). Ensemble, ils ont enfanté *Différer*, *Préférer*, *Proférer*, *Différence*, *Circonférence*, *Souffrance*, *Offre*, *Mammifère* (« qui porte des mamelles »), *Prolifère*…

Au milieu de l'après-midi, notre porte s'est ouverte, lentement.

— Brochet ! s'est écriée la classe.

Et c'était vrai : notre directeur ressemble au poisson.

Plusieurs fois, par la vitre qui donne sur le couloir, il m'avait semblé voir se promener sa tête pointue. Il avait notre classe à l'œil, pas de doute.

D'une voix doucereuse, il a félicité notre maîtresse.

— Quel bonheur d'entendre ces rires de la jeunesse ! Bravo, mademoiselle, d'entretenir un tel climat joyeux ! Je vous rappelle simplement, et à vous aussi mes chers enfants, que vous avez un programme à respecter. Et rappelez-vous, au cas où vous l'auriez oubliée, la venue, bientôt, de l'inspecteur. On verra ce qu'il dira de tout cela.

Heureusement que le Brochet referma vite la porte. Sans quoi il aurait reçu une grêle de gommes, taille-crayons, boulettes de papier et même un compas qui se ficha dans le mur, juste en dessous du tableau des conjugaisons.

Un instant, Mlle Laurencin hésita entre la colère et l'éclat de rire. Elle décida de ne pas choisir.

Johann leva la main, lui qui jusque-là n'avait jamais pensé qu'au football.

— Oh, mademoiselle, il reste encore vingt minutes avant la sortie. On ne pourrait pas explorer un autre mot ?

La satisfaction de Laurencin faisait plaisir à voir. On aurait dû la prendre en photo à ce moment-là pour montrer aux profs débutants que l'enseignement n'est pas toujours un cauchemar.

— Prenez *Abasourdir*, j'adore ce mot. Aujourd'hui, nous sommes abasourdis quand une nouvelle, un événement nous étourdit, tellement notre surprise est vive. Autrefois, le sens était encore plus fort. Car *Abasourdir* vient d'un verbe d'argot utilisé par les bandits au XVIIe siècle : *Bassourdir*. Ça voulait dire « tuer ». Exemple : « Es-tu bien certain de l'avoir bassourdi ? » Mais *Abasourdir* a intégré aussi le son, à partir du verbe *Assourdir* : j'ai été frappé par un si grand bruit qu'il m'a rendu sourd. Vous voyez, les mots sont comme nous : ils ont toutes sortes d'ancêtres.

VII

Où l'on assiste à un duel de langues mortes

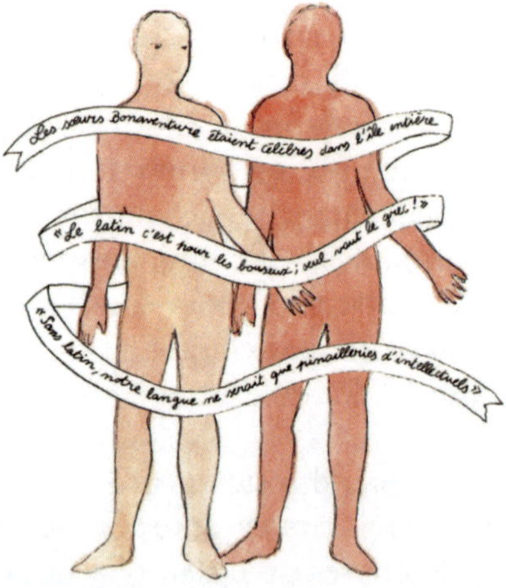

Le Brochet nous attendait dans la cour.

— Où allez-vous ?

— Journée spéciale du maire, répondit Laurencin. J'ai déposé la demande il y a deux mois.

— Exact. J'ai la photocopie. Mais vous avez indiqué : « stage de natation ». Alors que tous vos élèves nagent déjà comme des poissons… Vous me cachez quelque chose.

Il en fallait plus pour nous arrêter. D'un pas décidé, quasi militaire, et l'air farouche, nous continuions de marcher vers la grille. Le Brochet nous courait après.

— Méfiez-vous, Laurencin ! La Présidence vous tient à l'œil.

— Ah, bravo ! Maintenant, vous m'avez dénoncée !

Il ne nia pas.

— Est-ce ma faute si vous filez un mauvais coton ? Dix fois, je vous ai avertie.

*

Les sœurs Bonaventure étaient célèbres dans l'île entière pour au moins deux raisons.

D'abord : leur ressemblance, vertigineuse. Quoique nées l'une après l'autre, 1924 et 1925, elles avaient été toute leur vie jumelles parfaites : mêmes visages dans leur jeunesse, et toujours les mêmes quatre-vingts ans plus tard ; mêmes maris marins-pêcheurs, mêmement infidèles pour le même type de femmes (touristes blondes), morts de la même manière accidentelle à deux mois d'intervalle (chute du bateau, d'où de l'eau dans les bottes, ce qui ne pardonne pas quand on a beaucoup d'alcool dans l'estomac), même vieillesse des deux veuves côte à côte dans deux petites maisons identiques face à leur ennemie commune : la mer.

Seconde raison de leur gloire : leurs disputes, continuelles et violentes. Ou plutôt une seule altercation qui n'avait cessé depuis leur naissance et, selon toute probabilité, ne prendrait pas fin à leur mort : de cercueil à cercueil, elles continueraient de s'invectiver. « Mauvaise herbe, Colette ! — Imbécile à manger du foin, Marguerite ! »

On aurait pu penser que leur métier, et la dignité qu'il requiert, les aurait calmées. Que nenni ! Durant leurs trente-cinq années de service en tant qu'institutrices à l'école Simon-Bolivar, rien n'y avait fait, ni les remontrances des directeurs successifs, ni les retenues sur salaire, ni les

mises à pied ou menaces de radiation. Elles ne pouvaient s'empêcher de sortir à tout moment de leurs classes pour aller s'injurier l'une l'autre. « Sournoise, Colette ! — Pue du bec, Marguerite ! »

Ce très gênant défaut excepté, elles avaient été d'excellentes enseignantes, avec de formidables résultats à tous les examens possibles – passage en sixième, brevet, baccalauréat…

— Maîtresse, tu es sûre que c'est bien utile de rendre visite à ces folles ?

— Personne sur l'île ne connaît comme elles les racines, grecques et latines. Et puisque nous n'avons plus de dictionnaires… En plus, elles ne sont plus jeunes. Il faut se hâter avec les vieux : soit ils meurent, soit ils perdent la tête et oublient.

Pour un peu, nous serions passés sans les voir, tant elles étaient petites, tassées sur leur banc avec leurs robes de la même teinte grise que les pierres. Heureusement que leurs voix glapissantes les désignaient. Elles tricotaient et, comme de bien entendu, s'insultaient : « Fourbe, Marguerite ! — Branquignolle, Colette !… »

En tout cas, la méchanceté les avait gardées jeunes. Elles reconnurent tout de suite Laurencin qui avait été leur élève, et leur déception.

— Ah, si tu avais été moins bêtement gentille…

— Tais-toi donc, débile Colette ! Quelle carrière tu aurais faite…

La situation leur fut expliquée, l'incendie, la liste de Nécrole, la guerre faite aux mots. Elles réagirent comme on pouvait s'y attendre, cannes levées : « On commence quand la bataille ? » Hélas, leur bonne entente ne dura pas. Les engueulades reprirent.

— N'écoutez pas ma sœur, le latin c'est pour les bouseux ; seul vaut le grec.

— Crétine congénitale. Sans latin, notre langue ne serait rien que pinailleries d'intellectuels.

— Quoi ?

Il fallut les séparer.

Et profiter de leur seule différence. L'aînée latiniste (Colette) s'assoupissait le matin (11 heures-midi), tandis que Marguerite l'helléniste siestait l'après-midi.

C'est ainsi, en faisant bien attention aux horaires, que nous avons appris à « jouer avec les racines », comme aimait à dire Laurencin.

Merci, Marguerite !

Nous lui devons tant.

Vous savez d'où vient le mot *Écureuil* ? Du grec *skourios*, « qui se fait de l'ombre avec sa queue ».

Et pourquoi on a choisi le mot *Datte* pour désigner ce fruit poisseux à goût de miel ? Parce qu'il ressemble à un doigt (en grec : *daktulos*).

Et pourquoi le *Dromadaire* (je rappelle pour les ignorants : une seule bosse) s'appelle-t-il ainsi ? Parce que les Grecs, toujours eux, le jugeaient très bon coureur (*dromas*).

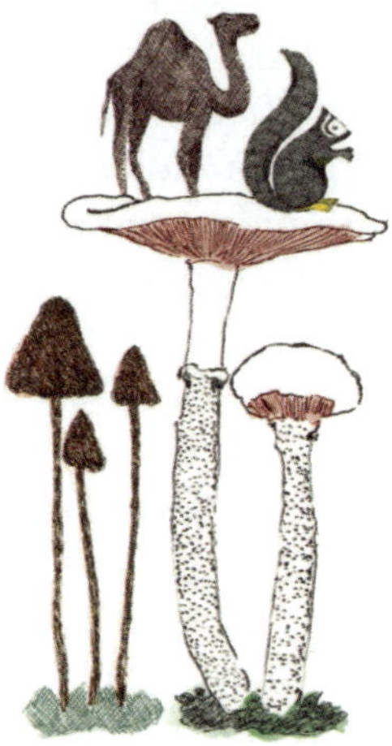

Et pour ne pas faire de jalouse : merci aussi à Colette !

Sans elle, jamais nous n'aurions su d'où viennent *Cheval*, *Équitation*. De deux mots latins, *caballus* et *equus*.

Et *Domicile*. Il a bien sûr pour origine *domus*, mais « maison » se disait aussi *villa* (si elle était grande) et *casa* (si c'était plutôt une cabane)…

— Le grec est bien trop lointain, nous répétait Colette. La plupart des mots viennent directement du latin. Je suis certaine que vous allez en trouver.

— Je ne sais pas, moi. *Gratis*. *Lavabo*.

— Bravo ! Et encore ?

— *Pollen*. *Quiproquo*.

— Vous voyez qu'on n'a pas besoin du grec.

Nous lui donnions raison pour qu'elle ne se mette pas en colère. Oh, la galère si Marguerite s'était réveillée et nous avait trouvés en compagnie de sa barbare de sœur.

Mais de cette Marguerite nous avons appris l'importance première du grec.

Et c'est ainsi que nous avons commencé à fabriquer nos premiers mots en « jouant avec les racines ».

Puisque *potame* veut dire « fleuve », et *hippo* « cheval » (comme dans *Philippe*), l'*Hippopotame* est le « cheval du fleuve ». Si je vous dis que *terato* est le « monstre », comment construire le mot qui signifie « monstre du fleuve » ? Allez, cette fois je vous donne la réponse : *Teratopotame*. Maintenant, à vous de jouer.

Drome, c'est l'endroit où se déroulent des courses.

Pithekos, c'est le singe.

Quel est le nom du stade (imaginaire) où l'on organise des courses de singes ?

Merci, Colette, merci, Marguerite !

Oh, comme nous nous sommes amusés avec ces jeux !

Laurencin, tout émue, souriait.

— Alors, vous comprenez ce qu'est notre langue, je dirais plutôt *qui* est notre langue ? Un être vivant, qui vient de très avant dans le passé et qui d'année en année s'enrichit d'innombrables cadeaux venus des autres langues.

Des vocations surgissaient parmi nous comme les champignons après la pluie.

— Plus tard, je serai fabricant de langues.

— Moi archéolangue !

— Pardon ?

— Mais oui. D'*archeo*, qui veut dire « ancien », comme dans *Archéologue*. Et *logue*, qui veut dire « savoir », ce n'est pas moi quand même qui vais te l'apprendre, maîtresse ! Donc l'*Archéolangue*, « celui qui s'occupe des anciennes langues ».

— On pourrait préciser : archéolan*gologue*.

— Ça, c'est trop compliqué !

Le visage de la blonde Laurencin se mouchetait de taches rouges, signe, chez elle, comme vous vous en souvenez, de la plus grande émotion.

Elle balbutiait.

— Oh, mes enfants, comme vous me donnez du bonheur, oh, mes enfants.

Elle pleurait presque.

C'est à ce moment-là que moi, Jeanne, j'ai vu mon avenir. Bien sûr, il y a des jours difficiles, et des Rachida, des Denis, des élèves trop intelligents ou trop bêtes, des insupportables. Mais quel plus beau métier que celui d'enseignant ?

VIII

Où l'on découvre une carte de géographie très troublante

La semaine suivante, Laurencin annonça qu'elle se proposait d'emmener les volontaires au Palais de Justice.

D'abord, tout le monde voulut venir.

— J'adore voir les gens jugés.

— Surtout les condamnations à mort.

Laurencin doucha les enthousiasmes.

— Peut-être un jour, nous aussi nous retrouverons-nous là-bas et punis pour avoir défendu les mots. Mais cette fois, il s'agira d'amour.

— Quel ennui !

— Sans moi !

Tous les garçons se défilèrent. Sauf Philippe, le timide maladif.

*

— Vous allez voir, nous dit Laurencin en chemin, les défenseurs des mots ne sont pas tous des soldats, je vais vous en présenter qui ont choisi la douceur pour se battre.

— Et ça marche ?

— Apprends, Jeanne, que peu de gens résistent à la vraie gentillesse. Tu sais comment le dictionnaire définit la douceur ? « Une jouissance calme et délicate. » Tu résisterais, toi, à une jouissance calme et délicate ?

À l'entrée des cimetières, j'ai remarqué, s'installent toujours des cafés et des bars pour remonter le moral des survivants. De même devant le Palais de Justice, cet énorme gâteau de pierres blanches où nous punissons les méchants, deux établissements se livraient à une concurrence farouche.

Le premier était célèbre, répertorié dans tous les guides touristiques. On venait de la région entière, et aussi de l'étranger, pour photographier sa façade peinte de couleurs vives, jaune, vert, rouge, agrémentée d'hommes et de femmes qui dansaient autour de ce nom, audacieux pour les uns, scandaleux pour les autres : Au Divorce Joyeux.

C'était là où, avant de passer devant le juge, se retrouvaient les avocats et leurs clients, des couples en pleine déchirure. On y avait assisté à des batailles légendaires, comme la fois où une toute petite vieille dame avait planté sa fourchette dans le cou de son futur ex-mari avant d'expliquer tranquillement aux policiers :

— J'en avais envie depuis trente-sept ans ! Il a une tête de faux jeton, non ?

Maintenant un calme plutôt triste régnait sur le Divorce Joyeux car le patron avait embauché deux costauds (le soir, ils filtraient l'entrée d'une boîte de nuit strictement réservée aux adultes : L'Univers de tous les possibles). Sitôt qu'une voix s'élevait, à la moindre ébauche de coup de poing ou de gifle, les malabars bondissaient et les ex-amoureux, tout penauds, présentaient leurs excuses. Le patron (cinq divorces au compteur, comme il aimait à le répéter) avait eu l'idée d'offrir une coupe de mousseux à tous ceux qui redescendaient du Palais, fraîchement divorcés.

— Bienvenue aux nouveaux célibataires !

Quelqu'un jouait un air d'accordéon, les serveurs chantaient comme pour un anniversaire. Mais l'ambiance n'y était plus, beaucoup regrettaient le temps des batailles, tellement plus amusant !

« Aux Mots d'Amour (La Deuxième Chance) » : avec un nom pareil, le second café ne pouvait qu'entraîner railleries[1] et sarcasmes[2].

Lequel des deux propriétaires avait eu l'idée folle d'un tel café en cet endroit ? Lequel avait lancé ce projet au risque (presque certain) de perdre tout l'argent investi ?

1. « Moqueries ». Du latin *ragare*, « braire » (N. B. : les ânes braient).
2. « Insultes ». Vient du verbe grec *sarkazein*, « mordre la chair ».

Marinette, la femme ? Marcel, l'homme ? Les deux en même temps, après avoir fait, ensemble, un vœu ? Avaient-ils, eux-mêmes, échappé de peu au divorce ? Les mieux informés les disaient remariés. Remariés avec… eux-mêmes.

Toujours est-il que ce café, d'après la rumeur qui courait à travers l'île, avait des pouvoirs que personne ne comprenait. Il *faisait des miracles*. Comme on le dit de certains médecins supposés sauver des malades condamnés.

On citait vingt cas, trente cas de couples venus là par hasard avant leur rendez-vous avec le juge, parce que le Divorce Joyeux était bondé. Ils avaient échoué dans leurs fauteuils sans se regarder, le futur ex-mari, la future ex-femme, pleins de haine ou d'indifférence. Et ils étaient repartis une heure plus tard la main dans la main, poursuivis par leurs avocats.

— Mais le magistrat nous attend, que vais-je lui dire ?

— Que nous annulons notre divorce !

— Ah bon ! Et pourquoi donc ?

— Parce que nous nous aimons de nouveau !

— Et qui va me payer ?

— Demandez à vos clients de l'autre café, ceux qui adorent se séparer !

Nous sommes entrées derrière Laurencin, à pas de loup. Aussi intimidées que notre Philippe.

— Vous n'avez pas peur de la magie ?

— Oh non, mademoiselle !

— Parfait. Alors nous allons tenter de comprendre ce qui se passe dans cet endroit.

Sur les tables étaient posées des nappes étranges. On aurait dit des cartes de géographie. Mais quel était le pays dessiné ?

J'ai d'abord vu que trois cours d'eau le traversaient : Inclination, Estime et Reconnaissance.

Drôles de noms pour des rivières.

Et drôle de pays ! Car je venais de découvrir son nom, inscrit en grosses lettres presque effacées : TENDRE.

Pourquoi ici, dans ce café, face à ce triste Palais ?

Au secours, Laurencin ! Nous détestons les devinettes, nous avons besoin de ton aide !

— Il était une fois, commença-t-elle en chuchotant pour ne pas déranger les couples tout autour de nous, il était une fois, il y a bien longtemps, au XVIIe siècle, du temps du roi Louis XIV, des femmes qui voulaient savoir ce qu'est l'amour.

— Moi aussi, je voudrais bien !

— Pour une fois, Rachida, que tu ne sais pas quelque chose !

— Taisez-vous, ou j'arrête ! Ces femmes réfléchirent à leurs vies et donnèrent des indications à un dessinateur. Ainsi naquit le pays imaginaire de Tendre.

— Joli ! Mais pourquoi avoir choisi d'appeler ainsi les rivières ? Que veut dire *Inclination* ?

— C'est un mouvement qui nous porte vers quelqu'un, peut-être vers l'amour. On peut dire aussi « penchant ».

— Et *Estime* ? Et *Reconnaissance* ?

— L'*Estime*, dans ce sens, c'est la bonne opinion qu'on a de quelqu'un, le respect de sa valeur. Et la *Reconnaissance* c'est à la fois la découverte des qualités de quelqu'un et le remerciement pour les bienfaits qui en découlent.

— Et tous ces mots-là sont des mots d'amour ?

— Bien sûr ! Comment voulez-vous aimer quelqu'un vers qui vous n'avez pas envie d'aller, quelqu'un que vous n'admirez pas, quelqu'un que vous n'avez pas le désir de connaître ? Et quand on n'aime pas, on tombe dans le lac d'Indifférence. Vous le voyez ?

Le pays de Tendre avait tout prévu ! Comme vous l'imaginez, mes petites camarades ne se gênaient pas pour commenter :

— Par exemple, Hippolyte n'a que de l'indifférence pour toi, Rachida, malgré toutes tes danses de séduction !

Carte

LA MER DANGEREUSE
Reconnaissance
Tendre sur R
MER D'INIMITIÉ
Tendre
Constante amitié
Obéissance
Tendresse
Sensibilité
grands Services
Empressement
Assiduité
Petits Soi
Méchanceté
Médisance
Perfidie
Soumissio
Complaisance
Indiscrétion
Orgueil
Nouvelle

Tendre sur E
LAC D'INDIFFÉRENCE
Bonté
Respect
Exactitude
Générosité
Probité
Grand Cœur
Sincérité
Billet Doux
Billet galant
Jolis Vers
Grand Esprit
Oubli
Légèreté
Tiédeur
Inégalité
Négligence
2 4 6 8 10
Lieues d'amitiés

— Taisez-vous ! chuchotait Laurencin.

— Et la mer. Que vient-elle faire dans la géographie de l'amour ?

— La mer, c'est la passion. La mer, c'est dangereux.

— Et toi, maîtresse, tu as déjà connu des passions dangereuses ?

— Rachida, s'il te plaît !

Pauvre Laurencin ! Voilà que les plaques rouges de nouveau lui envahissaient le visage. Quelle plaie, décidément, ces peaux de blonde. Impossible de dissimuler.

Aux Mots d'Amour (la Deuxième Chance) s'était rempli. Il ne restait plus une seule table de libre. Et les hommes et les femmes, de tous les âges, faisaient comme nous : ils se penchaient sur la carte de Tendre, ils suivaient de l'index le parcours des trois cours d'eau. Et parfois les fronts se frôlaient. Parfois les doigts se touchaient.

J'ai demandé, cette fois à voix toute, toute basse :

— Cette carte est un piège, non ?

— Jeanne, je dirais plutôt « une machine à réconcilier ». Après s'être beaucoup battus, les couples retrouvent le calme.

— Et les mots de l'amour.

— Exactement, Philippe.

— Vous croyez que l'amour existerait sans mots d'amour ?

— Je ne sais pas. Je ne crois pas. D'ailleurs, quand on ne se parle plus, c'est que l'amour est mort.

— Tu as déjà connu ça, maîtresse !

— Enfin, Rachida, vas-tu te taire !

*

Philippe, l'ami supposé des chevaux, sortit différent de notre escapade. Oh, il était encore loin d'avoir vaincu sa timidité invalidante, mais la possibilité d'une certaine confiance en lui se faisait jour.

— J'y mettrai le temps, me confia-t-il.

— Le temps pour quoi ?

— Pour maîtriser les mots d'amour.

— Et alors ?

— Alors, je me vengerai de mes râteaux ! Vous les filles, toutes les filles, tomberez comme des mouches.

Deux semaines après notre visite, des policiers vinrent fermer le café de la Deuxième Chance. Soi-disant parce qu'on y aurait vendu de l'alcool à des mineurs. En fait, les avocats étaient intervenus auprès de Nécrole. Pas question pour eux de perdre même une petite partie de leur source de revenus principale : les divorces.

IX

Où l'on se rappelle un chef-d'œuvre de la téléréalité

Pendant ce temps-là, que devenaient les douze mots officiels ? Vous vous souvenez ? Les seuls douze verbes que Nécrole nous autorisait. Ils avaient été installés de force dans une des ailes du palais présidentiel, et un samedi, à 20 h 30, en remplacement de notre ridicule émission favorite (*Chante*

avec les Nuls), notre télévision nationale montra leur vie de luxe :

Dormir, se prélassant sur un canapé de cuir crème, ébloui par le grand écran plat qui lui faisait face.

Manger, assis à table devant un festin de langouste mayonnaise et d'agneau croustillant.

Se marier, ébloui par la collection de robes blanches et de diadèmes que des couturiers lui présentaient avec force gestes et boniments amphigouriques (je veux dire « obscurs et grotesques »).

Pisser, dans les toilettes les plus luxueuses qu'on ait jamais vues : sol et murs de marbre, robinets du lavabo plaqués or, chaîne de la chasse d'eau en simili-argent, siège du trône en acajou ou en iroko, en tout cas un bois précieux. Et parfum de rose descendant, par bouffées, du plafond, d'après ce que nous disait le commentateur, un ancien politicien aux cheveux gominés reconverti dans le spectacle après avoir remporté un concours de salsa.

Et ainsi de suite.

Même traitement de roi, de reine pour *Naître* (berceau climatisé), *Mourir* (cercueil en forme de Ferrari), *Acclamer* (enregistrements de bravos)…

Ces merveilles ridicules avaient dû coûter bonbon.

Nécrole n'avait lésiné sur rien. À sa manière, vulgaire et violente, il voulait nous dégoûter des autres mots. Les douze devaient suffire et nous garantir une vie de stars, confort et richesses à gogo.

Sauf qu'il avait manqué son affaire.

Pour rien au monde nous n'aurions loupé l'émission. Le samedi, toute l'île se pressa devant ses antiques télévisions, souvent des meubles aussi gros que des buffets et sur lesquels il fallait taper de grands coups, du plat de la paume, pour que l'image accepte de se stabiliser. Et dès le début du programme, nous avons ri, ri comme jamais, jamais nous n'avions ri.

Car ils mouraient d'ennui, les douze, dans leur palais. Ils bâillaient tous à se décrocher la mâchoire.

Comment voulez-vous prendre plaisir à *Manger* quand vous n'avez droit à aucun commentaire, pour parler de votre repas ? On se régale aussi avec les mots, non ? Avec *Radis*, *Avocat*, *Vinaigrette*, *Chair de tourteau*, *Bœuf mode*, *Lièvre à la royale*, *Île flottante*, *Charlotte aux poires Williams*...

Et l'île riait. Riait tout entière, des vieillards aux nouveau-nés. Riait de la première seconde du pré-générique à l'apparition des trois lettres lumineuses du mot *Fin*.

Si ça vous intéresse, je pourrais vous retrouver l'enregistrement de *Douze Mots du Bonheur*. Renvoyez pour un mois minimum votre professeur de gymnastique.

Tellement vous vous serez esclaffé[1] que vos muscles abdominaux n'auront plus besoin d'exercice.

1. D'après mes grimoires, ce joli mot nous viendrait de Provence où *esclafa* voulait dire « éclater » (de rire, de colère ?) et *clafa*, « se taper bruyamment » (se taper bruyamment sur les cuisses, tellement on était joyeux ?).

X

Où l'on voit une vieille volière reprendre du service

Chaque jour, pour me rendre à l'école, je passais devant l'ancien château du Trafiquant d'oiseaux rares. Je me souviens, il m'avait montré quelques-uns de ses trésors : une perruche verte de l'île Maurice, un puffin des Baléares, un macareux des Sept-Îles, un aigle criard… Depuis qu'il avait fini par être arrêté, au moins cinq ans auparavant, les bâtiments tombaient en ruine. Il s'était vite évadé de notre prison (une passoire) mais on n'avait plus de nouvelles de lui, sans doute réfugié sous d'autres cieux. Le cœur du domaine était une volière géante, tellement grande qu'elle ressemblait à la liberté. C'était là que, du temps de sa splendeur, le Trafiquant avait rassemblé la plus formidable collection de bêtes à plumes, originaires du monde entier.

Pauvre volière, vide maintenant et trouée de toutes parts depuis le départ forcé du maître des lieux. On dit que certains oiseaux étaient demeurés, refusant de profiter pour s'échapper des trous de plus en plus vastes dans le grillage.

Ils s'étaient laissés mourir de faim. Les chiens ne sont pas les seuls animaux fidèles.

Et voici qu'à présent des ouvriers réparaient cette immense cage abandonnée. À grand renfort de fil de fer barbelé, ils comblaient les trous, ils remplaçaient les poteaux rouillés, ils arrachaient les herbes qui avaient poussé, et aussi les deux arbres dont la cime avait percé la voûte.

Je m'approchai de celui qui paraissait être le chef du chantier.

— Le Trafiquant revient ?

— Si on te le demande, ma petite demoiselle, tu diras que tu n'en sais rien.

Une illumination me vint.

— Oncle Pablo, tu ne m'as pas reconnue ? Je suis Jeanne, la fille de ton cousin…

— Ah… vous poussez tellement vite, vous les filles, qu'on a du mal à s'y retrouver.

— Alors dis-moi, ça ne sortira pas de la famille, que se passe-t-il ici ?

Il regarda de tous côtés, rapidement, comme un animal apeuré, pour être bien sûr que personne ne nous entendait. Mais les membres de son équipe étaient bien trop occupés. Il me glissa donc entre les dents :

— Opération secrète TDM. Et maintenant, file !

Ce jour-là, j'attendis la fin de la classe, tournant et retournant dans ma tête ces trois lettres. Et allai trouver Laurencin.

— TDM, TDM ?

Elle non plus n'avait pas de réponse à l'énigme.

— Il doit s'agir d'une nouvelle folie de Nécrole. Écoute, il est tard. Je dois y aller. Pensons-y ce soir avant de nous endormir. Souvent, la solution vient pendant le sommeil.

Une fois de plus, Laurencin eut raison. C'est dans la nuit que surgit la vérité. Pas de la manière attendue, cependant.

Quand, le lendemain matin, je voulus revenir vers la

volière, je fus vite arrêtée. Des policiers en interdisaient l'accès. Mais ils ne pouvaient empêcher qu'on entende le vacarme. Ça secouait violemment les grilles. Et ça sifflait. Et ça criait :

— Libérez-nous !

— Qu'avons-nous fait de mal ?

— Pourquoi nous ?

— Nous habitons l'île depuis si longtemps !

Drôles d'oiseaux parlants.

Et soudain, j'entendis mon prénom :

— Jeanne, je t'ai reconnue. Tu viens si souvent m'acheter.

Je levai la tête. Et j'aperçus le mot *Abricot*. Il avait réussi à grimper le long du poteau central.

— Préviens tout le monde que j'ai été arrêté.

— Et moi aussi, dit le mot *Sucre* qui avait rejoint *Abricot*.

— Et moi, *Algèbre* !

Avant de m'enfuir, chassée par les policiers, une très méchante pensée me vint, j'ai honte de l'avouer : ce dernier mot, je n'allais pas le regretter. J'étais si nulle en maths ! Oui, qu'*Algèbre* aille donc au diable !

— Maîtresse, maîtresse !

— Que se passe-t-il, Jeanne ? Ce n'est pas ton habitude d'arriver en retard !

— Maîtresse, maîtresse !

— Calme-toi.

Et devant la classe tétanisée, je finis par réussir à raconter.

Laurencin hocha la tête.

— Tu confirmes mes informations. Les policiers ont profité de la nuit dernière pour arrêter tous les mots d'origine étrangère.

— Mais c'est idiot. Et impossible. Tu nous l'as expliqué : notre langue s'est nourrie d'innombrables mots venus d'ailleurs.

— Toute langue est un tissu.

— Un patchwork.

— C'est bon, les enfants, vous avez bien compris. Mais maintenant, que fait-on ?

Après discussion, nous décidâmes de sauver d'abord les mots encore libres.

— Moi, dit Camille, je suis prête à en cacher cinq chez moi, dans la cage des hamsters.

— Tu crois qu'ils seront bien ? ricana Rachida. Les mots ne supportent pas les mauvaises odeurs.

— Moi, j'en prends dix, proposa Hippolyte. Mes parents ont une bibliothèque immense. Mais c'est du chiqué. Ils ne lisent jamais. Je les installerai derrière. Ils ne seront pas dérangés…

L'excitation de la classe était à son comble. Nous entrions enfin dans la bataille.

— Et les autres mots, ceux de la volière ? Comment les délivrer ?

— On pourrait demander l'aide des aigles. Quand ils plongent du ciel, bec et serres en avant, moi, j'ai peur, rien ne leur résiste.

Mots étrangers

Ruban
Pyjama
Opération TDM

— D'accord, mais qui les connaît ?

Honorine leva la main.

Son père, un paresseux mais un malin, avait réussi à dresser quelques rapaces. Ils pêchaient pour lui.

— Le risque c'est qu'ils mangent ceux qu'ils auront sauvés.

— On n'a rien sans rien.

— Allons !

— Allons !

Les policiers ne pénétraient pas dans les maisons. Les ordres n'allaient pas jusque-là. Mais tous les mots étrangers visibles de la rue étaient raflés, par exemple ceux qui étaient peints sur un calicot, sur un panneau de bois ou qui clignotaient sur une enseigne lumineuse : *Bistro* (origine russe), *Cotonnades* (*qutun*, arabe), *Sucreries* (*sukkar*, arabe), *Ananas* (origine tupi-guarani), *Magasin* (*makhzin*, arabe).

— Dis-moi, maîtresse, il y a beaucoup de mots d'origine arabe ou je me trompe ?

— Tu as raison. Jusqu'aux XVe, XVIe siècles, le monde arabe était un lieu de très haute civilisation dans les arts, les sciences, la philosophie, les techniques et l'agriculture. Comme il était notre voisin, puisqu'il occupait l'Espagne, il nous a transmis ses mots.

— Comme maintenant les États-Unis nous imposent les leurs ?

— Exactement.

Il fallait aller plus vite que les commandos de Nécrole. Certains mots refusaient de nous suivre. Ils nous pensaient dérangés, ou pire, pris de boisson, ils engueulaient notre maîtresse : « C'est pas beau, mademoiselle, de ne pas surveiller vos élèves. » Laurencin avait beau leur expliquer la situation, ils ne croyaient pas que quelqu'un puisse être assez fou pour avoir pris une telle mesure.

Mais notre opération fut couronnée d'un réel succès. D'un comptage rapide (le jour se levait), il résulta que nous avions sauvé de la volière pas moins de cent cinquante mots étrangers.

Nous avions aménagé un hangar en dortoir. Et pour le moment, ils s'y reposaient. Comme ils étaient touchants !

Laurencin en chuchotant nous donnait leur nationalité première et nous racontait leurs histoires.

Diesel et *Danser* (allemands), *Hussard* (hongrois), *Tsunami* (japonais), *Avatar*, *Pyjama* (Inde), *Cabaret*, *Ruban* (hollandais), *Patio*, *Créole* (espagnol), *Soja*, *Thé* (chinois), *Concerto*, *Mezzanine* (italien), *Essencerie* pour « station-service » (Sénégal), *Vigiler* (Mali)… et j'en passe, je ne peux tous les citer. *Dorade*, *Garrigue*, *Mascotte* (Provence)… Il y avait même un ancêtre, un mot gaulois : *Alouette*. Comme sa mère était bretonne, Laurencin s'intéressait un peu plus aux mots venus de sa région : *Balai*, parce qu'on utilisait beaucoup les branches du genêt, un arbuste qui s'appelle *Balan* ; et *Goéland*, l'oiseau marin dont le chant ressemble à un rica-

nement. Ou à un gémissement. « Pleurer » se dit *gwelan* en breton. *Baragouiner*, parce que dans les tavernes, les Bretons demandaient du pain, *bara*, et du vin, *gwin*…

XI

Où l'on décevra forcément ceux qui espéraient gagner beaucoup d'argent avec les mots

— Maîtresse, maîtresse, quand on invente un mot…

— Oui, Johann ?

— Est-ce qu'on en est propriétaire ?

— Bien sûr que non !

— Ah bon ? Je rêve ! À qui est-il alors ?

— À tout le monde.

— On ne gagne pas d'argent grâce à lui ? Même s'il est très intelligent ou très drôle et qu'il est utilisé chaque jour par des milliers, des millions de gens ?

— Même dans ce cas.

— Alors à quoi ça sert de se casser la tête pour inventer ?

— Ça sert à la fierté.

— Comment ça, la fierté ?

— C'est se sentir plus grand qu'on ne le croyait. Quand

tu as marqué un but, tu sens de la chaleur au fond de toi, non, comme un soleil soudain ?

— Attends que je me souvienne du dernier, pas plus tard qu'hier. Un joli but, d'ailleurs, un retourné. Bon ! Qu'est-ce que j'ai ressenti ? Un soleil ? C'est vrai, ça y ressemble. Mais quel rapport avec ce qu'on disait ?

— Quand tu inventes un mot, tu éclaires ce qui était dans le noir. Tu précises ce qui était confus. Tu sépares ce qui était mélangé. Tu fais naître quelque chose qui n'existait pas.

— D'accord, d'accord, c'est beau, je veux bien, sans doute utile mais j'aurais préféré de l'argent.

— Commence par inventer, si tu en es capable. Bon. Nous avons bien travaillé aujourd'hui. Nous avons droit à une récréation !

Nous nous levions déjà et nous bousculions vers la porte.

— Oh là, oh là ! s'exclama Laurencin. Je parlais d'une récréation ici, dans la classe, pas dans la cour !

Comme de bien entendu, nous grondâmes.

— Je vous fais le pari de vous amuser plus que vos jeux.

— Essaie !

— Ensemble, on va fabriquer un mot.

— Quel ennui !

— Tu as déjà perdu ton pari !

Laurencin s'amusait fort de notre déception.

— Donnez-moi cinq minutes. Si j'échoue, je vous libère !

— Accordé !

— Merci. Écoutez bien. On invente des mots parce qu'on en a besoin. Besoin pour désigner des choses, des animaux, des situations. Vous me suivez jusque-là ?

— Parfaitement.

— Supposons qu'on me pose la question suivante : « Quand puis-je aller en récréation ? »

La classe hurla : « Tout de suite ! »

— J'ai compris, mais cela ne me plaît pas : dans votre *tout de suite*, il y a trop de mots, comme dirait Nécrole ! Je veux inventer plus court. Comment vais-je faire ?

Silence.

Bouches plissées.

Langue au chat générale.

Laurencin reprit :

— Tout de suite, immédiatement, ça veut dire que je retiens le temps, je l'empêche de filer.

D'un même mouvement, nous hochâmes la tête.

— D'accord, jusque-là !

— Et comment puis-je retenir le temps ?

Les réponses fusèrent :

— Avec une montre !

— Mais non, voyons ! La montre dit l'heure, elle ne la retient pas.

— Avec un filet ?

— Réfléchis cinq minutes, Gwenaëlle ! Le temps passerait au travers.

— S'il vous plaît, protesta Laurencin, restez polis entre vous.

— Alors un barrage ?

— Tu as déjà vu un mur arrêter des jours ?

— Et pourquoi pas la main, tout simplement, comme quand on prend du sable sur la plage. Le temps, c'est du sable qui coule, non ?

Laurencin s'avança vers celle qui avait parlé. On crut qu'elle allait l'embrasser.

— Bravo, Hélène ! Je résume : je tiens le temps avec la main. Quel temps choisir pour le verbe « tenir » ? Le présent, bien sûr. Donc « tenant », le participe présent. Vous ajoutez « main » et le tour est joué. *Maintenant.*

— Oh, bravo, mademoiselle !

— Tu as gagné ton pari.
— Belle récréation.
— D'ailleurs, voici la sonnerie !
— On n'a pas envie de sortir. On recommence avec un autre mot ?

XII

Où l'on fait connaissance avec la mine abandonnée, où l'on découvre l'or véritable

— Après-demain, rendez-vous à 10 heures devant l'école.
— Mais mademoiselle, si je calcule bien, ce sera dimanche.
— Justement. Débrouillez-vous ! Trouvez une excuse.
— Tu veux nous obliger à mentir, c'est ça ?
— Et d'abord, pour aller où ?
— Vous le verrez bien assez tôt.

*

Le dimanche, à l'heure dite, personne, vous m'entendez, aucun, aucune des vingt-trois élèves ne manquait au rendez-vous.

Nous avons marché longtemps par les collines. Vérifiant sans cesse que personne ne nous suivait. Et plongeant sous les chênes verts chaque fois que se faisait entendre le bruit saccadé des pales d'un hélicoptère.

— C'est encore loin ?

Rachida s'épuisait. On peut ne jamais se fatiguer de faire marcher sa langue et n'avoir aucune résistance dans les jambes.

— Dis, maîtresse, maintenant qu'on est loin de tout…

— … et qu'il n'y a personne pour nous écouter…

— Tu ne peux pas nous dire…

— … où nous allons ?

— Et surtout, si nous arrivons bientôt ?

Laurencin tourna sur elle-même. Personne. Alors elle murmura :

— L'ancienne mine d'or.

Cris d'excitation.

— Quelle idée géniale !

— Maîtresse, tu es trop !

— J'avais toujours rêvé d'y aller.

— Moins fort, on va vous entendre !

Bref. Enthousiasme général jusqu'à ce qu'Apolline brise la joie.

— Et la guerre dans tout ça ? Je ne sais pas si vous avez oublié, mais nous sommes en guerre.

— C'est vrai, ça !

— Elle a raison !

— Mademoiselle, qu'est-ce qu'on fait à nous promener, au lieu d'aller nous battre ?

Laurencin prit son temps pour nous répondre, le temps de s'amuser beaucoup.

— Vous savez ce qu'il y a dans la mine ?

— Eh ben rien, puisqu'elle est abandonnée !

— Des coyotes peut-être ?

— Et sûrement des chauves-souris !

De nouveau, elle nous ordonna de baisser la voix. Avant de nous éclairer.

— C'est dans la mine que s'est réfugiée la Fabrique.

— De quoi parles-tu ?

— Vous vous souvenez ? En même temps qu'il n'autorisait plus que douze mots, Nécrole a fermé l'usine.

— Quelle usine ?

— Celle où l'on fabrique les mots.

— Parce qu'il y a des gens dont c'est vraiment le métier ?

— Bien sûr ! Chaque jour, on invente des produits nouveaux. Il faut leur donner un nom. Nécrole a décidé que cette activité ne servait à rien, qu'il suffisait d'adopter les mots anglais.

— Peu à peu, on perdra notre langue.

— C'est ce qu'il veut. C'est plus pratique pour les affaires. Mais les fabricants de mots nouveaux ont résisté. Même sans salaire, même gratuitement, n'est-ce pas, Johann ?, ils ont continué. Et quand la police les a chassés, ils se sont réfugiés dans…

— La mine d'or !

Aucun risque que Nécrole les y retrouve ! Ce n'était plus qu'une cathédrale de rouille, dont le toit, au moindre coup de vent, s'effondrait par plaques.

— Je vous amène des renforts, lança Laurencin en arrivant.

— Bonne nouvelle, les enfants ! Passez d'abord votre brevet puis votre bac et venez vite nous rejoindre, dit un monsieur très élégant, cheveux blancs soigneusement lissés, costume trois pièces crème, cravate verte et chaussures de toile bicolore blanc et rouge.

Une dizaine de complices l'entouraient, le genre plutôt profs, une majorité de lunettes, des barbes pour les hommes et des chignons pour les femmes, avec, pour compléter, un couple

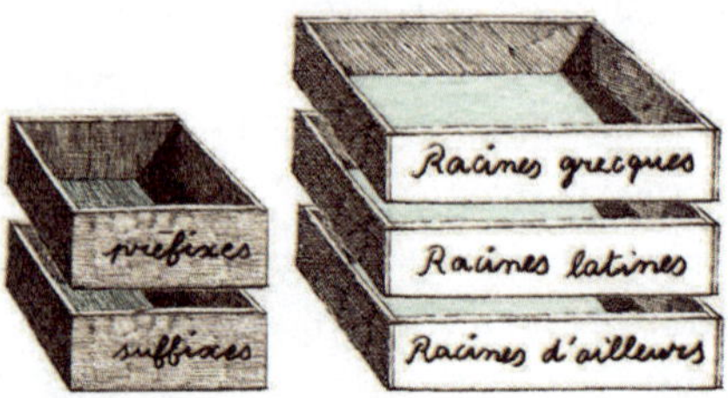

de jeunes blonds et bronzés, je les aurais plutôt imaginés surfeurs (ce qu'ils étaient d'ailleurs, comme je l'apprendrais plus tard : on peut aimer à la fois les mots et les vagues, c'est loin d'être contradictoire).

— Vous entendez ? nous dit l'Élégant.

Dominant les bruits d'eau, les divers ruissellements qui descendaient le long des murs, un tintement de clochette résonnait toutes les deux ou trois secondes. Il semblait venir de l'ordinateur posé sur une chaise de bistro.

— Chaque sonnette nous indique l'arrivée d'un nouveau mot anglais. À nous de trouver son équivalent dans notre langue.

— Moi, cet ordi, dit Rachida, je lui mettrais un bâillon, c'est trop décourageant.

L'Élégant sourit.

— Il nous empêche de nous endormir.

— Ça, c'est sûr !

Avouons-le : j'étais déçue. Pour fabriquer les mots d'aujourd'hui, j'imaginais de la modernité, des machines, des tapis roulants, des circuits intégrés. Rien de cela. Quelques rayonnages métalliques garnis de dictionnaires réchappés du désastre. Sur une table, une boîte marquée « Préfixes », une autre « Suffixes ». Et par terre, trois caisses pleines de morceaux de mots. De gauche à droite : « Racines grecques », « Racines latines », « Racines d'ailleurs ».

— Nous ne vous dérangerons pas longtemps, dit Laurencin. Mais pouvez-vous nous expliquer votre manière de faire ?

— Volontiers, dit l'Élégant. Le principal, c'est de bien comprendre ce que le mot décrit. Par exemple, un *E-mail*, qu'est-ce que c'est ? Un courrier qui n'est pas apporté par la poste mais par les circuits électroniques. Donc un courrier électronique. Et c'est ainsi que nous avons trouvé… *Courriel*.

Nous avons applaudi.

— De même *Carsharing* désigne le fait de partager sa voiture pour économiser les frais d'essence. Que dites-vous de

Covoiturage ? « Co », c'est un dérivé du latin *cum*, qui veut dire « avec ».

— On dirait un jeu de construction.

— Mais c'est un jeu de construction ! Une construction qui n'arrête pas de se poursuivre. Vous connaissez IBM ?

— La grande société d'informatique ?

— Exactement. Elle avait inventé un supercalculateur qui lui semblait avoir un peu d'avenir : un *Computer.* En 1955, elle a demandé à un spécialiste du latin de lui proposer une traduction française. Il mérite qu'on se souvienne de son nom : Jacques Perret. C'est ainsi qu'un mot est né, que vous utilisez tous les jours. Vous avez deviné ?

— Attendez !

— Ce ne peut être que…

— Ça y est, bien sûr, *Ordinateur* !

La fabrique des mots
Racines grecques
Racines latines
Racines d'ailleurs

— Bravo. Y a-t-il parmi vous des hackers, pardon, je veux dire des pirates du Net, pardon, de la Toile ?

Hippolyte leva le doigt. Je n'aurais jamais cru ça de lui.

— Tu vois le très vieux monsieur, là-bas ? C'est lui qui a inventé le mot *Logiciel*. Avouez que ça sonne mieux à nos oreilles que *Software* !

— Monsieur, monsieur, je peux vous poser une question ?

— Je suis là pour répondre.

— Pourquoi cette invasion de mots seulement anglais ? Vous n'avez jamais d'autres langues à traduire ?

Manifestement, Hippolyte avait appuyé sur une zone douloureuse. L'Élégant grimaça.

Il inspira profondément, comme quelqu'un qui va plonger.

— Il y eut un temps, un temps lointain, les XVIe, XVIIe, XVIIIe siècles, où notre langue était celle qui donnait le plus de mots aux autres langues. Maintenant, c'est l'anglais…

Il haussa les épaules.

— … C'est humiliant. Mais c'est comme ça.

— Et pourquoi cette… dégringolade du français ? Pourquoi ce triomphe de l'anglais ?

— Parce que les pays qui utilisent cette langue, à commencer par les États-Unis d'Amérique, sont les plus puissants en économie mais aussi les plus actifs en sciences. Plus on invente, plus on découvre, plus on a de choses à dire, plus il faut trouver de mots pour les dire.

— Alors la France a plutôt intérêt à se réveiller !

— Tu l'as dit. Autrement, il ne faut pas s'étonner d'être à la remorque.

— Et bientôt vous aurez à adapter beaucoup de mots chinois ?

— Ça commence.

Nos amis fabricants nous ont montré les dernières commandes de l'ordinateur à clochette : *Spamming* (pourquoi pas *Arrosage* ?), *Downsizing* (*Réduction de taille* ? mais c'est trop long), *Job date* (*Embauche minute*), et le plus mystérieux : *Whistleblowing*.

De quoi s'agissait-il ?

L'Élégant nous a expliqué qu'au sens propre cela voulait dire « siffler », « souffler dans un sifflet ». En fait, c'était

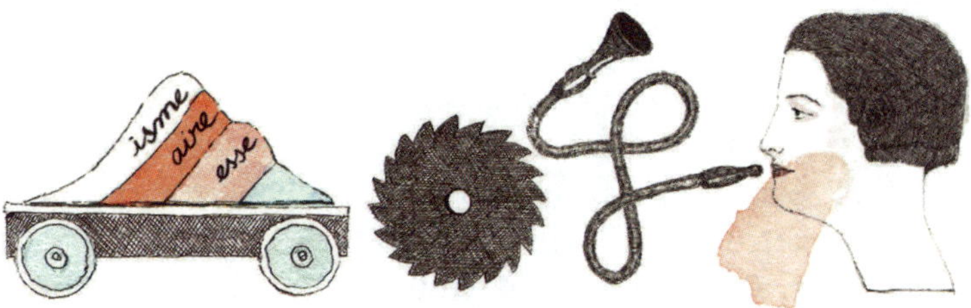

le fait pour un employé d'une entreprise de révéler les arnaques et entourloupes auxquelles il assistait.

Tout de suite, j'ai proposé *Dénonciation*.

Qu'importe ma modestie ! Je dois à la vérité de dire que des applaudissements ont salué ma trouvaille.

— Mademoiselle, on peut rester ?

— On s'amuse trop !

— Je savais qu'avec les mots on construit des phrases et des histoires. Je ne savais pas que les mots se construisaient eux aussi.

— Comme une voiture.

— Comme une maison !

Laurencin nous a donné une heure supplémentaire.

— Pas une minute de plus ! Autrement, vos parents vont mourir d'inquiétude.

— Ça leur apprendra !

— Ils parlent n'importe comment !

— Ils ne prennent aucun soin de nos mots.

— On va leur donner la honte.

— En écrivant de tellement belles chansons.

— De si beaux livres…

— Ils ont un trésor.

— Mais ne s'en rendent même pas compte !

Et nous nous sommes précipités vers les tables de fer.

L'Élégant nous avait confiés à son adjointe, « une grammairienne d'envergure mondiale », d'après lui. C'était, je me souviens, une longue dame en qui combattaient le sérieux (proclamé par ses cheveux noirs très courts) et la gaieté (que trahissait son regard, perpétuellement amusé).

Elle nous montra une grande caisse qui trônait entre les tables et les chaises. Elle nous expliqua qu'elle était pleine de mots, mais de mots les plus simples. À partir d'eux, elle allait nous montrer la manière d'en construire d'autres.

— Qui commence ? Toi ? Quel est ton prénom ? Jeanne ? Parfait ! Allez, n'aie pas peur !

J'ai plongé la main. Puis déplacé lentement les doigts. Du creux de ma paume, un petit mot me regardait tout intimidé : *Bras*.

— Bravo, m'a dit la grammairienne d'envergure mondiale. Bonne pioche ! Maintenant, un préfixe.

— Un quoi ?

— Préfixe. C'est un petit élément qu'on colle à l'avant du mot simple pour le compléter. Regarde.

Sur une table s'étalaient des groupes de lettres qui semblaient un peu perdues toutes seules, orphelines : *anti*, *archi*, *hyper*, *néo*, *poly*…

— Si tu essayais celui-là ?

Elle me montrait *em*.

Entre le pouce et l'index je le saisis délicatement et le plaçai devant le mot que j'avais tiré de la caisse. *Embras*.

— À quoi ça te fait penser ?

— Embrasser ! criai-je trop vite.

Et bien sûr, je devins tomate, déclenchant gloussements et quolibets.

— Oh, la Jeanne !

— Oh, l'amoureuse !

— C'est qui ? Oh, la cachottière !

La grammairienne n'attendit pas la fin des moqueries.

— On continue ! Au tour des suffixes.

— Encore de nouvelles bêtes ? La langue française est trop compliquée.

— Au contraire ! Tu vas voir comme c'est simple.

Elle prit *embras* et le déposa sur une autre table recouverte d'autres morceaux de mots : *ure*, *esse*, *isme*, *eur*, *ien*, *aire*…

— Alors ? Qu'est-ce que tu attends ? Tu n'as qu'à en choisir un et tu le places derrière *embras*.

J'ai essayé. D'abord sans succès :

embras atrice

embras erie

embras oire

Ça ne voulait rien dire.

Et puis j'ai trouvé mon bonheur : *embras ade*. Il suffisait d'ajouter un *s* et le tour était joué : *embrassade*.

Mes camarades ne me lâchaient pas.

— Cette Jeanne est obsédée !

— Elle ne pense qu'à l'amour !

Mais moi, je ne les écoutais pas. J'étais toute à mon bonheur. Oui, les mots se fabriquent, peu à peu, par étapes.

Des *bras*.

Dans ces bras : *embrasser*.

Et l'action de deux personnes qui s'embrassent : *em* bras *sade*.

Autour de nous, on avait cessé de rire. Chacun voulait essayer. On plongeait et replongeait la main dans la caisse aux mots simples. Et puis on courait vers les deux tables, celle des préfixes et celle des suffixes.

Hippolyte voulait faire partager à tout le monde sa découverte :

— Regardez ! *Brouiller*, c'est le petit frère de *Brouillard*. Il ne paie pas de mine. Eh bien, on peut fabriquer *Débrouiller*, *Débrouillard* et *Débrouillardise* !

Rachida était concentrée, pour une fois, tombée raide amoureuse de *Gel*. Au début, elle avait pensé à la pâte transparente dont on se tartine les cheveux pour qu'ils se tiennent tranquilles.

Mais l'autre signification du mot l'avait tout de suite amusée : ce qui se passe quand la température descend en dessous de zéro. Il faut dire que sur notre île tropicale, nous ignorons le froid. Nos seuls glaçons viennent de nos vieux et ronflants réfrigérateurs… quand l'électricité n'est pas coupée. Rachida jouait avec *Gel* comme si c'était une boule de neige, en la faisant sauter d'une main à l'autre. Pauvre *Gel*, je ne sais pas s'il appréciait. Et elle le costumait de tous les vêtements possibles, comme si c'était une poupée : *Surgeler*, *Congeler*, *Dégeler*, *Gelure*, *Engelure…*

Je ne parle pas d'Apolline, devenue folle des diminutifs (vous comprendrez mieux si je vous dis qu'elle est minuscule, quasi naine).

Côte, Côtelette, *Barbe, Barbiche*, *Brin, Brindille*, *Rue, Ruelle…*

Elle s'applaudissait elle-même : que les choses sont mignonnes quand elles sont petites !

Et Gaël, qui ne comprend jamais rien… Il voulait qu'on l'aide à percer un mystère :

— *Conjugal*, je vois bien ce que ça veut dire, quelque chose qui intéresse un mari et sa femme. Mais *Extra*conjugal ?

Personne ne lui répondait. On avait trop à faire. On riait quand même de sa question. Surtout quand on connaissait sa mère, pas très fidèle comme épouse, passionnée de la musique en général et de certains musiciens en particulier, principalement les batteurs.

— Calmez-vous, répétait la grammairienne. Quels fous vous faites ! Vous allez tout renverser. Et si vous criez trop fort, Nécrole va vous entendre.

On voyait bien qu'elle faisait semblant, elle jouait mal la sévère. Elle n'arrivait pas à cacher son sourire. Elle nous avait transmis sa maladie, sa passion d'architecte des mots.

« La fabrique des mots ».

Avant de la connaître, j'imaginais une usine plutôt sinistre, des ouvriers seulement sérieux, de la mécanique de haute précision.

Alors que c'était plutôt la fête, dans la mine d'or, un joyeux désordre.

Je ne vous ai pas raconté la sarabande au-dessus de nous. Et vérification faite, il ne s'agissait pas de ces chauves-souris dont mes cheveux ont tellement peur.

Un mot s'efforçait d'échapper à un groupe de camarades. Il sautait de poutre en poutre. Il tentait de voler.

J'ai mieux regardé.

Le poursuivi, c'était *Bonheur*. Et parmi ceux qui le pourchassaient (*Pour* chasser), j'ai reconnu *Joie*, *Gaieté*, *Sérénité*, *Plaisir*. Et ils criaient :

— Pour qui te prends-tu, *Bonheur* ? Oh, le prétentieux ! Viens discuter si tu l'oses !

Je me suis retournée vers la grammairienne, afin qu'elle m'explique.

— C'est tous les jours pareil. Ça devient agaçant, à la fin.

— Mais enfin que se passe-t-il ?

— La jalousie des synonymes. Tu les connais ?

— Ce sont des mots qui veulent dire la même chose.

— Bravo, Jeanne ! Eh bien justement. Ils trouvent qu'on parle trop de *Bonheur* et pas assez d'eux.

— Mais *Bonheur* et *Plaisir*, ça ne raconte pas la même histoire. Pas plus que *Bonheur* et *Satisfaction*, ou *Bonheur* et *Contentement*.

— Tu as tout à fait raison.

— Alors deux mots ne disent jamais la même chose ?

— Jamais, Jeanne ! Jamais. C'est pour cela qu'on a tellement inventé de mots, depuis des siècles et des siècles. Pour ne rien perdre de la diversité du monde.

— Et ne rien perdre non plus de la diversité des sentiments.

— Jeanne, malgré ton très jeune âge, tu as tout compris.

Et figurez-vous qu'elle m'a embrassée, oui, la grammairienne d'envergure mondiale, sur les deux joues.

Avec *Fier* (qui vient du latin *ferus*, « sauvage »), on peut construire, en ajoutant le suffixe *té*, l'émotion particulière que j'ai éprouvée à cet instant-là : *Fierté*.

Pauvre Laurencin !

Elle avait beau montrer sa montre, crier qu'il se faisait tard, nous ne l'écoutions pas, tout à nos fabrications.

Et l'Élégant ?

Il aurait dû lui venir en aide. Et nous chasser.

Au contraire, il nous regardait, attendri.

— Comme vous me faites chaud au cœur, les jeunes ! Oui, c'est grâce à vous que notre langue sera sauvée !

Nous n'avons consenti à sortir de la mine d'or qu'à la nuit tombée. Bonne nouvelle. Elle allait nous protéger des policiers.

Mais qu'allaient dire nos parents ?

Oh, ils n'avaient pas trop intérêt à nous chercher noise ! À la moindre réprimande, ils recevraient leur rafale. Nous avions fait provision de trop de jolis mots pour nous laisser accabler sans répondre.

XIII

Où l'on apprend que les mots sont élus, tout de même que les hommes politiques

Pauvre Nécrole, s'il avait su !

L'île entière était entrée en *Résistance*, un mot dont Colette Bonaventure avait haut et fort (pour que sa sœur l'entende et jaunisse de jalousie) confirmé la racine latine : *sistere*, « s'arrêter ».

Un jour, on refuse ce que des fous nous imposent. On se dresse. Et on dit NON.

Telle était notre humeur combattante, des plus jeunes aux vieillards. Tous unis par la même évidence : abandonner nos mots, c'était perdre l'un de nos Grands Trésors. Et des voyageurs nous rappelaient que dans d'autres pays, d'autres dictateurs avaient tenté de bâillonner l'autre Grand Trésor : la musique.

Et notre première manière de dire NON, ce fut d'aimer comme jamais ceux dont on voulait nous priver.

Partout dans l'archipel on faisait fête aux mots. On puisait dans sa mémoire. On collectionnait les plus rares. On ouvrait des marchés pour les échanger : « J'ai dans mon panier *Pusillanime*, ce petit couard, et *Quinquagénaire*, qui fait bien moins que son âge. Et toi, qu'est-ce que tu m'offres ? »

Pauvre Brochet, s'il avait su !

Il avait beau passer et repasser sa tête pointue derrière la vitre, il n'y voyait que du feu. Notre tableau noir était couvert de chiffres, pour donner le change. Mais nous ne nous occupions que de mots.

Par exemple, nous votions.

Comme vous savez, Laurencin nous avait habitués à cette pratique d'adultes. Quel que soit le sujet nous discutions. Passionnément. Elle obligeait tout le monde à donner son avis, même Philippe, notre timide. Puis l'un après l'autre, nous venions déposer notre bulletin dans l'aquarium de feu le poisson rouge.

Pour l'élection de notre mot préféré, je vous donne les résultats.

1. *Assassin* : 11 voix.

Sûrement parce que le Capitan nous avait appris son origine légendaire : aux environs du Liban, un groupe de trafiquants de haschisch, forcément très cruels.

2. *Prince* : 8 voix.

Vote majoritaire chez les filles à cause du *Petit Prince* et de leur rêve naïf mais inguérissable de Prince Charmant.

3. *Antépénultième* : 3 voix que je ne peux expliquer.

Et moi, Jeanne, mon mot préféré ?

Préférer, figurez-vous.

— Et comment l'as-tu fabriqué ?

— Facile. Deux petits mots latins empruntés à Colette Bonaventure, *prae*, qui veut dire « devant » et *ferre*, qui veut dire « porter ». « Porter devant » ou « mettre en avant ».

— Et qui préfères-tu, Jeanne ?

— Oh, regardez !

— Elle a rougi.

— Je préfère…

— Oh, elle va répondre !

— Quelqu'un de la classe ?

— Je préfère celui qui va venir.

Une double question me tarabustait parmi les mots, pourquoi certains ne durent-ils qu'un seul été et disparaissent dès l'automne ?

Et pourquoi d'autres s'installent-ils dans notre langue pour toujours ?

Laurencin m'a répondu :

— C'est une sorte de vote, Jeanne, un vote géant sans bulletins. La population vote pour le mot qu'elle aime en

l'utilisant. Et ainsi, jour après jour, son usage s'étend. Bientôt, tout le monde l'utilise. Il y a des mots dont personne ne veut. Et d'autres qui trouvent tout de suite un public immense. Regarde *Internaute*. Il faut dire que celui qui l'a construit est un génie. D'abord *inter* pour indiquer des relations. Et *naute* qui veut dire « marin » comme dans *Nautique* et aussi dans *Cosmonaute :* l'*Internaute* est un marin qui navigue sur la Toile en cherchant le contact des autres…

— Merci ! J'ai appris deux choses depuis le début de notre guerre. Premièrement, la langue est une grosse bête vivante, elle n'arrête pas de bouger tout le temps, de changer, emprunter, rejeter, inventer… Et deuxièmement, la langue et ceux qui la parlent sont unis comme s'ils formaient ensemble un même tissu.

— Tu as raison, Jeanne. Les hommes créent les mots qui à leur tour créent les hommes. C'est pour cela que Nécrole va se casser les dents. Il ne pourra jamais nous séparer, nous et les mots.

XIV

Où l'on reçoit de la visite, peut-être même des renforts

J'espérais qu'ils ne m'avaient pas vue. Un trio de survêts et capuches comme on en montre dans les films pour faire peur. J'accélérai. Mais pas de chance ! L'un des trois pointa son doigt dans ma direction. Je me mis à courir, tout en pestant contre moi-même : pourquoi, mais pourquoi Jeanne la débile, pourquoi as-tu choisi ce chemin isolé, derrière le port, dans la zone pourrie des entrepôts ? En même pas 100 mètres, ils m'avaient rattrapée.

— Flippe pas, on va pas te manger ! On voulait juste te demander…

— Mon frère a raison, on voulait juste savoir…

— … Où habite le type au nom chelou.

— Oui, il s'appelle Capitan.

— Ou quelque chose de pas net de ce genre.

Je commençai à me calmer. Mon cœur reprit un rythme presque normal. Vérification faite, ils avaient de bons sourires sous leurs capuches.

— Qu'est-ce que vous lui voulez ?

— On lui apporte un cadeau.

— Le kif de sa vie.

— On a entendu sa légende.

— On veut en être.

Maintenant que ma frayeur s'en allait, le trio m'intriguait de plus en plus.

— Mais d'où venez-vous ?

— De très loin.

— Même que c'est notre premier voyage.

— On n'avait jamais quitté la cité.

— Mais on a vu sur le Net.

— On veut le rencontrer. Il sera pas déçu.

Je les regardai. Finalement, je les sentais plutôt bien. Et qu'est-ce que je risquais ? Il s'ennuyait tellement, notre Capitan ! Et au pire, il saurait se défendre malgré son âge. Il en avait rencontré de plus terribles.

*

Le Capitan ne remarqua pas tout de suite leur présence, trop occupé qu'il était à raconter à son chat Newton son voyage en Antarctique.

— La nuit, on se relayait pour guetter. Car les icebergs, souvent gros comme deux fois l'église, n'aiment rien tant que dériver doucement vers nous, non qu'ils soient méchants mais, comme toi tu ne peux t'empêcher de croquer les souris, il est dans la nature des icebergs d'écraser les bateaux.

Si l'une des capuches s'était moquée, ne serait-ce qu'en esquissant le moindre sourire, je les aurais plantées là. Mais je ne voyais dans leurs yeux que du respect. Alors je me suis avancée.

— Capitan, bonjour ! Pardon de te déranger. Ces jeunes gens sont venus de très loin pour t'offrir un cadeau.

Mon vieil ami hocha plusieurs fois la tête, le temps de revenir de l'Antarctique.

— Soyez les bienvenus. Et remerciés. Pourquoi cet honneur ?

— À cause de vos dictionnaires. Votre collection est trop belle, on veut la compléter.

Le Capitan grimaça. Il n'avait plus la force de reprendre une nouvelle fois le récit de l'incendie. Il soupira.

Alors l'un des jeunes sortit de son blouson un cahier d'écolier. Et en s'inclinant, à la japonaise, il le tendit au Capitan.

— De quoi s'agit-il ?

— Nos mots. Les mots de la cité. On voudrait…

— Enfin, on souhaiterait…

— Si vous acceptez, bien sûr…

— Si vous les jugez dignes…

— … Qu'ils rejoignent votre collection.

Le Capitan commença de feuilleter.

— Ah, je vois, beaucoup de verlan, l'envers de l'envers. C'est vrai que c'est amusant de fabriquer des mots nouveaux en inversant les anciens. Ça me rappelle ma jeunesse. *Keuf*, *Meuf*, *Vénère*, *Rebeu*… d'accord, mais rien de bien nouveau. Ah, voici plus intéressant ! *Nuggets* pour « Policiers ». Attendez que je devine. Parce qu'ils sont des poulets ? Et que dans leur fourgon, ils sont souvent six, donc *Boîte de six* ? Et les *Nuit grav'*… Vous voulez dire « cigarettes » ? C'est ça ? Parce qu'elles nuisent gravement à la santé ?

Il avait éclaté de rire.

Je ne vous dis pas la fierté des capuches.

Mon Capitan se régalait.

— *Alcatraz*, ça veut dire quoi ?

— On dit : « Je suis Alcatraz » quand tes parents te privent de sortie.

— Et *Bédave* et *Bicrave* et *Bouillave* ?

— « Fumer un joint », « dealer », « faire l'amour ». Ça vient des gitans.

— Et *Poucave* ?
— Une « balance ».
— Et *Meskine* ?
— Un « pauvre mec », trop facile de lui mettre un CP.
— Pardon ?
— Un coup de pression, l'intimider quoi !

Je me suis éclipsée. Je les ai laissés entre eux. Le Capitan s'amusait trop. Il avait retrouvé son entrain. Peut-être que le cahier du parler *caillera* (la langue de la « racaille ») serait le premier volume de la bibliothèque qu'il allait bien finir par reconstruire ?

XV

Où les officiels se révoltent et s'ensuit une teuf géante

— Maîtresse, maîtresse !
— Eh bien, Apolline. Tu as vu l'heure ? Si toi aussi tu te mets à oublier ta montre…
— Maîtresse, maîtresse, je reviens du port. Je voulais voir de mes yeux…
— Bonne nouvelle ! Notre première de la classe sait employer ses yeux à autre chose qu'à lire.

— Tais-toi, Rachida. Continue, Apolline.

— Les bateaux prévus pour l'expulsion des mots étrangers. Ils sont quatre. Un pour l'Arabie, un pour l'Afrique noire, un pour le reste du monde. Et le dernier pour la France.

— Tu te trompes !

— On va renvoyer aussi les mots d'origine régionale, comme le breton ou le basque. Ah, une mauvaise nouvelle encore ! Le capitaine du port a été arrêté. Il voulait à tout prix retarder les départs. Il a ouvert son ordinateur. Il a montré au policier le temps pourri des prochains jours, l'enchaînement des dépressions. Sauf que le policier était le fils d'un journaliste météo. Il s'est tout de suite rendu compte que la carte présentée était celle… de novembre dernier.

— Pauvre Vincent !

— Pauvre et courageux Vincent !

— En attendant, il y a urgence.

— Car une fois nos amis partis, quand reviendront-ils ?

— Déjà que le fou nous a brûlé nos dictionnaires.

— Et avec ce vent alizé, à force de souffler, il nous vide la mémoire. Pour oublier, chez nous, pas besoin d'être vieux.

— Bon ! Arrêtons de nous lamenter. Quelqu'un a une idée ?

Une fois de plus, c'est Rachida qui répondit :

— Il faut mobiliser les douze mots officiels. Je le sais de source sûre, ils s'ennuient trop. Et un mot qui s'ennuie est prêt à tout.

— Comment expliques-tu cela ? Ce Président leur offre tout.

— Sauf l'essentiel ! Comment veux-tu raconter quoi que ce soit avec seulement douze verbes ? Et des mots qui ne racontent pas, à quoi veux-tu qu'ils passent leurs journées ? Prenons un exemple. Tu as *Le Petit Prince*, maîtresse ?

Laurencin fouilla dans son cartable et lui tendit le livre de poche.

— Voici un extrait :

> « J'ai ainsi vécu seul, sans personne avec qui parler véritablement, jusqu'à une panne dans le désert du Sahara, il y a six ans. Quelque chose s'est cassé dans mon moteur. Et comme je n'avais avec moi ni mécanicien, ni passagers, je me préparai à essayer de réussir, tout seul, une réparation difficile. C'était pour moi une question de vie ou de mort. J'avais à peine de l'eau à boire pour huit jours. »

— Et si maintenant on n'utilise que les mots autorisés par Nécrole, regardons ce qu'il reste : rien.

— Vous voyez ? À peine débutée, l'histoire s'arrête faute de combattants.

— Tu as raison. On dit que Dieu, ou le diable, est dans les détails. Les histoires aussi. Sans les détails, l'histoire n'est qu'un squelette. Et tous les squelettes se ressemblent. Qui s'intéresse aux squelettes ? C'est la chair, donc les détails, qui fait la différence.

— Combien de temps les douze vont-ils supporter de ne rien faire ?

— Un incident s'est déjà produit. La Présidence est parvenue à l'étouffer.

— Tu peux raconter, toi qui sais tout ?

— Si Mlle Laurencin considère que ce récit a valeur de devoir et qu'elle m'accorde 19/20.

— Tu ne crois pas que tu exagères ?

— Bon, bon. Ça ne coûte rien d'essayer, non ? Alors voilà. Avant-hier, Nécrole a donné un ordre à son colonel de gendarmerie : « Coffrez-moi illico ce terroriste de chanteur prétentieux, Monsieur Henri ! » Comme vous l'avez remarqué, aucun des mots que venait d'employer notre cher dictateur n'était sur la liste officielle. Ni *Coffrez*, ni *Illico*, ni *Terroriste* ni les autres. Ces mots ont hésité. Ils pouvaient faire la grève, refuser de remplir leur rôle de messagers bien dociles. Et d'autant plus facilement que, je vous le rappelle, ils étaient interdits. Ils ont préféré la jouer beaucoup plus subtile, voire vicieuse. Dès la sortie de la bouche présidentielle, ils ont changé de sens. Et voici ce que le colonel a entendu : « Accordez illico Légion d'honneur au chanteur valeureux Monsieur Henri ! »

Ainsi fut fait.

Deux heures plus tard, Monsieur Henri, éberlué, avait reçu sa médaille. Et il se promenait dans la ville en la montrant à tous. Il faut dire que sur sa veste blanche, le ruban rouge était du plus bel effet.

On imagine la fureur du dictateur. Avec pour conséquence l'immédiate dégradation du colonel. Redevenu simple soldat, il alla consulter le médecin : « Mes oreilles sont devenues folles ! » Pauvre gendarme !

La classe applaudit.

— Belle histoire !

— Pour une fois, tu avais raison. Elle vaut bien un devoir.

Laurencin rappela l'urgence de la situation.

— Le temps presse ! Rachida nous a donné la piste.

— Une révolte des mots ?

— Exactement. Dans la guerre, celui qui maîtrise la communication remporte la victoire.

— J'ai une autre idée.

Tout le monde se retourna vers l'ami supposé des chevaux, Philippe le timide. Décidément, depuis sa visite au café du Palais de Justice, celui de la carte de Tendre, il avait pris de l'assurance.

— Dis-la vite !

— Venez près de moi. Maintenant, je me méfie des mots. On a beau fermer portes et fenêtres, ils circulent dans l'air. Allez, plus près !

Ah, le malin Philippe, il avait ainsi trouvé le moyen de se rapprocher de moi ! Pas plus rusé qu'un timide. J'ai compris ce jour-là que la timidité, vraie ou fausse, est la première des stratégies amoureuses !

C'est ainsi que, collé-serré par toutes les filles de la classe (et aussi par Laurencin : les timides ne doutent de rien), il nous fit part de son plan. Qui fut exécuté dès le lendemain matin.

XVI

Où l'on doit saluer l'intelligence du rédacteur

Pour la suite (et fin), il suffit de lire, daté de la semaine suivante, l'exemplaire du *Kingston Standard*, le journal le plus légitimement réputé de notre pays voisin, la légendaire Jamaïque.

Disparition mystérieuse
de son Excellence le Très Distingué Président à vie
Vidiadhar Surajprasad Nécrole

Il semblerait bien que, avant-hier, dimanche, le palais du Très Distingué Président Nécrole se soit réveillé sans parole.

D'après nos informations, les événements suivants se seraient déroulés.

Lorsque, réveillé dès l'aube, comme à son habitude, le Président à vie voulut appeler pour son petit-déjeuner, aucun mot ne sortit de sa bouche. Pas plus de la sienne que de celle de son intendant, quand, inquiet du silence de son maître, il se résolut à entrer dans la chambre présidentielle pour prendre de ses nouvelles.

La suite de la matinée se poursuivit dans cet inquiétant silence.

À croire que le film de la vie présidentielle était soudain devenu muet. Pire que muet. Car impossible de tenir la moindre réunion. Même par écrit. À peine les lettres déposées sur le papier, elles disparaissaient, à peine le mot formé, il s'en allait on ne sait où et la feuille redevenait blanche.

On dit aussi qu'un des conseillers du Président à vie, se saisissant dans la bibliothèque d'un livre technique dont il avait besoin (*Recueil de jurisprudence administrative*), aurait constaté que ses pages étaient vides : plus un titre, plus un commentaire, plus de notes explicatives. Rien que la surface lisse et blanche du papier.

Davantage que d'hémorragie, il faut parler d'évasion. Quelle explication pour un phénomène tellement étrange ? Une légende commence à courir par la ville. Faut-il y prêter foi ?

La nuit précédente, on aurait vu un musicien tourner autour du palais présidentiel. Il ressemblait à celui que là-bas on appelle « Monsieur Henri ». Il jouait sur sa guitare l'une des mélodies de sa composition, très douce, très lente. Et c'est sur cette mélodie que seraient venus se poser tous les mots du palais, comme pour apporter des paroles à cette musique. Et ensemble, le musicien, sa guitare et sa chanson géante se seraient dirigés vers la mer.

Quittons le domaine de la légende et parlons maintenant de ce qui est avéré, certain et constaté.

Premièrement : au matin, tous les mots, oui TOUS les mots de l'île, ceux des livres, ceux des enseignes et des réclames, ceux de la radio nationale, ceux de la mémoire et de l'imagination des gens, les douze mots de la liste officielle, comme les mots étrangers enfermés dans la volière dont quelqu'un avait très vite ouvert la porte, tous les mots, même ceux inscrits au fronton des églises et sur les croix des tombes, tous s'étaient donné rendez-vous sur la plage et firent si longuement la fête avec les musiciens de Monsieur Henri qu'il fallut les supplier, le lendemain, de reprendre le travail, toute menace étant désormais écartée.

Deuxièmement : le Président à vie, muet désormais et par suite privé de toute arme, a disparu, enfui vers une destination que nul ne connaît à ce jour.

Force est de constater, sans aucun parti pris politique, que cette nouvelle, une fois connue sur la plage, a relancé l'intensité de la fête.

Note du rédacteur en chef.

Nous avons hésité à relater cette troublante affaire. Seul notre habituel respect absolu de la vérité nous a déterminés. Mais nous en sommes bien conscients, et soyez-le de même : le risque demeure d'avoir donné aux mots l'idée, un beau jour, de s'en aller, suite à quelque mauvais traitement, vrai ou supposé, qui leur aurait été infligé.

Alors que deviendrait notre journal, s'il prenait la fantaisie aux mots de ne plus accepter de rester tranquilles sur les pages, aux places exactes que nous leur avons données ? Que resterait-il de nous, pauvres îliens abandonnés, privés soudain du moyen de bavarder, conter fleurette et refaire le monde ? Et la musique, sans nul doute, ferait cause commune avec ses complices les mots. Elle prendrait à leur suite la poudre d'escampette. Et vous savez vivre sans musique ? Moi pas.

Ainsi concluait le rédacteur en chef. J'ai gardé l'exemplaire du journal. Je peux vous en communiquer copie.

Cet homme-là avait tout compris.

Et d'abord que cette histoire est dangereuse.

Voilà pourquoi j'ai tardé si longtemps à vous la raconter. Pour ne pas donner aux mots l'idée de se venger de notre indifférence et des mauvais traitements que nous leur infligeons.

L'été dernier, je me suis dit que j'étais une imbécile (je me le dis souvent, pas seulement l'été dernier). Il fallait, au contraire, rappeler ce que nous devons aux mots, nous qui les respectons si mal alors qu'ils sont nos plus vieux, nos plus divers et nos plus fidèles amis.

D'accord, c'est nous, les humains, qui avons créé les mots.

Mais eux, en retour, ils n'ont pas cessé de nous inventer.

Que serait l'amour sans mots d'amour ?

Par exemple.

Mon oiseau des îles
Mon coco-bleu

REMERCIEMENTS

Merci à mes consœurs et confrères de l'Académie française, inlassables fabricants du dictionnaire.

Merci à Danielle Leeman, grande grammairienne, aussi savante que malicieuse. Et généreuse. Sans elle, sans son soutien vigilant et amusé, jamais je ne me serais lancé dans l'écriture de ces petits contes.

Merci à Alain Rey et à Henriette Walter. Chacun de leurs livres me fait découvrir de nouvelles richesses dans le royaume enchanté de la langue française.

Merci à Xavier North, directeur général de la langue française et des langues de France. Croyez-le si vous le voulez, c'est ce très haut et digne fonctionnaire qui m'a fait cadeau de certains mots de nos banlieues.

Merci, bien sûr, à Catherine Salvador.

Merci aux élèves de la classe de Mme Valentin, école Éblé, 14, rue Éblé, Paris. Je n'oublierai jamais leur accueil.

Merci à Mme Stiévenart, inspectrice de l'Éducation nationale sur la circonscription de Paimpol. Grâce à elle, aux conseillers pédagogiques Marie-José Paranthoën, Alain Botrel et Franck Couturier, et aux enseignants des écoles de Lanmodez (Gwénaëlle Davy), Lézardrieux (Nadine Dubois), Plemeur-Gautier (Ronan Le Ven), Pleudaniel (Sophie Campagne), Bréhat (Maud Galand), Pouldouran/Trédarzec (Catherine Ravily) et Pleubian (Jérôme Billon), de jeunes élèves ont pu m'apporter leurs critiques (impitoyables).

Merci, enfin et surtout, à Marie Eugène, jeune génie de l'édition, aussi méticuleuse que poétique. C'est elle la fabricante de la fabrique.

Et que dire à Camille (Chevrillon) ? Deux mots : admiration et gratitude.

PLAISIRS SECRETS DE LA GRAMMAIRE

À Pierre Grandbesançon.

I

Voyageons.

Puisque, fidèles à Nicolas Bouvier (l'auteur, entre autres merveilles, de *L'Usage du monde*), nous savons que l'on ne « fait » jamais un voyage, c'est le voyage qui nous fait.

Première étape : l'orée du monde, les temps premiers de la Genèse : « Elohîms dit : "Une lumière sera." Et c'est une lumière[1]. » Même commencement dans le Coran. Dieu nomme. Dans le magma originel, il distingue des réalités diverses. Il sépare la nuit du jour, la terre de l'eau… Ce faisant, il crée.

Ce plaisir de nommer, de distinguer, n'est pas réservé au Très-Haut. Nous-mêmes, pauvres mortels, pouvons l'éprouver. Souvenons-nous de notre enfance, l'ivresse qui nous envahissait d'engranger les mots nouveaux, notre fierté de raconter l'Univers. Rappelons-nous notre adolescence, quand nous découvrions notre corps et celui de nos petites camarades. Nous réinventions, sans le savoir, la si belle pratique du « blason » : rendre hommage par des mots à tel ou tel détail de la personne aimée. Ainsi Maurice Scève, disciple de Pétrarque, écrivit au milieu du XVIe siècle *Le Blason du*

1. La Bible, traduite et commentée par André Chouraqui, Paris, 1992.

sourcil. À l'époque, faire l'éloge, ou célébrer, se disait « blasonner ».

De même, un promeneur peu savant de botanique ne goûte, en visitant un jardin, que des formes vagues, des couleurs sommaires. Maigre satisfaction que traduit la banalité de ses exclamations : Que c'est beau ! Que c'est bleu ! Quel charme !… Tandis que l'amateur averti, en reconnaissant et en nommant les espèces, savoure. A priori, rien de plus uniforme que le blanc. Écoutez pourtant l'écrivain Vita Sackville-West décrire son projet de « chambre blanche », joyau de son jardin de Sissinghurst : « J'imagine les blanches trompettes du lis regale… émergeant du lit des artemisia et des santolines, bordé de dianthus "Mrs Sinkins"… Il y aura des pensées, des pivoines, des iris… »

Avant même d'aborder la grammaire, l'activité de nommer nous offre des jouissances rares, d'autant plus profondes que notre savoir est grand. Contrairement à l'idée paresseuse trop souvent reçue, l'ignorance frustre alors que la connaissance enchante.

Notre aventure avec les mots ne fait que débuter.

Poursuivons notre voyage.

*

Grèce, Ve siècle avant Jésus-Christ.

Vers la fin d'une glorieuse après-midi de mai, tandis qu'au loin miroite la mer et que les cigales alentour calment un peu leur chant, deux hommes jeunes discutent. Un troisième, plus âgé, écoute. Pour le premier, le langage n'est que convention. Les mots ont été inventés par les sociétés humaines au hasard des coutumes et des habitudes. Inutile de chercher des liens particuliers entre les mots et les choses qu'ils désignent : ces liens n'existent pas.

Son interlocuteur proteste. Pour lui, le mot est relié à la

chose par une correspondance intime, presque magique (ou religieuse).

Le troisième homme (Socrate) prend alors la parole pour... critiquer l'une et l'autre position. Il ouvre un débat qui va nous occuper pendant des millénaires. Quelle est l'origine des mots ? Est-elle sociale ou naturelle ? Rappelez-vous vos classes de philosophie. Le dialogue entre ces trois Grecs s'appelle le *Cratyle*, et Platon l'a fidèlement retranscrit. Vous aviez dix-sept ou dix-huit ans et vous découvriez le vertige de la pensée.

Toucher aux questions du langage, c'est pénétrer dans les mystères de la condition humaine : ce pouvoir (fragile) de communiquer, cette compréhension (ô combien imparfaite) du monde. Bref, parler n'est pas si simple qu'il y paraît. Entre les mots et les choses, nous nous promenons, jamais satisfaits, toujours écartelés.

*

Passons les siècles et les Alpes, revenons chez nous, dans ce bon vieil hexagone. Les Romains, envahissant la Gaule, y ont imposé leur langue, le latin. Mais domination militaire ne veut pas dire souveraineté linguistique. Les innombrables peuplades, rassemblées sous le terme de « Gaulois », n'ont pas attendu Jules César pour parler. Si bien qu'un fouillis s'installe, un formidable désordre. Les mots s'accumulent, venus d'horizons les plus divers[1].

Des mots celtiques (« alouette », « barde », « chemin », « grève », « sapin »...). Des mots germaniques (« bâtir », « jardin », « orgueil »... jusqu'au mot « français » lui-

1. Ceux qui veulent en savoir plus sur ces périodes chaotiques du haut Moyen Âge, la préhistoire du français, liront avec passion le résumé qu'en donne le savant belge Marc Wilmet, *Grammaire critique du français*, Paris, 1998.

même !). Des mots normands, qui racontent la mer et les bateaux (« tribord », « bâbord », « hauban »). Des mots arabes (« alambic », « alcool », « épinard », « sucre »…), italiens (« bandit », canaille », « sérénade », « soldat »…), portugais (« bambou », « banane »), espagnols (« caramel », « tomate », « sieste »), hollandais (« bar », « bière », « crabe »), anglais (« humour », « rhum »)… sans compter les multiples inventions des patois.

La situation est celle que décrit la Bible après l'échec de Babel. Plus personne ne se comprend. Des frontières invisibles mais ô combien efficaces isolent les villages les uns des autres plus sûrement encore que les forêts impénétrables. Un peu d'ordre s'impose.

*

Avec Charlemagne, qui fait sortir l'Europe des ténèbres, le latin retrouve sa force unificatrice. Au XIIe siècle, autour de Pierre Abélard (l'amoureux mutilé d'Héloïse), une réflexion profonde sur la grammaire se développe. Notamment, le rôle central du *verbe*, agent de l'action, du changement, est distingué de celui du *nom*, témoin de la permanence[1].

Au fil des temps, le latin perd son pouvoir. D'autres catégories sociales que les religieux et les fonctionnaires prennent de l'importance, notamment les artisans et les commerçants. Les langues modernes s'émancipent : le français, l'italien, l'anglais… Les voyages se multipliant, il faut apprendre à les parler. La première grammaire française est ainsi l'œuvre… d'un Anglais, Palsgrave. En 1530, il recense, pour ses compatriotes désireux de franchir la Manche, les pièges à éviter et les expressions les plus utiles. Cette grammaire a plus les allures d'un guide de la conversation que la rigueur d'un

1. Cf. Delphine Denis et Anne Sander-Château, *Grammaire du français*, Le Livre de Poche, Paris, 1994.

ouvrage théorique. Piqués au vif, les Français se mettent à leur tour au travail. À la suite de Joachim du Bellay, auteur, en 1549, d'une *Défense et illustration de la langue française*, ils chantent sa beauté, sa clarté, sa précision, son élégance… Une passion des Français pour le français qui ne cessera plus.

Les politiques ne sont pas en reste.

Langue, État, Nation : en France, les trois réalités naissent ensemble et se confortent l'une l'autre. N'oublions pas notre autre originalité : la domination croissante de Paris. Le roi ou l'empereur s'appuie sur une administration qui ne doit parler qu'un seul langage.

François Ier, le 10 août 1539, signe l'ordonnance de Villers-Cotterêts. Ce texte épais (192 articles) est l'un des plus importants de notre histoire. Car il mêle des règles diverses d'organisation de la société (l'état civil, la procédure pénale, le droit de grève) à l'obligation d'utiliser le « langage maternel français » pour tous les actes publics. Ainsi se trouve affirmé le double lien entre la langue et la nation, les règles de la grammaire et celles de la vie en commun.

Au siècle suivant, l'entreprise de « nettoyage » continue. Les deux purificateurs en chef se nomment Malherbe et Vaugelas. Le premier, poète lyrique dans sa jeunesse, influencé par *la Pléiade*, se change, l'âge venant, en gardien de l'ordre et de la pureté. Le second, à l'aide d'une multitude d'exemples, cherche à définir *le bon usage* (c'est-à-dire celui de la Cour, des élites parisiennes) qui doit se garder des tournures provinciales et des jargons professionnels.

Saluons notre XVIIe ! Il a construit le français comme jadis le peuple avait bâti les cathédrales, dans une formidable ferveur collective. Non loin de Versailles, mais dans un esprit radicalement différent, un autre mouvement va naître dont les répercussions seront universelles.

*

La nouvelle escale de notre voyage se trouve dans la vallée de Chevreuse. Rien de spectaculaire, à première vue. En bas, le long d'un petit cours d'eau, les ruines d'une abbaye de femmes. Au sommet de la colline, une sorte de ferme-musée. Comment imaginer que cette modeste retraite a, jadis, fait trembler Louis XIV ?

Port-Royal.

De nombreux ouvrages existent sur cette extraordinaire aventure, dont celui de Sainte-Beuve. Qu'il nous suffise ici de résumer les faits. Une doctrine, le jansénisme, qui a pour base la prédestination. Une manière de vivre : l'austérité et l'indépendance, ce qui déclenche forcément la fureur des autorités, ecclésiastiques ou politiques. Quelques religieuses indomptables. Et un groupe de beaux esprits, fatigués des mondanités, qui décident de se retirer là pour réfléchir et enseigner. Pascal sera l'un d'eux. Racine, un des élèves.

Pour ces « messieurs de Port-Royal », réfléchir aux questions posées par le langage, c'est s'interroger sur les mécanismes de la pensée elle-même. Ainsi la *Grammaire générale et raisonnée* de Port-Royal traite non pas d'exemples particuliers mais de logique formelle. Elle cherche à déterminer, en relation avec les différentes opérations de notre esprit, une structure « générale » qui serait valable pour toutes les langues.

Cette quête de « la » structure va inspirer tous ceux qui, dans les siècles suivants, vont tenter d'élaborer une vraie science du langage (les linguistes). Mais aussi ceux qui, derrière les diversités apparentes, cherchent des lois, des formes, des permanences, bref des ossatures, des structures. D'où leur appellation de « structuralistes ».

La notion de « grammaire » prend alors une dimension nouvelle. Elle ne désigne pas seulement « l'ensemble des règles à suivre pour parler et écrire correctement une langue ». Elle fait référence à quelque chose de plus profond, de plus secret, de presque magique ou de déjà religieux et qui serait la mécanique générale de l'Univers tout entier. *Comme si le monde était un livre immense* qu'il faudrait apprendre à lire, une énigme qu'il faudrait s'acharner à résoudre. Cette intuition est presque aussi vieille que l'espèce humaine.

Chez Jules Verne, les héros traquent souvent un cryptogramme (du grec *kruptos :* caché), un message codé qu'il va s'agir, après mille péripéties, de déchiffrer (magnifique allégorie de la vraie nature du roman ; le roman est d'abord outil de connaissance). De savants linguistes comme Georges Dumezil et Mircea Eliade recherchent le fond commun à toutes les histoires. Des penseurs glorieusement atypiques, comme Gaston Bachelard et Roger Caillois, allient la philosophie et la poésie pour pousser plus loin l'enquête sur l'eau, l'air, les pierres, la pieuvre… Sans oublier le grand George Steiner, l'être le plus et le mieux « cultivé » que j'aie jamais rencontré.

Ce qu'on appelle la poétique n'est pas seulement une analyse des problèmes techniques et théoriques posés par la *poésie* mais, plus généralement, une réflexion sur la *Création* elle-même. Pour beaucoup, la poésie est une langue particulière, une « métalangue », une langue d'éblouissements, de révélation, une langue libérée des contraintes utilitaires, des paresses du quotidien. Une langue par là même capable de s'aventurer dans les régions les plus cachées, les plus profondes de la vie, pour y découvrir des vérités essentielles.

Le parcours vers cette connaissance a ses chemins, ses règles, ses rites. La poétique a sa grammaire. La poétique est la grammaire de la création, pour reprendre un titre de Steiner. Et pas seulement la création de poèmes mais la Création, celle qui nous a faits et tout ce qui nous entoure.

La boucle est bouclée.

Dieu, en nommant, crée. Et mêle pour toujours, et indissolublement, langue et Création. La grammaire de la langue renvoie donc forcément à la logique même de la Création. Et la poésie est comme une spéléologie : on abandonne la surface et ses repères rassurants, on plonge dans les gouffres pour arracher aux profondeurs de la terre et aux ruissellements des eaux des renseignements sur l'origine.

Spéléologues aussi, explorateurs des abysses, sont les psychanalystes. Après Freud et d'autres précurseurs, décrypteurs de rêves depuis la Haute Égypte, ils cherchent à comprendre les lois qui subrepticement nous gouvernent et régissent ce continent de l'ombre, l'inconscient. Si cet inconscient est, comme l'a si bien résumé Jacques Lacan, « structuré comme un langage », alors son exploration peut être conduite en usant de méthodes chères aux linguistes. Et les règles qu'on y découvre constituent, en s'assemblant, une véritable grammaire. Une sorte de grammaire de l'âme dont la connaissance permet, faute de les soigner, d'accepter ses déchirures les plus intimes, de les traiter en compagnes plutôt que de subir leurs assauts, comme ceux d'ennemis non identifiés.

*

Dernière visite : place de la Madeleine à Paris.

Vous trouvez bien sérieux, voire austère tout ce qui précède ? Sans changer de sujet, je vous offre maintenant des vacances, de la pure gourmandise.

Un restaurant nommé Lucas-Carton, chef-d'œuvre de l'Art nouveau : boiseries sculptées, des courbes, des plantes, des animaux à longs becs, toute la sensualité des années 1900. Ici règne un maître de la cuisine mondiale : Alain Senderens. Ici s'élabore, jour après jour et recette après recette, une autre grammaire, tout aussi subtile et qui plonge dans les profondeurs du temps, car l'homme s'est préoccupé de ce qu'il mangeait peut-être avant de vouloir créer un vrai langage.

Alain Senderens n'est pas seulement un inventeur d'innombrables plats célébrés partout (et partout copiés, maladroitement), comme le homard à la vanille ou, l'une de ses dernières trouvailles, la poularde de Bresse aux coriandre et citrons confits glissés entre la peau et la chair.

Alain Senderens est également un historien de la gastronomie. Et ses premiers succès, il est allé les chercher dans l'Antiquité, tel son canard Apicius (miel, épices) et un très surprenant « brouet d'anguilles » !

Mais Alain Senderens est surtout un grammairien. Une passion l'anime, la quête de l'accord *juste*, de la conjugaison parfaite entre les produits, entre les mets et les vins.

Un jour, c'était au début de notre amitié, j'ai eu le malheur de demander, pour accompagner mon fromage, « du vin rouge, bien sûr ». L'œil noir du maître m'a toisé.

— Vous aussi, comme tous les autres ! Vous n'avez donc pas compris que le tanin du rouge et le gras du fromage sont deux murailles qui les empêchent d'échanger leurs saveurs…

Penaud, j'ai ravalé ma honte. Avant de savourer l'alliance d'un comté avec un côtes-du-jura, d'un livarot avec un calvados, d'un pigeon avec un santa-digna du Chili.

Car pour établir cette grammaire-là, on voyage, d'un bout de la planète à l'autre.

Certains vendredis, Senderens me convie à ses « travaux ». Nous sommes une demi-douzaine, autour d'une table ronde : cuisiniers, œnologues et l'amateur (moi, dont l'unique titre de compétence est d'avoir eu pour grand-mère une Colette lyonnaise, grande cuisinière et patiente pédagogue).

Je me souviens de brochettes de poulet aux morilles. L'objectif de la réunion savante, si savante, était de trouver, pour cette volaille, le meilleur partenaire possible. La discussion dura cinq heures, chacun payant de sa personne, c'est-à-dire trempant ses lèvres dans des merveilles. Les sancerres sont vite écartés : leur acidité ressort trop cruellement. On se concentre sur six champagnes. « Pour moi, la morille appelle le Delamotte 1990. » « Au suprême de poulet, un Moncuit 1989 devrait bien convenir. » Inutile de vous dire que tous ces experts recrachaient. Ce que je ne pouvais me résigner à faire : comment rejeter dans un seau, même argenté, de tels nectars ? Vous imaginez mon état, passé quinze heures.

Heureusement, Alain Senderens clôtura les débats en proposant le clos du Mesnil (pour les non-initiés, j'indique qu'il s'agit d'une cuvée rare des établissements Krug). L'accord « juste » était trouvé. Comme les musiciens ont l'oreille absolue, certains maîtres queux possèdent, outre la mémoire des saveurs, ce genre de papilles : ils savent proposer l'harmonie, le mariage idéal parmi tous les couples.

Inutile de vous dire que j'ai pour ces grammairiens du goût la plus affectueuse et reconnaissante des admirations et que, comme eux, je sursaute d'horreur devant les solécismes culinaires (un saint-pierre sauce mousseline accompagné de Coca) ou les barbarismes (cuire, jusqu'à la charbonner, une entrecôte de Salers).

*

Autres haltes, autres grammaires. Comme celle du vieux maître paysagiste belge René Pechère qui traque dans la nature les proportions idéales et les angles producteurs d'harmonie. Ou celle d'Henri Cartier-Bresson géomètre d'abord avant d'être photographe, passionné qu'il est par la charpente secrète du monde. Et je me garderai d'oublier ces codes qui touchent au plus intime, à l'indiscret, aux troubles à demi avoués du corps, en un mot, à l'érotisme. Grammaire des « positions », dans laquelle les Orientaux sont maîtres. Ronde lancinante des fantasmes qui s'enchaînent comme les figures d'une rhétorique. Conjugaison des peaux et des odeurs, sans laquelle nul émoi ne naît. Autant d'expériences joyeuses ou douloureuses mais toujours graves où les consciences vigilantes retrouvent des pratiques de grammairien. Comme le grammairien, le libertin, plus qu'à tout, s'intéresse au grand jeu de la règle et de la *transgression* (c'est son langage à lui pour parler d'« exceptions »).

*

Pour toutes ces raisons, à peine esquissées mais déjà vertigineuses, j'aime de passion la grammaire, toutes les grammaires, toutes les grilles et tous les codes enfouis sous la poussière du temps.

Mais le plaisir du voyage est aussi dans le retour. Revenons à nos chers manuels. On y peut accomplir, comme dans les guides ou feu les *Catalogues de la Manufacture d'armes et cycles de Saint-Étienne*, de somptueux périples immobiles.

II

Les mots me semblent des îles et je navigue de l'un à l'autre avec la même ivresse que, l'été, sur mon bateau à voile, je parcours l'archipel de Bréhat. Mais la dispersion de ces rochers ne me satisfait pas. Nostalgique d'unité, je me dis qu'ils ne disent pas toute l'histoire. Ils sont, forcément, la partie émergée d'un continent englouti, une atlantide empêchée de tout à fait sombrer par un haut-fond salvateur (et régulièrement redécouverte grâce à l'indiscrétion des grandes marées basses). Ainsi, dans ma petite mythologie personnelle, sous la diversité des mots (recueillis scrupuleusement par les dictionnaires), règne l'unité du langage (que racontent les grammaires).

C'est vous dire si de celles-ci je possède une collection. Avec trois préférées. Au premier rang, celle de Port-Royal, que j'ai déjà évoquée. Vient ensuite un petit livret cartonné de couleur verte taché d'encre noire : *Grammaire française*, « conforme au programme du 22 janvier 1885 », rédigée par un duo digne de Flaubert, Brachet et Dussouchet, éditée par

Hachette et destinée au cours moyen. La sorte d'oncle dont elle fut la compagne portait le nom grandiose, calligraphié en brun et en latin sur la page trois : *Johannus Magnusbisontinus*, Jean Grandbesançon. Merveille de clarté et de précision, ce mince précis fut, des années durant, l'outil parfait des hussards de la République chers à Jules Ferry.

Ma troisième amie est belge. Elle s'appelle *Le Bon Usage*. J'ai croisé une fois son auteur, Maurice Grevisse, immense savant. J'ai rencontré son disciple, André Goosse, tout aussi fascinant. Et de ces deux (trop brefs) contacts, je me suis fait une religion : les grammairiens sont, avec les jardiniers, les deux corporations les plus enrichissantes à fréquenter. À étudier le langage des hommes ou celui de la nature, on apprend l'essentiel : d'abord écouter plus que parler, ensuite guetter plus que pérorer, enfin ne jamais se contenter des agitations et multiplicités apparentes de la surface.

*

Hors concours car inclassables sont les chefs-d'œuvre de Jacques Drillon. Cet homme a pour occupation principale, c'est-à-dire rémunérée, la critique musicale. En sa personne, se tissent les liens intimes entre Grammaire et Musique. Je vous en reparlerai plus loin. Car Drillon est aussi grammairien, l'un des plus enrichissants qui soient, libre et nomade en même temps qu'infiniment rigoureux. Son art fait la part belle à la digression savante (toujours la musique, royaume de la variation et de la métamorphose) et à la passion du *détail*. Comme ces peintres qui à la grande scène de genre préfèrent scruter un minuscule carré de réel, comme ces Japonais qui en un simple jardinet reconstituent le cosmos, Drillon s'attache à une vétille et en tire un monde.

Ses *Propos sur l'imparfait* nous captivent quatre-vingt-huit pages durant et son *Traité de la ponctuation française*, son œuvre maîtresse (à ce jour) n'en compte pas moins de quatre cent quarante-huit ! Inutile de vous dire qu'elles se dévorent.

Comment ne pas se délecter d'apprendre que virgule vient du latin *virgula* (petite verge) et qu'au XVIe siècle, avec Étienne Dolet, on l'appelait encore « point à queue » ? Le reste est de cette eau, savante, malicieuse autant que profonde. Nulle tristesse, nulle oppression qui ne cèdent à quelques paragraphes de Drillon.

Les livres de Danielle Leeman sont de cette veine, infiniment savants, infiniment réjouissants. Leurs titres même appellent : *Énigmatiques prépositions*, *Les Circonstances en question*…

*

Une nouvelle recrue va, j'en ai peur, s'immiscer dans mon harem grammairien et je crains qu'elle ne gagne au plus vite le grade (et l'emploi) de favorite.

Elle s'appelle *Sidonie ou le Français sans peine*, et l'auteur de ses jours a pour nom mystérieux celui de Salomon Reinach. La date de l'édition (Hachette, 1913) ajoute de l'horreur à ce générique prometteur. L'année suivante, en août, l'Europe commençait son suicide, entraînant dans la mort Péguy, Alain-Fournier, des milliers d'autres, nombre de ceux qui, justement, l'aimaient le mieux, le français.

Ce cher Salomon (agrégé de grammaire) emmène Sidonie visiter notre langue. Et leur promenade enchante. Car les difficultés sont abordées avec le charme de la conversation, cette conversation que notre grammairien appelle : « l'école de raffinement mutuel ». Il cite Mlle de Scudéry, qui voulait allier « l'esprit de joie » à « l'esprit de politesse ».

Vous que le jargon des maniaques de la méthode pédagogique, nos nouveaux Diafoirus, hérisse, vous qu'excèdent tout autant la paresse de l'imprécision, la religion de l'à-peu-près, joignez-vous à la promenade de Salomon et de

Sidonie. Tendez l'oreille et peut-être couvrez-vous un peu : il souffle sur ces pages le petit vent frais du XVIIIe, cet esprit des Lumières où la passion du savoir se mêle à l'adoration de la liberté, cette double flamme qui fit de notre pays, un temps, le phare du monde.

Il s'agit d'une correspondance. Salomon, le savant, écrit à la jeune Sidonie. « Correspondance », la forme ne pouvait être mieux trouvée car elle s'appuie sur des *lettres*, composantes de toutes les langues ; elle fait référence à une relation privilégiée aussi bien qu'à une harmonie : tel est le propos de la grammaire.

En douze missives, nous sommes promenés dans tous les coins et recoins de ce corps vivant qu'est le français. Si bien que le plus pur des esprits ne peut s'empêcher de songer à une éducation amoureuse. Usez ainsi et ainsi de votre si belle langue française, chère Sidonie, et, non contente de vous montrer fidèle aux règles, vous y trouverez les plaisirs les plus délicats.

Lisant et relisant ces pages, j'ai cherché longtemps le secret de cette troublante réussite. Par chance, on ne découvre jamais complètement de tels secrets : le talent serait une pauvre chose, s'il était seule affaire de recettes. Mais j'ai trouvé deux réponses.

1. *L'art de la circulation*

Toutes les grammaires que je connais suivent à peu près le même itinéraire balisé, c'est-à-dire sans surprise : le nom, l'adjectif, le pronom, le verbe… On n'a pas abordé le tiers du parcours que déjà, prévoyant les péripéties rebattues de l'avenir, on bâille.

Ce cher Salomon n'aime pas les ornières ni les parcours préfabriqués. Il nous promène, vous ai-je dit. Et ce guide de qualité sait ouvrir la porte à l'imprévu, quitte à l'organiser en douce. Prenons l'exemple de la lettre IX. Elle débute par une figure imposée : la syntaxe des pronoms. Mais, très vite, elle aborde « l'emploi vicieux » puis recommande à Sidonie « d'éviter les équivoques » avant d'aborder, quelques pages plus loin, la « question du tutoiement », et d'évoquer l'allitération en saluant « l'oreille musicale des poètes »...

Avouez qu'un tel parcours, sinueux à souhait, est alléchant. Sans rien céder de l'essentiel – Sidonie, à la fin de la lettre XII, connaîtra tout ce qu'une jeune fille accomplie doit savoir –, il alterne apprentissage et récréation, propos principal et variations pratiques ou savantes. Une fois de plus s'impose l'allégorie des jardins classiques, la pédagogie cheminante qu'avaient conçue Louis XIV et Le Nôtre, de larges allées, des perspectives pour fixer le cadre et des bosquets, des chambres de verdure pour le pur plaisir et le repos.

2. *La magie des exemples*

Souvent, pour illustrer une règle, le grammairien se forge la phrase idoine, qui généralement semble sortie droit de *La Cantatrice chauve* de Ionesco, tant elle ne signifie rien : mon tailleur est riche. Autre option, la banalité la plus crasse : il me donne des bonbons, j'offre des fleurs à ma mère... Aucun charme ni poésie, rien pour inoculer au lecteur la passion d'une langue, pas la moindre preuve concrète du génie propre à notre cher français. Résultat, vous apprenez puisqu'il le faut, mais sans gourmandise aucune. Et l'apprentissage de la grammaire vous reste comme l'un des plus mauvais souvenirs de l'enfance. Une médecine amère et rugueuse, avalée de force. À croire que l'Éducation nationale fait tout pour nous dégoûter de notre langue.

Certains n'ont pas accepté cette tristesse. Je vous recommande, par exemple, la *Grammaire française et impertinente*, de Jean-Louis Fournier. Ses références décoiffent. Ainsi, pour expliquer le pluriel, « ils conduisent avec prévenance leurs délicieuses vieilles mamans impotentes chez le vétérinaire, pour les faire piquer ». De même, c'est le verbe « péter » qui est choisi pour illustrer le premier groupe, « nous serions heureux que tu pètes ». Succès garanti dans les classes. Souvenir assuré pour des années. Et immédiate intimité avec le français. Une amitié naît qui, espérons-le, ne cessera plus.

Salomon, pour arriver au même objectif, emprunte d'autres chemins. Sidonie n'avait pas la télévision. Les violences du monde et du langage ne lui arrivaient qu'assourdies. La méthode Fournier lui aurait été fatale. Il lui fallait un enseignement plus raffiné, des échantillons du meilleur usage qui soit du français, celui de ses génies.

Les douze lettres sont scandées de bonheurs : les trouvailles de nos plus grands écrivains.

Ainsi, pour comprendre la logique des pronoms démonstratifs, quel meilleur professeur que Voltaire ?

> *« Tel est l'avantage ordinaire*
> *Qu'ont sur la beauté les talents :*
> *Ceux-ci plaisent dans tous les temps,*
> *Celle-là n'a qu'un temps pour plaire. »*

Ou, pour expliquer que l'on peut fort bien, parfois, faire l'économie de la conjonction, quelle illustration plus éclatante (et bouleversante) que la fin de *Bérénice* ?

> *« Sur Titus et sur moi réglez votre conduite :*
> *Je l'aime, je le fuis ; Titus m'aime, il me quitte. »*

Ou encore, pour montrer le singulier d'un verbe dont les deux sujets sont unis, ces deux vers de Phèdre :

> *« Ainsi que la vertu, le crime a ses degrés…*
> *Le bien, comme le mal, est inné dans nos cœurs. »*

Je pourrais continuer longtemps : chaque page est émaillée de ces trésors. Si bien que la règle s'impose d'elle-même au lecteur. Qui oserait aller contre cette perfection, contre cette évidence ? Qui ne retiendrait cette cadence, aussi claire, évidente que celle de Bach ? Si Bach, comme on l'a dit, est la seule véritable preuve de l'existence de Dieu, Racine prouve celle de l'âme.

Je cite Bach, car ce cher Salomon a une technique d'ordre musical. Pour aider Sidonie à s'y retrouver dans le maquis des participes passés, il lui demande d'apprendre par cœur ces alexandrins :

> « *Devant moi s'est montrée une ombre menaçante.*
> *Elles se sont montré des fleurs fraîches cueillies.*
> *Elles se sont complu dans leur austérité.* »

Et il conclut par cette phrase admirable où tout est dit de l'alliance intime entre musique et grammaire : « Ces vers seraient *faux* si l'on n'appliquait pas les règles. »

Pour une telle remarque, souffrez, Salomon, que je vous embrasse.

*

Malade époque que la nôtre qui se proclame « de communication » et qui s'acharne à tout séparer, segmenter, divorcer.

Exiler l'homme loin de la nature, ne serait-ce qu'en couvrant tous les sols de macadam. Déporter les vieux dans des résidences médicalisées et les enfants dans des crèches pour laisser tout son pouvoir au tyran Travail : ainsi l'âge est tronçonné, ainsi sectionné le temps de la vie.

De même le rire est réservé aux « comiques », le charme aux séducteurs… À chaque tranche de l'existence, son « professionnel ».

Gloire à ce petit précis du début du siècle dernier. Salut

à ce « parcours complet », pour emprunter, cette fois, non plus au solfège mais à l'équitation.

*

Grammaire !
Grand-mère !

Rien ne pourra m'empêcher de chantonner pour finir, en guise de refrain, cette homophonie, qui est en même temps, peut-être, une homonymie : la grammaire et nos grand-mères nous apprennent en souriant, les secrets cachés de la vie. Le plus beau des jardins de Candide, notre langue, nous est donné : libre à nous de le cultiver.

J'espère seulement vous avoir convaincu que l'étude de la grammaire française apporte, à ceux qui s'y adonnent, une gamme inégalée de plaisirs. À commencer par ce mouvement perpétuel qui est celui de la vie même : on s'apaise dans la règle, on s'aiguillonne dans l'exception.

Table

PAPIER À BASE DE FIBRES CERTIFIÉES

Le Livre de Poche s'engage pour l'environnement en réduisant l'empreinte carbone de ses livres. Celle de cet exemplaire est de :
1,7 kg éq. CO_2
Rendez-vous sur www.livredepoche-durable.fr

Composition réalisée par NORD COMPO
Achevé d'imprimer en octobre 2016 en Espagne
par Graficas Estella
Édition 01 – novembre 2016
Dépôt légal 1re publication : novembre 2016
LIBRAIRIE GÉNÉRALE FRANÇAISE
21, rue du Montparnasse – 75298 Paris Cedex 06

16/2117/5